SANS MERCI

LES HAWKS DE HARROW CREEK
TOME 1

TRACY LORRAINE

Edité par Pinpoint Editing

Traduit par Florence Gaillard - Rouge

Relecture par SRG French proofreading & Editing

Photographie par Wander Aguiar

Ayez la foi. Tout finira par s'arranger au final.

CHÈRE LECTRICE, CHER LECTEUR,

Sans merci est le premier livre de la série des Hawks de Harrow Creek. Il s'agit d'un roman d'amour noir qui se déroule en captivité. Cela signifie que notre héroïne chanceuse peut profiter de trois hommes sans avoir à choisir.

Si cela ne vous convient pas, ou si l'un des avertissements ci-dessous vous met mal à l'aise, vous devriez peut-être passer votre chemin !

Rapports non consentis ou avec consentement équivoque, viol et sexe forcé (pas détaillé explicitement dans le roman, mais sous-entendu par des faits antérieurs), harcèlement, violence, maltraitance et abus sexuels sur enfant (dans les flash-backs), meurtre (détaillé dans le roman), captivité, jeux érotiques avec des couteaux, jeux d'étranglement, sociopathie, abus physiques, modifications corporelles forcées, séquestration, enlèvement, mutilation, cauchemars, SSPT, détention, obsession, narcissisme, violence verbale, masturbation forcée, torture, chantage, humiliation, cicatrices, disparition d'un membre de la fratrie, infertilité, stérilité à la suite d'un traumatisme.

Si, comme moi, vous êtes en train de crier intérieurement : « Je veux lire cette histoire !! » après avoir lu ces mises en garde, alors c'est parti !

Bonne lecture !

T xo

PROLOGUE

Alana

Cinq ans plus tôt…

Le cœur serré et mon corps entier tremblant de peur, je fourre tout ce que je peux dans mon sac.

Quelques T-shirts, un pantalon de rechange et des sous-vêtements. Mes mouvements sont robotiques et méthodiques. Mon seul objectif est de sortir de cette prison tant que j'en ai l'occasion.

Je m'arrête devant mon bureau, attrape mon journal intime, la seule chose sentimentale que je possède, et le glisse dans mon sac à dos, en m'assurant qu'il est bien rangé au fond.

Chaque seconde de ma vie jusqu'à aujourd'hui est écrite dans mes journaux intimes chéris. Ce journal n'est que le dernier d'une pile que j'ai cachée dans un endroit sûr, dans l'espoir de les retrouver un jour. Ils sont une extension de moi. Et ce n'est pas quelque chose que je suis prête à laisser derrière moi parce que je ne veux pas être lue et ridiculisée par ceux qui ont fait de leur mieux pour me briser.

Je refuse de leur donner la satisfaction de me voir souffrir par leur faute plus longtemps et je ne *les* laisserai certainement pas entrer dans ma tête.

Il ne me reste plus rien ici. Seulement la douleur. La seule raison qui me poussait à demeurer ici m'a été arrachée.

Ils pensent que je vais juste rester assise sans bouger et accepter. Mais elle est là, quelque part. Elle souffre. Et je suis la seule à me battre pour elle.

J'enfile mon sweat noir et remonte ma capuche, puis rentre mes cheveux à l'intérieur.

Je veux disparaître. Je veux me glisser dans l'ombre et quitter cette ville infernale la tête haute, en sachant qu'ils n'ont pas gagné.

Ils ont essayé. Ils ont vraiment essayé. Mais ils ne m'ont pas brisée.

Pas vraiment.

Mon corps est peut-être meurtri, ma santé mentale en lambeaux. Mais je suis toujours là, je suis toujours debout et, putain, ils ne me prendront rien d'autre.

Je balance mon sac sur mon dos et me dirige vers la porte. Je l'ouvre et écoute, mais la maison est enveloppée de silence, comme je l'imaginais.

Je l'ai entendu tout à l'heure alors qu'il planifiait sa soirée.

Je sais aussi exactement comment elle va se passer.

Il va aller au club-house des Hawks et se bourrer la gueule. Il va brutaliser quelques putes du club, qui semblent si déterminées à voir leur vie ruinée par ces enfoirés pervers, avant de revenir ici en titubant pour me trouver. Et si je suis vraiment malchanceuse, il amènera des amis.

Mon estomac se noue à cette idée. L'acide brûle à l'intérieur et la bile menace de faire son apparition alors que mes blessures de la dernière fois qu'il m'a forcée à subir leurs assauts, me font à nouveau souffrir.

Je serre les bretelles de mon sac à dos si fort que mes articulations deviennent blanches tandis que je me fraye un chemin dans la seule maison que j'aie jamais connue.

Elle est peut-être plongée dans l'obscurité, mais je vois tout. Chaque objet qui peut être utilisé comme arme, chaque objet placé qui peut blesser.

Je me souviens à peine de moments heureux passés ici. Ils ont été rares.

La seule bonne chose de ces dernières années, c'était elle.

Mais elle est partie maintenant et tout ce que je peux faire, c'est espérer qu'elle a trouvé quelque chose de mieux, et pas seulement des variantes des mêmes hommes qui ne veulent qu'une chose.

Je crie alors que la douleur explose dans mon tibia, avant de plaquer ma main sur ma bouche.

Je jette un coup d'œil vers le bas et découvre la table basse poussée sur le côté. Peut-être que je ne connais pas cet endroit aussi bien que je le pensais.

Mais je ne m'arrête pas pour regarder, je continue à avancer en boitillant, les yeux rivés sur la porte arrière.

Une porte qui mène à la liberté.

Mon salut.

Repérant quelques dollars abandonnés sur le comptoir de la cuisine, je les glisse dans ma poche. Ce n'est pas grand-chose et ça ne me mènera certainement pas très loin. Il ne me reste plus qu'à espérer que ma détermination compensera mon manque de ressources.

Un sanglot s'échappe de ma gorge à la seconde où j'enroule mes doigts autour de la poignée et l'ouvre.

Une bouffée d'air frais nocturne caresse mon visage et mon cou, me faisant frissonner.

Mais ce n'est pas suffisant pour m'arrêter. Rien ne le sera.

Au fond de moi, je savais que ce jour viendrait.

J'ai fait de mon mieux pour la protéger, mais mon mieux n'est pas – et n'a jamais été – suffisant.

Je suis à la merci des hommes qui pensent pouvoir contrôler nos vies, qui nous utilisent comme des marionnettes, des esclaves, des putes.

Mais j'ai fini de répondre à mon soi-disant maître.

J'en ai fini avec tout ça.

Ce soir, c'est la première nuit du reste de ma vie.

Je vais quitter cette maison et cette ville.

Je n'ai aucune idée de ce que je vais trouver de l'autre côté. C'est ma maison depuis le jour de ma naissance. Ce que je sais de l'autre côté, c'est la télévision et les livres qui me l'ont appris.

La seule chose que je sais, c'est que ça ne peut pas être pire qu'ici.

Rien ni personne au monde ne peut être aussi terrible que Harrow Creek.

Alors que je sors dans la nuit, chaque centimètre de mon corps tremble.

L'idée que tout ça soit un piège me vient de nulle part.

Il est rare que je sois laissée complètement seule. Il y a généralement quelqu'un qui me « protège ».

Qui me protège. Quelle putain de blague !

Et s'*il* m'attendait dehors ? S'il me testait pour voir si je vais faire ce qu'il me dit et rester à la maison comme le parfait petit chien de salon qu'il m'a fait devenir ou si je vais le défier.

La peur tourbillonne dans mon estomac, la bile me brûle la gorge. Il aime jouer. C'est le cas de tous. Je ne le sais que trop bien. Et si c'était un autre jeu ?

Je m'immobilise, me remettant en question.

Mais en fin de compte, je refuse de laisser mes peurs l'emporter sur mon opportunité.

Je reste dans l'ombre et me glisse sur le côté de la maison.

Je suis en état d'alerte, j'écoute. J'attends de voir s'il y a des hommes ici.

Mais il n'y a rien. Pas d'autres bruits que le vent dans les arbres.

Je mets lentement un pied tremblant devant l'autre alors que je traverse la cour et franchis le portail, attendant l'inévitable. Mais ça n'arrive jamais.

À chaque pas, ma respiration devient un peu plus légère et mes muscles commencent à se détendre. Mais seulement un peu, car il reste encore un très long chemin à parcourir.

Chaque grondement de moteur, hululement de hibou ou craquement de brindille me fait sursauter alors que je disparais dans la pénombre et suis les panneaux de signalisation pour quitter la ville. Je marche depuis des heures, priant pour que mes jambes aillent plus vite pour que la distance qui me sépare de la maison que j'ai laissée derrière moi soit plus grande.

Il va bientôt savoir que je suis partie.

Il va venir me chercher.

Il ne peut pas me trouver. Je dois m'en assurer.

Je n'ai ni téléphone, ni carte, ni rien d'utile.

Je n'ai même pas d'argent, à part les quelques dollars volés.

Mais ça va marcher. Je vais y arriver, même si je dois passer le reste de ma vie à mendier, à voler et à emprunter.

Je suis plus forte que les hommes qui dirigent cette ville. Je peux le faire.

Mon corps tremble de peur, d'épuisement et de faim, mais je continue.

La vue du panneau illuminé « Vous quittez Harrow Creek » fait battre mon cœur à tout rompre et mon estomac se retourne d'excitation.

Je vais le faire. Je vais défier tous les pronostics et m'en sortir.

Sans me retourner, je sors de la pénombre et accélère.

Une fois que je serai de l'autre côté de ce panneau, tout sera plus facile.

Tout va s'améliorer.

Tout va...

Mes pas faiblissent lorsque des phares m'éclairent, m'illuminant comme une putain de balise de détresse.

Je déglutis nerveusement, remonte mon sac sur mes épaules, et essaie de faire avancer mes jambes. Je baisse la tête pour me cacher du chauffeur.

Mais c'est moi, et je n'ai jamais eu beaucoup de chance.

La voiture ralentit et je pars immédiatement en courant dans la direction opposée et dans les arbres.

L'obscurité m'engloutit de nouveau alors que je trébuche sur d'épaisses racines d'arbres et des pierres.

Le bruit d'une portière qui claque me fait sursauter et je serre les lèvres avant qu'un cri de terreur ne s'échappe de ma gorge.

Continue à courir. Continue à courir.

Ta vie ne vaudra pas la peine d'être vécue s'ils t'attrapent.

Un bruit blanc emplit mes oreilles pendant que je

cours. Mon sac me ralentit, surtout lorsqu'il s'accroche à une branche, mais je refuse de l'abandonner.

Je ne peux pas.

Au moment où je commence à penser que j'ai peut-être distancé l'homme dans la voiture, mon sac est tiré en arrière. Je hurle lorsqu'un bras s'enroule autour de ma taille, m'immobilisant tandis qu'une main large et chaude couvre ma bouche.

— Bien essayé, Poupée, murmure une voix profonde et menaçante à mon oreille.

Une peur glaciale s'engouffre dans mes veines tandis que je lutte pour respirer par le nez.

J'étais si près du but. Putain, si près.

— Beaucoup d'hommes dangereux sont à ta recherche.

Je gémis, vaguement soulagée que la voix ne soit pas celle de mon père. Ou pire, de son patron.

— Tu n'imagines pas à quel point tu as de la chance que ce soit moi qui t'aie trouvée.

1

ALANA

DANS LE PRÉSENT…

Je m'assieds, les cuisses contre ma poitrine et les bras enroulés autour d'elles, essayant de lutter contre le froid alors que je fixe le mur devant moi. C'est la seule chose que je fais depuis que j'ai été enfermée il y a quelques heures.

Dans cette cellule de prison, il n'y a rien d'autre qu'un lit de camp, des toilettes et un lavabo.

C'est tout.

Tout le contraire du confort de la maison que j'ai connue ces cinq dernières années et le retour sur terre est dur. Ce que j'ai vécu ces dernières années était un rêve, un fantasme. J'ai été stupide de me permettre de croire que ça pouvait être mon avenir. Ma réalité.

C'est… C'est plus le genre de vie auquel je suis habituée.

Ma vie de merde a été une fois de plus réduite au fait d'être retenue captive par un homme.

Non. Cette fois, il ne s'agit pas seulement d'un homme.

Mais du diable en personne.

Reid Harris est un homme que la plupart des gens n'auront jamais le malheur de rencontrer dans leur vie.

Mais pour tous ceux qui ont eu la malchance de naître à Harrow Creek, ou de se retrouver ici, le risque de le rencontrer, de voir leur vie entachée par lui, ou par son père, est grand.

Et je fais partie de ces malchanceux. Car non seulement je suis née ici, mais je suis née dans un monde de violence et de corruption qui est tellement lié à Reid et à son père, Victor, que je n'ai aucune chance d'y échapper.

J'ai essayé. Putain de merde, j'ai vraiment essayé.

Mais tout comme leurs animaux de compagnie, les Hawks tiennent en laisse leurs atouts les plus précieux. Et pour une raison qui m'échappe, j'en fais partie.

Il y a cinq ans, j'y suis presque parvenue.

J'étais si proche de la liberté que je pouvais presque la goûter.

Mais il a fallu qu'*il* passe devant moi. Il ne pouvait pas ignorer l'ordre qui avait été donné lorsque mon père avait découvert que j'avais disparu et continuer son chemin.

Il devait s'arrêter. Il devait me poursuivre. Il devait… me *sauver*.

Jusqu'à un certain point, il l'a fait.

À partir du moment où il m'a attrapée, ma vie a considérablement changé.

Je n'étais plus un jouet pour les hommes. Je n'avais plus peur de m'endormir le soir et je n'étais pas non plus terrifiée à l'idée de me réveiller le lendemain matin piégée dans un cycle d'abus sans fin. Pour la première fois depuis des années, j'avais un foyer où il y avait des rires, du bonheur et, si j'ose dire, de l'amour.

Mais une chose n'a jamais changé.

J'étais toujours à la merci d'un homme. Mais cette fois, l'homme était plus gentil, plus doux, plus tendre.

C'était bizarre.

J'aurais dû être soulagée.

Je veux dire, j'étais soulagée.

Mais j'avais aussi l'impression qu'il me manquait quelque chose.

Je n'arrivais pas à mettre le doigt dessus, mais c'était là – ou pas – quand même.

Il m'a donné tout ce que je pouvais désirer.

Il m'a donné de la nourriture dont je n'avais jamais soupçonné l'existence. Il m'a acheté tout ce que je voulais. Il m'a encouragée à poursuivre mes études et m'a aidée à obtenir mon diplôme. Il m'a promis de me protéger et il a fait le sacrifice ultime pour respecter sa parole. C'est quelque chose que je n'ai toujours pas compris à ce jour. Mais c'est aussi quelque chose dont je suis incroyablement reconnaissante, car il a tout changé pour moi.

Il m'a donné tout ce que j'aurais pu désirer. Tout sauf lui.

Il s'est engagé envers moi. Il a donné sa vie en échange de ma sécurité.

Pourtant, il ne m'a jamais donné son corps.

Et après la vie que j'avais vécue, j'en avais envie.

Je voulais ses caresses, ses baisers. Tout de lui.

J'ai vu son côté doux. Mais je savais que l'homme qui m'a permis de recommencer à zéro était bien plus que ça.

C'était un tueur brutal, vicieux et assoiffé de sang, comme les autres.

Alors pourquoi n'a-t-il pas lâché cette bête sur moi ?

Suis-je si irrémédiablement brisée que même un homme avec autant de sang sur les mains ne peut supporter de me toucher ?

Suis-je à ce point toxique ? Souillée ?

Un lourd soupir s'échappe de mes lèvres et je repose mon front sur mes genoux.

Je connais les réponses à ces questions.

Je les connais depuis des années.

Ça ne les rend pas plus faciles à accepter pour autant.

Mon souffle se coupe lorsque j'entends un grand coup de l'autre côté de ma porte. Mon cœur bondit dans ma gorge et mon pouls s'accélère à l'idée que mon ravisseur ouvre la porte et s'en prenne à moi.

Il a peut-être essayé de me faire dévoiler tous mes secrets au début, mais il est resté étrangement silencieux depuis. Son seul moyen de torture semble être la température arctique qui me fait claquer des dents bruyamment.

Le fait d'être ici n'est pas une surprise, pas vraiment.

Je savais dans quoi je m'embarquais le jour où j'ai accepté d'être à la botte de Victor Harris.

Si ce n'était pas lui qui se lassait de moi et mettait enfin fin à ma pitoyable vie, alors ce serait son fils aîné, le plus sinistre et le plus pervers.

Ce type est une véritable légende dans les rues de Harrow Creek.

Le fils infâme de leur chef Hawk bien-aimé. L'héritier, le futur chef.

Le tueur sans merci qui ne recule devant rien pour obtenir ce qu'il veut.

Et pour l'instant, il veut des informations de ma part.

Eh bien... J'ai peut-être l'air d'une blonde idiote qui laisse les hommes faire ce qu'ils veulent d'elle, mais sous la façade, il y a beaucoup plus. Et Reid Harris est sur le point d'apprendre que je ne suis pas la cible facile qu'il imagine probablement.

J'ai survécu vingt-et-un ans sur cette Terre et, chaque jour, j'ai été entourée de Hawks. Certains sont plus mortels et terrifiants que d'autres. Mais j'ai appris une ou deux choses sur leur fonctionnement et sur ce qu'ils veulent.

Et je me targue d'être différente. Je ne me plie pas à leur volonté et ne suis pas leurs exigences au pied levé. Je refuse de les vénérer comme les rois qu'ils pensent être. À moins que le travail ne m'oblige à me mettre à genoux et à implorer leur pitié, auquel cas je ferai une exception pour rester saine et sauve.

Je n'ai pas survécu tout ce temps pour abandonner maintenant.

Si j'avais voulu en finir, j'aurais pu le faire il y a longtemps.

Peut-être que j'aurais dû. Après avoir perdu Kristie, j'aurais peut-être dû mettre fin à ma misère.

Ça aurait certainement évité beaucoup de douleur et de souffrance.

Mais tout n'a pas été négatif, dit une petite voix.

Mon esprit me ramène à des temps meilleurs. Aux courses dans le jardin avec ma petite sœur. Aux rires et au bonheur. Aux moments où je fumais et buvais avec mon mari, appréciant d'avoir un véritable ami pour la première fois de ma vie.

Mais ma porte ne s'ouvre pas.

Aucun visiteur ne se présente.

Je sais ce qu'il fait.

Le diable, vêtu de rien d'autre que ses muscles ciselés, un pantalon de survêtement gris et quelques éclaboussures de sang, me laisse mariner dans mon angoisse.

Il me veut faible, vulnérable et désespérée.

Il devrait pourtant le savoir. Je suis plus qu'habituée à ça.

La solitude, la faim, le froid.

Ce sont des amis que je connais bien.

Ces dernières années ont peut-être été un peu plus confortables, mais ça ne veut pas dire que j'ai oublié comment survivre quand les temps sont durs.

C'est comme ça que je sais que je vais réussir à survivre à tout ce que Reid Harris s'apprête à me lancer. À moins qu'il ne s'agisse d'un de ces couteaux que j'ai déjà vus dans son cabinet d'instruments de torture au-delà de la porte blindée derrière laquelle je suis coincée.

L'un de ces *bad boys* pourrait bien me tuer.

Je suppose que si c'est mon heure, il n'y a pas de meilleure façon d'aller en enfer que d'être condamnée par le diable lui-même.

Un sourire malicieux se dessine sur mes lèvres.

Ouais, peut-être que mon séjour ici ne sera pas si mal.

Enfin, je veux dire que les choses ont certainement été pires qu'elles ne le sont aujourd'hui.

Je n'ai aucune idée du temps qui passe. Je ne sais pas si c'est le jour ou la nuit quand je rouvre les yeux.

Les spots lumineux du plafond de ma cellule m'éclairent toujours d'en haut et il fait toujours aussi froid que tout à l'heure.

La seule différence, c'est que mon estomac gargouille car il a désespérément besoin de manger et que mon envie de faire pipi signifie que je vais devoir utiliser les toilettes dans le coin.

Ça pourrait être pire. Il pourrait s'agir d'un seau.

J'ai déjà connu ça.

Je fais ce que j'ai à faire et me lave les mains dans le

minuscule lavabo avant de me pencher et de boire l'eau froide directement au robinet.

Je ne sais pas si elle est potable, mais c'est tout ce que j'ai. Et je n'ai pas l'intention de donner à ce connard une issue facile en mourant de déshydratation avant qu'on ne puisse s'amuser davantage.

Il va venir. Je le sais. Il est juste... en train d'attendre. Il attend son heure.

Il me veut faible et vulnérable pour que je me plie à sa volonté et réponde à ses questions.

Mais ça n'arrivera pas.

Il peut me blesser, me punir, me maltraiter.

Je ne dévoilerai pas mes secrets.

Il n'y a qu'une seule personne au monde qui m'a protégée. Et je ne la remercierai pas en mettant sa vie en danger, en la plaçant directement dans la ligne de mire de l'ennemi.

Je lui dois plus que ça.

Je lui dois tout.

Enfin, peut-être pas tout. S'il m'avait laissé partir cette nuit-là... ça aurait été tout.

Je fais le tour de la cellule, faisant glisser le bout de mes doigts sur les murs gris et rugueux, mes yeux regardant partout à la recherche de... n'importe quoi.

Mais il n'y a rien. Je suis coincée dans une boîte grise, sans moyen de m'échapper et sans rien d'autre à faire que de ressasser toutes les erreurs et les mauvaises décisions qui m'ont conduite ici.

Je ne voulais pas le faire.

Je ne souhaitais manipuler personne et surtout pas Kane Legend, l'un des meilleurs soldats des Hawks.

Il ne le croit peut-être pas pour l'instant, mais je l'aime bien.

Il pense que je ne suis rien de plus qu'une pute menteuse et bon marché. Ce qui est totalement justifié. Mais ce n'est pas vrai non plus.

Nous nous ressemblons beaucoup tous les deux.

Tous deux enfants de Harrow Creek, nous y sommes nés et y avons grandi. La vie ne nous a pas fait de cadeaux, même si c'est de manière très différente. Mais parce qu'il est né avec une bite entre les jambes, il a été invité chez les Hawks, le gang qui dirige cette ville d'une main de fer. Victor a trouvé un moyen d'exploiter la colère de Kane. Ajoutez à ça le fait que Kane est un ami proche de Reid et de son jeune frère Devin et vous obtenez un ticket d'entrée rapide pour faire partie de la royauté des Hawks.

Mais il n'en voulait pas.

Il a passé l'année dernière à essayer d'échapper à cette vie et à ses liens avec les Hawks. Une histoire que je connais très bien.

Mais chaque fois qu'il est près d'y arriver, il est rappelé sous les ordres de ce putain de Victor Harris.

Au cours des dix-huit derniers mois, c'est à moi qu'est revenue la responsabilité de le maintenir lié à cette vie.

Victor pensait bêtement que je pourrais être celle qui convaincrait Kane de rester.

Ça n'allait jamais fonctionner. Kane Legend a la promesse d'une vie meilleure. Bon sang, il pourrait être l'un des rares à sortir de Harrow Creek et à faire sa vie. Une vie dans la NFL, si tout se passe bien. Je ne connais peut-être rien au football, mais il est bon. Vraiment très bon.

J'étais un détail insignifiant pour Kane. Il pensait que j'étais une mission à accomplir. Il n'avait aucune idée que c'était lui qui était manipulé.

Dans ce jeu, nous ne sommes que des marionnettes.

Un jeu dont Victor Harris détient les règles.

S'il dit à quelqu'un de « sauter », tout le monde en dessous de lui, même l'aîné des enfants du diable, s'exécute en demandant de quelle hauteur.

C'est mal. Mais c'est ainsi. Depuis des années. Et qu'est-ce qu'une bimbo blonde comme moi est censée faire ?

Je soupire et me laisse tomber sur le lit, un sentiment d'abattement et de déception m'envahissant. Je pose mes mains sur mon ventre et fais tourner mon alliance autour de mon doigt en pensant à l'homme qui me l'a offerte.

Dès qu'il réalisera que je ne suis pas à la maison, il me cherchera.

C'est peut-être déjà le cas.

Je n'ai pas été très loin à l'extérieur, mais ici, je vais carrément stagner.

Il n'y a que deux choses que je veux dans la vie.

Je veux connaître la vérité sur ma sœur, la retrouver si c'est encore possible après toutes ces années.

Et je veux voir Victor Harris mourir. Devant mes propres yeux, je veux voir la vie quitter les siens.

D'une manière ou d'une autre, je sortirai d'ici et, d'une manière ou d'une autre, je ferai en sorte que les deux arrivent.

Le compte à rebours est lancé pour lui, je dois juste élaborer un plan pour éviter les retombées sur mon mari ou moi, et j'appuierai sur cette putain de gâchette moi-même.

Chaque minute qui passe alors que je suis assise ici, les bras enroulés autour de mon corps, me semble durer une heure. Chaque fois que le violet de mon maillot des Panthers attire mon attention, je regrette ce que j'ai fait ce soir. Les mensonges que j'ai racontés pour protéger l'homme que j'aime, pour obtenir la justice que je mérite.

J'ai perdu la notion du temps et, comme je n'ai rien d'autre à faire que d'attendre, je me détends et fixe le plafond, essayant de me concentrer sur des temps meilleurs, plutôt que sur ma tragique réalité.

Mais la tentation de venir jouer avec son nouvel animal de compagnie finit par prendre le dessus sur Reid. Le lourd verrou de ma porte se désengage, me faisant sursauter et me faufiler dans le coin de la cellule comme si j'avais peur de lui. Je pourrais essayer de faire bonne figure, mais il s'agit de Reid Harris, toute personne saine d'esprit aurait des réserves à l'idée de se retrouver dans le viseur de cet homme.

Je parviens à remonter mes jambes jusqu'à ma poitrine avant qu'il n'ouvre la porte et que son grand corps musclé et menaçant n'apparaisse dans l'embrasure.

Il n'est même pas dans la pièce, mais l'espace semble déjà plus petit.

Il me fixe. Il essaie silencieusement de m'intimider. Mais il va devoir faire plus d'efforts.

— Je savais que tu ne pourrais pas te retenir longtemps de venir ici, raillé-je avec une voix et une assurance en contradiction totale avec mon langage corporel.

Mais il ne réagit pas. Du moins, pas pour l'instant.

2

REID

Je m'assieds sur le canapé et porte le verre à mes lèvres, savourant l'onctuosité du whisky, les yeux rivés sur l'écran.

J'ai envie de dire que j'observe chacun de ses mouvements pour découvrir ses faiblesses et trouver le moyen le plus facile de la briser.

Mais étant donné qu'elle ne fait que rester allongée sur le lit de camp et regarder le plafond, ce serait un mensonge.

Au lieu de ça, je la fixe. Je me demande à quoi elle pense, si elle regrette tout ce qu'elle a fait pour en arriver là. Ou... si elle le célèbre silencieusement.

Ce qu'elle a fait est vraiment stupide. Les mensonges qu'elle a racontés se sont si facilement révélés faux.

Tout ça n'était-il qu'un jeu pour se retrouver ici ? Pour être face à moi comme elle ne l'a jamais été auparavant ?

Je sais qui elle est.

Tous les enfoirés de Harrow Creek savent qui elle est.

Son père est l'un des hommes de confiance de mon père.

Et son mari...

Ma prise sur le verre que je tiens se resserre alors que je pense à ce putain de connard suffisant qu'est son mari.

Cette foutue relation est incompréhensible pour tout le monde. Mais je suppose que la plupart des relations sont comme ça.

Ce que je sais d'eux deux m'amène à penser la même chose... c'est un jeu.

Alana Murray joue un putain de jeu.

C'est ce qu'elle fait. La petite princesse gâtée de Harrow Creek tente de manipuler les gangsters à son avantage.

Eh bien, si elle pense que ça va se passer comme ça sous mon toit, alors elle va tomber de haut.

Je n'ai aucune idée des plans diaboliques qu'elle a en tête, elle est libre d'imaginer ce qu'elle veut.

Mais il n'y aura qu'une seule fin. Et ce ne sera pas elle qui restera debout au final.

Elle a choisi de se mesurer au mauvais homme cette fois-ci.

Je ne ferai preuve d'aucune pitié et découvrirai ses secrets. Peu importe à quel point ça fait mal.

Le coin de ma bouche tressaille lorsque je sens quelqu'un derrière moi.

Il essaie peut-être d'être discret dans sa tentative de me surprendre, mais il n'a pas réussi une seule fois en dix ans. Je ne sais pas trop pourquoi il s'emmerde encore. Juste par entêtement, j'imagine.

Malheureusement, cette fois-ci, je n'ai pas l'occasion de lui faire remarquer que je sais qu'il se tient derrière moi. La scène qui se joue sur l'écran devant nous est trop intrigante pour qu'il reste silencieux.

— Tu as un nouvel animal de compagnie ? me demande JD, mon colocataire et meilleur ami, en oubliant sa discrétion à deux balles et en entrant dans la pièce comme s'il était le maître des lieux.

— Un truc du genre, marmonné-je en buvant le contenu de mon verre.

— Qui est-ce ? s'enquiert-il alors qu'il remplit mon verre avec la bouteille qui se trouve au milieu de la table basse et l'avale sans sourciller.

— Putain, te gêne pas ! grogné-je.

— Merci, répond-il avec un sourire en coin avant de s'asseoir à l'autre bout du canapé.

Ses yeux se lèvent et il étudie l'écran d'un peu plus près.

Je reste silencieux. Il connaît aussi bien que moi l'occupante actuelle de cette cellule.

— Attends, dit-il en s'asseyant en avant au moment où il commence à réaliser. Est-ce que c'est...

— Ouais, confirmé-je.

Cette fois, je ne m'embarrasse pas du verre, me penche vers l'avant et porte la bouteille à mes lèvres.

— Qu'est-ce qu'elle a fait, bordel ? demande-t-il en s'adossant à son siège et en écartant les cuisses tout en la regardant.

— Elle a essayé de convaincre Kane qu'elle était enceinte de lui, expliqué-je sur un ton monotone.

À part mes frères, Kane est mon ami le plus proche, le Hawk le plus digne de confiance. Il n'y a qu'une seule raison pour laquelle elle a couché avec lui... sûrement pour essayer de m'atteindre. Où diable pensait-elle que ce mensonge l'amènerait ?

— Putain, murmure-t-il avec incrédulité.

— Exactement. À quel foutu jeu joue-t-elle ?

— Mav est au courant ? m'interroge-t-il en mentionnant le mari d'Alana, ce qui me fait serrer les poings.

— J'emmerde ce connard.

— Je sais que leur relation est plus que bizarre. Mais prétendre être enceinte de quelqu'un d'autre ne peut pas être bon pour un mariage. Et un putain de frère en plus. Ce truc n'est pas cool, mec.

— Ce n'est pas un mariage, me moqué-je.

Je n'ai aucune idée de ce que c'est, mais ce n'est pas un putain de mariage.

— Nan, tu peux voir la façon dont il la regarde, mec.

— Mais il ne la touche pas, n'est-ce pas ?

Il détache son regard de la télévision et le côté de mon visage brûle sous son attention.

— Si tu veux dire quelque chose, tu n'as qu'à cracher le morceau, sifflé-je.

Il lève les mains en signe de reddition et se retourne vers l'écran.

— Alors, elle n'est pas enceinte ? demande-t-il en oubliant ce qu'il était en train de penser.

— Non, confirmé-je.

— Alors pourquoi...

— C'est ce que je veux savoir.

— Alors, va lui demander.

— Je l'ai fait. Elle n'était pas très ouverte. Par conséquent... m'interromps-je en faisant un geste vers elle.

— Où est Legend ?

— Parti chercher sa copine avant que cette salope n'ait tout gâché.

— Putain de gonzesse, marmonne JD avec légèreté en pensant à notre ami fou amoureux.

D'aussi loin que je me souvienne, Kane a toujours été amoureux de Scarlett Hunter. C'est vraiment dommage qu'il ne l'ait pas réalisé plus tôt et qu'au lieu de prendre son courage à deux mains, il ait passé les dernières années à tout foutre en l'air.

Pour l'instant, il a une seconde chance et l'opportunité d'une nouvelle vie loin de nous et de toute cette merde. Mais pour ça, il faut que mon père tienne sa parole et le laisse partir. Et cet enfoiré est aussi digne de confiance qu'un pédophile dans un foyer pour enfants.

Assis en avant, je passe mes doigts dans mes cheveux.

— À quoi tu penses ?

— À part le fait qu'elle se fiche de nous ? Pas grand-chose.

— Mais le ferait-elle ? Est-ce qu'elle en serait capable ?

Je réfléchis à sa question pendant un moment.

— Et si nous l'avions tous considérablement sous-estimée ?

— Tu penses que c'est un cerveau de la pègre ? demande-t-il, dubitatif.

Je hausse les épaules. Je n'arrive pas à rassembler mes idées.

— Mav est beaucoup de choses, mais il n'est pas stupide. Il n'aurait pas pu être manipulé pour l'épouser, surtout sans coucher avec elle.

Le silence s'installe entre nous.

— Il sait qu'elle a baisé avec Kane, n'est-ce pas ? s'enquiert-il.

— Je ne sais pas. Je ne crois pas que ce soit de notoriété publique.

— Elle baise avec quelqu'un d'autre ?

— Je ne sais pas, répété-je.

— Alors pourquoi sommes-nous assis ici à la regarder fixer le plafond alors que nous pourrions être en bas à lui soutirer des informations ?

Il se frotte les mains et un sourire excité apparaît sur ses lèvres.

— On pourrait s'amuser un peu, ajoute-t-il en remuant les sourcils.

— On ?

— Putain, ouais. Tu sais qu'on est un duo de choc. On va lui soutirer ses secrets d'une façon ou d'une autre.

— Non, grondé-je en me levant avant de me tourner vers mon meilleur ami et de lui lancer un regard noir. Elle est à moi. C'est personnel.

— Il y a quelque chose que tu ne me dis pas, frérot ? me taquine-t-il.

— Alana ? Vraiment ?

Il ricane.

— S'il s'agit de faire chier Mav, je ne m'étonnerais pas que tu le fasses.

— Je ne m'approcherai pas de sa femme.

— Lui non plus, rétorque JD avant que je ne contourne le canapé.

Je pense qu'elle a attendu assez longtemps.

Il est temps de faire monter la pression et d'obtenir les réponses dont j'ai besoin. Je ne voudrais pas qu'elle pense que je m'adoucis.

Je regarde vers le bas tout en avançant dans le couloir, traquant les éclaboussures de sang qui recouvrent mon torse nu.

J'avais espéré que le fait de lui permettre d'écouter un autre de mes invités implorer ma pitié aurait facilité les choses et l'aurait poussée à dévoiler ses secrets.

Mais putain. Je suis content que ce ne soit pas le cas.

J'aime les défis. Et quelque chose me dit qu'Alana va me pousser dans mes derniers retranchements.

Ça faisait longtemps que quelqu'un ne m'avait pas motivé autant.

Je fais craquer mes articulations et m'immobilise en

apercevant son sac à main sur la commode du couloir, là où Kane l'a jeté après l'avoir traînée jusqu'ici.

J'ouvre la fermeture et fouille à l'intérieur jusqu'à ce que je trouve son portable.

Je l'allume et découvre sans surprise sept appels manqués de son mari.

— Bien essayé, connard, marmonné-je en glissant le téléphone dans ma poche.

Si je ne peux pas le pirater plus tard, je connais quelqu'un qui pourra le faire.

En ouvrant la lourde porte qui mène au sous-sol, une montée d'adrénaline se répand dans mes veines.

J'aime ma maison.

Non, j'adore ma maison.

J'ai passé toute mon enfance à contempler ce bâtiment sombre, mystérieux et imposant qui domine presque chaque centimètre carré de Harrow Creek.

À douze ans, je m'étais dit qu'un jour, il m'appartiendrait. Que je le restaurerais et lui redonnerais sa gloire d'antan. Que JD et moi y emménagerions et que nous nous lancerions dans notre avenir, celui de régner d'une main de fer sur la ville en bas, tout en étant plus justes que mon connard de père.

Une partie de ce rêve s'est réalisée.

J'ai la maison. Le colocataire le plus ennuyeux et le plus désordonné du monde et, si tout mon travail porte ses fruits, je ne devrais pas tarder à prendre le contrôle de la ville.

Les jours de Victor Harris sont comptés. Et j'ai bien l'intention d'être celui qui mettra un terme à son règne et à sa vie.

Et ce sera un jour foutrement savoureux quand ça arrivera.

Ce dont je n'ai pas besoin, c'est qu'une certaine blonde

se mette en travers de mon chemin et détourne mon attention.

La faim me tenaille tandis que je descends les escaliers jusqu'à la partie de la maison que je préfère.

Le sous-sol était autrefois une vieille cave à vin froide et humide, mais depuis que j'ai pris possession de cette maison soi-disant hantée, il a été entièrement transformé.

Ouais, c'est encore froid et humide. Mais si l'entrée et les escaliers de l'ancienne cave à vin sont toujours accessibles depuis la cuisine, il existe une nouvelle porte secrète et une toute nouvelle extension dont seuls quelques rares personnes connaissent l'existence. Elle est désormais équipée comme l'une des prisons les plus sûres de la région. Et même du pays. Aucun enfoiré ne sortira d'ici sans être personnellement escorté ou dans un sac mortuaire. Jusqu'à présent, seul ce dernier cas s'est produit.

Le froid de l'air fait picoter ma peau lorsque j'arrive en bas et franchis les portes bien verrouillées.

Tous ceux qui sont ici, pour une raison ou une autre, méritent leur place dans mes cellules. Certains plus que d'autres, mais je n'aime pas faire de discrimination, alors ils ont tous le même traitement.

Certains apprécient même leur séjour ici. Comme je l'ai dit, ils méritent leur place, ce qui signifie qu'ils méritent leur punition. Et ils le savent très bien.

Il est tard, minuit passé depuis longtemps. Certains dorment probablement. Si je n'avais pas été si captivé par l'observation d'Alana à l'étage, j'aurais peut-être pris des nouvelles de mes autres invités. Mais pour l'instant, ils ne m'intéressent pas. Ce n'est pas comme s'ils allaient partir quelque part. Ils attendront que je me lasse de jouer avec mon nouvel animal de compagnie.

Le bruit des serrures qui se désengagent fait vibrer le sol

en béton sous mes pieds et l'excitation qui palpite en moi ne fait que s'intensifier.

Je pourrais regarder à travers les judas et dans toutes ces pièces avant d'entrer. Mais où serait le plaisir ?

Savoir à quoi m'attendre serait foutrement ennuyeux. Tous ceux qui me connaissent savent que j'aime être tenu en haleine. J'adore me retrouver dans des situations inconnues. C'est l'une des choses qui me fait vraiment vibrer.

Cette fois-ci, j'ai une bonne idée de ce que je vais trouver, car j'ai passé un temps embarrassant à l'étage à la regarder ne rien faire. Elle a peut-être pris quelques minutes pour inspecter les lieux, mais c'est le seul moment excitant que j'ai eu.

Oh, ça et la regarder pisser. Ce n'est pas exactement ce dont rêvent les ravisseurs. Ou peut-être que si. Qui suis-je pour juger ?

Mais en entrouvrant la porte, je constate que les choses s'améliorent légèrement.

Si son visage reste aussi impassible qu'il l'était lorsque je l'ai interrogée, son corps raconte une histoire légèrement différente.

Elle est recroquevillée dans le coin, les bras enroulés autour de ses jambes, comme si elle essayait de garder son sang-froid.

Qu'est-ce que ça signifie ?

Est-elle la dure à cuire confiante qu'elle voulait paraître tout à l'heure en refusant de me donner quoi que ce soit ? Ou bien est-elle la petite femme faible et terrifiée que sa posture me laisse croire ?

Si mes réflexions à l'étage sur les raisons de sa présence ici sont justes, alors je pencherais pour la première solution.

Le reste n'est que de la comédie.

Mais si je découvre que j'ai raison et que Mav et elle jouent un jeu malsain et pervers pour essayer de me faire tomber, alors elle a toutes les raisons d'être terrifiée.

Lui aussi.

Ça fait des années que j'attends d'en découdre avec lui.

C'est une épine dans mon pied depuis que je suis en âge de connaître son nom.

Il est peut-être plus âgé, mais il n'aura jamais le pouvoir que j'ai. Et il déteste ça.

Il veut ma position. Mon gang.

Mais, putain, ça n'arrivera jamais.

Il peut envoyer sa petite salope faire son sale boulot tant qu'il veut. Aucun des deux n'obtiendra jamais ce qu'il veut de moi.

Elle lève le menton et laisse ses yeux descendre le long de mon corps, me reluquant ouvertement.

— Je savais que tu ne pourrais pas te retenir longtemps de venir ici, raille-t-elle.

— C'est pour ça que tu es assise là, à me montrer sans vergogne ta culotte ? la questionné-je, sans rompre le contact visuel pour regarder la petite bande de dentelle qui recouvre sa chatte.

Elle doit vraiment reconsidérer les choses si elle pense pouvoir me manipuler aussi facilement.

Je me fous de savoir si elle a une chatte ou une bite. Elle a essayé d'entuber un de mes amis les plus proches.

En ce qui me concerne, c'est elle l'ennemie en ce moment, et seule l'un d'entre nous détient le pouvoir.

— Oups, murmure-t-elle innocemment en relâchant ses jambes et en reposant ses pieds sur le sol.

L'air crépite lorsqu'elle se lève. Son parfum sucré et floral emplit mon nez et je jure qu'il se dirige directement vers ma bite.

Ne me quittant pas des yeux, elle se rapproche de moi jusqu'à ce que la chaleur de son corps envahisse ma poitrine.

Elle penche la tête sur le côté avant de demander :

— Tu voulais quelque chose, Big Man ?

— Est-ce que je veux quelque chose, répété-je sèchement. Ce n'est pas moi qui suis enfermé dans un sous-sol sans promesse de revoir la lumière du jour, Petit animal.

— C'est là que nous ne sommes pas d'accord.

Je sursaute lorsque ses articulations effleurent la peau sous mon nombril.

Cette salope a une putain d'audace.

Mes poings se serrent sous l'effet de mon besoin de l'empêcher physiquement de me toucher. Mais mon envie de paraître insensible à son contact est plus forte.

— Je n'arrive pas à savoir si tu es vraiment aussi stupide ou si tu joues un jeu très intelligent.

Ses lèvres tressaillent.

— Je suppose que tu devras le découvrir.

— On dirait que j'ai beaucoup d'informations à te soutirer.

Son sourire s'accentue.

— Apparemment nous allons bien nous amuser, Big Man.

Plus vite que je ne peux le comprendre, sa main descend et elle me serre l'entrejambe à travers le tissu fin de mon pantalon de jogging.

Malheureusement pour elle, ma retenue est forte et mon corps ne révèle rien.

Elle peut essayer autant qu'elle veut. Un seul d'entre nous craquera ici.

— Tu sais, tout ce qu'il faut, c'est la vérité.

— Je suis tout à fait consciente de ce que tu attends de

moi. Cela dit, ça ne veut pas dire que je suis prête à balancer quoi que ce soit.

— Très bien, marmonné-je en la regardant s'asseoir sur le lit, l'air bien trop à l'aise à mon goût.

— C'est un endroit plutôt sympa que tu as là, dit-elle avec un air complètement imperturbable.

— Le fait que tu saches que ce lieu existe ne te met pas dans une très bonne position. J'ai tué pour moins que ça.

— Peut-être bien. Mais tu ne me tueras pas, répond-elle avec assurance.

— C'est ce que tu penses ?

Elle fixe ses ongles comme si cette conversation l'ennuyait au plus haut point.

— Tout à fait. D'ici peu, je remonterai ces marches dans les bras aimants de mon mari.

Je ne peux m'empêcher de grogner.

— Peut-être que tu es simplement stupide après tout. Il ne viendra pas te chercher. Pas quand il découvrira ce que tu as fait.

— Tu supposes qu'il ne le sait pas.

Elle lève finalement les yeux après avoir retiré un petit morceau de peau près de son ongle.

— Je serai ravi de tester cette hypothèse et de le découvrir. Il n'y a pas qu'avec Kane que tu as baisé, n'est-ce pas ?

Elle hausse les épaules. Putain, elle hausse les épaules !

Je savais que cette femme allait être une véritable plaie. Mais son manque total d'inquiétude et de peur me déstabilise.

Des hommes deux fois plus grands que moi se sont soumis. Pourtant, cette femme mince, d'un mètre soixante-cinq, aux cheveux blonds, se moque apparemment de savoir que j'ai torturé et tué plus d'hommes que le nombre d'années que j'ai vécues.

Putain, qui est-elle ?

— Pourquoi Kane, Alana ? Je comprenais pourquoi l'année dernière. Il travaillait et tu avais besoin… d'un vrai homme pour te satisfaire de temps en temps. Mais maintenant ? Il est sorti. Il a une nouvelle vie. Pourquoi tu lui cours encore après ?

Encore un putain de haussement d'épaules. Ce geste me fait tressauter la paupière.

— C'est un bon coup. Pourquoi ne pas continuer ?

— Pas étonnant que ton mari refuse de s'approcher de toi. Tu n'es rien d'autre qu'une pute.

— Juge-moi tant que tu veux, réplique-t-elle en me lançant un regard qui, j'en suis sûr, affecterait n'importe qui d'autre. Mais tu ne me connais pas. Tu ne vois que ce que je veux que tu voies.

3

ALANA

Son regard brûlant se pose sur le côté de mon visage et je me force à garder les yeux baissés. Sinon, j'en ai bien peur, il y verrait la douleur que ses mots ont causée.

Je ne veux pas qu'il pense qu'il m'affecte de quelque manière que ce soit.

Tout le monde se soumet peut-être et vénère le sol qu'il foule. Mais je ne suivrai pas le mouvement.

C'est ce qui arrive quand on se fiche de tout. Tout devient tellement plus facile.

Il peut me blesser, me punir, me torturer.

Qu'est-ce que ça changer ?

Ce n'est pas lui que je veux blesser, mais si je dois subir sa colère pour obtenir ce que je veux, la justice que je mérite après des années de tourments et d'abus, alors qu'il en soit ainsi.

— Je ne juge pas, Petit animal. Je base mes opinions sur des faits concrets. Maintenant, si tu veux me montrer que je me trompe sur toi, n'hésite pas.

Je garde la bouche fermée.

— C'est bien ce que je pensais.

Finalement, il fait un pas en avant et entre dans la cellule. J'ai l'impression qu'il aspire l'air de la pièce au fur et à mesure qu'il avance. Son odeur virile est presque écrasante lorsqu'il vient se placer à côté de moi, dominant le lit de camp dans l'espoir de m'intimider.

— Voilà comment ça va se passer.

À ses mots, qui sous-tendent que je vais fléchir, je le fixe d'un regard vide. Je détaille ses traits. Ses yeux d'un chocolat riche qui promettent plus de douleur que je ne peux en endurer. Ses lèvres pleines et la légère cicatrice sur le dessous de sa mâchoire qui est en grande partie cachée par une barbe de trois jours.

— Je vais te poser une série de questions et tu vas y répondre honnêtement.

Je lève un sourcil interrogateur.

— Je connais déjà ton dossier médical, Alana.

Mon corps tout entier se crispe quand j'entends sa confession.

Je savais qu'il savait quelque chose. C'était évident quand il a répondu à cet appel tout à l'heure.

Je m'attendais à ce qu'il me parle de ce qu'il avait appris de la personne à l'autre bout du fil. Mais il n'a pas dit un mot. Tout ce qu'il a fait, c'est me taquiner avec ce putain de cran d'arrêt qui scintillait de façon menaçante sous les lumières électriques crues au-dessus de nos têtes.

Naïvement, j'ai pensé que cet appel n'avait peut-être rien à voir avec moi. Après tout, je ne suis pas la seule personne dont il doit s'occuper. En tant que commandant en second des Hawks et machine à torturer personnelle de Victor, il doit y avoir beaucoup d'autres personnes qui méritent probablement une place sur cette chaise au milieu de sa chambre de torture.

Mais visiblement, j'avais raison de me méfier.

— Je sais que tu n'es pas enceinte. Je sais que tu ne peux pas tomber enceinte.

Les mots me frappent en pleine poitrine. Mais je lutte contre la douleur et continue à le regarder dans les yeux, gardant désespérément mes murs de protection.

Ne le laisse pas voir que ses mots touchent une partie brisée de toi.

— C'est Ellis qui a découvert tout ça, n'est-ce pas ? m'enquiers-je en mentionnant l'un de ses jeunes frères.

Le geek de l'informatique, pour être plus précise.

D'après ce que j'ai entendu, si on a besoin d'informations sur quelqu'un, Ellis peut les obtenir.

Honnêtement, je m'attendais à ce qu'ils fassent exactement ça.

L'autodestruction dans toute sa splendeur.

Je suis sûre qu'un psy ferait des rêves humides avec tous les traumatismes que j'ai subis au cours de ma vie.

— L'endroit d'où je tire mes informations ne te concerne pas. Tout ce qui compte, c'est de savoir si c'est exact. Et je peux voir dans tes yeux que c'est le cas.

— Va te faire foutre, craché-je en détestant qu'il appuie sur l'un de mes rares points faibles.

— Oh, ça fait mal, n'est-ce pas, Petit animal ?

Il s'agenouille, appuie son genou sur la surface dure de mon lit et se penche tout près.

Trop près, putain.

J'ai envie de reculer pour lui échapper, mais je refuse de montrer la moindre faiblesse.

Mais lorsque la chaleur de son corps se répand sur ma peau, je ne peux m'empêcher de faire le contraire et de me rapprocher.

Et elle ne fait que s'intensifier lorsque j'inspire. C'est

imprégné de son odeur. J'en ai l'eau à la bouche. C'est bien trop tentant, car l'homme agenouillé devant moi n'est rien d'autre qu'un monstre.

— Garde tes secrets, déclare-t-il, son souffle chaud passant sur ma peau et me faisant frissonner. Enferme-les autant que possible, si tu le souhaites. Mais ne pense pas qu'ils resteront éternellement cachés. J'ai des moyens de faire parler les gens. Des méthodes qui t'empêcheraient de dormir la nuit. Des méthodes qui donnent toujours des résultats.

— Il y a toujours une exception à la règle.

— C'est vrai. Mais je peux t'assurer que ce ne sera pas toi. Je n'ai aucune idée de ce qui se passe ici, mais Kane est l'un de mes hommes les plus proches et les plus loyaux. Tu t'en prends à lui, tu t'en prends à nous tous. Et je suis sûr que je n'ai pas besoin de te dire que tu ne veux pas subir la colère des frères Harris. Un seul d'entre nous, c'est déjà dur. Mais nous tous. C'est de ça que sont faits les cauchemars, Petit animal.

— Fais ce que tu veux. Ce que j'ai fait et les raisons pour lesquelles je l'ai fait ne te regardent pas.

Ses yeux s'assombrissent dangereusement.

— Oh, Petit animal. C'est là que tu te trompes fortement. En ce moment, tu es enfermée dans le sous-sol de ma maison, avec toutes les chances de ne jamais revoir ces escaliers. Tout ce qui concerne cette situation me regarde. Tu n'as pas compris le message ? Cette ville m'appartient. Chaque centimètre de terre et chaque humain qui y marche. Toi. Ton minable soi-disant mari. N'importe quelle personne avec qui tu pourrais travailler. Vous m'appartenez tous.

— Victor, le corrigé-je. Nous appartenons tous à Victor. Tu n'es rien. Juste sa petite marionnette qui s'agite dans tous les sens pour faire son sale boulot. La seule personne à qui tout le monde se soumet dans cette ville, c'est lui.

Ce sont des conneries. Tout le monde est terrifié par Reid Harris, mais ils ont également tous envie de le voir prendre le pouvoir et gouverner notre ville mieux que son vieux père corrompu.

C'est peut-être difficile à croire alors que je suis enfermée dans son sous-sol, mais Reid a bien plus de morale que son père.

Ce connard est prêt à tout, à vendre n'importe quoi et à tuer n'importe qui si ça lui rapporte quelques dollars.

Reid ne recherche ni l'argent ni la notoriété.

Il y a plus que ça en lui. Quelque chose que Mav refuse de voir ou d'accepter. Mais c'est quelque chose que je n'ai pas pu nier après avoir passé autant de temps avec Kane au cours des dix-huit derniers mois.

Reid n'avait pas tort tout à l'heure quand il a dit que Kane et lui étaient proches. En quelques rendez-vous, j'en ai appris plus sur l'ennemi mortel de mon mari que je ne l'aurais jamais cru.

J'espérais qu'en acceptant la mission que Victor m'offrait, je pourrais obtenir des infos pour comprendre la haine de Mav envers Reid. Mais je ne l'ai jamais fait.

Tout ce que j'ai réussi à faire, c'est ajouter des raisons supplémentaires à la liste déjà très longue des raisons pour lesquelles je déteste Victor Harris.

— Pense ce que tu veux, Petit animal.

Il se lève du lit et se redresse de toute sa hauteur en me regardant avec une expression indéchiffrable.

— As-tu besoin de quelque chose ? me demande-t-il en me déconcertant au plus haut point.

— Euh… Ouais, je crève de f…

Je referme la bouche à la seconde où son rire retentit dans la pièce.

— Bien, marmonné-je. Et moi qui pensais qu'il y avait une once d'humanité en toi. Je suis bête.

— Ne t'inquiète pas, je ne te laisserai pas mourir de faim. J'ai besoin de toi en vie pour toutes les choses amusantes que j'ai prévues.

Avant que je n'aie le temps d'argumenter, il est parti. Le claquement sinistre de la lourde porte résonne dans l'air, me laissant de nouveau seule.

Je glisse sur le lit et enroule mes bras autour de moi une fois de plus, puis ferme les yeux.

Tout ce dont Reid vient de me menacer est vrai.

Il va utiliser tous les outils à sa disposition pour me forcer à lui dévoiler mes secrets.

Je le savais en acceptant ce travail et je le sais d'autant mieux aujourd'hui.

Je ne peux m'empêcher de me demander si, au fond, vraiment, vraiment au fond, la petite fille brisée et effrayée en moi veut se confesser. Veut que je dévoile enfin toutes les atrocités de son passé, les abus, la douleur, la souffrance qu'elle a endurés bien avant d'être en âge de comprendre.

L'émotion me brûle le fond de la gorge, me démange le nez et les larmes aux yeux me montent en pensant à cette petite fille.

Avec le recul, il est difficile de croire que nous sommes la même personne. À l'époque, j'étais si naïve, si innocente. Il n'a pas fallu longtemps pour que tout se brise en morceaux.

Après le départ de Maman, tout ce que je voulais, c'était m'occuper de ma petite sœur. La protéger comme seule une grande sœur peut le faire. Je n'avais aucune idée de ce que j'allais devoir endurer pour essayer de garder cette lueur innocente dans ses yeux et ce sourire sur ses lèvres.

J'aurais volontiers continué si elle ne m'avait pas été arrachée. Je ferais n'importe quoi pour la protéger, tout comme je ferais n'importe quoi pour la retrouver.

Juste une heure. Un jour. N'importe quoi pour avoir la chance de lui dire à quel point je l'aime. Pour qu'elle sache que je ne l'ai jamais oubliée. Que je n'ai jamais cessé de me battre pour elle.

J'attrape mes cheveux et commence à les tresser comme elle le faisait. Ça ne fait qu'augmenter la taille de la boule qui obstrue ma gorge jusqu'à ce que je puisse à peine respirer.

Aucun son ne sort de ma bouche alors que mes larmes finissent par couler et descendre sur mes tempes jusqu'à mouiller mes cheveux.

En silence, je pleure en pensant à tout ce que j'ai perdu. À tout ce que j'ai été forcée d'abandonner. À l'homme qui tenait suffisamment à moi pour jurer de me protéger, mais pas assez pour me donner tout ce qu'il a.

Je reste allongée jusqu'à ce que mes cheveux soient trempés de larmes et que mes yeux me piquent. Je me déteste pour ça. Je déteste être si faible et si facilement brisée par mon passé.

Ce que je dois faire maintenant, c'est me concentrer. Je dois me concentrer sur le travail à accomplir et trouver un moyen de sortir d'ici. Si c'est encore possible.

Je veux dire, je suis toujours en vie, donc il y a une chance, non ?

Je pourrais déjà être morte et avoir été jetée dans la chaudière de Reid, ou découpée en petits morceaux et donnée en pâture à des cochons affamés. Ou tout autre moyen inventif qu'il a pour se débarrasser d'un corps sans se faire prendre. Je parie qu'il a plus d'un tour dans son sac. Le nombre de cadavres qu'il a sur le dos est suffisamment grand pour prouver qu'il peut faire preuve d'imagination quand il le souhaite.

Je suppose que ça aide de penser que la majorité des personnes qui sont victimes de ses méthodes mortelles sont des salauds qui le méritent. Mais c'est une chose que je n'ai pas en commun avec eux. Je suis peut-être brisée, souillée et empoisonnée par mon passé. Mais je ne suis pas une mauvaise personne.

Malgré ce que Kane, Letty, Reid et n'importe qui d'autre pourrait penser. Au fond, je ne suis qu'une petite fille brisée qui a désespérément besoin de liberté, d'amour et de reconnaissance, mais pas de la pitié des autres.

À un moment donné, je finis par m'endormir en pleurant, mais ma réalité ne me quitte jamais. Pas vraiment. Au lieu de sombrer dans un sommeil paisible, je tombe la tête la première dans l'un de mes cauchemars les plus sombres et les plus terrifiants. Je me réveille plusieurs fois au cours des heures qui suivent en hurlant de peur, le corps trempé à cause de mes sueurs froides.

Mais personne ne vient. Je ne m'attendais pas à ce qu'ils viennent.

Tu t'es fait ça toute seule, espèce de stupide salope.

Il est temps d'en assumer les conséquences.

4

MAVERICK

« Bonjour, vous êtes bien chez Alana. Je suis trop occupée pour vous répondre. Laissez un message, et si vous avez de la chance, je vous rappellerai peut-être. »

— ARGH, rugis-je en contrôlant à peine mon envie de lancer mon portable à travers la pièce. Où es-tu, putain ?

Mon inquiétude pour ma femme coule dans mes veines.

Bien sûr, ce n'est pas la première fois qu'elle rentre tard à la maison. C'est un véritable électron libre. Mais le soleil est presque levé et elle n'est pas là.

Mon cœur bat la chamade tandis que je fais les cent pas dans notre salon.

Notre maison n'est pas grand-chose. Une cabane dans les bois, au bord de Harrow Creek. Je l'ai achetée peu de temps après qu'elle est entrée dans ma vie pour lui donner un peu de paix et, surtout, lui offrir de la distance.

Je connais Alana depuis toujours. Nos pères ont toujours été de bons amis, ce qui signifie qu'enfants, nous passions beaucoup du temps ensemble. Je la préférais aux autres. À Reid Harris et à ses frères, qui passaient leur temps à s'assurer que je savais qu'ils seraient toujours au-dessus de moi pour régner sur Harrow Creek.

Je n'avais pas besoin de ce putain de rappel. Je connaissais la hiérarchie. Mais je savais aussi quels ordres je devais suivre, et ce n'était pas les leurs.

Toute ma vie, ils m'ont méprisé, alors que je suis plus âgé qu'eux et que j'ai tout vécu avant eux.

Tout ce qui concerne la vie d'un Hawk.

Je suis presque sûr d'être né avec un faucon tatoué sur le dos. Aussi loin que je me souvienne, mon père ne parlait que de ça. Il était si fier d'avoir un fils qui pouvait suivre ses traces. Et lorsque Reid est arrivé quelques années plus tard, Papa et Victor ont eu l'idée géniale que nous pourrions être la génération future. Que nous pourrions travailler côte à côte pour perpétuer leur héritage.

Mais il y a un problème. Aucun de nous ne supporte l'autre.

C'est un connard pervers et privilégié. Et Dieu sait ce qu'il pense de moi. Rien de bien. Nous avons passé toute notre vie à nous affronter, à nous donner des coups de poing et à nous lancer des insultes.

Mais Alana. La fille aux beaux yeux bleu clair et au sourire enjôleur qui peut illuminer une pièce… J'ai été fasciné par elle dès mon plus jeune âge.

Alors que j'avais l'impression d'être coincé dans la noirceur, Papa et Victor tirant toutes les ficelles de ma marionnette, elle était cet esprit libre qui n'avait pas encore été entaché par le monde.

Si seulement j'avais su la vérité…

Mais ça montre bien qu'on ne sait jamais ce qui se passe derrière les portes closes. Et en tant qu'enfant, puis jeune adulte, je n'avais pas la moindre idée de ce qu'était vraiment la vie d'Alana.

La nuit où son père a annoncé sa fugue, j'étais en plein travail. Mais la peur de la colère de Victor n'a pas suffi à m'empêcher de faire volte-face et de l'abandonner. Rien à foutre de ce stupide Hawk qui avait décidé de consommer la marchandise qu'il vendait. Si j'avais de la chance, il ferait une overdose. Et si ce n'était pas le cas, il serait encore là demain. Quelqu'un qui vole des produits et s'en tire serait idiot d'y renoncer.

Et heureusement que je l'ai fait, car à peine avais-je repris le chemin de Harrow Creek que j'ai vu une silhouette élancée qui tentait de s'échapper.

Je n'arrivais pas à croire à ma chance. J'étais terrifié à l'idée que son père, ou pire, Victor, la retrouve.

Lorsque j'ai atteint l'âge adulte, je connaissais sa vraie vie, derrière la façade.

Ce n'était pas une fille qui attirait particulièrement mon attention, vu qu'elle était une enfant et que j'étais un homme. C'était une fille qui souffrait.

Je n'étais également plus naïf quant au genre d'activités dans lesquelles mon père et ses amis se lançaient.

La façon dont ils traitaient les femmes, les jeunes femmes, me retournait l'estomac. Et j'étais déterminé à faire quelque chose pour y remédier. Je n'avais aucune idée de comment, mais à la seconde où j'ai vu qu'elle m'avait repéré et tentait de s'enfuir, j'ai su qu'il fallait commencer par elle.

Je ne connaissais pas la profondeur de ses secrets, de ses abus, mais je savais qu'elle avait besoin de moi. Et j'avais bien l'intention, pour une fois, d'être le héros.

Même si elle ne voulait pas que je le sois.

Je lève de nouveau mon portable, l'allume et appuie sur le bouton d'appel.

Peut-être que c'est cette fois-ci qu'elle répondra.

Mais comme toutes les autres fois, je tombe sur la boîte vocale.

Je me passe les doigts dans les cheveux et fixe le commencement du lever du soleil, en essayant de réfléchir à l'endroit où elle pourrait être.

Mais je n'ai qu'une seule réponse.

Elle est partie.

Cinq ans plus tard, a-t-elle finalement accompli le voyage que je l'avais empêchée de faire ? Je l'ai peut-être empêchée de partir cette nuit-là, mais ça ne veut pas dire que je lui avais enlevé son rêve.

Honnêtement, je m'attendais à ce qu'elle parte dès que je lui aurais donné un peu de liberté – ce qui, il faut bien l'admettre, a pris plus de temps que prévu.

Je n'étais pas stupide. Je savais qu'elle s'était enfuie d'une prison et qu'elle était tombée directement dans une autre. Mais comment pouvais-je la protéger autrement ?

Elle avait seize ans. Une gamine. Elle aurait dû être au lycée, elle aurait dû penser à son bac et à ce qu'elle allait faire du reste de sa vie. Elle n'aurait pas dû chercher à fuir les années d'abus qu'elle avait subies de la part de ses bourreaux.

J'ai fait tout ce que j'ai pu pour lui donner une chance d'avoir un avenir. Je me suis dit qu'une fois qu'elle aurait dix-huit ans, je lui donnerais la possibilité de partir. Je lui fournirais l'argent et tout ce dont elle a besoin pour s'échapper.

Mais je n'ai pas pu le faire.

Je ne pouvais pas la laisser partir.

J'ai donc fait le contraire. Je l'ai liée à moi de manière à garantir qu'elle serait toujours à moi. Je lui ai donné ma bague et mon nom. Les deux sont la protection ultime contre les hommes de cette ville.

Incapable de rester assis à attendre que la porte d'entrée s'ouvre ou que mon portable sonne, j'attrape mon portefeuille sur le comptoir de la cuisine et m'en vais.

Ignorant ma voiture, j'enfourche ma moto et fais démarrer le moteur.

Les vibrations résonnent en moi, apaisant un peu mon malaise alors que je fais marche arrière avant de partir en trombe.

L'aube est probablement le meilleur moment de la journée à Harrow Creek. Les démons qui arpentent les rues dans l'obscurité disparaissent dans leurs cavernes et la lueur orangée du soleil donne presque l'impression qu'il s'agit d'un endroit à peu près correct où vivre. Presque.

Les rues sont pour la plupart désertes, à l'exception de quelques ivrognes qui titubent encore, essayant de se rappeler où ils habitent, si tant est qu'ils habitent quelque part. Il y a bien quelques éboueurs qui font de leur mieux pour rendre l'endroit respectable, mais je ne peux m'empêcher de penser que c'est trop peu, trop tard.

Il n'y a pas que le trafic de drogue que Victor contrôle dans cette ville. Harrow Creek lui appartient littéralement. Tous les policiers, politiciens et conseillers sont corrompus et à sa solde. S'il voulait que cet endroit ressemble à une ville dont les habitants pourraient être fiers, il n'aurait qu'à claquer des doigts.

Mais en l'état, il semble prospérer en élevant les crapules qui rempliront ses poches en achetant ses stupéfiants et en exploitant ses femmes.

Ça pourrait être tellement plus que ce que c'est. Tellement mieux.

Nous sommes entourés de villes en pleine croissance comme Rosewood et Maddison et pourtant nous semblons régresser. La criminalité et la violence s'aggravent de jour en jour.

Je sais que je suis en partie responsable. Je suis assez bien placé dans le gang qui dirige ces rues. J'ai beaucoup de sang sur les mains.

Mais que suis-je censé faire ?

Je suis né ici. J'ai été élevé sans autre choix que de devenir un Hawk et de suivre les traces de mon père. Je n'aime pas penser à ce qu'il serait advenu de moi si je n'avais pas suivi cette voie. Je ne serais probablement pas là pour raconter cette histoire.

J'arpente les ruelles et les entrées des boutiques obscures à la recherche d'une quelconque trace de ma femme, mais je ne trouve rien.

Je m'arrête devant l'un de nos pires parcs à caravanes, coupe le moteur et descends.

Je vérifie à nouveau mon portable, mais comme je le savais déjà, il n'y a rien. J'ouvre l'application de géolocalisation et c'est toujours la même chose. Ça indique la maison.

Essayant de contenir ma frustration, je me fraye un chemin à travers les maisons délabrées, cherchant les groupes de jeunes qui sont pour la plupart blottis autour d'un feu, dans des états de conscience variables. J'ai envie de dire qu'ils se laissent aller parce que nous sommes samedi soir. Mais honnêtement, la plupart de ces délinquants ne sauraient pas quel jour on est même si on les secouait.

Les quelques personnes qui sont encore assez sobres pour me remarquer hochent le menton en guise de salut. Quelques-uns grognent même quelques mots, mais dès qu'ils découvrent que je ne suis pas là pour une visite de courtoisie, ils retournent à leur vie de merde.

Je me dirige vers l'avant-dernière caravane de la route principale et pousse la porte.

— Mavwick ! crie une petite voix avant de se précipiter vers moi, les bras écartés.

Un large sourire se dessine sur mes lèvres tandis que mon cœur bat fort dans ma poitrine.

— Salut, petite coquine. Qu'est-ce que tu fais réveillée ? lui demandé-je en soulevant la petite chérubine brune et en la faisant glousser.

Elle est la meilleure chose qu'il y ait dans cette ville. Ça me tue qu'elle soit obligée de grandir ici, en subissant le pire de ce que la vie a à offrir.

— Le soleil est levé, donc je suis debout, annonce-t-elle, avant que sa grand-mère, à l'air épuisé, n'entre dans la pièce en traînant les pieds.

Je l'étudie attentivement, notant les rides supplémentaires sur son visage et les cernes sous ses yeux. Elle est trop âgée pour courir après une petite sauvageonne, mais elle ne veut pas qu'il en soit autrement.

Je comprends. Vraiment. J'aimerais juste qu'elle me laisse l'aider davantage.

— Le store occultant que j'ai apporté fonctionne bien, alors ? plaisanté-je.

— Aussi bien qu'une théière en chocolat, maronne Sheila en se dirigeant vers la cafetière. Du café ? Tu as l'air d'en avoir besoin.

Je me force à sourire pour lui signifier que oui, avant de poser Daisy et de la laisser courir vers ses jouets.

— Viens jouer avec moi, Mavwick, s'écrie-t-elle, bien plus fort que nécessaire à cette heure de la matinée.

— Je le ferai, promets-je. Je dois juste parler à Grand-mère d'abord.

Elle me fixe depuis sa place sur le sol à côté de son

coffre à jouets, s'apprêtant à argumenter, mais elle sait mieux que quiconque qu'il ne faut pas se plaindre.

— Qu'est-ce qui se passe ? s'enquiert Sheila une fois que Daisy est distraite et bavarde avec ses poupées.

— Alana s'est volatilisée, avoué-je à voix basse.

— Maverick, me réprimande Sheila.

— Je n'ai pas besoin d'un sermon, murmuré-je. J'ai juste besoin de savoir si tu as entendu quelque chose.

Ses mains s'immobilisent et elle prend une inspiration avant de tourner les yeux vers moi.

— Maverick, ne penses-tu pas que je t'aurais appelé si j'avais entendu quelque chose ?

Je la fixe, essayant de faire semblant de ne pas être intimidé par une femme de soixante-dix ans. Mais bon sang, cette femme de Creek de la vieille école a une sorte d'aura qui peut mettre à genoux le plus méchant des gangsters – métaphoriquement et littéralement, j'en suis sûr.

— Ouais, je sais, dis-je en me frottant la nuque.

— Je t'avais prévenu que ça arriverait. Les esprits libres ne sont pas faits pour être attachés, Maverick Murray.

— Elle ne s'enfuirait pas comme ça. Pas sans...

— Te le dire ? Ne sois pas naïf, mon garçon. Si elle voulait partir, la dernière chose qu'elle aurait faite aurait été de te le dire. Elle sait trop bien que tu l'aurais ramenée à la maison à son corps défendant. C'est peut-être mieux ainsi.

— Non, argumenté-je.

Je sais que ce qu'elle dit est vrai. C'est la première option qui m'est venue à l'esprit quand elle n'est pas rentrée hier.

Mais je ne veux pas y croire.

Je ne le croirai pas.

Ce que nous avons. C'est peut-être peu conventionnel,

mais ça nous convient. Ou du moins jusqu'à un certain point.

Je pensais qu'elle était un peu heureuse.

Je pensais...

— Mav, soupire Sheila. Tu dois te rendre à l'évidence. Elle n'a jamais voulu être ici. Tu aurais dû la laisser partir il y a cinq ans. Tu l'entraves, et elle te bloque de la même façon. Laisse-la partir. Laisse-la être libre.

— Mavwick, se plaint finalement Daisy.

Avec un sourire triste à Sheila, qui tourne de nouveau son attention vers la machine à café, je m'approche et m'assieds sur le sol, refusant de croire que c'est la fin pour nous.

Alana est peut-être mienne depuis cinq ans, mais je ne peux m'empêcher de penser que nous venons à peine de commencer notre vie ensemble.

5

ALANA

Le lendemain matin, lorsque j'entends un bruit de l'autre côté de la porte, mon estomac gronde bruyamment et tout mon corps tremble à cause du froid.

Je ne sais pas à quel moment de la nuit – je suppose que c'était la nuit – cet enfoiré a monté la climatisation à fond, mais il l'a fait. Chaque fois que je me réveillais, terrorisée par les images qui hantaient mes rêves, la température avait chuté. Ce qui ne m'empêchait pas d'être trempée de sueur.

Je suis faible, physiquement et mentalement. La dernière chose dont j'ai besoin est d'affronter Reid Harris. Mais peu importe à quel point je suis abattue, il est hors de question que je craque à cause d'une mauvaise nuit de sommeil.

Il va devoir faire beaucoup plus d'efforts s'il veut obtenir la moindre information de ma part.

Le son des verrous qui se désengagent se répercute dans tout mon corps, je me mets debout et carre les épaules pour avoir l'air plus forte que je ne le suis.

Je n'ai peut-être pas le privilège d'avoir un miroir ici,

mais je n'en ai pas besoin pour savoir que je suis dans un état pitoyable.

Mes vêtements sont encore humides de sueur. Mes longs cheveux blonds sont comme un nid d'oiseau, à cause du nombre de fois où je me suis retournée la nuit dernière, et je ne peux qu'imaginer à quoi doit ressembler mon visage. J'ai probablement du maquillage étalé partout où il ne devrait pas être, si tant est qu'il en reste.

La porte s'ouvre, révélant un Reid Harris fraîchement douché. Ses cheveux sont encore humides, son T-shirt moule sa large poitrine, me donnant une vue presque aussi bonne que lorsqu'il était torse nu la dernière fois qu'il m'a fait l'honneur de sa présence. Et il a une odeur de malade.

Qu'il soit maudit !

Je parcours des yeux son jean sombre et déchiré, puis descends jusqu'à ses bottes avant de remonter.

Au moins l'un d'entre nous a l'air présentable ce matin.

Et d'après son sourire à la fois narquois et terrifiant que je vois sur ses lèvres lorsque je reviens enfin sur son visage, je pense qu'il est lui aussi satisfait de ce qu'il découvre. Mais pour une raison bien différente.

— Bonjour, Petit animal. J'espère que tu es prête à t'amuser.

— Fais ce que tu veux. Je pense que tu n'as pas la moindre chance d'aggraver les choses dans ma vie.

Ce n'est pas tout à fait vrai. J'ai quelque chose de bien dans ma vie en ce moment. Quelqu'un qui, je l'espère, se demande pourquoi je ne suis pas rentrée chez moi hier soir.

Ma relation avec Mav est peut-être... peu conventionnelle. Mais il est tout pour moi. Mon meilleur ami. Et je déteste l'idée qu'il panique à cause de ma disparition.

Je suis sûre que Reid s'en fiche royalement.

Il ricane.

— Nous verrons bien. Je veux des réponses de ta part, Petit animal. Et je ne m'arrêterai pas tant que je ne les aurai pas.

Je siffle lorsqu'il tend la main, enroule sa patte géante autour de mon bras et me tire à travers ma cellule jusqu'à la porte.

J'ai quelques secondes pour regarder les autres portes verrouillées qui bordent le long couloir avant d'être projetée sur la chaise où je me trouvais hier soir.

Mais cette fois, il ne me fait pas confiance pour rester assise sans bouger, car à peine me suis-je redressée qu'il commence à enrouler une corde serrée et rugueuse autour de mon poignet gauche pour m'attacher au bras de la chaise.

— Je ne suis pas assez stupide pour essayer de m'enfuir, craché-je en le regardant travailler avec une telle précision que je devrais probablement être impressionnée.

Une fois qu'il s'est assuré que mon bras ne va pas glisser, il l'attache avec une sorte de nœud sophistiqué.

— Je ne te voyais pas du genre boy-scout. Je pensais que tu aurais été trop occupé à mettre le feu à des insectes et à éviscérer des lapins tout doux.

Ses yeux se dirigent vers les miens et, sans dire un mot, il confirme mes soupçons.

— Je n'ai jamais fait de mal à un lapin. J'ai tendance à m'en tenir à des ratons laveurs et des castors.

— Oh, parce que c'est tellement mieux, marmonné-je alors qu'il commence à s'occuper de mon autre poignet.

— Pourquoi ? Tu connaissais quelqu'un qui avait un castor comme animal de compagnie ?

Je ne peux m'empêcher de sourire.

— Ne réponds pas à ça, murmure-t-il.

Il se met à genoux devant moi pour attacher mes chevilles.

À la seconde où sa main touche ma jambe, un éclair d'électricité me traverse.

Et putain, il le remarque lui aussi.

— Ne sois pas flatté. Ça fait un moment, dis-je.

— Une pute comme toi ? J'ai du mal à le croire.

Cette fois, lorsque ses doigts effleurent mon mollet, ses gestes sont calculés et destinés à affaiblir ma détermination.

Ce que Reid semble oublier dans ce jeu entre nous, c'est que je suis aussi douée que lui pour manipuler les gens.

On ne passe pas sa vie à côtoyer des connards pervers sans apprendre une chose ou deux sur la façon de faire plier les gens – principalement les hommes – à sa volonté.

C'est pour cette raison que Victor m'a arrachée à ma vie heureuse – bien que frustrante – avec Mav et m'a offert ce travail.

Contrairement à presque toutes les personnes que j'ai rencontrées, il a vu ma valeur. Même si, putain, j'aurais vraiment aimé qu'il ne l'ait pas fait.

Alors que Reid attache ma cheville à la chaise, je me déplace comme si je n'étais pas à l'aise et écarte les cuisses sans vergogne.

Sa tête est à la hauteur parfaite et, comme le mâle prévisible qu'il est, ses yeux se lèvent – bien que brièvement – et s'arrêtent sur ma chatte recouverte de dentelle.

La kryptonite de tout homme.

Enfin, de presque tous les hommes. À part mon mari, je n'en ai encore jamais rencontré un que je n'ai pas réussi à manipuler en lui laissant penser qu'il pourrait y goûter.

— Bien essayé, murmure Reid en attachant ma première cheville et en passant à l'autre.

— Quoi ? rétorqué-je innocemment.

— Tu sais qui je suis, n'est-ce pas ? grogne-t-il.

La rudesse de sa voix profonde me traverse comme une vague. Je ressens des choses que je ne devrais pas ressentir en ce moment. Mais je ne peux pas dire que je sois surprise. J'ai toujours été un peu perverse quand il s'agit de sexe.

Le produit de mon éducation, je suppose.

Un rire s'échappe de ma bouche.

— Tu crois qu'il y a quelqu'un dans cette ville qui ne sait pas qui tu es ?

Il ne répond pas. Il n'en a pas besoin. Je sais que je viens de caresser son ego.

— C'est bon, déclare-t-il en se levant et en faisant un grand pas en arrière pour admirer son travail.

— Je suis contente que tu sois fier de toi. Tu es vraiment le fils de ton père, n'est-ce pas ? Espèce de sale bâtard, craché-je.

Ce n'est que lorsque l'esquisse d'un sourire se dessine sur ses lèvres que je réalise ce que je viens de dire.

Ferme-la, Alana.

Ce n'est pas parce qu'il a un joli visage et un corps sexy que tu dois perdre la tête.

— Je suggère que nous recommencions, dit Reid, en marchant derrière moi pour que je n'aie aucune chance de voir ce qu'il fait.

La pièce est presque aussi nue que ma cellule. Les murs et le sol sont gris, mais des éclaboussures tachent la peinture ici. Il ne faut pas être un génie pour comprendre ce que c'est. Les seuls meubles que je vois sont une chaise isolée dans un coin et des armoires dont je sais déjà qu'elles contiennent des rangées et des rangées d'outils, tous conçus pour torturer et mutiler les gens.

Un frisson me parcourt l'échine.

Je me demande combien de vies Reid a prises dans sa chambre de torture souterraine.

En fait, la question la plus importante est peut-être la suivante : combien de temps me reste-t-il avant que ce nombre n'augmente d'un et qu'on ne m'achève ?

Il s'active bruyamment derrière moi avant qu'une odeur incroyable n'envahisse mes narines. Je salive et, cette fois, ce n'est pas à cause du monstre qui m'a attachée à cette foutue chaise. C'est le mug de café fumant qu'il tient dans sa main quand il revient vers moi.

Il le porte à ses lèvres et en boit une gorgée. Il soupire de contentement en prenant sa dose de caféine.

Connard.

— Tu en voulais ? m'interroge-t-il comme si ce n'était pas évident.

Ça fait des heures que je suis enfermée ici, sans rien d'autre que le robinet et de l'eau dégueulasse, dont je ne suis pas sûre qu'elle ne me tuera pas, pour continuer à tenir. Bien sûr que je veux son putain de café.

Je soutiens son regard dur, ne voulant pas lui demander gentiment comme je sais qu'il le souhaite.

— Non ? demande-t-il, les sourcils froncés. Très bien.

Lorsqu'il boit une nouvelle gorgée, un gémissement involontaire s'échappe de mes lèvres.

— Tu es sûre que tu ne veux pas te laisser tenter ? propose-t-il de nouveau.

Il est trop gentil. Il doit y avoir un piège.

J'ai envie de penser qu'il ne l'a pas empoisonné puisqu'il le boit allègrement. Mais il n'est pas possible qu'il se contente de me l'offrir.

Il se rapproche et agite la tasse sous ma bouche.

— S'il te plaît, gémis-je en me détestant d'être si faible.

Son visage reste impassible, mais je jure que ses yeux sourient.

Enfoiré.

À ma grande surprise, il presse la tasse sur mes lèvres et la penche.

Avec envie, j'ouvre la bouche, prête à boire une bonne dose de café. Mais à la seconde où le liquide touche ma peau, il brûle.

Je hurle alors qu'il recouvre mes lèvres et remplit ma bouche.

Mais Reid prédit mon prochain geste et s'écarte avant que je puisse l'asperger de liquide.

— Qu'est-ce qui ne va pas chez toi ? grondé-je lorsqu'il s'adosse au mur et boit son café à petites gorgées.

Haussant une épaule, il déclare :

— Je l'aime chaud.

— *Je* l'aime chaud. Ce n'est pas chaud. C'est bouillant.

— Tu aurais dû le savourer. Tu n'en auras plus si tu le gaspilles comme ça.

Je lui lance un regard noir alors qu'il est là, à savourer son café, comme si nous étions assis à une table en train de prendre un bon petit-déjeuner ensemble.

Je savais que cet homme était dérangé. Ce n'est une nouvelle pour personne à Creek. Mais c'est encore plus bizarre que ce à quoi je m'attendais.

— C'est ça ? Je suis censée être assise ici et te regarder boire du café ?

— Non. J'espère que tu vas commencer à parler.

— Alors tu vas attendre longtemps.

Plus aucun mot ne franchit ses lèvres alors qu'il continue à boire sa lave en fusion. Mais ses yeux ne quittent pas les miens. Pas une seule seconde.

C'est foutrement troublant. Je crois que je n'ai jamais

gardé le contact visuel avec quelqu'un aussi longtemps. Mais je ne vais pas céder et détourner les yeux.

Il pense peut-être que je vais être une cible facile, mais il est sur le point d'en apprendre beaucoup sur moi. Et ce ne seront pas mes secrets.

Je n'ai aucune idée du temps qui s'écoule, mais suffisamment pour que je regrette de ne pas avoir quitté mon lit pour faire pipi avant qu'il ne fasse irruption dans ma cellule.

Je ne me donne pas la peine de lui demander d'aller aux toilettes. Quelque chose me dit qu'il refusera.

— J'ai toute la journée. Toute la semaine en fait. J'ai annulé tous mes rendez-vous, spécialement pour toi.

— Je suis honorée. Vraiment. Je pense que tu perds ton temps, cependant.

Il lève un sourcil avec un air interrogateur.

— Pourquoi as-tu dit à Kane que tu étais enceinte de lui, Alana ?

Je garde la bouche fermée.

— Tu savais qu'on le découvrirait. Si tu ne t'étais pas retrouvée ici et que nous n'avions pas fouillé dans ton dossier médical, nous aurions quand même remarqué que tu n'avais pas de ventre rond, tu ne crois pas ?

Mes dents grincent si fort que je suis sûre d'en fissurer une lorsqu'il parle de ce qu'ils ont découvert sur moi.

— Voilà le truc, Petit animal, commence-t-il en s'écartant du mur et en disparaissant à nouveau derrière moi.

Il y a un bruit d'eau qui coule, je suppose qu'il rince sa tasse avant que sa voix grave ne remplisse de nouveau l'espace.

— Tu n'es pas stupide. Tu essaies peut-être d'en avoir l'air en laissant tous les vieux salauds excités penser que tu es une sorte de demoiselle en détresse qui a besoin d'être sauvée. Mais ce n'est que de la comédie, n'est-ce pas ?

Je sursaute à la seconde où quelque chose frappe le sommet de ma tête, mais grâce à mes liens serrés, je bouge à peine alors qu'une goutte d'eau coule sur mon cuir chevelu.

— Qu'est-ce que c'est que ce bordel ? demandé-je.

Mais la question reste sans réponse.

— Tu savais qu'en racontant ce mensonge, tu finirais ici. Ce que je n'arrive pas à comprendre, c'est pourquoi tu voulais être ici et te faire torturer par moi ? Est-ce que c'est une sorte de masochisme ? Je sais que ton mari ne s'occupe pas vraiment de tes besoins, alors est-ce que le manque de contact physique t'a donné envie de quelque chose de sombre et pervers ? Non, ce n'est pas possible, n'est-ce pas ? Nous savons tous les deux que Kane t'a permis d'assouvir tes désirs. Et d'autres, je suppose.

Il m'étudie en faisant les cent pas.

— Soit ça, soit tu as décidé que ton heure était venue et que tu remettrais ta vie entre mes mains. Je ne peux pas mentir. Je suis plus qu'heureux dans les deux cas. Je pense que tu ne seras pas surprise d'apprendre que la torture et le meurtre figurent en bonne place sur ma liste de compétences.

6

REID

Elle me lance un regard noir, montrant très peu de signes de faiblesse alors qu'une autre goutte d'eau froide atterrit sur sa tête.

C'est banal et je meurs d'envie de trouver quelque chose d'un peu plus inventif pour la faire parler, mais en même temps, j'ai envie de m'amuser.

Je n'ai pas souvent l'occasion de jouer avec une si belle victime. D'habitude, ce sont des gangsters laids, en surpoids et dégueulasses. Ou plutôt des aspirants gangsters.

Et si elle se montre aussi têtue que je l'espère, alors les prochains jours, voire les prochaines semaines, si j'ai de la chance, vont être très amusants.

Un frisson la parcourt lorsque la goutte d'eau coule sur sa peau.

— Alors ? lui demandé-je quand elle ne répond pas à mes hypothèses sur les raisons pour lesquelles elle s'est retrouvée ici.

Mais tout ce qu'elle fait, c'est me fixer.

Ce regard. Putain, il me fait bander.

Mon envie de la briser est dévorante.

Elle pense que je n'y arriverai pas. Elle pense qu'elle est plus forte que moi, plus intelligente que moi.

Elle a tort.

La seule chose qu'elle a pour elle, c'est sa beauté. Elle le sait aussi.

C'est pour cette raison qu'elle a agi de manière provocante tout à l'heure quand je lui liais les jambes. Mais si elle pense qu'elle va faire fléchir ma détermination avec un seul coup d'œil sur sa chatte, alors elle se trompe complètement.

Elle pourrait me faire le meilleur strip-tease du monde que ça ne suffirait pas.

— Récapitulons ce que nous savons, d'accord ? commencé-je quand elle me fait comprendre que je vais être le seul à parler pour l'instant.

Ce n'est pas grave. Je suis heureux de combler le silence pendant un moment. Pour lui faire croire qu'elle pourrait gagner ce bras de fer qui ne se terminera que d'une seule façon.

— Kane t'a divertie parce que tu es une femme au foyer qui s'ennuie, qui se sent seule et pas assez aimée. Qu'est-ce qui ne va pas chez ton mari, Alana ? Il est homo ? Impuissant ?

Ses yeux se plissent quand elle entend mes hypothèses.

— Ou s'agit-il d'une femme ?

Son sourcil droit tressaille sous l'effet de la colère.

— Ou bien a-t-il de meilleurs critères ? Est-ce qu'il t'a épousée en pensant que tu étais jeune et innocente pour ensuite découvrir que tu n'es rien d'autre qu'une sale pute ?

Un autre tressaillement.

Oh, je touche un point sensible.

— Kane te divertit. C'est sa mission. Mais ensuite, tu surgis de nulle part au moment où Kane fait de son mieux pour repartir à zéro et tu annonces que tu es enceinte. C'est un mensonge, évidemment. Comme tout ce qui sort de ta bouche, j'imagine. Parce que tu as été tellement battue dans le passé que tu ne peux plus avoir d'enfant.

Je suis peut-être un salaud au cœur froid, avec peu de morale et plus de sang sur les mains que je ne l'avouerais jamais, mais même la pensée de ce qu'elle a pu vivre me fait tressaillir.

Je suis tout à fait d'accord pour faire du mal à ceux qui le méritent. Je m'en réjouis, en fait.

Mais des enfants innocents.

Non, c'est ma putain de limite.

Pour autant que je sache, Mav a épousé Alana alors qu'elle avait à peine dix-huit ans.

Je ne savais pas grand-chose d'elle avant qu'elle ne devienne Mme Murray. Elle a été scolarisée à domicile tandis que sa sœur fréquentait le collège de Harrow Creek.

Je n'ai jamais demandé pourquoi. Je m'en foutais. J'étais trop occupé à régner sur ce putain d'endroit avec JD à mes côtés et mes frères et Kane, qui me suivaient de près.

Nos pères étaient peut-être très proches. Mais je n'avais pas le temps de m'inquiéter pour une fille qui semblait ne jamais quitter leur maison.

Les pièces du puzzle commencent à s'assembler. Et le tableau final ne me plaît absolument pas.

Ça ne m'empêchera pas de faire ce que je fais.

Ça ne peut se terminer que d'une seule façon et ma pitié n'y changera rien.

— Il t'amène ici parce qu'il a autant confiance en toi que moi en ce moment. Et nous voilà. Ton soi-disant mari ne cesse de t'appeler sur ton portable comme s'il se souciait de ton bien-être et tu es ici avec moi. Mon petit animal de compagnie.

Elle pousse un grand soupir, comme si mon petit voyage dans le passé l'ennuyait au plus haut point.

— Toujours rien à dire ?

Ses yeux se posent sur les miens, mais ses lèvres restent scellées.

Je mets ma main dans ma poche pour en sortir son portable.

Ça la fait réagir.

Ses yeux s'écarquillent d'intérêt.

— Combien de fois penses-tu qu'il a appelé ? Combien de messages vocaux ? De textos ?

Toujours le silence alors qu'une autre goutte tombe.

Elles tombent de plus en plus rapidement et ses cheveux commencent à foncer au fur et à mesure que l'eau les mouille.

— D'après ce que j'ai entendu. Il a passé toute la nuit à parcourir la ville à ta recherche. Putain d'abruti. Il n'est pas allé très loin. Il n'y a que quelques personnes qui savent où tu es. Et toutes sont loyales envers moi. S'il ne supporte pas de te toucher, pourquoi se soucie-t-il tant du fait que tu ne sois pas rentrée hier soir ? Le sol de la cuisine n'a pas été nettoyé, ou...

Rien.

— Très bien, déclaré-je en m'écartant du mur et en la contournant.

Ses yeux suivent chacun de mes mouvements jusqu'à ce que je sois hors de son champ de vision.

— Mais tu vas finir par parler.

Sans crier gare, je tourne le robinet de la douchette qui se trouve juste au-dessus de sa chaise. Une pluie d'eau glacée s'abat sur elle, la trempant entièrement en un instant.

Son cri de choc fend l'air et je ne peux m'empêcher de sourire alors qu'elle découvre qui a le dessus ici.

En faisant craquer mes articulations, je passe devant elle et reçois quelques gouttes. L'eau est froide spécialement pour les invités.

— À ta place, je réfléchirais sérieusement à ton vœu de silence.

Sans un mot de plus, je lui tourne le dos et passe devant toutes les autres portes pour monter les escaliers.

Les occupants de certaines des pièces méritent probablement une petite visite. Mais comme mon animal de compagnie, ils peuvent attendre un peu plus longtemps.

Aucun d'entre eux n'ira nulle part.

À la seconde où j'ouvre la lourde porte, des voix se font entendre.

Je me passe les doigts dans les cheveux et me dirige vers ceux qui ont décidé de venir nous rendre visite au lieu d'aller en cours comme ils devraient le faire.

Je trouve JD à la machine à café, en train de préparer les cafés de Devin et d'Ezra.

— Putain, vous n'avez rien de mieux à faire ? grondé-je en m'attirant tous les regards.

— Frérot, tu as l'air énervé, souligne joyeusement Devin.

— Elle ne crie pas ? demande Ez.

Je ne suis pas surpris qu'ils sachent qui j'ai en bas. J'ai demandé à Ellis de m'aider avec son dossier médical. Son jumeau et lui partagent tout. À part l'intelligence. Ellis semble avoir pris la part d'Ez.

— Patienter augmente le plaisir, ce n'est pas une blague, mec, me taquine Devin.

— J'obtiendrai jusqu'à la dernière goutte de ses secrets. Ne t'inquiète pas. Je ne fais que la réchauffer.

Ou la refroidir, dans le contexte.

— Tu sais que je serais ravi de t'aider, propose JD en me tendant un café.

Je le porte immédiatement à mes lèvres et le sirote, ignorant ostensiblement son offre.

— On dirait que le grand frère veut Alana pour lui tout seul, plaisante Devin.

— C'est son genre, ajoute Ezra. Je ne peux pas dire que je sois surpris.

— Les putes menteuses ne sont pas mon genre.

— Alors bâillonne-la et baise-la par derrière. Facile, dit Ez en se frottant les paumes l'une contre l'autre comme un connard. Enroule ses longs cheveux blonds autour de ton poing et...

— Je ne comprends pas comment tu réussis à t'envoyer en l'air, ça me dépasse, marmonne JD en se dirigeant vers le canapé et en s'y installant.

— Et puis, qu'est-ce que vous foutez là tous les deux ? Vous devriez avoir la tête dans les livres !

Ezra grogne.

— Oh ouais, c'est ce qu'on fait à la fac.

— Il y a un problème d'approvisionnement, mec. Putain, où sont nos cargaisons ? s'enquiert Devin avec énervement. Nous avons Victor sur le dos à propos de la quantité de produits que nous vendons, mais nous n'avons aucun foutu produit à vendre. Tu veux bien nous expliquer ?

Il y a quelques années, je n'étais pas sûr que Devin aurait ce qu'il fallait pour réussir dans ce monde. C'était un gamin un peu mou et gentil. Mais au fur et à mesure que ses couilles grossissaient, sa confiance et son assurance grandissaient et il s'est rapidement transformé en l'enfoiré irritant qui se tient devant moi pour me demander des réponses.

Il n'était pas destiné à être étudiant. Ezra non plus. Mais l'insatiable besoin de pouvoir et d'argent de notre père les a fait entrer à l'université de Maddison Kings, malgré leurs lacunes et le fait qu'ils aient tous deux eu du mal à avoir leur bac. Mais l'influence de Victor Harris ne connaît pas de limites. Il l'a prouvé en aidant Kane non seulement à être accepté à l'université de Maddison Kings, mais aussi à intégrer l'équipe de football en tant que receveur écarté.

C'était vraiment suspect. Tout le monde le savait. Mais notre père sait ce qu'il fait. Il met les points sur les i et les barres sur les t, s'assurant qu'aucune preuve de corruption n'est laissée derrière lui. Bien sûr, personne n'oserait jamais le questionner. À moins de vouloir finir dans une tombe prématurément. Et par tombe, j'entends des cendres dans un marais.

— Non, je ne peux pas, réponds-je en me rappelant que Dev a posé une question.

— Mec, ça ne peut pas continuer comme ça. On ne peut pas retenir Victor plus longtemps. Si on foire, on ne sera pas initiés pour devenir des membres seniors.

— Vous n'avez pas à vous inquiéter.

— Mais...

— J'ai dit, fulminé-je. Vous n'avez pas à vous inquiéter. Victor ne peut pas vous toucher, votre avenir est assuré.

— Pour qui te prends-tu tout à coup ? Le patron ?

— Je le serai, affirmé-je.

— À quoi tu joues ? demande Ez.

— Rien dont vous ayez à vous inquiéter. Vous aurez les produits ce week-end. Je vous enverrai un message quand ce sera prêt. Allez en cours et faites votre putain de boulot. Laissez-moi m'occuper du reste.

— Et que se passera-t-il la prochaine fois qu'il enverra

quelqu'un pour nous mettre sur écoute, hein ? Ou quand il enverra un de ses hommes pour nous faire avouer la vérité ?

— Ellis vérifie quotidiennement s'il y a des mouchards. S'il met quelque chose, vous le trouverez. Et ce qui serait encore mieux, c'est que vous évitiez de parler de ce genre de trucs là-bas, suggéré-je comme un connard suffisant.

Ça me semble foutrement évident, mais je ne parle pas vraiment à ce qu'on pourrait appeler les cerveaux de l'opération. J'aime mes frères férocement. Mais ils ont chacun leurs compétences. Et la réflexion n'est pas l'une de Devin ou d'Ez.

— Et s'il envoie quelqu'un, poursuis-je, les seuls hommes qui devraient prendre le dessus, c'est vous trois. Vous avez été mieux entraînés que ses hommes. Montrez-le, putain !

Ils marmonnent quelque chose, mais j'en ai fini avec cette conversation.

— Pourriez-vous vous barrer et aller là où vous êtes censée être et arrêter de boire mon café ? ajouté-je.

— Frérot, il faut que tu t'envoies en l'air. Tu es d'une humeur de chien, se moque Ezra.

— Il y a une fille en bas que tu pourrais utiliser. Je parie qu'elle te supplierait même si tu lui demandais gentiment. J'ai entendu dire qu'elle...

— Dehors ! exigé-je en montrant la porte. Nous avons tous du travail. Et si on le faisait, hein !?

Le silence s'installe tandis qu'ils laissent leurs tasses dans la cuisine et disparaissent. Quelques secondes plus tard, la porte d'entrée claque, nous laissant seuls, JD et moi.

— Ils ont raison, tu sais. Tu es d'une humeur massacrante, malgré ton nouvel animal de compagnie. Comment est-elle, d'ailleurs ?

— Mouillée, marmonné-je en jetant ma tasse dans

l'évier avant de me tourner vers le réfrigérateur pour l'ouvrir.

— Perverse… J'adore ça.

— Ferme ta gueule, grondé-je en sortant les œufs et le bacon alors que mon estomac gargouille. Va faire ta ronde. Mais si tu la touches, je te les coupe.

Il me fait un salut militaire comme le connard qu'il est avant de sortir de la pièce.

— Je prendrai les miens au plat. Merci, mec.

Avant que je ne puisse lui dire d'aller se faire foutre, il est parti, le bruit d'une porte qui claque résonnant derrière lui.

Je confierais ma vie à JD. Mais je sais aussi comment fonctionne son esprit et à la seconde où il verra Alana attachée en bas, trempée, ça va partir en vrille.

7

ALANA

Mes dents claquent et je suis presque sûre que mes os tremblent.

J'ai eu très froid à de nombreuses reprises dans ma vie. L'une des punitions préférées de mon père était de m'enfermer dans un hangar sombre et glacial pour que je puisse réfléchir à mes actes et à mes mauvaises décisions, pendant qu'il était dans la maison avec Kristie.

Putain, j'avais tellement peur.

Pour autant que je sache, il ne l'a jamais touchée, n'a jamais dit un mot de travers en sa compagnie. Mais tout comme son tempérament, je savais que ça pouvait changer à tout moment.

La seule chose que je voulais à l'époque, c'était la protéger. Et si je merdais, je me retrouvais enfermée, incapable de faire quoi que ce soit s'il se retournait contre elle.

Je n'ai jamais été aussi terrifiée de ma vie.

Ils pouvaient me faire ce qu'ils voulaient. Je pouvais le supporter tant qu'ils ne touchaient pas à ma petite sœur.

Elle était trop innocente, trop pure, trop parfaite pour être souillée par eux.

Elle allait devenir quelqu'un, faire de grandes choses. J'en étais certaine.

Je devais juste l'aider à saisir les opportunités de le faire. Dieu sait que personne d'autre n'allait le faire.

Maman nous avait quittés. Papa était...

Un violent frisson me parcourt l'échine tandis que le torrent de pluie continue de s'abattre sur moi.

Ma peau est si froide que chaque goutte d'eau me fait l'effet d'une aiguille qui me transperce. Cependant, la pensée du sang chaud qui pourrait couler me fait désirer que ce soit vrai.

Mes vêtements sont trempés, ce qui me donne encore plus froid.

Lutter est inutile. Je l'ai fait pendant quelques minutes après le départ de ce connard, mais j'ai vite abandonné.

J'ai tiré comme pas possible sur mes bras et mes jambes en espérant me libérer. Mais aucun de mes liens ne s'est détaché. Au contraire, la corde a brûlé ma peau.

Au moins, avec la quantité d'eau qui pleut sur moi, personne ne pourra savoir que je me suis pissé dessus en attendant qu'il ait pitié de moi et revienne. C'est mon petit secret.

Chaque seconde passée ici ressemble à une heure. Les seuls bruits sont l'eau qui coule et mes dents qui claquent. Ça m'énerve au plus haut point, mais je ne peux pas les arrêter. Je suis vraiment gelée.

Je n'ai aucune idée du temps qui s'est écoulé lorsque j'entends un grand bruit dans la direction où Reid a disparu. C'est probablement inutile, mais une petite dose d'espoir s'infiltre dans mes veines et je me dis que c'est peut-être fini.

À l'échelle globale, une douche à l'eau froide est un jeu d'enfant pour des gens comme Reid Harris.

Je ne suis pas assez stupide pour croire que c'est ainsi qu'il fait parler ses prisonniers. Il est capable de bien plus.

Ce n'est que le début. Il m'acclimate en douceur. Il me réchauffe, métaphoriquement du moins. Et il profite de chaque minute.

Des pas s'approchent et j'ouvre les yeux. Ils se remplissent instantanément d'eau, rendant tout flou. Mais je sais que ce n'est pas Reid. L'aura n'est pas du tout la même.

C'est l'autre occupant de cette maison. Le bras droit de Reid. Julian Dempsey. Ou JD, comme il préfère.

Je chasse l'eau en clignant des paupières, me forçant à me concentrer.

Vêtu d'un pantalon de jogging sombre et d'un débardeur, ses bras larges et tatoués sont croisés sur sa poitrine et il s'appuie contre le mur en m'observant.

— Tu sais, quand Reid m'a dit que tu étais mouillée et que tu l'attendais, ce n'est pas exactement ce que j'avais en tête. Je suis un peu déçu, je ne vais pas mentir.

— *Fuck you*, sifflé-je, de l'eau s'échappant de mes lèvres en même temps que je parle.

— C'est une idée fantastique, murmure-t-il pour lui-même, avant de s'écarter du mur et de s'approcher pour avoir une meilleure vue.

Juste à l'abri du jet d'eau, il s'accroupit.

— Tu as merdé, petite colombe, déclare-t-il simplement.

— Colombe ? répété-je.

Reid m'appelle son petit animal, c'est déjà assez pénible. Je n'ai pas besoin qu'on me donne un putain de nom d'oiseau.

— Ouais, c'est vrai. Cheveux presque blancs. Fragile.

Enfermée dans une cage en attendant que son propriétaire la libère.

Mes dents grincent lorsqu'il explique son cheminement de pensées.

— Les oiseaux ont des plumes, fais-je remarquer. Et je ne suis pas fragile.

Il sourit et ses yeux parcourent chaque centimètre de mon corps.

À la façon dont il m'étudie, je pourrais tout aussi bien être nue.

C'est troublant. C'est... excitant.

Pendant un instant, j'oublie le froid glacial de l'eau et m'imprègne de la chaleur de son regard, de la chaleur de son désir évident.

Contrairement à Reid, JD se livre un peu plus. Et en ce moment, toutes sortes de choses lubriques se cachent derrière ces yeux bleus magnifiques.

Des choses qui font se réchauffer mon sang et se contracter mon entrejambe.

J'ai entendu les rumeurs à propos de ses compétences au lit. Les putes du club aiment toutes partager leurs expériences concernant les Hawks avec lesquels elles ont eu la chance de passer du temps. Et disons-le, cet homme adore lécher des chattes. Sa langue n'est pas son seul atout, si on en croit les rumeurs. Ce qu'il a sous son pantalon est aussi très habile, apparemment.

Bien sûr, il se peut que tout ça ne soit que des conneries et de la vantardise.

Il est peu probable que j'aie l'occasion de tester ces théories pendant que je suis coincée ici.

Je suis sûre que ça ne fait pas partie du plan de torture de Reid de me laisser dévorer par JD jusqu'à ce que je perde la tête et balance mes secrets en échange d'un orgasme.

Cela dit, je pourrais imaginer de pires façons de me torturer.

— C'est vrai, Colombe.

Il passe son pouce sur sa lèvre inférieure et me scrute de nouveau.

— Tu vois quelque chose qui te plaît ? aboyé-je, déjà énervée par le jeu auquel il joue.

— Eh bien, susurre-t-il en se relevant. Ouais. Tu es très sexy et je pense qu'on pourrait beaucoup s'amuser ensemble.

— C'est vrai, raillé-je. Parce que je suis une pute ?

Sa mâchoire tressaute.

— Tu crois que parce que j'ai couché avec Kane, je vais aussi te grimper dessus ? Je veux dire, tu es un Hawk, après tout. C'est ce que toutes les filles d'ici veulent, n'est-ce-pas ?

— Je n'ai jamais eu à me plaindre, affirme-t-il fièrement.

— Bien sûr que non. Elles sont toutes en mode lèche-cul, voilà le truc.

Sa poitrine se comprime tandis qu'une bouffée d'air s'échappe de ses lèvres.

— Oh mon Dieu ! m'exclamé-je en me forçant à sourire malgré mon visage congelé. Tu as à ce point une haute estime de toi-même et de tes compétences. Putain de merde, c'est hilarant !

— Ferme ta gueule, Colombe.

— Essaie de me forcer !

Un sourire en coin se dessine sur ses lèvres, faisant apparaître une fossette sur sa joue.

— Je ne suis pas sûr que tu sois en position de dire des trucs de ce genre, réplique-t-il en se rapprochant, sans se soucier du fait que l'eau commence à tremper son débardeur et son pantalon. Vu que tu es toujours assise ici, je suppose que Reid a fait un bon travail avec ces nœuds.

Ses doigts effleurent la corde qui entoure mon poignet, s'assurant que je ne puisse pas bouger d'un pouce.

— Il sait que j'ai un penchant pour les jeux avec des cordes. N'importe qui pourrait penser qu'il t'a ligotée et laissée ici comme cadeau. Cet enfoiré a oublié mon dernier anniversaire. Il me doit bien ça.

À la seconde où ses doigts quittent la corde et touchent la peau douloureusement froide de mon bras, je tressaille violemment sur la chaise.

— Ouah, Colombe. Tu n'as pas peur de moi, hein ?

Mes yeux se plissent et mes dents grincent lorsqu'il promène ses doigts le long de mon bras.

— Regarde cette jolie chair de poule.

— Je suis en train de geler, connard. Si tu veux faire quelque chose de gentil, coupe l'eau.

Il ricane et son haleine mentholée passe sur moi. Ça me rappelle seulement que la mienne doit sentir autre chose.

— Ah, c'est impossible, petite colombe. Je ne peux pas enfreindre toutes les règles du patron avant qu'il ne commence à infliger des punitions.

Je veux me taire, mais ma curiosité prend le dessus.

— Combien en as-tu déjà enfreintes ? demandé-je avec une voix haletante et emplie de désir.

— Bien essayé, Colombe. Il faudra plus que ça pour m'amadouer, murmure-t-il, ses yeux parcourant toujours mon corps.

— Si tu ne veux pas m'aider, tu ferais mieux de repartir d'où tu viens, ricané-je.

Il est peut-être beau, encore plus maintenant que son débardeur est trempé, mettant en valeur chaque muscle de son torse et ses abdominaux. Mais s'il ne m'est pas utile, autant qu'il ne soit pas là.

— Tu es sexy quand tu es en colère. Tu le savais ?

Je lève un sourcil.

— Essaie de prétendre que tu n'es pas intéressé par ce que je pourrais t'offrir autant que tu veux, poursuit-il, nous savons tous les deux que ce sont des conneries.

— Es-tu toujours aussi imbu de toi-même ?

Son rire me donne ma réponse.

— Tes tétons sont durs, Colombe.

— Je me les gèle. Cette eau est glacée, au cas où tu ne l'aurais pas remarqué.

— Ce n'est pas la raison pour laquelle ils sont durs, n'est-ce pas ?

— Pourquoi es-tu venu ici ? le questionné-je en changeant de sujet.

— J'ai un travail à faire.

— Je suppose qu'il ne consiste pas à me tourmenter.

— Je suis presque sûr que je ne suis pas censé être près de toi, petite colombe. Mais je n'ai jamais été très doué pour suivre les règles.

Il s'avance et met ses pieds entre les miens, forçant mes genoux à s'écarter davantage.

Le peu de chaleur à l'endroit où nos peaux se touchent m'envahit, un gémissement de soulagement s'échappe presque de mes lèvres, mais je parviens à le refouler.

— Pourquoi ça ne me surprend pas ? murmuré-je en le fixant dans les yeux.

Ils sont incroyablement bleus. C'est comme regarder l'océan par une parfaite journée d'été.

Je me suis toujours demandé ce que ça pouvait faire d'être engloutie par cette masse d'eau. En ce moment, je pense que je suis en train d'en avoir un avant-goût.

— Ça n'avait pas besoin de finir comme ça, dit-il en tendant les mains de part et d'autre de ma tête et en les posant sur le dossier, alignant nos visages.

Son haleine mentholée passe de nouveau sur mon visage et j'essaie de ne pas respirer trop fort pour ne pas qu'il sente la mienne.

Je me dis que ce n'est pas parce que je ne veux pas le rebuter, mais je sais que c'est un gros mensonge.

Il se penche plus près. Si près que je commence à me demander s'il va s'arrêter ou s'il va s'approcher pour m'embrasser.

— Tu aurais pu prendre une autre décision, petite colombe.

— C'est facile à dire pour toi. Tu n'as aucune idée de ce qu'est ma vie et des raisons pour lesquelles je prends les décisions que je prends.

— Et si tu essayais de m'aider à comprendre ? suggère-t-il, ses yeux regardant les miens tour à tour. Nous pourrions t'aider. Tu veux qu'on tue des gens ? Considère que c'est fait. Ton mari a besoin d'être puni parce qu'il est aveugle et ne réalise pas la valeur de ce qui lui appartient ? Facile. Il suffit de le dire et nous le ferons.

— C'est une offre risquée pour une fille qui n'est peut-être qu'à quelques jours de sa mort.

— Quelques jours ? répète-t-il. Tu n'as pas idée des compétences de notre homme, hein ?

— Il aime trop ça pour y mettre fin rapidement.

— C'est vrai ?

— S'il voulait ma mort, ce serait déjà fait, rétorqué-je avec fermeté en relevant le menton avec assurance.

Il se tait et ses yeux se posent sur les miens avant qu'il ne se remette debout en s'appuyant sur la chaise.

Il écarte ses cheveux mouillés de son front et ses yeux

descendent le long de mon corps jusqu'à l'endroit où il a écarté mes jambes.

— Tu as des couilles, je te l'accorde.

— Je suis une fille de Creek, JD. Et je suis plus qu'une pute. Ou un animal de compagnie. Ou un jouet. Les hommes de cette ville peuvent aller se faire foutre pour ce que j'en ai à faire.

— Intéressant, songe-t-il avant qu'un grand bruit ne se fasse entendre derrière lui et que des pas ne se dirigent vers nous. Oh, on dirait que notre temps est écoulé, petite colombe. J'ai déjà hâte d'être à la prochaine fois.

— Je t'emmerde, sifflé-je.

Ses yeux s'écarquillent.

— Ah ouais ?

Il me fait un clin d'œil avant que Reid n'apparaisse derrière lui.

Les yeux de Reid sont noirs de colère et ses lèvres sont pincées.

— Putain, qu'est-ce que tu fous ? aboie-t-il en repoussant JD avec force.

— Je fais connaissance avec notre nouvel animal de compagnie, répond JD en me jetant un coup d'œil malicieux.

— Notre ? Je ne me souviens pas t'avoir invité à jouer avec elle.

— Quand est-ce que j'ai besoin d'une invitation ?

Un grognement profond résonne dans la gorge de Reid avant qu'il ne fasse un pas vers son meilleur ami.

— Si vous voulez le faire, pourriez-vous d'abord enlever vos T-shirts et me donner un vrai spectacle ? demandé-je.

Leurs visages se tournent vers moi. Celui de JD s'illumine d'amusement tandis que celui de Reid s'assombrit de colère.

— Va faire ton boulot, ordonne Reid avant de me contourner et, heureusement, d'éteindre le torrent d'eau.

J'ai envie de pousser un cri de soulagement, car l'air autour de moi se réchauffe instantanément, mais je me ravise.

Grâce aux techniques de distraction de JD, les effets du froid ont été un peu oubliés, me donnant l'impression que j'étais moins gelée que je ne l'étais réellement.

— J'aime ta suggestion, Colombe, dit JD en se dirigeant vers la porte qui mène aux cellules. Mais je crois que je préférerais me rouler dans l'eau, torse nu, avec toi.

— JD, le met en garde Reid.

L'homme en question lui fait un salut militaire avant de disparaître.

Le pommeau de douche au-dessus de moi continue de suinter, me faisant frissonner à chaque fois qu'une goutte tombe sur moi.

Reid ne dit rien, mais sa présence derrière moi est imposante.

Ses yeux sont rivés sur moi et ma peau picote sous l'effet de son attention, mais aucun mot n'est prononcé.

En fait, je n'entends rien venant de lui et le prochain bruit qui frappe mes oreilles est un cri de douleur provenant du couloir qui me noue douloureusement l'estomac.

8

JD

J'affiche un large sourire en poussant la porte de la cellule la plus éloignée de celle où Alana est assise, attachée à sa chaise.

La pièce est silencieuse lorsque je me glisse à l'intérieur, bien que toute pensée concernant la femme sexy attachée et trempée là-bas soit balayée à la seconde où l'odeur nauséabonde frappe mon nez.

L'homme voit mon choc et tente d'en profiter en se précipitant vers moi. Mais le fait d'être enfermé dans une pièce alternant obscurité totale et luminosité pendant des jours, avec peu de nourriture, rend ses réactions un peu lentes.

Je suis prêt à l'affronter bien avant qu'il ne m'atteigne. Je balance mon bras sur le côté et le frappe au visage.

Il couine comme une gonzesse alors que son nez explose, projetant du sang partout.

— Tu voulais quelque chose ? fulminé-je en faisant craquer mes articulations, plus que prêt à lui assener un autre coup dans la gueule s'il veut réessayer.

— Va te faire foutre, crache-t-il.

Honnêtement, je n'ai aucune idée de qui est cet enfoiré ni de ce qu'il a fait. J'ai arrêté de poser des questions sur les intentions de Reid il y a longtemps. Je pense simplement qu'il mérite sa place ici et qu'il doit être traité comme la racaille qu'il est.

Je fais un pas en avant et sa confiance s'étiole, tandis qu'il se réfugie dans le coin à côté de ses toilettes immondes.

Il faudra incinérer ce putain de truc tellement il l'a dégueulassé.

À part son lit et le lavabo, c'est la seule chose dans la pièce. Je ne comprends pas comment il peut continuer à chier à côté.

— Si tu ne voulais pas être nourri aujourd'hui, tu aurais dû le dire, connard, ricané-je. Non pas que tu en aies besoin.

Je regrette de ne pas porter de bottes à la seconde où mon pied se lève du sol, mais ça ne m'arrête pas et je lui enfonce mon pied dans le ventre, ce qui le fait grogner de douleur.

— J'ai vu des cochons vivre dans des endroits plus propres, marmonné-je avant de quitter la pièce pour aller respirer de l'air plus frais.

— Tout va bien ? me crie Reid à la seconde où je claque la porte et enferme le trou du cul à l'intérieur.

J'ai besoin de prendre une douche, ou mieux, d'une bouteille d'eau de Javel pour me nettoyer. Je retourne vers Reid et son animal de compagnie.

Les yeux d'Alana s'écarquillent lorsqu'elle voit les éclaboussures de sang sur mon débardeur.

Dès qu'elle se rend compte qu'elle a réagi, elle reprend une expression impassible.

Mais je ne suis pas encore prêt à ce qu'elle m'oublie, alors je passe la main derrière moi et retire mon débardeur, puis fais descendre le long de mes cuisses mon pantalon de jogging pour me retrouver en boxer noir.

— Qu'est-ce que tu fous ??

— Douche, s'il te plaît, patron.

Alana est tellement concentrée sur mon corps qu'elle n'enregistre pas ma demande. Ça change bientôt lorsque l'eau s'abat à nouveau sur elle.

Le cri qui s'échappe de sa gorge fait sourire Reid comme un démon, sachant qu'elle ne peut pas le voir.

Je m'approche et garde mes yeux rivés sur les siens, tandis que le regard d'avertissement de Reid brûle le côté de mon visage.

— On dirait que tu attends quelque chose, petite colombe. Si tu me le demandes gentiment, sache que je suis connu pour faire des putains de lap dance.

Je n'ai pas besoin de lever les yeux pour savoir que Reid grince des dents à cause de ma suggestion.

D'habitude, il s'en fout.

Bon sang, avant l'arrivée de son petit animal de compagnie hier, je n'aurais pas pensé que le fait de suggérer ça à Alana aurait pu éveiller quelque chose en lui.

Mais quelque chose l'a ébranlé.

Ça me rend encore plus curieux de savoir ce qui s'est passé ici et pourquoi nous la gardons enfermée.

Hier soir, Reid était presque sûr qu'elle se jouait de nous. Et même si c'est une possibilité, j'ai du mal à y croire.

Bien sûr, elle est farouche, insolente et belle. Elle a toutes les qualités requises pour tromper la plupart des hommes. Mais elle n'est pas stupide.

Elle a vécu cette vie de violence, de corruption et de

mort tout autant que nous. Elle a juste vu les choses sous un angle différent.

Elle sait qu'être ici est ce qui se rapproche le plus d'un désir de mort.

Alors pourquoi est-elle ici ? Et pourquoi refuse-t-elle de parler ?

— Je pense que c'est quelque chose dont je peux me passer. Il n'y a pas l'air d'avoir grand-chose là-dessous de toute façon.

Incapable de contenir son amusement, Reid se marre, bien qu'il essaie – en vain – de dissimuler son rire par une toux.

— Oh, tu veux participer à l'action, Big Man ? raille-t-elle. Peut-être que JD pourrait te montrer ce dont il est capable.

— Tu es vraiment obsédée par ça, n'est-ce pas, Colombe ?

— Colombe ? répète Reid.

— Apparemment, je suis ce délicat petit oiseau innocent que vous avez enfermé ici, rétorque Alana. Je pense que ça signifie que vous devez me traiter avec soin et douceur.

Reid ricane, visiblement peu impressionné par mon surnom, tandis que je continue à nettoyer les taches de sang sur mon corps sous ses yeux.

— Reid ne fait pas dans la douceur. Moi, en revanche…

— Ça suffit, aboie Reid.

— At… Attention, Bi… Big Man, balbutie-t-elle, le froid commençant à la saisir de nouveau. T… Tu as l'air terriblement jaloux.

Soudain, l'eau se coupe et elle soupire de soulagement.

— Va chercher des vêtements. Ces enfoirés ont besoin de nourriture.

— Moi aussi, intervient Alana avec un sourire aguicheur alors que je m'éloigne d'elle.

— Tu mangeras quand je te le dirai, gronde Reid.

— Est-ce qu'il est toujours aussi énervé ? me questionne Alana en me faisant rire tandis que je me frotte la tête pour retirer l'eau.

— Tu n'as encore rien vu.

— Génial, murmure-t-elle.

— On se voit plus tard, d'accord ? dis-je en me dirigeant vers le couloir.

L'impatience de Reid à se retrouver seul avec elle fait qu'il est sur le point de craquer. J'aime peut-être jouer avec lui chaque fois que j'en ai l'occasion, mais je sais aussi quand il faut s'arrêter.

— Je serai là.

— C'est un rendez-vous, alors.

Je disparais avant que Reid ne puisse réagir et m'élance dans l'escalier, laissant derrière moi des traces de pas humides. Il va m'adorer pour ça.

Les empreintes continuent dans le couloir, les escaliers et jusque dans ma chambre.

J'ouvre la porte d'un coup de pied et vais directement dans ma salle de bain avant d'allumer ma vraie douche.

J'ai beau avoir nettoyé le sang, l'odeur de ce connard me reste toujours dans les narines. Si seulement le doux parfum d'Alana suffisait à l'effacer.

J'enlève mon boxer et le balance en direction du panier à linge, puis me mets sous le jet d'eau chaude.

Ma peau se couvre de chair de poule lorsque je pense à quel point elle aurait envie d'être à ma place.

Je parie qu'elle ferait n'importe quoi pour une douche chaude et des vêtements secs.

Tout comme j'aurais fait beaucoup de choses pour

profiter au maximum du fait qu'elle soit attachée à cette chaise, alors que nous étions seuls en bas.

Putain, Ezra se moquait peut-être de Reid en lui disant qu'Alana est tout à fait son genre. Mais en tant que meilleurs amis, nous avons des goûts très similaires. Et putain, Alana, avec ses longs cheveux blonds, ses yeux bleus et ses courbes pécheresses, est vraiment mon type.

Ouais, elle est mariée. Ce n'est généralement pas le genre de femmes vers lesquelles je me tourne. Les femmes des Hawks sont intouchables à moins qu'un accord n'ait été passé. Ce que la plupart font parce qu'ils n'ont rien à foutre de personne d'autre qu'eux-mêmes. Je suis peut-être plus fort que tous les enfoirés de cette ville, mais ça ne veut pas dire que j'ai envie de les cogner juste pour me taper leur pute.

Ce que sont, soyons honnêtes, la plupart d'entre elles.

Alana n'avait pas tort quand elle parlait du genre de femmes qui traînent dans le club-house en espérant sortir avec un Hawk.

Elles veulent un coup facile, un peu d'alcool et un ou deux orgasmes si elles ont de la chance. Telle est l'étendue de leur vie sans intérêt.

Je veux plus que ça.

Je l'ai toujours fait. Non pas que j'aie jamais goûté à quelque chose de mieux.

Toute ma vie, j'ai été obligé de déménager d'un endroit à l'autre. Cet endroit est l'une des seules maisons que j'ai jamais connues, bien que j'aie vécu dans plus de lieux que je ne peux m'en rappeler.

Tous ces lieux, surtout les pires, se confondent en un grand amas de souvenirs et d'expériences douloureuses.

Mais Alana est différente. Elle n'a rien à voir avec les putes des clubs auxquelles nous sommes habitués. Elle n'a pas d'étoiles dans les yeux quand elle nous regarde. Elle ne pense pas que nous sommes spéciaux à cause des postes que nous occupons.

Elle n'a jamais été du genre à traîner dans le club-house à toute heure de la nuit dans l'espoir de se défoncer ou de se faire sauter. Bon sang, elle n'y est presque jamais. Je ne peux m'empêcher de penser que c'est le dernier endroit au monde où elle veut être.

Mav est pareil. C'est peut-être le fils de Razor, mais ça ne veut pas dire qu'il vit sa vie comme son père. Plus maintenant, en tout cas.

Alana et lui ont une vie privée. Il travaille, remplit son devoir envers les Hawks et puis il disparaît. Il rentre chez lui, je suppose, pour… ne pas baiser sa femme.

Pourquoi ne la baise-t-il pas ? Elle en crève d'envie.

Elle a littéralement sa bague au doigt et il ne veut pas la toucher.

Qu'est-ce que c'est que ce bordel ?

J'aurais tout le temps envie de la sauter si elle se promenait en ville en portant ma bague et mon nom de famille.

Non pas que je veuille une femme ou ce genre de vie, bien sûr.

J'adore être libre et célibataire. Je ne veux pas que quelqu'un me surveille pour savoir à quelle heure je rentre ou combien je bois. C'est déjà assez pénible d'avoir Reid qui me suit partout dans la maison et qui me fait remarquer que je suis un mec bordélique.

J'aime vivre ici avec lui. C'est ce que nous avons planifié pendant toute notre adolescence.

Nous pouvons faire exactement ce que nous voulons et avoir une totale liberté.

Le manoir n'est pas un secret. On peut l'apercevoir sur

le haut de sa colline depuis presque tous les endroits de Harrow Creek. La ville principale se trouve dans une vallée et nous la contemplons tous les deux comme des putains de rois.

Mais je ne peux pas mentir. Il y a quelque chose d'attirant à l'idée d'avoir une femme qui attend à la maison. Et je ne parle pas de trucs de machos comme faire la lessive et le ménage ou d'autres trucs de ce genre.

L'image d'être sur le canapé avec une femme, nos membres s'entrelaçant alors que nous retirons nos vêtements à la hâte, désespérés de baiser, remplit mon esprit. Et avant même de savoir ce que je fais, mes doigts s'enroulent autour de ma hampe et je me branle en pensant à une certaine blonde en train de me chevaucher alors que Reid pourrait entrer et nous surprendre à tout moment.

Ce ne serait pas la première fois qu'il verrait quelque chose de ce genre. Bon sang, nous sommes tous les deux aussi proches que deux hétéros peuvent l'être. Nous avons fait toutes sortes de conneries ensemble au fil des ans.

Mais en voyant sa réaction depuis qu'elle est enfermée en bas, je me demande comment il réagirait.

Il semble avoir revendiqué un putain de droit sur elle, même s'il est probablement en train de la torturer en ce moment même.

L'idée qu'il fasse exactement ça fait monter ma jalousie en flèche, mais ma main accélère son rythme.

L'idée de le voir la baiser est bien plus excitante qu'elle ne devrait l'être.

Putain. Je parie qu'elle est si belle quand elle jouit.

— Oh merde.

Je gémis lorsque je jouis et déverse ma semence partout sur le carrelage de la douche.

Mes muscles se détendent, mais seulement un peu,

tandis que mon fantasme continue à se dérouler dans mon esprit.

Il faudra peut-être que j'améliore mes compétences en matière de discrétion quand je redescendrai, pour voir si je peux le surprendre en train de faire quelque chose qu'il ne devrait pas faire.

9

ALANA

— Qu'est-ce que tu fais ? demandé-je sèchement lorsque Reid continue à s'attarder silencieusement derrière moi comme un étrange petit gremlin.

Si seulement il était un peu moche. JD aussi. Ça pourrait rendre tout ça plus facile.

Je ne suis pas étrangère aux relations perverses et aux désirs et fantasmes non conventionnels. Non seulement j'ai vécu et apprécié des choses qui terrifieraient la plupart des gens, mais j'en ai aussi lu beaucoup pour tenter d'assouvir mes envies tordues.

C'est probablement la raison pour laquelle je ne suis pas trop effrayée par le fait d'être ligotée et à la merci du monstre derrière moi.

Il n'y a pas grand-chose qu'il puisse faire qui n'ait pas déjà été fait ou que je n'aie pas fantasmé.

Il ne répond pas, il reste derrière moi sans rien dire.

— Très bien. Continue comme ça. Mais y a-t-il une chance d'avoir quelque chose à manger ? Ça fait un moment que je suis ici, au cas où tu ne l'aurais pas remarqué, je pense que je mérite quelque chose.

Il ricane, me faisant comprendre qu'il m'écoute.

— Je ne connais pas les notes sur Tripadvisor concernant cet endroit, mais je ne peux pas dire que je vais lui donner cinq étoiles. Douche froide, eau dégueulasse, probablement infestée de bactéries. Pas de nourriture.

— Ce n'est pas un putain d'hôtel, Petit animal.

— C'est quand même mieux que certains des taudis de Creek. Et la vue est plutôt pas mal. Il y a une salle de sport dans ce manoir ?

— Bien sûr, grogne-t-il, visiblement assez intrigué par mes questions pour y répondre.

— Tu devrais peut-être commencer à faire quelques heures de plus par jour. Je déteste te dire ça, Big Man, mais JD te bat dans ce domaine.

Ce sont des mensonges. Des putains de mensonges, mais je me dis que ça pourrait toucher un point sensible. Je parie que ces deux-là sont très compétitifs et je suis plus qu'heureuse d'en profiter.

— Ses muscles me mettent l'eau à la bouche, ajouté-je.

Silence.

— Tu n'as rien à dire à ce sujet, Big Man ?

— Je sais ce que tu fais, Petit animal.

— Si c'était vrai, je ne serais pas encore attachée ici, n'est-ce pas ? Tu aurais toutes tes précieuses réponses et tu aurais décidé de me renvoyer auprès de mon mari ou bien je serais morte. Je pense qu'il est plus que clair pour nous deux que tu n'as aucune idée de ce que je fais.

Ses chaussures martèlent le sol en béton et je retiens mon souffle.

Je halète quand il s'avance enfin devant moi.

Pourquoi les mecs les pires sont-ils les plus beaux ?

Attendez, non. Reid Harris n'est pas beau.

Il est vraiment à couper le souffle.

Il est dangereusement magnifique. Mais contrairement à JD, qui assume son physique et sait exactement le pouvoir qu'il exerce sur les femmes – et probablement sur un bon nombre d'hommes –, Reid utilise la peur pour obtenir ce qu'il veut. Cela dit, il est en train de découvrir rapidement que ça ne fonctionne pas très bien avec moi.

— L'apparence est importante pour toi, n'est-ce pas ? m'interroge-t-il en faisant les cent pas devant moi et en se frottant les mains comme s'il préparait un mauvais coup.

— Il faut utiliser tout ce qu'on a à son avantage, tu ne penses pas ? Toi, par exemple, tu es effrayant pour certaines personnes, alors tu t'assures de le monter quand c'est le moment. JD... Je suis presque sûre qu'il pourrait séduire presque toutes les femmes de la planète. Je parie qu'il s'en est servi pour s'assurer que tu obtiennes ce dont tu as besoin une fois ou deux. Devin et Ezra aussi. Ils excellent dans leurs gestes, pas dans leur réflexion.

Il s'immobilise et me regarde droit dans les yeux.

— Et j'ai l'expérience qui me fait dire que mon apparence me permet d'obtenir les choses que je veux, conclus-je.

— Comme Kane. Ou ton mari.

Je glousse.

— Bien sûr, si tu veux.

— Qu'est-ce qui fait craquer tous les hommes ? Tes lèvres pulpeuses ? Tes yeux ? Ou bien les longs cheveux blonds qu'ils peuvent enrouler autour de leur poing tout en te baisant comme une sale pute ?

— Attention. Je vais commencer à penser que c'est ce que tu imagines faire en voyant combien tu es précis.

— Je pense que nous allons commencer par là. Ce sera le moins douloureux.

Je m'apprête à le questionner lorsqu'il se dirige vers son armoire remplie d'instruments de torture.

Dès qu'il dévoile une paire de ciseaux, ma bouche s'assèche.

L'acier brille sous les lumières crues au-dessus de moi et il se tourne vers moi avec un sourire sinistre.

De toutes les choses douloureuses et traumatisantes qu'il pourrait me faire, comment est-il tombé sur la seule chose qui me fera le plus mal ?

« *J'aime tes jolis cheveux, Lana. Promets-moi de ne jamais les couper.* »

La voix de Kristie résonne si fort dans mes oreilles alors qu'il réduit l'espace entre nous que je pourrais croire qu'elle se tient juste à côté de moi.

Elle est partie, Alana. Tu n'as pas besoin de tenir ces stupides promesses d'enfant.

Je déglutis bruyamment, essayant désespérément de me ressaisir.

Ce sont des cheveux.

Ce ne sont que des cheveux.

Seulement des cheveux.

Je soutiens son regard, priant pour pouvoir contenir mes émotions.

— Je n'avais pas réalisé que tu étais coiffeur à tes heures perdues. Mais maintenant que tu le dis, mes pointes abîmées ont bien besoin d'un petit ra... rafraîchissement.

Ma voix bégaie juste à la fin de ma phrase et je m'en veux mentalement d'avoir perdu le contrôle.

Il le voit aussi. Les coins de ses yeux se plissent d'amusement.

— Je pense que mes compétences sont le cadet de tes

soucis pour l'instant. Tu auras de la chance de t'en sortir avec seulement une mauvaise coupe de cheveux. Tu as plus de chances d'avoir la gorge tranchée.

— Tu ne fais que parler et tu n'agis pas, Big Man.

Avant même que j'aie fini cette phrase, il est sur moi, ses doigts s'enroulent autour de mes cheveux trempés, me tirant douloureusement la tête en arrière.

— Tu n'as vraiment pas à t'inquiéter que je mette mes menaces à exécution, Petit animal. Je le fais à chaque fois.

Le bruit du métal sur le métal frappe mes oreilles lorsqu'il ouvre les ciseaux. Sa prise sur mes cheveux se resserre jusqu'à ce que mes yeux pleurent et que je sois presque sûre qu'il va me les arracher au lieu de les couper.

Mais ensuite, juste au moment où la douleur qui me parcourt le cou commence à devenir trop forte, je ressens un soulagement.

Il coupe proprement toute l'épaisseur de mes cheveux en une seule fois.

Je veux rester forte. Je veux me battre jusqu'à ce que je sois de nouveau seule dans ma cellule, mais la douleur est trop vive.

C'est comme si j'avais perdu ma sœur encore une fois.

Mon cri de désespoir remplit le silence avant que les ciseaux ne tombent sur le côté et que la silhouette géante de Reid ne s'avance devant moi.

— Non, s'il te plaît ! crié-je lorsqu'il enfile ses doigts dans mes cheveux et ramène ma tête en arrière.

Mais cette fois, il me domine. La chaleur de son corps réchauffe le mien, mais ce n'est pas un grand soulagement après ce qu'il vient de faire.

— Pourquoi as-tu fait ça, Alana ? À quel putain de jeu tu joues ? me rugit-il au visage.

— Je ne joue à rien. C'est peut-être difficile à croire pour toi, mais je n'ai pas de temps à perdre avec tes petites conneries de gang, mais certains d'entre nous n'ont pas le choix.

Sa poigne se resserre et mes larmes finissent par couler.

Sa poitrine se soulève tandis que son souffle passe sur mon visage.

— Parle, Alana. Pourquoi as-tu menti ? Pourquoi essayes-tu de gâcher la chance de Kane d'avoir une nouvelle vie ?

— Ce n'est pas moi. C'est Victor, lâché-je avant même de réaliser que j'ai ouvert la bouche.

Il me libère en un clin d'œil et s'éloigne.

Il se passe les doigts dans les cheveux avant de beugler :

— Enfoiré !!

C'est si fort que la chaise sous moi vibre.

Les larmes continuent de couler sur mes joues tandis que je sens mes mèches glisser sur mon cou.

Mes lèvres s'entrouvrent pour dire quelque chose, mais je n'ai aucune idée de quoi, lorsqu'une silhouette apparaît soudain dans le long couloir.

— Qu'est-ce que tu as fait ? aboie JD, les yeux rivés sur moi.

— Détache-la et remets-la dans sa cellule ! ordonne Reid avant de partir.

— Putain, qu'est-ce que tu lui as dit ? s'enquiert JD alors que nous regardons tous les deux le taureau partir en trombe dans le couloir.

Je ne réponds pas. Quel est l'intérêt ?

J'en ai déjà trop dit.

Je me l'étais promis. Putain, je m'étais promis de garder mes secrets sous clé, mais à la seconde où il a trouvé un point faible, je me suis mise à parler comme une conne.

Je baisse les yeux et fixe mes genoux, laissant mes

cheveux tomber autour de moi. Même si ce ne sera plus un rideau derrière lequel je pourrai me cacher quand les choses deviendront difficiles.

Un sanglot s'échappe alors que je regarde à travers mes larmes mes mèches coupées.

— Oh merde, halète JD. C'est bon, Colombe. Reste assise, je vais te libérer.

Reste assise ? Il se fout de ma gueule ou quoi ?

Je n'ai rien fait d'autre que de rester assise depuis le moment où ce connard m'a attachée ici.

Je ne lève pas les yeux pendant que JD fouille dans l'armoire, j'imagine pour trouver un couteau approprié, pas une machette ou tout autre objet dont Reid dispose pour terrifier ses détenus.

Mes yeux s'écarquillent lorsqu'il s'agenouille devant moi et brandit une lame dentelée, qui semble dangereuse.

— Je ne vais pas te faire de mal.

— Tu fais toujours ce que Reid te dit ? Je sais que tu le suis toujours comme un petit chien, mais je n'avais pas réalisé que tu étais son esclave.

— Attention, Colombe. Je n'ai pas besoin de te libérer. Je pourrais te laisser ici, murmure-t-il.

— Et défier les ordres ?

Son regard brûle le sommet de mon crâne et, finalement, je cède.

À la seconde où je lève la tête, mes yeux bleus se rivent sur les siens et j'ai l'impression qu'ils m'engloutissent entièrement.

— Tu es une vraie plaie, petite colombe.

Nos regards se soutiennent encore quelques secondes avant qu'il ne s'occupe de couper la corde.

Il commence par mon poignet droit, sciant la corde

grossière jusqu'à ce que les derniers brins claquent, me libérant.

Je gémis en soulevant mon bras douloureux, mes muscles me faisant mal après ce long moment passé dans la même position.

Mon poignet est rouge et à vif à cause de la corde impitoyable et je le serre contre ma poitrine humide pendant qu'il se met à s'occuper du deuxième.

— Aïe, putain, sifflé-je lorsque la lame glisse et s'enfonce dans mon poignet.

— Merde. Je suis désolé, s'excuse-t-il en se levant et en se précipitant derrière moi.

Il revient quelques secondes plus tard avec un mouchoir qu'il presse sur la coupure alors que mon sang coule sur le sol. Je suppose qu'il est normal qu'un peu du mien soit ajouté aux taches.

— Merde, ça saigne vraiment, constate-t-il en retirant le mouchoir pour l'inspecter.

— Libère-moi.

— Merde. Ouais.

Avec un peu plus d'hésitation qu'auparavant, il progresse. Dès que je suis libre, je soulève mon poignet de l'accoudoir et le tiens en l'air pour arrêter l'hémorragie.

Il m'observe alors que je le serre contre ma poitrine, les regrets brillant dans ses yeux.

— Ne fais pas semblant de t'en soucier, dis-je sèchement.

— Colombe, je…

— Non. Finis le travail et enferme-moi dans ma cellule.

Il a envie d'argumenter, je peux le voir sur chaque centimètre carré de son visage. Mais il ne le fera pas. Malgré mes provocations, il sait qu'il ne faut pas défier les ordres de

Reid Harris. Être le meilleur ami de ce psychopathe peut présenter certains avantages, mais il ne peut pas pousser à ce point.

Avec un soupir, il se baisse et commence à couper les liens autour de mes chevilles.

— Et fais attention. Si Reid souhaite que je me vide de mon sang, quelque chose me dit qu'il voudra s'en charger lui-même.

— Putain d'obsédé du contrôle, murmure JD.

Si la situation était différente, je pourrais rire. Mais en l'état actuel des choses, j'ai moins d'énergie que je ne veux l'avouer.

Tout ce que je veux, c'est ramper sur le lit de camp de ma cellule, me rouler en boule et me réfugier dans ce lieu intérieur que j'ai découvert lorsque j'étais petite et où j'ai vécu certains des pires jours de ma vie.

En quelques minutes, heureusement sans douleur, mes deux chevilles sont libérées.

Dès qu'il recule, je me lève.

Je vacille violemment, mon corps luttant pour bouger, après être resté si longtemps dans la même position, mais je refuse son aide, repoussant sa main lorsqu'il tend la sienne pour m'aider à me stabiliser.

— Je peux aller toute seule jusqu'à ma cellule. Enferme-moi à l'intérieur et pars.

— Colombe, m'avertit-il.

Mais je n'ai aucune envie d'entendre ce qu'il pourrait avoir à dire.

J'en ai fini. Foutrement fini.

Mes vêtements sont encore humides et froids. Je suis épuisée, physiquement et moralement, et mes poignets et mes chevilles me brûlent comme pas possible.

Mais c'est la douleur dans ma poitrine qui me fait le plus souffrir.

Je suis désolée, Kristie.

Je suis vraiment désolée.

10

ALANA

Je ne me donne pas la peine d'essayer de fermer la porte une fois que je suis de retour dans la sécurité de ma cellule. Elle a l'air extrêmement lourde et je n'ai même pas l'énergie nécessaire pour essayer de le faire.

Au lieu de ça, mon poignet en sang toujours serré contre ma poitrine, je me glisse sur le lit et me recroqueville en position fœtale tandis que mes larmes continuent de couler.

Des frissons me parcourent le corps. Non seulement je suis encore trempée, mais la climatisation est à fond ici et mes vêtements me donnent l'impression d'être de la glace.

Honnêtement, si j'en avais l'énergie, je les enlèverais probablement.

Mais en l'état actuel des choses, je reste allongée à écouter le son de mon cœur qui bat la chamade et de ma respiration erratique, en attendant que la porte se referme en claquant, signe que je suis en sécurité.

Une fois que je serai seule. Vraiment seule, alors je pourrai me laisser aller.

Je suis tellement perdue dans mes pensées que je n'entends pas les pas, ni ne sens que quelqu'un d'autre m'a rejointe.

— Colombe, murmure-t-il alors qu'une main chaude se pose sur le haut de mon bras.

Mon cœur fait un bon et je hurle à la mort avant de bondir.

— Ouah, fait JD en levant les mains en signe de reddition, je ne vais pas te faire de mal.

— Sors, demandé-je faiblement.

Mais, sans surprise, il reste là à me fixer.

Je grimace, ne pouvant qu'imaginer l'état dans lequel je me trouve et à quel point mes cheveux sont affreux.

— Je ne veux ni n'ai besoin de toi ici, JD. Va suivre ton chef comme le bon petit chien que tu es et va voir s'il a un os ou quelque chose pour te distraire.

— Tu es une vraie garce, tu le sais ?

Je hausse les épaules. Qu'est-ce qu'il y a répondre à ça ?

Ouais, je suis une garce, mais est-ce une surprise ?

C'est l'un des deux hommes qui m'ont enfermée comme une sorte de criminel.

Ouais, j'ai menti. Ouais, j'ai été malhonnête et infidèle. Mais ce n'était pas par choix, ni parce que je pensais que ce serait amusant.

Je n'avais pas d'autre option.

C'était soit suivre les ordres, soit voir quelqu'un que j'aime souffrir. Et j'en ai déjà trop fait l'expérience au cours de ma vie.

Ou pire...

— Assieds-toi, je vais nettoyer cette coupure, dit-il, sa voix ayant perdu son mordant depuis son dernier commentaire.

— C'est bon, marmonné-je en ramenant joyeusement mon corps endolori sur le lit de camp.

Il est dur et inconfortable. Mais s'il ne s'agit pas d'un lit luxueux dans un hôtel cinq étoiles, il ne s'agit pas non plus d'une chaise dure et froide.

— Non, ce n'est pas le cas. Je suis désolé de t'avoir fait mal.

Il prononce ces mots avec une telle conviction que je ne peux m'empêcher de rire.

— Qu'y a-t-il de si drôle ? s'enquiert-il, un peu vexé par ma réaction.

— Tu t'es regardé dans un miroir dernièrement ? Tu es un Hawk. Tu blesses les gens pour le plaisir.

— S'ils le méritent. Je ne fais pas ça pour le plaisir, avoue-t-il en ouvrant une boîte de premiers secours posée à ses pieds.

— Je suis enfermée ici, tu crois que je ne le mérite pas ?

Il fait une pause avant de me regarder.

— Tes actions font penser que oui, mais il y a quelque chose dans tes yeux qui raconte une histoire totalement différente.

— Peut-être que je suis juste une bonne actrice, réponds-je alors qu'il place quelques lingettes antiseptiques entre nous et un gros pansement.

— Colombe, si tu es si bonne, tu mérites d'être à Hollywood, pas de pourrir ici à Creek.

— On peut rêver, n'est-ce pas ? murmuré-je.

— Où irais-tu ? demande-t-il distraitement en prenant une lingette avant de tirer doucement ma main vers lui et d'enlever le mouchoir de la coupure.

— Hawaï. Je passerais mes journées sur la plage, dans l'océan et je boirais dans des ananas et des noix de coco, réponds-je sans réfléchir.

— On dirait un rêve.

— Yep. Quand la réalité craint, il faut bien avoir quelque chose. Aïe !

— Désolé.

— Et toi ? Si tu pouvais être n'importe où dans le monde, où serais-tu ?

— Dans les montagnes.

— Tu laisserais l'océan derrière toi ?

— Pour une cabane en rondins, une cheminée et une tranquillité totale ? Ouais, je le ferais.

— Alors tu n'as manifestement pas vécu l'expérience de l'océan comme il se doit.

— Peut-être pas.

— Tu as déjà fait du surf ?

— Non, et toi ?

Je secoue la tête.

Pourtant, j'ai passé des heures à observer les surfeurs. À tel point que j'avais l'impression de connaître chaque mouvement, de savoir comment prendre chaque vague et de savoir exactement à quoi je ressemblerais sur une planche.

Mais c'est comme tout le reste de ma vie. Un fantasme. Un rêve.

— Tu devrais, dit-il en prenant le pansement et en le plaçant délicatement sur la coupure.

— Bien sûr. Je vais mettre ça à l'ordre du jour de demain, d'accord ?

Il ricane.

— Je suis sûr que Reid serait d'accord pour te mettre en bikini, Colombe.

— Eh bien, il peut aller se faire foutre. Tu es peut-être content d'obéir aux ordres, mais je ne suis pas sa marionnette.

— Qu'est-ce que tu lui as dit pour qu'il fasse ça ? me

questionne JD en levant la main et en remettant mes cheveux courts derrière mon oreille.

— La vérité, avoué-je.

— Et c'est ?

Je ne réponds pas et JD ne m'incite pas à le faire pendant un long moment.

Le silence s'étire et je commence à penser que c'est fini. Qu'il va tout ranger et partir.

Mais ensuite, ses doigts chauds se posent sur ma mâchoire et, avant que je ne comprenne ce qui se passe, je suis face à lui, ses yeux bleu vif se plantant dans mes yeux larmoyants et emplis d'émotions.

— Petite colombe, susurre-t-il. Je ne peux pas t'aider si tu ne me laisses pas faire.

Je halète, mais le choc de ses mots ne suffit pas à me faire répondre. Je ne suis pas sûre que ce sera le cas un jour.

Il n'y a qu'un seul homme en qui j'ai confiance dans cet endroit paumé et ce n'est pas lui qui me regarde en me demandant de m'ouvrir à lui. Au lieu de ça, je fixe l'un des deux hommes qui sait exactement où je suis et qui n'est pas prêt à me faire sortir en douce parce qu'il a pitié de moi.

JD joue peut-être les gentils en ce moment, mais je ne peux pas oublier qu'il est l'un d'entre eux.

C'est un Hawk.

Le meilleur ami de Reid Harris.

Je sais exactement envers qui il est loyal. Et ce n'est pas envers moi.

— Qui a dit que je voulais de l'aide ? raillé-je. Reid a raison. Je savais exactement ce que je faisais. Je savais que je finirais ici, ou pire. Il est temps d'affronter les conséquences.

Ses lèvres s'entrouvrent pour dire quelque chose, mais il ravale les mots avant qu'ils ne s'échappent.

Il relâche ma mâchoire, prend ma main indemne et étudie mon poignet. Son pouce effleure mon tatouage pendant qu'il lit les mots, mais il ne fait aucun commentaire.

La chaleur se répand dans mon bras lorsqu'il me touche. L'envie de sauter sur ses genoux et d'exiger qu'il m'entoure de ses bras jusqu'à ce que je sois réchauffée est presque trop forte pour être ignorée. Mais heureusement, je parviens à refréner une demande aussi ridicule.

— Ça a l'air douloureux.

— C'est bon, dis-je en essayant d'arracher ma main de sa prise.

Mais il ne me lâche pas. Il me serre fort alors qu'il cherche une crème quelconque dans la trousse de secours. Il ouvre le bouchon avec ses dents avant de le recracher et d'en faire gicler une goutte sur mon poignet.

Je le regarde silencieusement s'activer, massant doucement la crème fraîche sur mes zébrures rouges.

— JD, murmuré-je lorsqu'il passe à l'autre, en faisant très attention à ma blessure.

Son contact est trop bon.

La chaleur remonte le long de mon bras et des picotements éclatent au niveau de mon entrejambe.

Je ravale le gémissement qui veut s'échapper de mes lèvres tandis qu'il continue à masser ma peau. Le bout de ses doigts apaise mes muscles endoloris et épuisés, me forçant à me détendre pour la première fois depuis que j'ai été amenée ici.

Putain, il est doué.

Je fais rouler ma nuque en pensant aux merveilles qu'il pourrait accomplir ici. L'image de moi en train de me déshabiller et de m'allonger devant lui envahit mon esprit, faisant enfin remonter ma température.

Je ne peux presque pas lutter contre mon sourire en pensant à la réaction de Reid s'il nous surprenait.

Je suis censée être en enfer ici et ne pas laisser les mains de JD me montrer un petit coin de paradis.

Lorsqu'il relâche mon poignet, je me mords la lèvre pour m'empêcher de pousser un cri de protestation, mais dès qu'il attrape ma jambe et m'enduit la cheville de crème, mes plaintes s'évanouissent.

— Allonge-toi, m'encourage-t-il.

Ses yeux bleu électrique se posent sur les miens, ne laissant aucune place à l'argumentation.

Mon corps faible s'exécute et mes bras frêles tremblent tandis que je me mets sur le dos, une de mes jambes dans sa poigne, l'autre reposant sur ses genoux.

Il se concentre sur l'endroit qu'il masse pendant quelques secondes avant de relever la tête, son regard se promenant tranquillement le long de ma jambe.

Ses yeux s'écarquillent dès qu'il remarque à quel point ma jupe s'est soulevée avec mon mouvement, mais je ne fais rien pour me cacher de lui.

— Bon sang, Colombe, grogne-t-il, les yeux rivés sur ma culotte en dentelle.

Mon cœur bat la chamade alors que je me demande jusqu'où je peux le pousser et si ça fera une once de différence.

Cela dit, je m'en fous que ça fasse une différence. Ces quelques minutes de plaisir en vaudraient la peine.

Tandis que ses doigts entourent délicatement ma peau tendre, je déplace légèrement mes hanches et remonte ma jambe le long de sa cuisse.

Ma poitrine se soulève et ma température monte en flèche lorsque son toucher excitant se poursuit.

— Tous tes prisonniers ont-ils droit à ce genre de traitement ? demandé-je.

Ma voix n'est plus qu'un murmure. J'ai envie de dire que c'est feint, mais je mentirais.

Il ricane.

— Ce sont tous de vilains connards. Ce n'est pas mon genre.

— Les blondes, c'est plus ton truc, hein ?

Il s'éclaircit la gorge.

— Quelque chose comme ça, ouais.

— D'après ce que j'ai entendu dire, tu ne fais pas de discrimination sur la couleur des cheveux, la silhouette ou l'âge.

Il se met à rire.

— Parfois, nous devons simplement faire ce que nous avons à faire. Je suis sûr que tu peux le comprendre.

Je déglutis bruyamment.

Plus qu'il ne pourrait l'imaginer.

Nos regards se soutiennent tandis que ma poitrine se soulève et que mon sang bouillant continue de circuler dans mes veines.

Son contact est censé être innocent. Il n'a pas bougé de ma cheville, mais vu l'humidité de ma culotte, on ne le croirait pas.

Je ne suis rien d'autre qu'une pute sans vergogne qui ferait n'importe quoi pour sentir le contact et l'attention d'un homme.

Il relâche mon pied, prend l'autre et lui fait subir le même traitement.

— Tu ne devrais pas faire ça, l'avertis-je doucement. Si Reid revient, alors...

— Je peux gérer les conséquences, Colombe. Il n'est pas si effrayant que ça, vraiment.

— Si tu le dis, murmuré-je.

— Peut-être que c'est toi qui devrais me faire arrêter, ajoute-t-il, mon pied si haut que je sens son souffle sur ma peau pendant qu'il me masse.

La chair de poule éclate sur mon corps et un frisson de désir me parcourt l'échine.

— Peut-être que je devrais. Mais comme toi, je n'ai pas tendance à suivre les règles.

Je lève mon genou et fais glisser mon pied sur sa cuisse jusqu'à ce que je trouve exactement ce que j'attendais.

— Colombe, m'avertit-il lorsque je frotte la bosse dure sur son pantalon de jogging.

— Désolée, murmuré-je. J'ai une crampe.

Il rit et tout son corps se met à trembler.

— Tu es une vraie plaie.

— Toi aussi, rétorqué-je.

Ses yeux se ferment tandis que je continue à le taquiner.

Je ferme les miens, me concentrant sur mon pied, essayant d'imaginer à quel point sa bite est large et longue.

Je salive lorsque je m'imagine découvrir la vérité avec ma langue.

Sale pute, crie une petite voix. Mais je la fais taire.

Je suis enfermée et je n'ai rien d'autre à faire. Qu'y a-t-il de mal à m'amuser un peu quand j'en ai l'occasion ?

C'est stupide. Il me touche à peine et, pourtant, c'est comme s'il était partout. Son parfum viril domine l'odeur de la crème antiseptique et la chaleur de ses doigts fait vibrer chaque centimètre de ma peau.

— Putain, tu es sexy, murmure-t-il, ce qui me fait ouvrir les yeux.

Je suis presque sûre qu'il n'y a eu que très peu de jours dans ma vie où j'ai eu l'air pire que maintenant, mais à la façon dont ses yeux brûlent de désir, je ne peux m'empêcher de le croire.

— Julian, soupiré-je quand ses mains commencent à remonter plus haut.

Mes tétons se dressent et se pressent contre la dentelle de mon soutien-gorge et le T-shirt que je porte, suppliant qu'on les libère.

Je le frotte plus fort, plus vite, dans l'espoir de briser ce qui le retient.

— Putain, Colombe. Ne fais pas ça.

Je lève mon bras indemne du lit et fais remonter mes doigts le long de mon ventre, ce qui fait écarquiller les yeux de JD, avant que je ne touche à l'un de mes seins.

— Oh mon Dieu ! gémis-je.

Mais le plaisir ne dure que quelques secondes avant que la sonnerie du portable de JD ne vienne briser la tension.

— Putain, aboie-t-il en posant mon autre pied, qui rejoint l'autre sur ses genoux, avant de sortir son portable de sa poche. Putain de connard.

Le visage tourné vers le plafond, il prend une grande inspiration en serrant les dents avant de retirer mes jambes et de se lever.

— Ouais, répond-il au téléphone.

J'entends une voix grave à l'autre bout du fil et, quoi qu'il dise, la mâchoire de JD tressaute.

— T'es un enfoiré, fulmine-t-il avant de raccrocher et de remettre son portable dans la poche de son jogging.

Ça tend un peu plus le tissu et met en avant son érection déjà plus qu'évidente.

Il déglutit bruyamment et me regarde dans les yeux pendant un moment, mais ceux-ci redescendent rapidement sur son entrejambe.

— Merde, siffle-t-il avant de plonger la main dans son pantalon pour se réarranger.

— Allumeur, marmonné-je lorsqu'il se serre la queue pour se soulager un peu.

— On remet ça à une autre fois ?

Je secoue la tête.

— Cours, petit chiot, ton maître a appelé.

Ses sourcils se froncent tandis que l'irritation assombrit ses yeux.

— Ce n'est pas fini.

Il me tourne le dos et se dirige vers la porte.

— Attends ! m'écrie-je sans réfléchir.

Il s'arrête, la main sur la porte, prêt à la claquer pour m'enfermer à l'intérieur.

— Je suis affamée. S'il te plaît, puis-je avoir quelque chose à manger ?

— Je vais voir ce que je peux faire. Autre chose ?

Je marque une pause, il prend ça pour un non et commence à fermer la porte.

— Un cahier.

— Un cahier ? Si tu veux écrire des lettres d'amour à Mav, tu risques fort d'être déçue.

— Je ne veux écrire à personne. Je veux juste... S'il te plaît ? demandé-je faiblement avant qu'il ne claque enfin la porte, me laissant seule.

Et excitée.

— ARGH ! crié-je en donnant des coups de pied, malgré mes jambes fatiguées, comme une gamine qui pique une crise.

Ce n'est pas mon meilleur moment. Mais je n'en ai vraiment rien à foutre.

11

REID

Je suis debout, la paume appuyée sur mon bureau, fixant l'écran avec incrédulité pendant que JD masse les putains de chevilles d'Alana.

Il avait une règle.

Ne pas la toucher !

Et que fait-il ?

Putain, il la touche.

J'ai envie d'être énervé qu'il m'ait défié. Mais honnêtement, je savais qu'il le ferait. Je serais probablement déçu dans le cas contraire. Ce qui m'énerve vraiment, c'est la façon dont elle fond sous ses mains.

Il ne fait presque rien et elle se transforme en flaque de désir sur ce lit.

Je me dis de laisser faire. S'il fait d'elle une petite pute en manque qui a envie de sa bite, alors peut-être qu'il parviendra à lui en soutirer plus que moi.

Dieu sait qu'elle s'est battue avec acharnement contre mes techniques jusqu'à présent.

Même si je dois admettre que je ne m'attendais pas à ce que ses cheveux soient un sujet aussi sensible.

Je m'attendais à ce que ça l'embête un peu, comme la plupart des nanas aux cheveux longs. Mais après tout ce que je lui ai fait subir jusqu'à présent, je ne pensais pas que ça la ferait craquer.

Cela dit, regarder ses larmes couler... Putain de merde. Elle était magnifique. La seule chose qui la rendrait encore plus belle serait de la voir s'étouffer avec ma bite en même temps.

Ne va pas sur ce terrain-là.

Ignorant JD et la façon dont elle frotte son pied sur sa bite, je me concentre sur elle.

Elle pense sans doute qu'elle ressemble à une loque en ce moment. Mais elle a tort.

Ce n'est pas pour rien qu'il est sans doute aussi dur qu'une pierre sous son pied.

Je sais que je banderais à sa place.

Bon sang. Je suis jaloux que son pied caresse sa bite. Qu'est-ce qui ne va pas chez moi ? C'est comme si j'étais redevenu un gamin excité de douze ans, espérant une branlette au fond de la classe.

J'attrape mon portable sur le côté et le serre si fort que je crains qu'il ne se brise dans ma main, alors que j'attends un signe pour le faire sortir de là.

J'adore ce foutu mec, mais putain, c'est un chien. Si on lui donne la moindre occasion, il ne s'arrête pas. Si on veut ses secrets, il faut qu'elle soit désespérée. Au bord du gouffre, que ce soit par peur, par épuisement ou par désir. C'est à ce moment-là qu'elle s'épanchera.

À la seconde où ses doigts commencent à remonter le long de son ventre, remontant son T-shirt vers le haut, exposant plus de peau au passage, je sais que c'est le moment.

Et j'ai raison quand l'appel se connecte au moment précis où elle se caresse le sein.

Putain de merde. Elle est aussi terrible que lui.

Pas étonnant qu'elle ait accepté d'être la pute de mon père.

Je regarde l'écran avec un sourire en coin quand JD la lâche comme je savais qu'il le ferait à ma demande. La légère moue sur ses lèvres en vaut la peine.

— Désolé, Petit animal. Tu ne t'amuseras plus aujourd'hui.

Dès qu'il a claqué et verrouillé la porte, j'éteins le moniteur et quitte la pièce.

Mes pas dévalent l'escalier alors que la porte du sous-sol se referme dans le couloir.

Je n'ai pas besoin de lever les yeux pour savoir qu'il me regarde. Il est trop prévisible, ça va finir par lui nuire.

— C'est quoi ce bordel, mec ? aboie-t-il.

— Il faut qu'on y aille, réponds-je en lui donnant un coup d'épaule alors que je vais chercher mon portefeuille dans la cuisine.

— Aller où ?

Il me suit, comme je m'en doutais.

— Au club-house. Victor veut discuter de quelque chose.

— Oh ?

— Ne sois pas stupide, JD. Cette salope travaille pour lui, sifflé-je.

— Victor ? Elle travaille pour ce putain de Victor ?

— Apparemment.

— Mav ne le permettrait pas, déclare JD en m'énervant encore plus qu'il ne l'a déjà fait.

— Comment peux-tu savoir ce que Mav permettrait ou non à sa pute de femme ?

Il hausse les épaules.

— Je ne sais pas. C'est juste une supposition.

— Putain. Il suffit qu'elle te frotte la queue avec son pied pour que tu te soumettes comme une gonzesse. Reste concentré, mec.

— C'est ce que je fais, rétorque-t-il, la mâchoire serrée.

— Peu importe. Nous devons y aller.

— Qu'est-ce qu'il veut ? m'interroge JD en me suivant.

— Probablement savoir si nous avons vu sa petite garce.

— Et qu'est-ce que tu vas lui dire s'il le demande ?

— La vérité. Que je me fous complètement d'Alana et de ce qu'elle a fait.

Son rire résonne alors que je me dirige vers la porte d'entrée.

Et ça me tape sur les nerfs.

Je pivote sur moi-même plus vite qu'il ne peut l'anticiper et le plaque contre le mur, mon avant-bras contre sa gorge.

— Tu n'avais qu'une chose à faire, JD. Une seule. Tu sais exactement ce que je ferais à n'importe quel enfoiré qui me manquerait de respect de cette façon.

Son sourire s'agrandit.

— Va te faire foutre, Harris. Tu savais exactement ce que j'allais faire après avoir été prévenu de ne pas la toucher. Tu ne m'aurais pas insufflé l'idée si tu ne voulais pas que j'essaie de la faire craquer. C'est pas ma faute si ton approche de gros gangster intimidant était la mauvaise. Ne te l'ai-je pas déjà dit ? C'est la douceur qui donne des résultats.

Comme un petit con condescendant, il me tapote la joue.

— Connard, sifflé-je en m'écartant de lui.

— Coupable. Tout comme toi, enfoiré. Qu'est-ce que tu

as dit ? me demande-t-il quand il n'entend pas les jurons que je marmonne dans ma barbe.

— Va te faire foutre.

— Tu es juste énervé parce que tu sais que je vais avoir les infos avant toi. Et si on faisait en sorte que ça en vaille vraiment la peine ? suggère-t-il.

Je ne réponds pas, me concentrant plutôt sur le fait de monter dans ma voiture, mais il continue à la seconde où il est sur le siège passager.

— Je parie que je peux la faire parler avec des caresses et des mots doux bien avant que tu ne réussisses à le faire par la peur.

— Tu veux vraiment faire un pari ? demandé-je en faisant tourner ma Charger devant la maison avant d'appuyer d'un coup sur l'accélérateur, faisant jaillir des pierres derrière nous.

— Bien sûr, pourquoi pas. Il est temps qu'on s'amuse un peu. Les choses ont été très sérieuses ces derniers temps. Et au cas où tu ne l'aurais pas remarqué, tu es très stressé.

— Alors c'est peut-être moi qui devrais essayer de la convaincre de parler avec ma bite, marmonné-je.

Il éclate de rire.

— Ouais, peut-être. Mais tu ne le feras pas, et nous le savons tous les deux.

— Qu'est-ce que ça veut dire, bordel ? grogné-je, fortement irrité par sa supposition.

— Tu l'as attachée à une putain de chaise pendant des heures et tu n'as jamais posé le petit doigt sur elle. Tu ne vas pas la baiser, même si tu en as envie.

— C'est la femme de Mav, grogné-je. Les épouses de nos frères sont intouchables.

— C'est encore plus une raison de le faire, tu ne penses pas ?

— Non. Je ne veux rien qui lui appartienne.

— Il continue de l'appeler sur son portable ? s'enquiert-il en changeant légèrement de sujet.

— Ouais.

— On peut donc en conclure qu'il n'est pas dans le coup s'il est en train de flipper.

Ma prise sur le volant se resserre lorsque les portes qui cachent l'entrée de ma forteresse s'ouvrent, révélant la route de l'autre côté.

J'aimerais être d'accord, mais je ne fais pas confiance à cet enfoiré sournois.

Il pourrait facilement s'agir d'une comédie. Tout comme leur mariage.

— Seul l'avenir nous le dira, réponds-je en prenant un virage à gauche qui nous mènera dans les fosses de l'enfer, là où mon père choisit de régner sur son empire.

Il a toujours la maison dans laquelle nous avons tous grandi, mais il n'y est presque jamais. Au lieu de ça, Hannah, la mère de notre plus jeune frère, y vit seule, tandis que Victor baise toutes les putes qu'il veut au club.

Putain, Dieu sait pourquoi elle reste dans les parages. Victor ne veut pas s'encombrer d'elle et Gray n'est plus là. Elle n'a pas vraiment de raison de rester. Ce n'est pas comme si l'un d'entre nous avait besoin d'elle.

Nous avons peut-être une meilleure relation avec elle qu'avant, mais elle n'est pas vraiment une mère pour nous. Nous en avions une, qui était géniale et ne méritait pas d'être remplacée.

Elle était bien trop bien pour un connard comme Victor. Elle aurait dû avoir une bien meilleure vie que celle que cet enfoiré lui a donnée. À part nous, bien sûr. Ses garçons étaient tout pour elle. Elle détestait juste ce que nous allions devenir.

Des versions plus jeunes de lui.

Nos vies ont toujours tourné autour des Hawks. C'est dans notre sang. Je suis presque sûr que si nous leur avions tourné le dos, nous aurions reçu une balle dans le dos en essayant de fuir.

C'est un soulagement que nous ayons tous choisi cette vie, pour embrasser notre héritage, nos droits de naissance. Mais ça ne veut pas dire que nous ne sommes pas tous les quatre en train de regarder par-dessus notre épaule, nous attendant au pire.

Bien que nous ayons suivi les traces de notre père, nos méthodes pour diriger son territoire diffèrent.

Comme d'habitude, les voitures et les motos sont partout lorsque nous nous arrêtons dans l'ancien entrepôt. À l'époque, il s'agissait d'une vieille usine de vêtements. Mais c'était avant que les Hawks ne transforment cette ville en plein essor en l'endroit malfamé qu'elle est aujourd'hui.

Aujourd'hui, le plus grand entrepôt est notre club-house, qui se compose d'un immense bar et d'un lounge, ainsi que d'appartements où les membres peuvent s'installer et de bureaux où les membres les plus haut placés prennent toutes les décisions foireuses. Sans oublier le terrain de jeu à l'arrière, où nous emmenons nos ennemis pour « jouer ».

— En mode guerrier, mec, ne laisse rien transparaître, lui ordonné-je.

— J'apprécie l'avertissement, mais je suis plus que compétent pour mentir comme un arracheur de dents lorsque c'est nécessaire.

Je lui jette un coup d'œil, me sentant comme le plus mauvais ami du monde. En fait, JD est comme mon frère. Nous sommes aussi proches, si ce n'est plus, que Dev et moi.

Un jour, il est apparu à l'école primaire de Harrow

Creek et on lui a dit de venir s'asseoir à côté de moi, et voilà. Depuis, nous sommes inséparables.

Pendant longtemps, je ne le connaissais pas vraiment. Il voulait qu'on traîne ensemble et qu'on soit ami, c'était plus qu'évident, mais il était aussi terrifié à l'idée de laisser quelqu'un s'approcher de lui.

Je comprends maintenant. Je connais son histoire et je sais d'où il vient. Mais à l'époque, je ne comprenais pas pourquoi il ne parlait jamais de ses parents ni de sa fratrie, alors que ma famille occupait une place si importante dans ma vie.

— Merde. Je sais, mec. Désolé.

JD est probablement l'une des seules personnes au monde qui m'entendra m'excuser d'être un connard. Je me fous des autres et ne prends pas la peine de faire ce genre d'effort.

— C'est bon. On y va ?

J'acquiesce et pousse ma portière.

Mon masque bien en place, nous entrons côte à côte dans le club-house.

Presque tous les yeux de la grande salle commune se tournent vers nous lorsque nous entrons, mais je ne regarde pas un seul d'entre eux.

La plupart d'entre eux sont nos membres juniors, qui préfèrent traîner ici en faisant semblant d'être des gangsters plutôt que de vivre leur vie de merde qu'ils essaient de noyer dans l'alcool, la drogue, les gonzesses et la violence.

Certains sont jeunes et naïfs – beaucoup sont encore au lycée –, mais d'autres sont simplement des connards qui n'ont jamais été initiés, mais qui ne peuvent pas renoncer à cette vie ni au statut que leur procure le fait d'être vaguement affiliés à nous.

La musique résonne dans les baffles et, en quelques

secondes, les bavardages et les rires qui emplissaient l'air avant notre entrée reviennent tandis que nous nous dirigeons vers les escaliers.

Nous montons en silence. Nous n'avons pas besoin de mots, je sais déjà exactement ce que pense JD.

— Ça a intérêt à être rapide, murmure-t-il alors que nous approchons de la porte du bureau de Victor. J'ai quelque chose de joli qui m'attend à la maison.

— Tu es un connard, sifflé-je.

— C'est pour ça que tu m'aimes.

— Espèce d'enfoiré, marmonné-je.

Je frappe une fois et pousse la porte. Il n'aura pas d'autre avertissement ni de politesse de notre part.

12

MAVERICK

Sous la table, mes poings se serrent lorsque Reid et JD entrent dans le bureau de Victor comme s'ils en étaient les propriétaires.

Reid est peut-être l'héritier, mais Victor est encore bien vivant. Et d'après ce que j'ai compris, il va falloir travailler dur pour changer ça, à moins que la chance ne soit de notre côté et qu'il ne tombe subitement raide mort.

Malheureusement, cet enfoiré a autant d'alliés que d'ennemis et ils le protégeront jusqu'à leur dernier souffle.

Quiconque est assez stupide pour tenter d'abattre ce cruel Victor Harris a un désir de mort. Et même si beaucoup d'entre nous le détestent, nous préférons notre vie à la sienne.

Je sais ce qu'il fait aux gens qu'il est censé aimer, alors je n'ose imaginer ce qu'il ferait si l'un d'entre nous lui tournait le dos et essayait de mettre fin à son règne de terreur sur cette ville.

— Tu es en retard, gronde Victor, les yeux rivés sur son crétin de fils, qui entre en trombe et tire une chaise.

Papa se met d'un côté de lui tandis que Kurt, le père

d'Alana, s'assied de l'autre. Leurs expressions sont vides et ils attendent impatiemment. Le meilleur ami de Reid leur emboîte le pas, jusqu'à ce qu'ils soient tous les deux assis là, comme si tout allait bien dans leur monde de merde.

— Je n'avais pas réalisé qu'il y avait une heure à respecter. Tu aurais dû le dire.

Les lèvres de Victor se plissent en une fine ligne, mais il ne répond pas.

— Alors, qu'est-ce qui se passe ? On a des trucs à faire.

— Alana a disparu.

Ma poitrine se serre quand j'entends son ton froid et détaché.

Mes yeux se tournent vers Kurt, mais il n'y a pas la moindre trace d'inquiétude dans ses yeux sombres et démoniaques.

Ils se fichent éperdument que ma femme ait disparu. Victor a peut-être accepté à contrecœur d'organiser une réunion, mais il a clairement fait comprendre que mes problèmes domestiques ne l'intéressaient pas.

Pas sûr qu'il aurait la même opinion si sa femme disparaissait.

Mais c'est Victor Harris. Il ne l'aurait probablement même pas remarqué.

Hannah n'est rien d'autre qu'un jouet qu'il utilise comme bon lui semble. Ce qui, vu qu'il passe la plupart de son temps ici, n'est pas souvent le cas.

Elle a de la chance.

— Et ? s'enquiert Reid en croisant les bras sur sa poitrine.

Il n'y a pas la moindre trace d'inquiétude, ni de quoi que ce soit, sur son visage.

— Elle est partie, grondé-je, mon niveau d'irritation augmentant.

Il n'y a pas beaucoup de choses dans cette vie qui me font vraiment bouillir le sang, mais Alana est l'une d'entre elles.

— Ouais, je l'ai compris à partir du mot « disparu », grogne Reid.

Je me lève d'un bond et la chaise tombe sur le sol derrière moi, avant de réaliser qu'une brume rouge m'entoure.

— Mav ! aboie Papa, exigeant que je me calme.

Cette rivalité entre Reid et moi dure depuis toujours. Quand nous étions enfants, ça a tourné au pugilat plus de fois que je ne peux m'en souvenir. Je suis presque sûr que c'est ainsi que nous avons tous les deux perfectionné nos techniques de combat. Mais ça fait quelques années que nous ne nous sommes pas battus jusqu'au sang.

Mais après les vingt-quatre dernières heures, je suis plus que prêt.

— Elle n'est pas rentrée à la maison samedi soir et je n'ai aucun signe d'elle, expliqué-je.

Je serre les dents, au lieu de faire ce dont j'ai vraiment envie et de donner quelques coups de poing dans son foutu visage suffisant.

— Et ça nécessite une réunion, pourquoi ? Je n'en ai pas convoqué la dernière fois que j'ai perdu une chaussette.

Mes dents grincent si fort que je ne sais pas comment l'une d'entre elles ne se fissure pas.

— C'est ma femme.

— Vraiment ? réplique JD.

— Oui.

— Nous garderons un œil sur ton animal perdu, Mav. Mais puis-je te suggérer d'essayer de mieux prendre soin des choses qui t'appartiennent ? me provoque Reid en se levant. On a fini ? Ou est-ce que quelqu'un a perdu un putain de hamster dont nous devons discuter ?

— Il faut qu'on parle, dit Victor en soutenant le regard de son fils aîné. Donnez-nous une minute, s'il vous plaît.

— C'est tout ? rechigné-je. Putain, elle a disparu et on ne va rien faire ?

— Les gonzesses vont et viennent, Mav. C'est probablement mieux que tu t'y habitues, déclare froidement Victor.

— Ce n'est pas une simple gonzesse. N'est-ce pas !? hurlé-je en arrachant mes yeux de ceux de Victor pour fixer le connard de père d'Alana d'un regard que la plupart des gens éviteraient.

Mais pas ce connard. Il est aussi froid et corrompu que l'homme à côté duquel il est assis.

Je ne m'attendais pas à ce qu'il se préoccupe de la disparition d'Alana. Il ne s'est pas soucié de son bien-être depuis le jour de sa naissance. Tout ce qu'il voulait d'elle, c'était qu'elle le divertisse. Quel putain de malade !

Le jour où j'appuierai sur la gâchette et où je mettrai cet enfoiré sous terre n'arrivera jamais assez tôt.

Tous les deux. Tous. Tous les enfoirés de cette pièce peuvent suivre juste derrière pour ce que j'en ai à faire. Ensuite, je prendrai la main de ma femme et nous quitterons ce trou à rats une bonne fois pour toutes pour repartir à zéro dans un nouvel endroit. Un endroit où personne ne nous connaît, où nous pourrons être les personnes que nous étions censés être avant que la toxicité de nos vies n'enfonce ses griffes dans nos corps et ne fasse couler du poison dans nos veines.

Je suis accro à son sourire, à la légèreté de ses yeux bleus dans les moments où elle se laisse aller et oublie notre réalité, son passé. C'est tout pour moi.

Je veux lui donner tout ce qu'elle mérite et que nous repartions à zéro. Ensemble.

Je lui ai donné tout ce que j'ai pu jusqu'à présent. Je fais tout mon possible alors que nous sommes encore hantés par son passé. Chaque nuit, elle a des terreurs nocturnes et je me réveille en la voyant crier. Chaque nuit, ces enfoirés la ramènent dans leurs griffes et la punissent. Ils contrôlent toujours sa vie et je déteste ça.

Elle mérite tellement plus.

Mais je ne suis pas digne de le lui donner. Pas vraiment. Je ne suis peut-être pas aussi mauvais que les hommes de son passé, mais je ne suis pas bon non plus. J'ai plus de sang sur les mains qu'elle ne le pense et je suis coupable de bien plus encore.

Je le ferais tous les jours si je pouvais bannir tout ce qui la hante. Et s'il le faut, je ferai le sacrifice ultime si ça signifie qu'elle peut tout laisser derrière elle.

À moins qu'il ne soit trop tard et qu'elle ait déjà trouvé son échappatoire.

L'idée qu'elle m'ait quitté me déchire le cœur. La réalité de son abandon me fait plus mal que je ne l'aurais cru.

Elle ne s'en irait pas comme ça. Pas après tout. C'est trop facile.

Je m'accroche à cette petite voix des deux mains.

Quelqu'un sait quelque chose. Il le faut.

Oui, des femmes peuvent disparaître à la vue de tous presque tous les jours dans un endroit comme Creek, mais pas Alana. Pas la femme d'un des plus haut gradés des Hawks.

Tout comme je ne suis pas assez stupide pour mettre une balle dans le crâne de Victor, ils ne devraient pas être assez stupides pour prendre ce qui m'appartient.

J'ai envie de crier, d'exiger des réponses de son père concernant tout ce qu'il lui a fait subir. Mais à quoi bon ? Il n'a jamais montré une once de remords dans le passé, pourquoi devrais-je m'attendre à ce qu'il s'en soucie maintenant ?

Une paire de mains me pousse avec force vers l'avant et lorsque je jette un coup d'œil en arrière, je vois mon père qui me jette un regard noir.

JD tient la porte ouverte, ce qui nous permet de sortir, suivis par le père d'Alana.

— Il a raison, tu sais. Tu aurais vraiment dû lui mettre une laisse plus courte si tu voulais la garder sous contrôle. Nous savons tous que les putes comme Alana ne restent pas longtemps dans les parages, raille JD.

Je fais un pas en avant, les poings prêts à frapper, dans l'espoir que ça permettra de dissiper une partie de l'énergie fébrile qui bourdonne en moi.

Mais je ne suis pas assez près pour donner le coup de poing dont j'ai envie, car le bras solide de mon père s'élance pour m'arrêter.

— Ce n'est pas une pute, fulminé-je. Elle n'a rien à voir avec les filles d'en bas. Elle ne vend pas sa chatte pour obtenir des choses.

— Tu es sûr de ça ? m'interroge JD avec un foutu sourire en coin.

— Je connais ma femme.

— Tellement bien qu'elle a disparu et que tu n'as aucune idée de l'endroit où elle est allée.

Mes dents grincent et mes narines se dilatent tandis que je le fixe.

— Sais-tu au moins où elle était avant de disparaître ? demande-t-il.

— Bien sûr, mens-je.

La façon dont son sourire grandit me dit qu'il voit clair dans mes conneries.

— Elle t'a bien eu, n'est-ce pas, Mav ? As-tu vérifié tes comptes bancaires depuis qu'elle a disparu pour voir si elle t'a laissé quelque chose ?

— Ce n'est pas une voleuse.

Alana ne m'a jamais volé. Les premières années où elle a vécu avec moi, elle a refusé catégoriquement d'accepter la moindre chose de ma part, affirmant que je ne lui devais rien.

Elle avait raison. Je ne l'ai pas fait.

La personne qui lui était redevable était toujours à sa recherche. Il aurait dû être celui qui lui donnait tout ce dont elle avait besoin. Mais j'ai vite appris que le seul truc qu'il faisait, c'était lui retirer des choses.

Son innocence, son estime de soi, son amour-propre, son enfance.

Je voulais lui montrer que tous les hommes n'étaient pas des monstres. Qu'ils ne voyaient pas qu'une chose quand ils la regardaient.

Je voulais être meilleur. Être digne, malgré ma position chez les Hawks.

Et plus que tout, à chaque jour qui passait et que j'en apprenais davantage sur la vie qu'elle avait menée, je voulais me venger.

Je détestais mon père à cause de la façon dont il avait choisi de vivre sa vie et des personnes qu'il avait blessées au passage. Je le détestais à cause des choses qu'il faisait et que je devais simplement accepter. Je déteste la personne qu'il a essayé de faire de moi.

Une petite version de lui.

Être avec Alana m'a permis d'être la personne que je voulais être.

Derrière des portes closes, là où personne ne me regarde ni n'attend rien de moi, je peux essayer de me repentir de mes péchés et faire quelque chose de bien.

Je pensais que c'était suffisant. Je pensais lui avoir donné la vie dont elle avait besoin. Enfin presque.

Il y a quelque chose que j'ai toujours retenu. Quelque chose que j'ai refusé catégoriquement de faire. Parce que si je l'avais fait... j'aurais été aussi mauvais qu'eux.

Je refuse de m'abaisser à leur niveau et de lui donner une quelconque raison de penser que la seule raison pour laquelle je l'ai ramenée à la maison cette nuit-là était que j'avais d'autres intentions que de la protéger.

— Je ne sais pas, marmonne JD en me rappelant que nous étions au milieu de quelque chose. Elle semble t'avoir volé quelque chose. Tes putains de couilles, peut-être ?

Il ricane.

— Allez, on va boire un verre, annonce Kurt, le père d'Alana, comme si tout allait bien dans ce putain de monde.

— Tu n'es pas sérieux ? éclaté-je, incapable de retenir les mots.

— Mortellement sérieux.

Il part et est à mi-chemin de l'escalier avant que je ne reprenne la parole.

— La dernière fois qu'elle a disparu, tous les Hawks étaient à sa recherche.

— Ouais, et regarde comment ça s'est terminé, grogne-t-il en me rappelant les conséquences de cette fois, lorsque la vérité sur ce que j'ai fait cette nuit-là a été révélée.

Je n'étais pas stupide. Je savais que la cacher et la garder en sécurité aurait un prix.

J'étais prêt à payer tant qu'elle était en sécurité.

Et j'ai payé. D'une manière que je ne veux pas qu'elle connaisse.

13

ALANA

Les bras enroulés autour de mon corps, je me mets en boule, souhaitant que les douleurs aiguës de mon estomac vide s'estompent.

Mais, sans surprise, ça ne m'aide pas vraiment.

Je pensais vraiment que JD allait revenir et m'apporter à manger. Le cahier était peut-être un peu trop demandé, mais je pensais vraiment qu'il allait me nourrir.

Stupide, stupide et naïve petite Alana. Toujours à voir le bien qui n'existe pas chez les gens et à se faire avoir par un joli visage.

Au moment où je pense gagner, un autre homme vient me donner un coup de pied là où ça fait le plus mal, me prouvant qu'aucun d'entre eux n'est digne de confiance.

Pas un seul.

Au moment où le bruit de la serrure se fait entendre, je suis plus que vidée. Non seulement j'ai l'impression que mon estomac se ronge lui-même, mais j'ai mal à la poitrine et mes yeux brûlent à cause de toutes les larmes que j'ai versées.

La porte s'ouvre et je tourne le dos à celui qui a

finalement décidé de venir me voir. Je me dis que je me fiche de ce qu'il a pu apporter ou de ce qu'il a à dire.

Mais c'est alors que cette odeur me frappe.

Un parfum que je ne peux ignorer.

Je salive et mon estomac gargouille si fort que je suis presque sûre que le son rebondit sur les murs.

Un ricanement profond et arrogant me parvient aux oreilles, mais je m'en tape.

Tout ce que je me disais sur les hommes et leur incapacité à aller jusqu'au bout des choses s'envole par la fenêtre.

Je me retourne et distingue à peine lequel des deux connards s'est invité dans ma cellule. Mon attention se porte uniquement sur le sac qu'il tient à la main.

— Je ne savais pas ce que tu voulais, alors j'ai pris...

Dès qu'il est assez près, je lui arrache le sac des mains et le pose sur mes genoux.

Je l'ouvre d'un coup et inspire profondément, laissant l'odeur grasse et addictive du hamburger et des frites s'imprégner en moi.

J'introduis ma main à l'intérieur, attrape des frites et les porte à ma bouche.

Je me fiche de mon apparence. J'ai juste besoin de manger.

— Oh mon Dieu ! gémis-je en avalant la bouchée salée et croustillante.

JD ricane de nouveau, son attention brûlant le côté de mon visage. Mais je ne regarde pas. Je ne peux pas. Je me concentre sur le double cheeseburger que je sors de la boîte.

Je suis presque certaine que c'est le meilleur hamburger que j'ai jamais mangé. Le gémissement de plaisir que j'émets en mâchant n'est rien d'autre qu'obscène.

— Tu aimes vraiment la viande, hein ? déclare JD sur un ton impassible alors que je suis en train de tout engloutir.

— Ferme ta gueule, marmonné-je en replongeant dans le sac pour trouver les autres délices qu'il a pu m'apporter. Bon sang, tu as commandé tout ce qui est au menu ? demandé-je en appréciant la taille du sac et la quantité de nourriture qu'il contient.

— Pas tout à fait. Comme je l'ai dit, je n'étais pas sûr de ce que tu aimais. Et, poursuit-il en attrapant le sac que je ne veux pas lâcher, une partie est pour moi.

— Hé, me plains-je en serrant le sac contre ma poitrine comme s'il s'agissait de ma bouée de sauvetage.

— Juste un hamburger ? demande-t-il en me faisant sa plus belle moue.

— Ne me dis pas que ça marche avec les filles, renâclé-je.

— En général, je n'ai pas l'habitude de devoir mendier pour avoir de la nourriture.

— Non, mais d'après ce que j'ai entendu, tu dois faire tout ce que tu peux pour les convaincre de te sucer.

— Aïe, Colombe. Ça fait mal.

— Tu ne le nies pas pour autant, à ce que je vois.

— Petite colombe, les seules personnes qui mendient sont celles qui veulent ma bite.

— Bien sûr. Tiens, dis-je en tendant l'une des boîtes.

— Filet-O-Fish ?

Il se rebiffe et jette un regard dégoûté sur le burger.

— De tout ce qu'il y a dans ce sac, tu me donnes ça ? m'interroge-t-il.

— Je n'aime pas ça.

— Moi non plus, rétorque-t-il.

— Ouais, mais tu n'es pas enfermé dans une cellule avec

tes vêtements d'hier, les cheveux coupés et un bandage au poignet parce qu'un enfoiré a essayé de t'amputer la main.

— Ouah, j'essayais d'être gentil. Le couteau a dérapé.

— Bien sûr, marmonné-je en plongeant la main dans la boîte de Chicken McNuggets.

Je lui lance un coup d'œil après avoir jeté un nugget entier dans ma bouche et je me sens immédiatement mal. Il a l'air sincèrement dégoûté de m'avoir blessée.

— Ça fait encore mal ? s'enquiert-il.

— Tout me fait mal. Et je pue. Et mes cheveux sont probablement un putain de désastre. Je comprends pourquoi il n'y a pas de miroir ici.

— C'est surtout pour que tu ne décides pas que la mort vaut mieux que d'être l'animal de compagnie de Reid et que tu ne te tailllades pas les poignets avec le verre.

— Je n'ai pas survécu aussi longtemps pour me vider de mon sang ici pour que ce connard me trouve. Quoi ? le questionné-je quand il me regarde avec incrédulité.

— Rien.

Je lève un sourcil.

— Tu es plus forte que tu n'en as l'air, hein ?

— J'imagine que tu le découvriras si mon séjour ici se prolonge.

— Tout ce que tu as à faire, c'est de répondre honnêtement aux questions de Reid, me conseille-t-il comme si c'était la chose la plus simple au monde.

— Ouais, ça n'arrivera pas.

— Tu travailles pour Victor, affirme JD en me faisant comprendre qu'il a parlé à Reid.

— Ce que je fais ne vous regarde pas. Ni l'un ni l'autre.

— J'aurais été tout à fait d'accord jusqu'à ce que tu te retrouves ici.

— C'est probablement une bonne chose que je me fiche de ce que tu penses, n'est-ce pas ?

Je jette la boîte de McNuggets par terre et replonge la main dans le sac.

— Est-ce que Mav sait que tu travailles pour Vic ? m'interroge JD en sortant un McChicken et en ouvrant la boîte.

Je devrais probablement arrêter avant de me rendre malade. Mais j'ai encore trop faim. Et quelque chose me dit que Reid n'a aucune idée que JD m'a apporté de la nourriture, et que je dois profiter de l'occasion tant qu'elle se présente.

Je lance un regard noir à JD.

— Je prends ça pour un non alors, murmure-t-il en attrapant quelques frites, que je lui laisse prendre. Donc ça me laisse penser qu'il a quelque chose sur toi ou que tu essaies d'obtenir quelque chose de lui.

— Pense ce que tu veux, je ne parlerai pas parce que tu m'as apporté de la bouffe. Il faudra plus que ça pour que je livre mes secrets.

— Je viens de le voir, avoue JD, ce qui me fait tourner la tête.

— Qui ? Victor ?

Mon sang se glace rien qu'en pensant à ce connard pervers.

— Eh bien, ouais, aussi. Mais je parlais de Mav.

— Oh, fais-je alors que je m'efforce de masquer ce que je ressens vraiment. Comment allait-il ? demandé-je en essayant de paraître nonchalante.

— Honnêtement ?

— Je ne suis pas assise ici en espérant que tu me mentes, raillé-je.

— C'est une loque.

Tout l'air s'échappe de mes poumons lorsqu'il prononce ces mots. Il aurait pu tout aussi bien me donner un coup de batte dans le dos.

— Il a convoqué une réunion parce qu'il ne te retrouve pas et n'a aucune idée de l'endroit où tu aurais pu disparaître. Victor, Razor et ton père, quant à eux, ne semblaient pas le moins du monde inquiets.

Un rire amer s'échappe de mes lèvres.

— Je suis choquée.

— Si tu travailles vraiment pour Victor, je m'attendais à ce qu'il soit un peu inquiet.

— Ça signifierait qu'il devrait expliquer pourquoi il s'intéresse soudainement autant à moi.

— Donc personne ne sait que tu travailles pour lui.

Ce n'est pas une question. Ce n'est pas nécessaire.

— Même les plus corrompus ont des limites quant aux personnes avec lesquelles ils s'associent.

Les yeux de JD s'écarquillent.

— Quoi ? Tu crois qu'il voulait que je fasse partie de son personnel ?

Non pas que ce connard me paie, bien sûr.

La raison pour laquelle je n'ai pas eu d'autre choix que d'accepter ses demandes n'avait rien à voir avec l'argent.

JD m'étudie et je grince des dents intérieurement.

Sans en dire beaucoup, je dévoile des informations. Et j'apprends rapidement que JD est beaucoup plus perspicace que ce que la plupart des gens pourraient croire. Quelque chose me dit que ce playboy effronté est peut-être bien plus qu'il n'en a l'air.

— Tu veux prendre une douche ? me demande-t-il en changeant de sujet et en me donnant le tournis.

Je regarde le hamburger à moitié mangé dans ma main, réalisant que je n'en peux plus.

— Une douche ? Pourquoi ?

Son sourire s'élargit.

— Eh bien, en général, les gens se douchent pour se laver. Mais je suppose que certains font d'autres choses sous la douche, ajoute-t-il avant de se pencher plus près de moi pour me parler à l'oreille. Comme prendre son pied.

Un gémissement de désir s'échappe de mes lèvres avant que je ne parvienne à m'en empêcher alors que le souvenir de ses mains sur moi tout à l'heure envahit mon esprit.

— Tu as déjà fait ça ? m'interroge-t-il, son souffle chaud passant dans mon cou, faisant durcir mes tétons.

— Fait quoi ? répliqué-je innocemment.

— Bien essayé. Je sais que tu n'es pas si douce et innocente. J'ai entendu parler de certaines choses que tu as faites avec Legend.

— Je n'avais pas l'impression qu'il était du genre commère, dis-je, mon rythme cardiaque s'accélérant.

Si JD et Reid savent tout de ce que j'ai fait avec Kane, alors ça pourrait facilement remonter jusqu'à Mav.

Les autres personnes avec lesquelles Vic m'a fait passer du temps n'étaient pas aussi proches du cercle intérieur des Hawks. C'était moins risqué. Mais Kane… Il était inévitable que ce serait lui qui démêlerait toute cette histoire.

Mais en aurait-il quelque chose à faire ? murmure une petite voix à l'arrière de ma tête.

JD a dit que Mav était une loque parce que j'avais disparu. Mais est-ce que c'est juste son besoin de jouer le grand frère qui reprend le dessus ?

J'apprécie son soutien plus que je ne pourrais jamais l'exprimer. Mais en même temps, c'est vraiment frustrant.

Mav n'est pas mon grand frère. Et je n'ai jamais voulu qu'il le soit.

Je n'avais peut-être que seize ans lorsqu'il m'a sauvée,

mais j'avais vécu plus de choses que la plupart des adultes lorsque Mav m'a recueillie et m'a donné un vrai foyer.

Mon corps savait ce qu'il voulait et ma tête était tout à fait d'accord. C'est dommage qu'il n'ait pas été sur la même longueur d'onde. Qu'il ne l'ait jamais été.

J'ai fait tout ce que j'ai pu imaginer. J'ai essayé de l'exciter et de le provoquer de toutes les façons possibles. Mais il n'a jamais craqué. Je l'avais vu avec des filles avant que nous ne commencions notre vie ensemble, donc je sais qu'il n'est pas gay.

Alors pourquoi n'ai-je jamais été assez bien ?

— Alors ? demande JD, les sourcils froncés.

— Qu'en penses-tu ? rétorqué-je sèchement.

Comme mon mari n'avait pas envie de s'envoyer en l'air, j'ai été obligée de me débrouiller toute seule. Il faut dire que j'ai une très bonne imagination et que je connais depuis longtemps toutes les choses que j'aime et comment me faire jouir plus vite que je ne l'aurais cru possible.

Son sourire s'élargit.

— Je pense que je vais avoir besoin de preuves.

— Et je pense que tu es un porc, marmonné-je en poussant le sac sur mon lit et en me levant.

Malgré la nourriture, la pièce tourne encore et mes jambes tremblent.

Je suppose qu'il me faudra un peu plus de temps pour retrouver mes forces.

— Ça va ? s'enquiert JD, sa main large et chaude se posant sur ma taille pour me stabiliser.

— Ouais. De quel côté se trouve la douche ?

Il me prend la main et m'entraîne vers la porte.

— Je suis capable de marcher, tu sais, sifflé-je.

— Fais-moi plaisir.

— Tu dois traverser une période d'abstinence si le simple fait de me tenir la main te rend heureux.

— Qui a dit qu'on allait s'arrêter au fait de se tenir la main ? répond-il en jetant un coup d'œil malicieux par-dessus son épaule.

— Moi.

Il continue à me traîner jusqu'à ce que je me retrouve au milieu d'une salle de bain, derrière une porte dont j'ignorais l'existence, de l'autre côté de la salle d'interrogatoire de Reid.

— Vas-y, m'encourage-t-il en me suggérant de me mettre nue et d'entrer dans la douche de l'autre côté de la pièce.

— Je n'ai pas besoin d'un spectateur.

— Alors tu n'as pas besoin de prendre une douche à ce point.

— Tu plaisantes ?

Je me retourne pour lui faire face, les mains sur les hanches.

J'ai désespérément envie de me laver, mais je ne suis pas sûre de le vouloir assez pour être observée.

— Non. Tu décides.

Il croise ses bras larges sur sa poitrine et me fixe. Me mettant au défi.

Il faut vraiment qu'il l'apprenne... Je ne suis pas le genre de fille qu'on peut facilement intimider.

14

JD

Alana m'observe avec un regard mauvais, attendant que je lui dise que je plaisante.

Ce n'est pas le cas.

Si Reid savait que je lui proposais ça, il me mettrait les couilles dans l'étau devant lequel nous venons de passer.

Je n'ose pas la laisser toute seule. Je ne sais pas ce qu'elle pourrait faire.

Et ouais… j'ai totalement envie de regarder.

Traitez-moi de pervers ou autre. Je m'en fous.

— Pense à la sensation agréable de l'eau chaude sur ta peau, la tenté-je en laissant mes yeux descendre le long de son corps, comme si elle était déjà nue devant moi.

— Très bien, siffle-t-elle, sa main attrapant le bouton à sa taille. Je n'ai rien à cacher.

Sa jupe tombe à ses chevilles, la laissant avec le maillot des Panthers de Kane et ses minuscules sous-vêtements noirs.

Je ne suis pas vraiment fan de foot, mais je pourrais être convaincu de changer d'avis si elle se promenait ainsi avec mon nom dans le dos.

Dempsey 01. Ça sonne bien.

Ça ferait bien chier Reid aussi.

Mon portable brûle dans ma poche, car je dois trouver un site où le commander.

En taille XS pour mouler ses courbes et me permettre de voir ses tétons pointer sous le tissu.

Des images de moi en train de la prendre par derrière, ma main entortillée dans ses cheveux, mon nom sur son dos pendant que je m'enfonce en elle remplissent mon esprit.

Bon sang, c'est bon.

— Tu vas bien ? s'enquiert Alana avec un sourire en coin.

— Su... Super. Et toi ?

Ses yeux descendent sur mon entrejambe, mais je ne suis pas son regard. Je sais déjà ce qui se passe en bas.

— Nous n'avons pas toute la journée, Colombe. Il peut revenir d'un moment à l'autre. Et crois-moi quand je dis qu'aucun de nous n'a envie qu'il nous surprenne.

— Oh, JD, es-tu un vilain garçon qui enfreint encore les règles ? me taquine-t-elle, en remontant le maillot et en dévoilant son ventre tonique.

Une chose est sûre, cette fille fait du sport.

Ma bouche s'assèche lorsqu'elle l'enlève, la laissant debout devant moi en lingerie.

— Je vois que tu avais imaginé que ta soirée avec Kane se déroulerait autrement, murmuré-je.

— Peut-être. Peut-être pas.

Je ricane.

— Peut-être que j'ai toujours voulu être enfermée ici et être ton petit jouet et celui de Reid.

— Voilà qui évoque une image que je ne peux ignorer, petite colombe.

Elle me tourne le dos et je la regarde dégrafer son soutien-gorge. Elle le laisse tomber sur le sol avant de glisser ses pouces dans sa culotte et de la faire glisser le long de ses cuisses.

Putain, c'est la meilleure idée que j'ai jamais eue.

Elle se dirige lentement vers la douche, ses hanches se balançant et ses fesses musclées se dandinant avant d'entrer dans la douche pour ouvrir l'eau.

Je l'observe en silence pendant qu'elle attend que l'eau se réchauffe et, juste avant de se mettre sous l'eau, elle jette un coup d'œil par-dessus son épaule.

— Je n'ai pas l'impression que Reid est du genre à partager ses jouets.

— Il a ses moments, répliqué-je d'un air pensif alors qu'elle passe sous le jet.

Le gémissement qui s'échappe de sa gorge lorsque l'eau chaude coule sur sa peau est carrément obscène.

Je tends le bras pour attraper ma bite à travers mon jogging et la serre.

— Que s'est-il passé d'autre lors de votre petite réunion, JD ?

Elle me lance un regard par-dessus son épaule, attrape le gel douche et commence à l'étaler sur ses courbes divines.

— Pas grand-chose. Mav s'est fait charrier parce qu'il se souciait de ta disparition et Victor nous a mis dehors pour parler seul à seul avec son enfant prodige.

— Attention, tu as l'air un peu jaloux, JD.

— D'avoir un père comme Victor. Je ne crois pas, raillé-je.

— Tu as donc été mis à la porte. Il a dit quelque chose ?

Je ris.

— Tu crois vraiment que parce que tu es à poil et que tu

me montres ton cul, je vais te raconter tout ce que je sais. Je commençais à penser que tu étais intelligente, Colombe.

— Qu'est-ce que c'est ? Un échange de bons procédés ?

— On peut dire ça comme ça, ouais. Si tu veux quelque chose de moi, tu vas devoir me donner quelque chose en retour.

— Et si tu n'as rien ? demande-t-elle en faisant couler du shampoing dans sa main avant de le passer sur ses nouvelles mèches, plus courtes.

— Je suppose que c'est un risque que tu devras prendre, réponds-je en m'écartant du mur et en me rapprochant.

L'attirance que j'éprouve pour elle est trop forte pour être ignorée.

J'appuie mes fesses contre le comptoir en face d'elle et enroule mes doigts autour du rebord dans l'espoir que ça m'empêchera de vouloir la toucher.

— Est-ce qu'il soupçonne que Reid et toi avez quelque chose à voir avec ma disparition ?

— Nan, il n'a aucune idée de ce qui se passe, ricané-je. J'ai presque de la peine pour ce pauvre et misérable connard. Tu le mènes vraiment par le bout du nez, hein ?

Un grognement de frustration gronde au fond de sa poitrine.

— C'est bizarre, continué-je, parce que j'ai toujours pensé que les hommes perdaient la tête pour les femmes après les avoir pénétrées. Mais Mav semble faire exception à la règle. À moins que tu n'aies menti.

Elle s'immobilise mais ne dit rien.

— Peut-être que ta petite phrase « mon mari ne me traite pas correctement » n'est rien d'autre que de la manipulation pour que ces hommes que tu divertis se sentent bien dans leur peau quand ils comblent le soi-disant manque.

Silence.

— Qu'est-ce qui ne va pas, petite colombe ? Tu as perdu ta langue tout à coup ?

— Mav est un homme bon, affirme-t-elle doucement.

— Je suppose que ça dépend de la personne à qui on demande. Les corps qu'il a enterrés au fil des ans diraient probablement le contraire.

— Est-il toujours à ma recherche ?

— Qu'en penses-tu ? marmonné-je, les yeux rivés sur ses fesses.

— Je pense qu'il est plus intelligent que vous deux réunis. Je pense qu'il va comprendre et qu'il va venir me chercher.

— Si c'est le cas, il n'est pas aussi intelligent que tu le penses. Venir ici serait suicidaire.

— Alors laisse-moi partir.

Elle penche son visage vers le jet, laissant les bulles de savon couler sur ses courbes.

Putain, j'aimerais pouvoir la voir de face.

— Ça n'arrivera pas, Colombe. Cette bague à ton doigt peut te faire croire que tu appartiens à Mav. Mais tu es à nous maintenant. Tu nous appartiens !

— Faux, rétorque-t-elle, avant de se retourner et de me montrer exactement ce dont j'ai envie.

Et putain de merde.

Il n'est pas étonnant que les Hawks de toute la ville soient à genoux devant cette femme.

C'est une putain de déesse.

Ses doigts massent son cuir chevelu, faisant légèrement rebondir ses seins ronds. Ses tétons roses sont durs, sa poitrine se soulève – probablement sous l'effet de la colère, mais je suis heureux de me mentir à moi-même pour l'instant. Sa taille fine et ses hanches prononcées sont le genre de choses qu'on ne voit habituellement que dans les rêves. Mais là, elle se tient devant moi.

— Pas d'après-shampoing ? me questionne-t-elle en vérifiant les bouteilles sur les étagères.

— Reid ne se préoccupe pas trop de l'hydratation et de la souplesse des cheveux de ses prisonniers.

— Je suis surprise qu'il se soucie de leur propreté, murmure-t-elle en attrapant de nouveau le gel douche.

— Crois-moi, torturer quelqu'un qui sent le camion poubelle et qui a chié dans son froc pendant une semaine n'est amusant pour personne.

— Je suppose que chaque travail comporte son lot de difficultés, plaisante-t-elle en portant ses deux mains à ses seins.

Tout l'air s'échappe de mes poumons pendant que je l'observe.

— Qu'a-t-il dit d'autre, JD ?

— Il... Il a dit... bégayé-je comme un imbécile en manque de cul. Que tu n'es ni une pute ni une voleuse.

— Pourquoi penserait-il que je suis une voleuse ?

— Parce que je lui ai suggéré de vérifier son compte bancaire pour voir si tu t'étais enfuie avec sa fortune.

— Il ne penserait pas que je sois capable de faire une chose pareille.

— Alors il te fait confiance plus qu'il ne le devrait.

— C'est ce que tu penses de moi ? me demande-t-elle en continuant à me faire un spectacle.

— Pour l'instant, je ne suis pas sûr d'être capable de penser, avoué-je.

— Quel est le plan, JD ? Me garder enfermée, me torturer pour me faire avouer mes secrets, prendre du plaisir à me rendre folle, et puis quoi ? Me rendre une fois que vous en aurez marre de moi ?

— Je ne connais pas le plan.

— Oh, c'est vrai, je parle à la marionnette, pas au maître.

Ses mots me font grincer des dents, mais je ne peux nier leur véracité.

Reid suit sa propre cadence. Je me contente de suivre la musique.

La seule chose que je sais, c'est qu'il ne s'agit pas d'Alana, pas vraiment. Il s'agit de Victor.

Et si elle a travaillé avec lui, elle est tout autant une cible que lui.

— Mav ne s'arrêtera pas, m'assure-t-elle. Il ne m'oubliera pas.

— Tu es sûre de ça ?

— Oui, affirme-t-elle avec conviction.

— Pourquoi t'a-t-il recueillie, Colombe ? Pourquoi t'a-t-il épousée sans coucher avec toi ?

Elle me fixe, les réponses à mes questions dansant sur le bout de sa langue.

— Tu peux me le dire, petite colombe. Je ne suis pas là pour te faire du mal. Mais nous devons savoir à quoi nous avons affaire.

— Ce à quoi vous avez affaire, c'est à moi. La pute que Victor a prostituée pour toutes les raisons qu'il a trouvées. Mav n'a rien à voir avec ça.

Ses mots, la façon dont elle se décrit, allument un feu en moi.

— Non. Ça a tout à voir avec lui, grondé-je en m'écartant du comptoir et en me rapprochant d'elle.

Ses yeux s'écarquillent lorsque je m'arrête juste avant de me faire asperger d'eau.

— Tu as envie qu'il te baise, n'est-ce pas ? C'est de ça qu'il s'agit ? Une petite femme au foyer frustrée qui fait quelque chose de stupide pour attirer l'attention de son mari ?

— Non, argumente-t-elle. Ce n'est pas... Qu'est-ce que tu fais ? s'écrie-t-elle lorsque je m'approche et attrape le pommeau de douche derrière elle.

— Mais tu es frustrée, n'est-ce pas ?

— Julian, gémit-elle quand je tiens le pommeau de douche juste devant son téton.

Ils durcissent tous les deux pendant que je la taquine.

— Oh mon Dieu, ça ne devrait pas être aussi bon, halète-t-elle lorsque je passe de l'autre côté.

— Espèce de petite pute, lui murmuré-je à l'oreille en m'assurant que mon souffle passe sur son cou. C'est ce que tu attends de lui ? Tu veux qu'il te voie comme la femme belle et sexy que tu es ? Tu veux qu'il regarde tes courbes et qu'il se mette à genoux pour te vénérer ?

Sa respiration devient erratique, sa poitrine se soulève, rendant ses seins encore plus tentants.

Je salive à l'idée de plonger et d'aspirer son téton dans ma bouche. Mais je ne le fais pas.

Je ne vais pas la toucher.

C'est exactement ce qu'elle veut.

— Oui, ronronne-t-elle.

— Tu as essayé de l'exciter, n'est-ce pas ?

— Oui.

— Je parie que tu te promènes en faisant en sorte de ressembler à une sale petite pute pour attirer son attention.

— Ça a marché pour toi, n'est-ce pas ? susurre-t-elle à bout de souffle.

— Il est clair que Mav et moi sommes très différents. Il a la retenue d'un roc et moi...

— Tu n'en as pas ? devine-t-elle. Reid t'a dit de ne pas me toucher, n'est-ce pas ?

Mes lèvres s'entrouvrent, mais aucun mot ne sort.

— C'est pour cette raison que tu laisses la douche me faire exactement ce que tu as envie de me faire. Tu es vraiment son petit toutou obéissant, hein ?

Je ricane.

— Tu ne sais rien, petite colombe. Tu n'as aucune idée des pensées qui me traversent l'esprit en ce moment.

— Je peux imaginer... Putain de merde ! s'exclame-t-elle lorsque je baisse soudainement le pommeau de douche.

— Sois une bonne petite pute et écarte tes jambes pour moi, exigé-je.

Vraiment, ce n'est pas nécessaire, j'ai déjà fait mouche et nous le savons tous les deux. Je veux juste voir à quel point elle est docile et frustrée.

Je l'ai laissée en plan tout à l'heure.

A-t-elle réfléchi à ce qu'elle aurait pu faire depuis que mon portable a sonné et que je l'ai laissée en plan ?

Il lui faut une seconde, mais ses pieds s'écartent enfin.

— Bonne fille, la félicité-je, ce qui la fait gémir.

Ses hanches se frottent l'une contre l'autre tandis que je maintiens la douche entre ses jambes. Sa paume frappe le carrelage alors que son corps commence à trembler sous l'effet de son orgasme imminent.

— C'est bon, petite colombe ? l'interrogé-je avec une voix rauque à cause de mon propre désir.

Il serait si facile de la faire tourner, de la faire se pencher et de lui faire exactement ce que nous voulons tous les deux.

Mais ça ne me permettra pas d'obtenir ce dont j'ai envie.

J'ai envie qu'elle soit désespérée, qu'elle crève d'envie que je la touche.

Je vais prouver que cet enfoiré a tort.

Le désir permet d'obtenir bien plus de résultats que la peur.

Ce pari est gagné d'avance.

Il est juste dommage pour elle que l'orgasme d'Alana ne soit pas garanti.

15

ALANA

Ma tête tombe en arrière tandis que mon plaisir augmente.

— Oh mon Dieu. Oui. Oui ! m'écrié-je.

Mes muscles se bloquent et j'arrête de respirer, prête à être envahie par un délicieux orgasme.

Mais ça n'arrive pas.

Une seconde avant que je ne jouisse, la pression sur mon clitoris disparaît et la chaleur de l'homme qui se tient devant moi s'évanouit.

— Qu'est-ce que…

— Allez, le temps est écoulé, déclare JD en me faisant tourner la tête alors qu'il me lance une petite serviette sale.

Je la laisse tomber sur le sol et la fixe, la lèvre supérieure retroussée de dégoût.

— N'hésite pas à rester nue pour ce que j'ai prévu ensuite, poursuit-il. Ce sera beaucoup plus agréable pour moi.

— Heureuse de voir que tu n'es pas dans le déni et que tu assumes le fait d'avoir apprécié ce que tu viens de me faire, craché-je.

Décidant que la serviette est le moindre des deux maux, je me penche pour la ramasser.

— Je pense qu'il y a plus de preuves qu'il n'en faut pour démontrer à quel point j'ai apprécié. Mon seul regret est de ne pas l'avoir filmé pour m'en servir plus tard.

Une lueur brille dans ses yeux, mais disparaît avant même que je puisse tenter de l'interpréter.

— Tu es un porc.

Il hausse les épaules.

— C'était torride. Attaque-moi en justice, si ça te chante.

— T'attaquer en justice est la moindre des choses que je veuille te faire après ce coup bas.

Il ricane tandis que je sors de la salle de bain avec la serviette autour de moi.

Je ne sais pas pourquoi je me donne la peine, la moitié de mes fesses est toujours en évidence et il reste volontairement derrière moi.

— T'es un connard !

— Oh, Colombe. Tu n'as pas idée. Assieds-toi, exige-t-il en se faufilant jusqu'à moi et en me poussant sur cette fichue chaise sur laquelle j'ai passé trop d'heures aujourd'hui.

— Je le jure devant Dieu, JD. Si tu m'attaches à ce truc et que tu me laisses ici pour Reid, je vais…

— Tu vas faire quoi, petite colombe ?

Je lui lance un regard noir alors qu'il s'avance devant moi.

— Je pense que Reid adorerait venir ici pour te trouver nue et attachée à cette chaise, ajoute-t-il. Cela dit, je dois te prévenir, c'est un amant un peu égoïste et il va probablement se défouler et te laisser encore plus frustrée que tu ne l'es maintenant.

L'idée que Reid se branle devant moi, qu'il jouisse sur moi juste pour prouver qu'il est le chef ici, me fait serrer les cuisses.

— Oh, tu aimes ça, n'est-ce pas, Colombe ?

— Va te faire foutre, craché-je, bien que ça ne fasse rien pour réfuter son point de vue.

— C'est pour ça que tu es là, n'est-ce pas ? Tu veux rendre Mav jaloux, tout en étant une sale petite pute qui crève d'envie de nous deux. Je devrais peut-être demander à Reid d'aller chercher Devin et Ez en chemin. Tu sais qu'ils seront aussi prêts à s'amuser.

Je me tais tandis que le tableau qu'il brosse prend forme dans mon esprit. Même si, honnêtement, je me fiche éperdument des petits frères de Reid.

Ils sont sexy, c'est sûr. Tous les frères Harris ont été dotés du gène de la beauté. C'est juste dommage qu'ils aient aussi reçu les gènes malades et pervers de leur père.

— Garde la bouche fermée tant que tu veux, petite colombe. Je peux le voir dans tes yeux.

Il se penche tout près, si près que ses lèvres frôlent mon oreille.

— Je peux sentir ton excitation.

Je serre les cuisses l'une contre l'autre et il rit.

— Un jour, Colombe. Je vais t'attacher à cette chaise et je vais te faire exactement ce que je veux, et tu n'auras pas ton mot à dire. Je vais te ligoter, te bander les yeux et te bâillonner, et tu ne pourras rien y faire.

Je me déteste pour le gémissement de désir qui résonne dans ma gorge.

— Ou mieux encore. Savais-tu que Reid a installé des crochets au-dessus de ta tête et d'autres dans le sol ? Tu imagines ce que ça pourrait être d'être attachée et totalement à notre merci ? Je pourrais être devant.

Il tend la main pour écarter la serviette de mon corps – qui ne cachait pas grand-chose de toute façon.

— Et je pourrais m'occuper de tes seins, poursuit-il avant de lever les yeux vers moi. Ils sont fabuleux, d'ailleurs.

Il me fait un clin d'œil avant de baisser les yeux.

— Je sais à quel point tu veux que je les suce, Colombe. Je peux clairement le voir. Ils sont sensibles aussi, n'est-ce pas ? Tu crois que je pourrais te faire jouir rien qu'avec eux ?

Je lève le menton et refuse de m'abaisser à répondre à cette question.

De toute façon, il le sait déjà. Il l'a vu tout à l'heure sous la douche.

— Ensuite, je pourrais me mettre à genoux et me régaler de ta chatte jusqu'à ce que tu me supplies, désespérée que je te laisse jouir.

Je gémis.

— Et pendant ce temps, Reid pourrait être derrière toi. Il est fan de sodomie. Il pourrait avoir sa langue sur toi en même temps.

Je gémis encore.

— Tu aimerais ça, Colombe ? Et si nous te remplissions tous les deux en même temps ? Tu as déjà fait ça ?

Je secoue la tête d'un côté à l'autre. Non pas pour nier sa question, mais pour essayer de chasser de ma tête l'image que ses mots évoquent.

— Tu vas en rêver ce soir, n'est-ce pas ?

Putain, j'espère. Ce sera bien plus agréable que mes cauchemars habituels.

— Désolé, j'ai été un peu distrait, où en étions-nous ? se demande-t-il à lui-même, avant de se redresser et de me montrer une fois de plus à quel point il a envie de tout ce qu'il vient de décrire.

— C'est drôle, tu me traites de pute parce que je suis excitée et pourtant tu es là avec ta trique bien en évidence.

— Oh, petite colombe, dit-il en enfonçant sa main dans son jogging. Je n'ai jamais prétendu être autre chose. J'aime les femmes et le cul. Je n'ai aucune honte à l'admettre. Et te partager avec Reid, alors que tu es totalement à notre merci. Putain, ouais, ça m'excite.

— Connard, sifflé-je alors qu'il s'éloigne de moi et ouvre l'armoire à torture de Reid.

J'ai envie de lui demander ce qu'il cherche, mais je garde les lèvres scellées.

C'est JD, pas Reid. Sa façon de torturer semble prendre une forme très différente de celle du démon tordu qui erre dans ces couloirs. Même si, honnêtement, je ne sais pas lequel des deux est le pire.

— Ah-ha, dit-il avant de se retourner.

Mes yeux s'écarquillent en voyant les objets qu'il tient dans sa main.

— Qu'est-ce que tu...

— Tu ne me fais pas confiance ? m'interroge-t-il avec une lueur machiavélique dans les yeux.

— Est-ce une question piège ?

Il rit avant de retirer un peigne de sa poche, de faire tourner des ciseaux autour de son doigt et de se rapprocher de moi.

Le peigne effleure doucement mon cuir chevelu tandis qu'il élimine les nœuds laissés par l'absence d'après-shampoing.

— Tu as besoin de faire tes racines, déclare-t-il.

— Sans déconner.

— Tu devrais les laisser pousser. Je parie que tu es sexy en brune.

— Non, réponds-je simplement.

— Très bien. Tu sais, Reid n'a pas fait du mauvais boulot.

— Je n'y crois pas une seconde, il a coupé de travers, murmuré-je tandis qu'il utilise le peigne pour faire des sections droites et couper les extrémités. Même si j'ai peur que tu sois sur le point d'empirer les choses.

— Aie confiance.

— Facile à dire pour toi, tu n'es pas assis ici, nu, après avoir été libéré de ta cellule.

— Je peux me mettre à poil si ça peut t'aider. Mais je ne peux pas te promettre que tu ne te mettras pas à me supplier à la seconde où tu verras ma bite.

— Mais bien sûr.

— Je te le rappellerai quand ça arrivera.

— Il y a désespéré et désespéré, je n'en suis pas encore à ce point-là.

Je sursaute à la seconde où ses doigts effleurent mon épaule, prouvant ainsi que mes paroles n'étaient que des conneries.

— Je vois.

Je n'ai pas besoin de me retourner pour savoir qu'il sourit.

— Continue et puis enferme-moi.

— Quelle ingrate, murmure-t-il en continuant à travailler.

Au fur et à mesure que les secondes s'écoulent, j'oublie presque où je suis tandis qu'il me coupe les cheveux.

Chaque fois qu'il tire dessus, je me souviens de ses paroles et de ses provocations tout à l'heure, des images qu'il a décrites et qui me reviennent encore à l'esprit.

Je parie qu'ils feraient un bon duo tous les deux.

Le toucher rude et brutal de Reid et les douces caresses de JD.

— C'est fini, annonce-t-il trop tôt.

— Merci… Enfin, je crois.

— Il n'y a pas de miroir ici, donc ce que j'ai fait n'a pas vraiment d'importance.

— Je sortirai bien assez tôt.

— Tu as l'air très sûre de toi pour quelqu'un qui refuse de parler.

— Je n'ai rien à dire.

Je me lève, laissant la serviette derrière moi, pour me diriger vers le couloir qui mène à ma cellule.

— Je dirais bien merci encore une fois, mais je ne suis pas sûre d'être si reconnaissante que ça.

Ses yeux me brûlent le dos alors que je me déhanche le plus possible.

— Au moins l'un d'entre nous s'est amusé, rétorque-t-il d'une voix grave et grondante, qui continue de vibrer dans le couloir, tandis que je me glisse dans ma cellule et sens l'odeur de fast-food.

Mais malgré l'appétit que j'avais tout à l'heure, l'odeur n'a rien d'attrayant.

J'attrape le sac, le jette dans le couloir et ferme la porte d'un coup de pied, sachant qu'il viendra m'enfermer à un moment ou à un autre, et je m'écroule sur mon lit, nue.

Il a tout vu maintenant, autant l'utiliser à mon avantage quand je le peux.

Il lui faut deux minutes pour arriver et passer la tête à l'intérieur.

— Juste pour que tu saches, il y a une grande partie de moi qui ne veut pas te donner ça, dit-il en plaçant mes vêtements au bout du lit. Mais ça, ajoute-t-il en soulevant mon string devant son visage. C'est à moi. Et je sais exactement ce que je vais en faire.

— Dévore-le. Nous savons tous les deux que tu vas regretter de ne pas être ici pour manger autre chose.

Sans vergogne, j'écarte les cuisses pour qu'il voie exactement ce qu'il va rater.

Son souffle se coupe lorsqu'il aperçoit quelque chose qu'il n'a pas vu tout à l'heure.

— Tu as un piercing.

— Ouais. Dommage que tu ne puisses jamais le tester, hein ?

Je l'observe avec un sourire en coin tandis qu'il aspire sa lèvre inférieure dans sa bouche et la mord en fixant mon piercing.

— Reid sait que tu as ça ?

— Je ne l'ai pas fait s'asseoir pour lui montrer, si c'est ce que tu veux dire, réponds-je sur un ton sarcastique.

— Mav ?

Je lui souris.

— Je suppose que c'est quelque chose que tu ne sauras jamais.

— Ça n'a pas d'importance. Il ne l'a pas expérimenté comme je vais le faire.

— C'est terriblement présomptueux de ta part.

Je ricane en refermant les jambes.

— Ou naïf de la tienne de penser que ça ne va pas arriver. Il n'y a qu'une seule raison pour laquelle ta chatte est mouillée en ce moment, et nous savons tous les deux que c'est à cause de moi.

— En fait, argumenté-je. C'est parce que tu m'as promis que Reid était un homme qui aime l'anal. Ça m'a vraiment excitée.

— Tu es une sale menteuse, Colombe.

— Le suis-je ?

Il secoue la tête, frottant sa main, autour de laquelle mon string est enroulé, contre sa mâchoire rugueuse.

— Profite de ta nuit, petite colombe. Je sais que je le ferai, déclare-t-il en me faisant un clin d'œil avant de reculer vers la porte avec ma culotte contre son nez. Ne fais pas de bêtises.

Le claquement de la porte me traverse et résonne jusque dans mon clitoris.

— Putain, sifflé-je en expirant longuement et en fermant les yeux.

Mais je ne me détends pas. Chaque muscle de mon corps est crispé et le désir palpite dans mes veines.

Je dois le combattre. Je devrais être plus forte, mais putain, la tentation de glisser ma main entre mes jambes et de finir ce que JD a commencé deux fois aujourd'hui est trop forte pour être ignorée.

16

REID

Être interrogé par mon père ne me met jamais de très bonne humeur. Mais ne pas savoir ce que JD faisait au manoir ne faisait qu'empirer les choses.

Mon portable brûlait dans ma poche. Si j'avais été ailleurs, n'importe où, j'aurais pu regarder. J'aurais pu observer les images de vidéosurveillance en direct et voir ce qu'il faisait.

Et dès que je suis seul dans ma voiture, c'est exactement ce que je fais.

Mon cœur bondit dans ma gorge lorsque je regarde les images de sa cellule et que je la trouve vide.

— Qu'est-ce que tu as fait, putain ? fulminé-je en appuyant sur le bouton et en trouvant la vidéo de la pièce principale. PUTAIN D'ENFOIRÉ ! hurlé-je dans ma voiture lorsque l'image d'elle assise nue sur ma putain de chaise apparaît devant moi.

Je remarque à peine ce qu'il fait. Mes yeux sont rivés sur son corps. Ses seins, ses courbes, sa peau immaculée.

Je l'ai attachée à cette chose il y a seulement quelques

heures. Pourquoi ne l'ai-je pas déshabillée d'abord ? Elle aurait été si parfaite.

Parce que tu n'aurais pas pu résister.

Je ne sais pas pourquoi, mais vingt-quatre heures dans ma cellule et cette femme me rend plus fou que n'importe quelle autre personne que j'ai rencontrée.

Elle est mariée. C'est une des putes de mon père.

Elle ne devrait pas m'intéresser.

Mais je ne peux pas m'en empêcher.

Un mouvement derrière son épaule détourne mon regard et je découvre mon crétin de meilleur ami, une paire de ciseaux à la main, en train de lui couper les cheveux pour arranger ce que j'ai fait.

Je voudrais dire que je suis surpris, mais ce n'est pas le cas.

JD n'est peut-être pas aussi sombre et dérangé que moi, mais il peut infliger de la douleur et des punitions sans se poser de questions. Il a aussi une autre facette, un côté attentionné que je ne possède pas. Et en ce moment, ce côté de lui a pris le dessus sur tout le reste.

Je range mon portable dans son support, démarre le moteur et appuie sur l'accélérateur, désespéré de rentrer chez moi avant que ça n'aille trop loin.

Il s'affaire méticuleusement pour arranger ses cheveux. Le connaissant, il lui fait une coupe encore mieux qu'elle ne l'était avant que je ne m'en occupe.

Le temps que j'arrive à la maison, il l'a remise dans sa cellule.

Elle est allongée sur son lit, toujours nue, mais il se tient juste devant la caméra, me bloquant la vue.

Je parie qu'il le fait exprès.

Je suis partagé entre l'idée de rester dans ma voiture

pour voir ce qu'il va faire ensuite et celle de me précipiter là-bas pour le faire sortir et mettre un terme à tout ça.

Quelques secondes plus tard, je découvre que mon intervention n'est pas nécessaire car JD sort de sa cellule, la laissant nue et seule.

Je prends une grande inspiration, attrape mon portable, ouvre la portière de la voiture, puis me dirige vers la maison.

— Qu'est-ce que c'est que ce bordel ? grondé-je à la seconde où j'entre pour le trouver en train de remonter du sous-sol.

JD lève les mains en signe de reddition.

— Je ne l'ai pas touchée.

Je fais descendre mes yeux le long de son corps et vois la bosse qui tend son pantalon.

— Et apparemment, elle ne t'a pas touché non plus, dis-je sur un ton impassible.

— Va te faire foutre, grogne-t-il. Certains d'entre nous n'ont pas la maîtrise d'un putain de robot. Elle est canon. C'est bon, lâche-moi.

Il lève les mains et se dirige vers les escaliers.

— Où vas-tu ?

— Profiter du spectacle. Je te suggère de faire de même. Pour décompresser un peu.

— Le spectacle ? répété-je.

— Frérot, tu leurres peut-être tout le monde. Mais moi, je vois clair dans tes conneries, répond-il en souriant. Tu m'as observé, je le sais. Ce qui veut dire que tu sais exactement comment je l'ai quittée. Frustrée.

Il s'en va, monte les escaliers à reculons et enfonce sa main dans son pantalon.

— Donc, poursuit-il, comme je l'ai dit. Profite du spectacle !

Dès qu'il disparaît de ma vue, je sors mon portable de ma poche et ouvre la vidéo.

— Putain, gémis-je en constatant qu'il a raison.

— Tu me remercieras plus tard, lance cet enfoiré avant que la porte de sa chambre ne se referme.

Les yeux rivés sur l'écran, je monte les escaliers quatre à quatre et, en quelques secondes seulement, je m'enferme dans ma chambre.

J'attrape mes AirPods, augmente le volume et me laisse tomber sur mon lit.

— Oui, siffle-t-elle.

Son dos se cambre et ses hanches se frottent l'une contre elle tandis qu'elle se touche les tétons.

Je ne sais pas si elle est au courant de l'existence des caméras. J'imagine que non. Si elle le savait, elle ne nous offrirait jamais ce genre de spectacle.

Les yeux fermés, elle pince ses tétons en se mordant la lèvre inférieure.

C'est mal. Tellement mal, putain. Mais j'ai beau me dire d'éteindre mon téléphone et de laisser tomber, je ne peux pas.

Elle m'a complètement sous son emprise et elle ne le sait même pas.

Elle joue encore quelques secondes avec ses seins avant que sa main ne glisse le long de son ventre tonique.

Je me fais peut-être des idées, mais je suis presque sûr qu'un hululement de victoire se fait entendre au bout du couloir.

Putain de merde. Il faut que je m'arrête.

JD est à quelques portes de là, la bite à la main, en train de se branler.

Je devrais couper le flux et nous empêcher de regarder tous les deux. Lui donner un peu d'intimité.

Mais ses doigts se mettent à toucher son clitoris et son gémissement de plaisir résonne sur les murs de sa cellule, se répercutant dans mes oreilles, et toutes les pensées, qui me poussaient à faire les choses correctement, s'envolent.

Ma bite me fait mal, mon corps brûle alors que le feu court dans mes veines. Mais je ne bouge pas. Je ne fais rien d'autre que de la regarder se faire jouir d'une main experte.

Ses doigts frottent son clitoris et plongent alternativement en elle. Elle gémit et ronronne, mais heureusement, elle ne prononce le nom de personne.

— Oh mon Dieu. Oui. Oui ! s'écrie-t-elle quand le plaisir l'envahit.

Mon portable tremble dans ma main à cause de ma retenue. Mes couilles me font mal, mais je refuse de faire quoi que ce soit.

Je suis plus fort que ça. Je ne m'inclinerai pas devant sa beauté. C'est ce qu'elle veut. Consciente ou non des caméras, son unique objectif est de nous rendre vulnérables.

Elle sait très bien que si elle parvient à nous faire la désirer assez fort, alors elle nous mènera effectivement à la baguette.

C'est ce qu'elle a fait à Mav.

Je parie qu'il est frustré depuis des années.

Je souris à l'idée de ce moyen de torture génial. Ce n'est rien de moins que ce qu'il mérite.

Et si ce n'était pas lui qui refusait de coucher avec elle, mais l'inverse ?

Et si elle ne le permettait pas, et qu'au contraire, elle faisait tout ce qu'elle pouvait pour faire de sa vie un enfer ? Si c'est le cas, alors rien que ces quelques minutes m'ont montré qu'elle est sacrément douée pour ça.

Et si Victor n'avait pas choisi de l'employer ? Et si elle avait tout orchestré ?

Elle a certainement le pouvoir de mettre ce connard à genoux. N'importe quelle nana est capable de le faire jusqu'à ce qu'il se lasse.

J'en reviens à mes premiers soupçons quand je l'ai enfermée en bas.

Et si elle se jouait de nous tous pour servir ses propres objectifs ?

— Julian ! s'écrie-t-elle lorsqu'elle jouit enfin.

— Putain de connard, fulminé-je en serrant les dents.

Je l'imagine dans sa chambre, le poing victorieux en l'air, sachant que je viens d'entendre la même chose. Je peux voir son sourire suffisant presque aussi clairement que s'il se tenait juste en face de moi.

Alana retombe mollement sur son lit, les jambes écartées, nous montrant à tous les deux...

Bon sang. Est-ce que c'est...

— Putain de merde, gémis-je en me frottant le visage en fixant le piercing qui scintille dans la lumière.

Un sourire se dessine sur mes lèvres alors que des idées commencent à tourbillonner dans ma tête.

Mais avant même de penser à les mettre en œuvre, j'ouvre l'appli qui contrôle la maison et trouve la climatisation. Sans scrupules, je la mets à fond pour que de l'air glacé souffle dans toutes les cellules du sous-sol.

C'est un risque. Elle pourrait faire le rapprochement et se rendre compte de ce que je viens de voir. Mais il y a de fortes chances qu'elle soit dans un état d'euphorie tel qu'elle ne s'en aperçoive même pas.

Je l'observe encore quelques minutes, la poitrine haletante, les tétons durs et les jambes écartées, avant d'en avoir assez.

Je retire mon sweat à capuche, enlève mes bottes et jette

mon pantalon par terre avant de les remplacer par un T-shirt, un short et des baskets.

J'éteins le flux de vidéosurveillance, empoche mon portable et sors de ma chambre pour me rendre à la salle de sport.

Quand je suis à l'intérieur, je déniche une playlist avec les basses les plus profondes et agressives que possible et lance la musique.

Dès que j'ai mis le pied sur le tapis roulant, j'accélère au maximum en espérant dépasser tout ce que le fait de la regarder a déclenché en moi.

En quelques minutes, mon cœur bat la chamade pour une toute nouvelle raison et la sueur recouvre mon corps, faisant coller mon T-shirt à mon dos. Mes muscles brûlent, mais je pousse de plus en plus fort, forçant le souvenir d'elle à se ranger au fond de mon esprit, là où il devrait être.

Je n'ai aucune idée du temps que je passe à courir, mes jambes me disent que ça fait un putain de long moment, tandis que ma tête me dit que c'est loin d'être suffisant lorsqu'un mouvement derrière moi fait vaciller mes pas et que je trébuche.

JD éclate de rire tandis que je m'écrase contre le mur derrière moi et m'effondre comme une merde sur le sol. Mes muscles tremblent et ma tête tourne tandis que j'essaie de reprendre mon souffle. C'est exactement ce dont j'avais besoin. Enfin, pas la fin.

— Tu peux la fermer ? grondé-je alors que JD continue à se marrer.

— Frérot, c'était excellent.

Il rit tellement que des larmes coulent de ses yeux tandis qu'il pose ses mains sur ses genoux et tente de reprendre son souffle.

Putain d'abruti.

— Je suis content de te faire poiler, rétorqué-je froidement en me levant enfin et en lissant mon T-shirt. Tu es là pour t'entraîner ou juste pour me faire chier ?

Je jette un coup d'œil à son jogging propre et à ses pieds nus.

— Tu en avais envie, n'est-ce pas ? me questionne-t-il avec suffisance.

— Si tu n'es pas là pour t'entraîner, casse-toi et prépare le dîner ou fais quelque chose d'utile.

— Il faut que j'aille nourrir les rats. Je ne leur ai rien donné de la journée.

— Tu as donné quelque chose à l'une d'entre eux, marmonné-je dans ma barbe.

— Je ne l'ai pas touchée, n'est-ce pas, patron ? raille-t-il. Et d'après ton ton, je serais tenté de dire que tu n'as rien touché non plus. Tu sais, un bon orgasme te remettrait d'aplomb.

Je le regarde dans le miroir et me dirige vers le banc de musculation pour m'y allonger.

— Merci pour cette suggestion pertinente. Maintenant, tu veux bien te barrer ? Je suis occupé.

— Occupé à penser à la chatte d'Alana, murmure-t-il. Tu as vu son piercing ? Putain, c'est sexy. Je parie que ça fait un effet de malade.

— Putain, tu as fini ?

— Yep, j'ai joui sur son string. C'était bien. Ça aurait pu être mieux, cela dit.

— JD ! hurlé-je, ma patience étant à bout alors que je pousse la barre d'haltères hors de son support.

Tant pis pour la course censée me détendre.

— J'y vais. J'y vais. Rappelle-toi que tu dois me remercier la prochaine fois que tu iras là-bas.

— Pour quelle raison exactement ? demandé-je, les bras tremblants à cause du poids.

— Parce que je lui ai volé ses sous-vêtements. Tu peux me les emprunter si tu veux.

— Sors ! rugis-je en laissant tomber la barre et en manquant de m'écraser la poitrine au passage.

Putain de JD.

Putain d'Alana.

Je remets la barre en place, m'assieds et me passe les doigts dans les cheveux.

J'avais un plan. Tout se passait bien et puis elle arrive et fout le bordel.

Comment une petite femme blonde peut-elle provoquer autant de dramas en étant enfermée dans une cellule ?

17

ALANA

La chaleur de mon orgasme a disparu rapidement, en même temps que l'euphorie, tandis que la réalité reprenait le dessus et que je me retrouvais seule dans ma cellule grise.

Mes vêtements avaient peut-être séché au moment où je les ai enfilés, mais il me manquait ma culotte et mon soutien-gorge. Je me souviens que JD tenait le string en dentelle devant son nez et le respirait. Ça n'aurait vraiment pas dû être aussi sexy. Mais, c'est JD. Rien chez lui ni dans cette situation ne devrait m'exciter. Mais c'est le cas.

Ça ne fait que confirmer ce que je sais déjà. Je suis foutue et brisée au-delà de toute croyance.

Je devrais être terrifiée. Pleurer dans un coin et supplier qu'on me libère, et non pas m'allonger sur mon lit en me touchant en fantasmant sur deux hommes qui m'ont ligotée et fait tout un tas de choses horribles.

J'étais peut-être gelée, mon corps entier frissonnait de nouveau, mais mon épuisement a rapidement pris le dessus. J'avais espéré que JD aurait peut-être raison et que je passerais toute la nuit à faire des rêves humides en pensant à toutes les choses qu'il m'avait décrites. C'est peut-être ce que j'ai fait. Mais les seuls rêves dont je me souvienne étaient des cauchemars.

J'étais peut-être ligotée et totalement à la merci de deux hommes. Mais ce ne sont pas JD et Reid qui sont sortis de l'ombre pour me punir, mais deux hommes plus âgés, plus terribles, qui ont contribué à ruiner ma vie il y a des années.

Je pensais que les fuir m'aiderait. J'ai même cru que le fait d'être avec Mav m'apporterait le soulagement dont j'avais tant besoin. Mais même s'ils n'étaient pas près de moi, du moins les premières années, ils ne sont jamais partis. Dès que le soleil se couchait et que je fermais les yeux, ils étaient là. Ils me narguaient, me torturaient, me faisaient souffrir.

L'ouverture de ma lourde porte me tire de mon sommeil agité. Et même si c'est mal, lorsque Reid entre dans mon espace, je suis soulagée de savoir que ce n'est pas *lui*.

Le même ADN circule peut-être dans son corps. Mais ce n'est pas son père.

Il est vicieux, corrompu, dangereux et bien d'autres choses encore.

Mais ce *n*'est *pas* son père.

Je fixe ses yeux, essayant d'y lire quelque chose. Mais c'est impossible. Ils sont vides et sombres.

Il pourrait tout aussi bien être sur le point de m'inviter à danser avec lui que de m'assassiner. D'accord, la première hypothèse est peut-être un peu exagérée.

— Petit animal, me salue-t-il avec un signe de tête.

— Maître, le provoqué-je.

Mes lèvres se retroussent en un sourire en coin lorsque j'obtiens une petite réaction.

— Bien. On y va ? demande-t-il en faisant un geste vers la porte ouverte derrière lui.

— J'en serais ravie.

Je souris, me lève et passe ostensiblement mes doigts dans mes cheveux secs et fraîchement coupés.

Je le déteste peut-être à cause de la façon dont il les a coupés, mais je ne peux pas nier que ce soit agréable, même sans l'après-shampoing dont mes cheveux décolorés raffolent habituellement.

Il ne bouge pas, ce qui m'oblige à le contourner et à avancer.

Supposant qu'il n'est pas sur le point de me conduire vers les escaliers et la liberté, je me tourne vers sa chambre de torture avec une démarche pleine d'audace.

— Tu veux m'expliquer pourquoi j'ai trouvé JD avec tes sous-vêtements hier soir ? me questionne-t-il alors que je m'assieds sur la chaise et croise les jambes.

Si je n'étais pas déjà incroyablement consciente d'être à poil sous mon maillot, je le suis vraiment à la seconde où cette question sort de sa bouche.

— Pas vraiment.

Je lui souris gentiment alors qu'il s'arrête dans l'embrasure de la porte et croise ses bras tatoués sur sa poitrine.

— Tu ne les as donc pas enlevés pour le séduire ?

— Et si c'était le cas ? Peut-être que je lui ai fait un striptease en me déshabillant entièrement et que je lui ai laissé voir ce qu'il n'obtiendra jamais.

La mâchoire de Reid tressaute tandis qu'il m'observe, me faisant comprendre que je l'affecte.

— Tu voulais ça aussi ? Ce sera plus rapide, vu qu'il a volé une partie de mes vêtements, mais je suis partante. Je ne suis rien d'autre qu'une pute de toute façon, alors autant utiliser ce que Dieu m'a donné.

Je décroise les jambes et écarte les cuisses. Mais il ne mord pas à l'hameçon.

— On ne se joue pas de moi aussi facilement que JD, Petit animal. Tu ferais bien de t'en souvenir.

— Moi non plus, réponds-je. Oh, comment s'est passée ta réunion avec Papa hier ? Avait-il quelque chose d'intéressant à dire ?

Il serre la mâchoire.

Je grimace.

— Je n'étais pas censée le savoir ? Oups. Vilain JD. J'espère que tu vas le punir de la même façon que moi. N'hésite pas à le jeter dans ma cellule. Je pense que nous pourrions nous amuser.

Il me sourit avant de s'écarter du mur et de marcher derrière moi. Comme je ne suis pas attachée à la chaise cette fois-ci, je peux me retourner et l'observer pendant qu'il fait démarrer la machine à café.

— Un café au lait pour moi, s'il te plaît, dis-je, ce qui le fait grogner d'amusement.

Pendant que son café se prépare, il fouille dans un placard et en sort un verre qu'il remplit d'eau et me passe.

— Tu as déjà prouvé que tout ce que tu fais avec mon café, c'est le gaspiller, murmure-t-il.

— Peut-être que je ne le ferais pas si tu n'essayais pas de me brûler avec.

— Ce n'est pas ma faute si tu ne supportes pas la chaleur.

Je secoue la tête.

La tentation de le lui jeter à la figure est forte, mais mon besoin de soulager ma gorge sèche est plus fort.

— Alors, quel est le plan, Big Man ? Encore des douches froides ? Une noyade ? Peut-être que tu vas faire un virage à cent quatre-vingts et augmenter la température aujourd'hui avec du feu.

Ses yeux frémissent, tout comme ma bouche. Mon excès d'assurance et ma diarrhée verbale ont toujours été des défauts qui m'ont valu plus d'ennuis que nécessaire avec les hommes de cette ville lorsque j'étais acculée.

— Pourquoi parles-tu encore ?

— Parce que je peux.

Ce n'est probablement pas la chose la plus intelligente que j'aie jamais dite, car l'instant d'après, il se dirige vers moi avec un chiffon sale.

Son sourire est malicieux et plein de sombres intentions.

Mes cuisses se serrent tandis qu'il se rapproche, la menace de quelque chose de délicieux brillant dans ses yeux.

Je halète lorsque le chiffon est pressé contre mes lèvres, mais comme à mon habitude, je refuse de lui faciliter la tâche.

— Petit animal, grogne-t-il, irrité par ma désobéissance.

Habitue-toi, bébé. Il va en falloir beaucoup pour me faire flancher.

Je souris, mes yeux se plissent d'amusement, tandis que les siens continuent de s'assombrir.

Notre bras de fer silencieux se poursuit, aucun de nous ne voulant craquer.

Je vois la seconde où sa patience s'épuise. Son œil gauche tressaille un instant avant que le tissu ne se détache, mais je n'éprouve qu'une seconde de soulagement avant que sa main ne s'enroule autour de ma gorge.

Je halète de choc, mes lèvres s'entrouvrent, et il profite de ma surprise pour mettre le chiffon sur ma bouche et l'attacher rapidement derrière ma tête.

— Connard, sifflé-je, même si je doute qu'il puisse comprendre.

Son sourire de satisfaction ne fait que croître.

— Tu ne gagneras pas, Petit animal.

J'ai envie de lui faire remarquer qu'il n'obtiendra aucune des réponses qu'il souhaite tant que je serai bâillonnée, mais évidemment, je ne peux pas, alors je me contente de lui lancer un regard noir.

— Je crois que je te préfère silencieuse, raille-t-il.

Il m'étudie pendant quelques secondes avant de sortir une corde de sa poche arrière et de recommencer à m'attacher à la chaise.

— Je te déteste, crié-je derrière le chiffon.

Je ne sais pas s'il me comprend, mais son sourire s'élargit et ses yeux s'assombrissent.

Le fait que j'aie encore une blessure fraîche au poignet ne l'empêche pas de m'attacher aussi fermement qu'il l'a fait hier.

Et cette fois, quand j'écarte les jambes, juste pour faire la salope, il n'essaie pas de détourner le regard.

— Jolie, murmure-t-il en fixant ma chatte. Dommage qu'elle soit probablement amère.

Je grogne alors qu'il continue à me reluquer, et putain, mon corps réagit à son attention.

Il le remarque aussi.

— Tu n'es rien d'autre qu'une pute facile et bon marché, marmonne-t-il avant de se lever.

Sans m'accorder un regard, il s'éloigne. Mais il n'est pas allé bien loin car le bruit d'une porte qui s'ouvre et d'un type qui crie remplit l'air.

Oh mon Dieu, me dis-je lorsque Reid émerge en traînant derrière lui un type sale et maigre. Ses mains et ses chevilles sont attachées avec la même corde que celle qu'il a utilisée pour m'attacher à la chaise, mais elle est manifestement là depuis longtemps car elle est noire, sale et dégoûtante. Je n'ose pas penser à l'état de la peau qui se trouve en dessous. Si l'on en croit le sang qui coule sur ses bras, je dirais que ce n'est pas beau à voir.

J'observe avec horreur, l'acide bouillonnant dans mon estomac, Reid hisser l'homme et le pendre à l'un des crochets dont JD m'a parlé hier soir.

Mes yeux s'écarquillent en voyant l'état de l'homme. Il est si maigre que je peux voir toutes ses côtes. Ses sous-vêtements pendent de ses hanches et ses jambes sont fines comme des baguettes.

On peut dire qu'il est là depuis longtemps. Et j'imagine qu'il a fait quelque chose de grave pour que ça dure aussi longtemps.

Il reste silencieux tandis que Reid se tient en retrait et l'observe, ses yeux longeant les coupures et les ecchymoses qui jonchent le corps de l'homme.

— Tommy a essayé de me voler, explique Reid, comme si ça excusait l'état de cet homme. C'était aussi un connard arrogant. Il pensait qu'il allait s'en sortir.

Reid fait les cent pas tandis que l'homme se balance d'un côté à l'autre.

— Ça fait un moment qu'on n'a pas joué, n'est-ce pas, Tommy ?

L'homme gémit, manifestement en train de souffrir.

— Qu'est-ce que ce sera ?

Reid réfléchit en s'approchant de son armoire à jouets et en parcourant les possibilités.

Il finit par attraper quelque chose et, lorsqu'il recule, il a une matraque dans la main.

La peur me fait frissonner, même s'il n'est pas sur le

point de la retourner contre moi. Ou du moins, je le suppose.

Détachant mes yeux de Reid, je fixe l'homme suspendu au plafond et m'aperçois qu'il m'observe.

La bile remonte dans ma gorge et je lutte pour la faire redescendre.

Je refuse de montrer à Reid la moindre faiblesse.

— Jolie, n'est-ce pas ? raille Reid.

La gorge du type ondule lorsqu'il déglutit, mais il ne dit rien. Ses yeux ne me quittent pas non plus.

— C'est une pute.

La description qu'il fait de moi me fait grincer des dents, ou du moins ce serait le cas si elles pouvaient se toucher.

— Une bonne, ajoute-t-il, d'après ce que j'ai entendu. Elle laisse les hommes lui faire n'importe quoi. N'est-ce pas, Petit animal ?

Je grogne, ce qui le fait ricaner comme un fou.

Il s'amuse beaucoup trop.

— Tu aimerais ça, n'est-ce pas, Tommy ?

Silence.

— Ne sois pas timide, Tommy. Elle aime que les hommes la désirent. Tu la veux ?

Un faible gémissement résonne dans sa gorge avant qu'il n'acquiesce.

L'instant d'après, Reid s'élance vers lui et lui assène un coup de matraque dans les côtes.

Mon estomac se noue et je ferme les yeux, incapable de regarder.

Il y a un craquement avant qu'un cri à glacer le sang ne s'échappe de la gorge de l'homme.

Mais Reid ne s'arrête pas là.

Cette seule réponse suffit à l'enrager et il frappe

l'homme déjà à peine conscient jusqu'à ce qu'il pende à ses liens.

Le sang coule le long de son corps, dégouline de ses pieds et s'écoule sur le sol gris en béton.

Mon cœur bat à tout rompre dans chaque parcelle de mon corps tandis que je fixe Reid avec des yeux écarquillés. Sa poitrine se soulève sous l'effet de l'effort, ses bras gisent mollement le long de son corps et la matraque pend au bout de ses doigts. Mais son attention sur l'homme ne faiblit pas.

Même si je sais que ça va arriver, un cri perçant s'échappe de ma gorge lorsqu'elle glisse et s'écrase sur le sol.

Il se tourne vers moi, les yeux écarquillés, comme s'il avait oublié qu'il avait une spectatrice.

18

ALANA

Les larmes continuent de couler, imprégnant le chiffon enroulé autour de mon visage tandis que Reid serre les poings et s'avance vers moi.

La peur m'envahit et mon cœur bat plus fort.

Je ne le connais peut-être pas très bien, mais sa réputation le précède et, à l'heure actuelle, je crois toutes les histoires que j'ai entendues à son sujet.

Ses yeux sont sombres, sauvages. L'envie de blesser, de mutiler et de tuer irradie de lui par vagues.

Il a l'air… il a l'air fou. Son désir de brutalité et de violence, a été libéré, et il est sur le point de le retourner contre moi.

— Mon petit animal de compagnie, dit-il sur un ton sombre. Tu ne peux pas t'en empêcher, n'est-ce pas ?

Mon estomac se noue et ma poitrine se soulève alors que je lutte pour respirer par le nez.

Silencieusement, je le supplie de ne pas me toucher, mais je réalise en voyant la menace dans ses yeux que ça ne suffira pas.

— Un seul regard et tous les hommes te désirent. Même

lui, raille-t-il en jetant un coup d'œil à l'homme inconscient suspendu à quelques mètres de là. Il a à peine assez d'énergie pour respirer et pourtant, il te veut.

Je secoue la tête, refusant d'accepter ses mots. Des mots que j'ai déjà entendus.

— C'est ce que tu fais, n'est-ce pas, Petit animal ? Tu sais que tu es belle, que ton corps est un objet tentant et tu t'en sers contre tous les hommes que tu rencontres. Tu leur fais voir ton sourire ou ce joli bijou dans ta chatte, et ils tombent à genoux et te donnent tout ce que tu veux. C'est pour ça que Victor est si fasciné par toi ?

La mention de son père et l'image de lui en train de me toucher font trembler violemment mon corps.

— Qu'essaies-tu d'obtenir de lui, Petit animal ?

Je secoue la tête plus fort.

— Il y a sûrement un truc. Il a beau être puissant, riche, et contrôler toute cette ville, quelque chose me dit que tu rôdes autour de lui pour autre chose que d'être sa prochaine épouse. Et puis il y a moi. C'est toi qui as fait en sorte de te retrouver ici. Papa ne te donnait pas ce que tu voulais ? Cela dit, je dois être honnête, j'ai du mal à le croire. Je suis presque sûr qu'il n'y a pas une chatte dans cette ville qu'il n'a pas baisée.

— Non. Non, essayé-je de crier.

Mais c'est étouffé et inaudible.

Je gémis quand sa main se tend et s'enroule autour de ma gorge, serrant juste assez pour réduire mon alimentation en air.

Mes yeux brûlent, mes larmes coulent plus vite alors qu'il se penche et me fixe dans les yeux, comme s'il allait y trouver toutes les réponses.

— Tu veux du pouvoir, Petit animal ? De l'argent ? Un statut ?

Je secoue violemment la tête tandis que sa prise sur ma gorge se resserre.

Il se penche plus près et son odeur emplit mon nez.

— Je déteste te dire ça, Petit, mais tu n'obtiendras rien de tout ça.

Je gémis et mon corps traître s'affaisse lorsqu'il s'approche et lèche ma joue, recueillant mes larmes salées et me les volant.

— Tu es tellement belle quand tu pleures. Mais je parie que tu as déjà entendu ça une fois ou deux, hein ?

Ses yeux rivés sur les miens, il me libère la gorge et recule d'un pas.

Son regard est prédateur, mais empli de désir.

Il a beau me narguer en me disant que je suis une pute et que je fais plier les hommes à ma volonté, il n'est pas immunisé. Soit ça, soit le fait de battre ce type à moitié mort l'a fait bander.

— Oh, Petit animal, ricane-t-il. Regarde-toi en train de fixer ma bite comme si c'était ton prochain repas. Tu crois que c'est pour toi ? demande-t-il en se serrant l'entrejambe d'une main. Tu es vraiment idiote, petite Alana.

Il se déplace, puis marche derrière moi, faisant s'éveiller chacun de mes sens.

Ma peau picote et mon sang se réchauffe alors que j'attends qu'il fasse quelque chose.

Peu importe ce que c'est. Quelque chose. N'importe quoi.

Faites-moi mal. Fais-moi crier. Mais... ne me fais pas attendre.

Je tourne le cou, cherchant désespérément à voir ce qu'il fait derrière moi, mais il est hors de vue.

Les yeux rivés sur le mur, je prends de grandes inspirations pour me calmer et tenter de ralentir mon cœur qui s'emballe. Je refuse de regarder l'autre homme pour voir s'il est encore en vie ou non.

Je le chasse de mon esprit et me concentre sur moi-même.

Reid ne va pas me battre. Il ne me fera peut-être même pas de mal. Il veut juste me tourmenter.

Et il a trouvé le moyen idéal de le faire.

Déterrer les parties les plus douloureuses de mon existence et me les jeter à la figure.

Je ne suis pas une pute. Je ne vends pas mon corps pour de l'argent.

Quand on ne me le vole pas, je suis obligée de le donner pour rester sauve. Ou pour sauver quelqu'un que j'aime.

C'est très différent.

Enfin, après ce qui semble être les minutes les plus longues de ma vie, il bouge.

Le grincement de l'ouverture de son armoire me fait grimacer avant que je ne sursaute à chaque bruit métallique lorsqu'il sort les outils dont il a besoin pour faire ce que son petit cerveau tordu est en train d'imaginer en ce moment.

Les outils s'entrechoquent sur le comptoir derrière moi et je bondis, ce qui le fait ricaner de manière diabolique.

— Nerveuse, Petit animal ?

Je refuse de lui donner une quelconque réponse. Pourtant, je ne suis pas stupide. Il peut pratiquement sentir ma peur en ce moment. C'est ce qui l'excite.

Il se rapproche et ses bottes crissent sur le sol.

À la seconde où ses doigts saisissent le nœud à l'arrière de ma tête, je soupire presque de soulagement.

J'ai encore plus de mal à me contenir lorsqu'il le défait et que le tissu tombe de ma bouche.

Je lèche mes lèvres sèches en fléchissant la mâchoire,

mais le soulagement est de courte durée, car le seul endroit où le chiffon bouge, c'est vers le haut.

— Non ! crié-je alors qu'il attache à nouveau le chiffon sale et imbibé de bave autour de ma tête.

Mais cette fois-ci, il me couvre les yeux.

Je secoue la tête d'un côté à l'autre dans l'espoir de l'arrêter, mais c'est vain. Il est plus fort que moi et, je déteste le dire, plus déterminé.

Je ne veux pas de ça. Je ne veux pas être à sa merci.

Continue à te mentir à toi-même, Alana. Ça améliorera certainement les choses.

— Ce n'est pas toi qui décides ici, Petit animal. Au moment où tu as menti à Kane, tu as perdu ton libre arbitre. Tu m'as donné ta vie et ton corps.

— Je n'avais pas le choix, craché-je.

— Pas assez bien.

Il noue solidement le bandeau derrière ma tête avant de retirer ses mains, me faisant ressentir du froid.

— Et maintenant ? Ton autre compagnon de jeu n'est pas très amusant maintenant qu'il est inconscient. Je ne pourrais plus l'entendre crier si tu continues de le torturer, raillé-je, ma bouche s'emballant à nouveau.

— Il y en a plein d'autres là-bas.

— Espèce de malade.

Je ne peux peut-être pas le voir, mais quelque chose me dit qu'il sourit de manière démoniaque.

La vue coupée, je me concentre sur l'ouïe. Mais il n'y a rien d'autre que des bruits de respiration.

Tommy émet des râles douloureux et celle du monstre qui m'observe est plus douce et moins profonde. La mienne est plus erratique alors qu'une guerre d'émotions, allant de la peur au désir, fait rage en moi.

Mon corps brûle et ma peau frémit.

— J'espère que tu prends ton pied en me regardant ne rien faire. Ce n'est pas vraiment le genre de spectacle que je pensais que tu appréciais.

— Ne t'inquiète pas, tu vas être un très bon divertissement pour moi.

La chaleur de son corps me brûle alors qu'il se rapproche et ma bouche devient sèche.

— Regarde-toi, dit-il. Tu me supplies pratiquement.

— Non.

— Ta poitrine se soulève, tes tétons sont durs et nous savons tous les deux que tu es mouillée, sale pute.

— Va te faire foutre ! aboyé-je.

Il ricane.

— Allons, allons, ce n'est pas vraiment ce que tu veux, n'est-ce pas ?

Mes dents grincent, mais je refuse de répondre alors que son souffle passe sur mon visage et dans mon cou.

J'ai la chair de poule et mes tétons durcissent encore plus.

Maudit soit JD d'avoir volé mon soutien-gorge et les avoir rendus encore plus apparents.

— Oh mon Dieu ! gémis-je bruyamment lorsqu'il attrape soudain mes deux seins.

Ma tête retombe en arrière alors que la chaleur de ses mains descend directement jusqu'à mon clitoris.

— Qu'est-ce que tu…

Il me pince les tétons, ce qui me fait crier.

— Putain, grogne-t-il.

Puis il part et avant que je ne puisse m'empêcher, je crie de nouveau, son contact me manquant.

Ce désir disparaît rapidement lorsque mon T-shirt est relevé et que l'air frais de la pièce passe sur ma peau.

— Reid, gémis-je, consciente qu'il reluque ma poitrine nue.

— JD avait raison. Tout n'est pas pourri chez toi.

— Connard, sifflé-je.

— Je comprends pourquoi les hommes tombent sous ton charme, Petit animal.

Il se déplace derrière moi avant que quelque chose ne s'enroule autour de mes épaules pour m'attacher à la chaise et s'assurer que mon T-shirt ne redescende pas. Je suis incapable de bouger d'un pouce.

Putain, qu'est-ce qu'il fout ?

J'entends un cliquetis métallique avant que la chaleur de sa main n'entoure un de mes seins.

— Oh mon Dieu, lâché-je.

Mais ensuite, je ressens du froid sur mon téton.

— Qu'est-ce que c'est que ça ?

Il ricane.

— Ton piercing me dit que tu es un peu masochiste, Petit animal. Je veux tester cette théorie.

— *Fuck you* !

— Non merci. Je n'ai aucune idée de tout ce qui est passé dans ta chatte.

— Oh, c'est original.

— Ne bouge pas.

— Espèce d'enfoiré.

Il sait aussi bien que moi que je ne peux pas bouger.

— Prête ? me demande-t-il.

Je ne réponds pas, mais apparemment, il n'en a rien à foutre car, à peine une seconde plus tard, ce qui se trouve sur mon téton se resserre et la douleur devient brûlante.

— PUTAIN DE MERDE ! rugis-je alors que la brûlure s'intensifie.

Le pincement se relâche et je sens un tiraillement.

— Putain, qu'est-ce que tu viens de faire ? l'interrogé-je, bien que je sois presque sûre de le savoir.

— Encore ?

— Ai-je le choix ?

Il rit.

— Pas plus que Tommy avant que ma matraque ne lui brise les côtes, murmure-t-il avant de se déplacer de l'autre côté et de recommencer la même chose.

Je m'attends à la douleur cette fois et, au lieu de crier comme une mauviette, je serre les dents et la supporte. Même si je suis presque certaine de ne pas respirer jusqu'à ce qu'il recule.

— Tu restes là à admirer ton œuvre, sale pervers.

— Ça a l'air bien, avoue-t-il.

— Je suis contente que ça te plaise. Je peux y aller maintenant ?

Avant qu'il ne puisse répondre, il y a un grand bruit quelque part au loin, puis des pas qui dévalent les escaliers.

— Oh merde, frérot. Qu'est-ce que tu as fait ? halète JD.

J'ai envie de me recroqueviller sur moi-même, mais je me force à redresser les épaules et à garder la tête haute.

— Putain. C'est sexy.

Leurs regards me brûlent la peau.

— Aide-moi à remettre cet enfoiré dans sa cellule, d'accord ? demande Reid.

— Et moi ? rétorqué-je.

— Et toi ? Pour l'instant, nous profitons trop de la vue pour nous en soucier, Colombe.

— *Fuck you* !!

— Hum, voilà une idée. Je suppose que tu n'as pas oublié la scène que je t'ai décrite hier. Quel dommage de voir que cet enfoiré utilise un des crochets que je t'avais promis, hein ?

— Quelle scène ? s'enquiert Reid.

JD ricane.

— Oh, frérot. C'était énorme. Je ne suis pas sûr que tu aurais pu gérer. Aïe, fait JD quand, je suppose, Reid lui donne un coup.

Les minutes s'égrènent tandis que tous deux s'activent en silence pour remettre Tommy dans sa cellule. Pendant ce temps, je n'ai d'autre choix que de rester assise, le maillot relevé et les seins en feu.

Ça brûle comme pas possible. Mais j'imagine que je ferais mieux de m'y habituer, car je ne pense pas que ça va s'estomper de sitôt.

Mes dents grincent.

Il serait facile de penser qu'ils ont disparu. Mais je sais qu'ils sont toujours là. Je peux sentir leurs regards brûler ma peau.

— Vous n'êtes qu'une paire de pervers qui restent là à mater mes seins en silence. J'espère que vous le savez. Prenez une photo si vous les aimez tant que ça !

Silence.

— Putain de tarés, grommelé-je en soufflant. Je parie que vous êtes en train de vous branler ensemble, n'est-ce pas ? Vous prétendez me prendre pour une sale pute, mais aucun de vous n'est insensible à mon corps. Je l'ai vu de mes propres yeux. Je l'ai même senti. Reid fait de son mieux pour le cacher, mais tu n'en pouvais plus tout à l'heure. La torture et mes nichons t'ont vraiment excité, hein, Big Man ?

JD étouffe un rire, confirmant ce que je savais déjà. Ils sont vraiment proches.

— Donne-moi une raison de ne pas rallumer la douche et de ne pas te laisser ici pour faire taire ta sale bouche.

— Je n'en ai pas. Et même si j'en avais une, tu ne m'écouterais pas de toute façon. Alors qu'est-ce que ça va être, les mecs ?

19

JD

— Je peux te faire confiance pour t'en occuper et ne pas être trop excité ? me questionne Reid, sans quitter des yeux les seins d'Alana.

— Tu n'as pas entendu, Big Man ? JD adore enfreindre les règles. Je ne lui ferais pas confiance si j'étais toi, raille Alana.

Je jette un coup d'œil à Reid juste à temps pour voir sa mâchoire tressauter d'irritation. Elle est en train de l'énerver. Plus il insiste, plus elle devient fougueuse, et il n'a aucune idée de ce qu'il doit faire.

— Tu es une vraie plaie, Colombe, murmuré-je en m'écartant du comptoir contre lequel Reid et moi sommes appuyés, alors qu'elle est assise là, sous notre regard brûlant.

Comme activité de l'après-midi, celle-ci est vraiment parfaite. Et, je dois l'admettre, Reid a fait un travail d'enfer sur ses tétons.

Putain. J'ai l'eau à la bouche rien qu'à l'idée de les aspirer dans ma bouche et de l'exciter jusqu'à ce qu'elle se tortille sous ma langue.

Ils étaient déjà sensibles quand j'ai passé le pommeau

de douche sur eux hier. Ils vont l'être encore plus maintenant. Une fois qu'ils auront cessé de faire mal, bien sûr.

Je me déplace devant elle et étudie de près son travail.

— Espèce d'enfoiré sournois, marmonné-je en observant les diamants roses des piercings qui sont assortis à ceux de son clitoris. Tu avais bien regardé les détails, n'est-ce pas ?

Du coin de l'œil, j'aperçois le mec prétentieux hausser les épaules.

— C'est toi qui t'en occupes. J'ai des trucs à faire.

— Vraiment ? demandé-je avec un sourire carnassier.

— Tu connais les règles, me prévient-il, avant de jeter un dernier regard à Alana et de marcher jusque dans le couloir et de monter les escaliers.

— Et ils ne furent plus que deux, murmuré-je en prenant le temps de reluquer chaque centimètre de son corps attaché devant moi.

— Ouais et tu peux me libérer maintenant.

— Je peux ?

Je tends la main et effleure de mon pouce sa lèvre inférieure. Elle sursaute à mon contact, mais ne s'éloigne pas.

— Mais si j'avais d'autres projets ? poursuis-je.

— Ça dépend de ce que c'est, j'imagine, me provoque-t-elle alors que mon pouce descend le long de sa mâchoire.

Elle essaie de s'éloigner, prétendant que mon contact la dérange. Mais ce n'est que de la comédie.

— Tu sais ce qu'il a fait, n'est-ce pas ? la questionné-je alors que mes yeux tombent sans vergogne sur sa poitrine.

— J'en ai une bonne idée, ouais. Et si je découvre que c'est mal fait, je lui enfoncerai cette aiguille dans les couilles, grince-t-elle.

— Attention, petite colombe. Il aimerait probablement ça.

— Putain de merde, il a déjà des piercings partout, non ? murmure-t-elle, ce qui me fait sourire.

— Si tu essaies de paraître désintéressée, tu ne réussis pas. Juste pour que tu le saches.

— Je ne m'intéresse à aucune partie du corps de Reid Harris, qu'elle soit piercée ou non.

— Bien sûr...

Ses lèvres se pincent de frustration, mais elle ne prend pas la peine de rectifier son mensonge.

Je me penche en avant, pose mes mains de chaque côté de la chaise et laisse mon débardeur ample effleurer sa poitrine.

Elle halète lorsque le coton doux effleure ses tétons douloureux.

— JD, me prévient-elle lorsque mes lèvres effleurent le lobe de son oreille.

— Qu'est-ce qu'il y a, petite colombe ? Tu ne voulais pas qu'on te détache ?

— Tu es un connard.

— On m'a qualifié de pire.

J'attrape le nœud, le desserre et écarte le tissu sale de son visage.

Elle cligne des yeux à cause de la lumière vive qui lui brûle les yeux avant de regarder sa poitrine.

Un petit souffle s'échappe de ses lèvres lorsqu'elle découvre le travail de Reid.

— Sexy, n'est-ce pas ?

Sa langue sort furtivement et elle se lèche les lèvres en admirant ses nouveaux bijoux.

— Ils sont roses, commente-t-elle.

— Ta couleur.

— Hum… songe-t-elle.

— Tu veux voir le mien ? proposé-je.

Son regard se dirige vers le mien.

— C'est déjà fait. Tu t'es déshabillé devant moi hier, souviens-toi.

— Comment pourrais-je oublier ? Je ne parlais pas de mes tétons, petite colombe.

Ses yeux s'écarquillent avant que le bleu vif de ses iris ne s'assombrisse lorsqu'elle réalise de quoi je parle.

— Oh ?

Elle était trop concentrée sur la bite de Reid pour penser à la mienne.

Je passe la main derrière moi, retire mon débardeur et le jette sur le côté.

Tout comme elle, mes deux tétons sont piercés, mais ce n'est pas sur eux qu'elle se concentre lorsque mes mains se posent sur ma ceinture.

— J'espère que ça vaut le coup., me nargue-t-elle.

Je souris.

— As-tu déjà été déçue ?

— Est-ce une question sérieuse ? Tu m'as laissée frustrée deux fois en autant de jours.

— Ça ne t'a pas arrêtée hier soir, n'est-ce pas ?

Ses yeux se plissent alors que je rentre mes pouces dans mon jogging.

— Encore en train de mater par le judas, JD ?

— Nan, petite colombe, je peux faire beaucoup mieux que ça.

C'est peut-être con, mais je baisse rapidement mon pantalon avant qu'elle ne puisse vraiment réfléchir à ce que je veux dire, la distrayant complètement de la conversation.

— C'est tout ? raille-t-elle, sans pour autant relâcher son attention de ma bite.

— Oh non, susurré-je en enroulant mes doigts autour de ma queue et en la soulevant. Ce n'est pas tout.

— Oh putain, halète-t-elle en tentant de se rapprocher. C'est...

— Sexy, n'est-ce pas ? On m'a aussi dit que ça procurait des sensations géniales. Chaque piercing de ce *frenum ladder* peut t'emmener au paradis, bébé.

— Cette phrase excite vraiment les meufs ? demande-t-elle avec scepticisme.

— Nan, elles n'écoutent plus ce que je dis à ce stade.

— C'est probablement mieux, tu dis beaucoup de conneries.

— Tu ne sembles pas avoir de problème avec ma bouche.

— On pourrait lui trouver un meilleur usage.

— Oh, je n'en doute pas. Mais n'oublie pas ces règles, dis-je en commençant à me branler.

— Julian, es-tu sérieusement...

Je gémis en serrant la base de ma bite.

— Tu sais à quel point j'ai joui hier soir en pensant à toi, ici, en train de te toucher ?

Il ne fait aucun doute que Reid nous observe en ce moment même à l'étage, mais je ne trouve pas la force de m'en préoccuper. Il est probablement aussi dur que moi après ce qu'il lui a fait subir aujourd'hui. Cet enfoiré est probablement jaloux que je sois assez viril pour assumer mon désir, alors qu'il continue à fuir le sien. Littéralement.

Un début de sourire se dessine sur mes lèvres quand je pense à lui qui s'est cassé la figure du tapis roulant hier soir. Putain de gonzesse.

— Oh vraiment ? demande-t-elle, les yeux rivés sur ma bite.

— Putain, ouais. Je n'arrête pas d'y penser. Tes doigts et

ce petit piercing coquin. C'est si sexy, Colombe. Tellement sexy.

Elle sourit comme une pécheresse diabolique alors que je continue de me toucher.

— À la seconde où tu as claqué la porte, j'avais la main entre les cuisses, me provoque-t-elle. J'étais tellement mouillée.

— Putain, ouais. Tu n'en pouvais plus, gémis-je en accélérant le rythme.

Elle est peut-être pratiquement incapable de bouger, mais ça ne l'empêche pas d'écarter les cuisses, me laissant apercevoir son joyau caché.

— Putain, Colombe. As-tu la moindre idée de l'envie que j'ai de me mettre à genoux et de mordiller ce petit diamant ?

— Je le sais. Mais tu ne le feras pas.

— Putain.

Elle a raison aussi.

Aussi excitant que ça puisse être. Je sais que je ne peux pas.

Pas encore.

J'ai envie qu'elle me supplie. Son corps entier tremblant de désir. Ses jolies lèvres pulpeuses dévoilant tous ses sombres et sales secrets avant même que je ne puisse envisager de la goûter.

— Tu recommenceras, n'est-ce pas ? Je vais te libérer, te laisser dans ta cellule et tu vas écarter les cuisses pour te doigter.

— Tu vas regarder ?

— Carrément.

— Et Reid ?

— Qu'il aille se faire foutre, grogné-je alors que mon plaisir augmente.

Avec mon pantalon au niveau des genoux, je me rapproche d'elle. Je serre ma bite fort, comme un putain d'étau. Mais ce n'est pas suffisant. C'est loin d'être suffisant.

Mais je sais que c'est le mieux que je puisse faire.

— Mais c'était lui, murmure-t-elle.

— Quoi ? rétorqué-je alors que mon orgasme est à portée de main. Putain. Je vais jouir sur tes seins magnifiques, Colombe. Et tu vas me regarder laisser mon empreinte. Merde. Putain, gémis-je quand ma bite tressaille dans ma main et que le plaisir m'envahit.

— Quand j'ai pris mon pied hier soir, c'est Reid que j'imaginais avec sa bite au fond de moi.

— Enfoiré ! hurlé-je.

Je fais exactement ce que je viens de décrire et éjacule sur sa peau de porcelaine. Et parce que je suis un putain de gentleman, je n'en mets pas sur ses tétons. Aucun d'entre nous ne veut qu'ils s'infectent. Plus vite ils seront cicatrisés, mieux ce sera.

— Oh, je suis désolée. Tu pensais que je t'imaginais en me touchant hier soir ? Navrée de te décevoir, mais c'est son nom que j'ai gémi quand j'ai joui, pas le tien.

Je souris en reculant et en remontant mon pantalon, sachant très bien qu'elle ment.

— Mais, bien sûr.

— On en a fini ici ? Peux-tu me nettoyer et me libérer ?

Je la fixe un instant.

— Je ne sais pas. Tu as l'air plutôt parfaite comme ça.

— JD, réplique-t-elle.

— D'accord, très bien. Je vais te nettoyer.

Je me rapproche à nouveau d'elle, passe mes doigts dans mon sperme sur le renflement de ses seins et les tiens devant ses lèvres.

Elle me regarde dans les yeux, m'avertissant

silencieusement d'aller me faire foutre, mais je ne rate pas le tressaillement de ses lèvres.

Elle a envie d'être une bonne fille et de me faire plaisir. Je peux voir son désir de se soumettre dans ses yeux bleus affamés.

Je me rapproche et étale mon sperme sur ses lèvres, aimant la façon dont elles luisent sous les projecteurs lumineux.

— Goûte-moi, petite colombe. Lèche mon sperme avec ces lèvres tentantes.

Ses yeux se plissent, mais elle tient bon.

— Tu m'es redevable parce que tu m'as menti.

— Je n'ai pas menti, répond-elle à brûle-pourpoint, incapable de se taire.

— Ah, non ? marmonné-je en essuyant une autre trace de sperme avant de recommencer et d'en enduire ses lèvres. Je pense que le nom sur tes lèvres quand tu as joui la nuit dernière était le mien. Et je ne pense pas que tu l'aies gémi. Je pense que tu l'as crié alors que tes doigts étaient profondément enfoncés dans ta chatte, l'autre main sur ces incroyables seins.

— T'aimerais bien...

À la seconde où ses lèvres s'entrouvrent, je plonge deux doigts dans sa bouche.

— Suce, petite colombe, exigé-je.

Elle me défie pendant quelques secondes, puis sa langue commence à lécher mes doigts, d'abord doucement avant de les aspirer avec force, faisant de nouveau bander ma bite.

— Putain, Colombe. Je vais bientôt avoir besoin de ces lèvres autour de ma bite.

— On verra, murmure-t-elle à la seconde où je retire mes doigts.

— Ouais. On verra. Tu seras à genoux et tu me fixeras depuis le sol.

— Je ne pense pas que ce soit autorisé.

— Reid m'a dit de ne pas te toucher. Si tu me suces, je n'ai pas besoin de te toucher.

— C'est une question de sémantique.

Je la contourne et trouve le nœud de la corde qui maintient ses épaules en place, puis le défais avant de commencer à m'occuper des liens qui maintiennent ses poignets et ses chevilles à la chaise.

Son soulagement est palpable, mais elle ne dit pas un mot. Malheureusement, elle redescend son maillot pour se couvrir. Mais elle halète en le faisant, me faisant comprendre à quel point elle a mal.

— Va t'asseoir sur ton lit. Je vais chercher de la solution saline pour tes tétons.

— C'est bon, merci.

— Laisse-moi m'occuper de toi, petite colombe. Je peux t'assurer que la dernière chose que tu souhaites, c'est qu'ils s'infectent.

— Peut-être que le connard qui a fait ça aurait dû y penser avant de m'enfoncer une aiguille dans la peau.

— Tout a été aseptisé. Reid est peut-être téméraire, mais il fait attention.

— Je le croirai quand je le verrai.

Elle se lève et titube vers le couloir et je reste là, figé, jusqu'à ce qu'elle se glisse dans sa cellule.

— Putain, gémis-je en serrant ma bite.

Je suis bien trop captivé par notre dernière prisonnière.

Soit ça va être génial, soit un foutu désastre.

J'ai hâte de savoir quelle direction ça va prendre.

20

ALANA

JD fait ce qu'on lui dit, malgré mes arguments pour essayer de l'en empêcher.

Il revient dans ma cellule avec un verre d'eau trouble et me demande d'y plonger mes putains de tétons.

J'ai rencontré des hommes qui aimaient les trucs pervers, mais là, c'est un peu trop bizarre à mon goût.

Il a bandé tout du long tellement ça l'a excité. Et je ne peux pas dire que je sois dans un meilleur état. Je me souviens encore très bien de lui en train d'éjaculer sur mes seins comme si je lui appartenais. Et je peux encore sentir son goût sur ma langue.

Inutile de dire que j'étais prête à ce qu'il aille plus loin, même si je savais qu'il ne le ferait pas.

Il a reçu des ordres et il obéit.

Et lorsqu'il part, après avoir seulement fait son travail, mon corps tremble de désir.

Mais cette fois, je me bats.

Ma peau se met à picoter. D'après les commentaires qu'il a faits tout à l'heure, je sais qu'il m'observait. Et je sais qu'il le fait en ce moment même. Il m'observe et attend que je lui fasse un spectacle.

Ça n'arrivera pas. Je ne vais pas lui donner cette satisfaction.

Au lieu de ça, je me recroqueville sur le côté, tournant le dos à la porte. Mes seins me brûlent comme pas possible, mais j'aime la douleur.

C'est l'une des constantes dans ma vie depuis toutes ces années, qui m'aide à me rappeler que je suis en vie.

J'avais oublié à quel point c'était addictif quand je suis allée vivre avec Mav pour la première fois. Mais c'est comme le vélo.

Je veux les regarder. Inspecter de près le travail de Reid, mais ça doit attendre. Ils m'ont déjà assez volé ces derniers temps.

Je refoule cette pensée.

La pièce est toujours aussi froide, mais ça ne m'empêche pas de sombrer dans un sommeil agité.

— On dirait que tu nous attendais ce soir, dit la voix grave, qui font se dresser les cheveux sur ma tête et monter la bile dans ma gorge.

Je ferme les yeux et lutte contre mes émotions.

Ils aiment quand je me bats. Quand je crie, donne des coups de pied, des coups de poing et que je pleure. Salauds pervers.

Je continue à nettoyer la cuisine, faisant de mon mieux pour ignorer leurs regards brûlants.

Il fait chaud. Vraiment chaud, putain, c'est pour ça que je ne porte pas grand-chose. Mais je ne m'attendais pas à ce qu'ils reviennent.

Papa part généralement plusieurs heures avant de rentrer et de venir me chercher.

Mon estomac se retourne.

— On dirait qu'elle est prête à s'amuser, intervient une autre voix plus grave et plus terrifiante.

La peur me lèche la colonne vertébrale. Ma peau se couvre de chair de poule, mais ce n'est pas agréable. Loin de là.

Le dégoût me traverse.

— Tourne-toi, Alana. Laisse-nous mieux te voir.

J'interromps mon nettoyage et prends une grande inspiration.

Ils n'étaient pas censés être là. Je n'étais pas censée ressembler à ça.

Ou l'étais-tu ?

J'ai désespérément envie de baisser la tête de honte. Ces hommes, et les autres, m'ont tous volé des morceaux de moi que je sais que je ne retrouverai jamais. Ils m'ont transformée en leur petit jouet et ils contrôlent mon subconscient. Ils sont dans ma tête et ils le savent.

Je redresse les épaules et me retourne enfin.

Les défier n'en vaut pas la peine.

J'ai déjà essayé et j'ai les cicatrices pour le prouver.

— Eh ben. On dirait qu'elle s'est habillée pour nous ce soir, les gars.

Ma peau est luisante de sueur à cause du nettoyage et mon débardeur est loin d'être assez épais pour cacher quoi que ce soit. Il est vieux, miteux et plein de trous.

Exactement comme il aime…

Et mon short ne couvre pas grand-chose.

— Viens ici, Alana. Viens t'asseoir sur les genoux de Papa.

Je me réveille en sursaut, la bile me brûle le fond de la gorge et je me précipite vers les toilettes, me jetant sur la cuvette. Je n'avais que treize ans. J'étais une enfant. J'aurais dû jouer avec mes amis, faire mes devoirs. Je n'aurais pas dû être obligée d'endurer ce genre d'abus et de douleur.

Laissez-moi tranquille, crié-je silencieusement, implorant leur pitié.

Ça fait des années qu'ils ne m'ont pas touchée. Depuis qu'ils m'ont irrévocablement brisée de toutes les façons possibles.

Je vomis jusqu'à ce qu'il ne reste plus rien, essayant désespérément d'expulser les souvenirs de leurs mains, de leurs mots, de la souffrance, de tout ce qui les entoure.

La douleur me tenaille l'estomac et je me recroqueville sur le sol froid et dur en serrant mes jambes contre ma poitrine.

Mav m'a peut-être emmenée loin de cet enfer. Mais je n'en suis jamais partie. Pas vraiment. Ces monstres se sont imprimés dans mon âme et, même lorsque leur mort viendra enfin, je sais qu'ils continueront à vivre à travers moi.

Je ne les oublierai jamais. Jamais.

C'est pour cette raison que ce qui m'arrive ici n'a pas d'importance. Reid peut faire ce qu'il veut. Ce ne sera jamais aussi terrible que les souvenirs avec lesquels je suis obligée de vivre chaque jour.

Je ne sanglote pas, mais ça ne veut pas dire que mes joues ne sont pas trempées.

Je déteste verser des larmes pour eux. Ils ne le méritent pas.

Tout ce qu'ils méritent désormais, c'est une mort douloureuse.

Ça arrivera. D'une manière ou d'une autre, je trouverai le moyen d'y parvenir.

Mav et moi travaillions sur un plan. Nous étions en train de découvrir tous leurs secrets, prêts à les mettre à genoux. Leur faire honte, tout comme ils m'ont fait honte, avant de leur donner la fin qu'ils méritent.

Je veux que ce soit douloureux et sanglant et que ça les hante longtemps après leur arrivée en enfer.

Mais comme toujours, Victor fait irruption et gâche tout.

Maintenant, je suis enfermée ici, impuissante, et Mav est dehors en train de courir partout dans Harrow Creek pour essayer de me retrouver.

C'est inutile. Si Reid ne veut pas qu'on me retrouve, alors il n'y aura pas moyen de le faire.

Mav pourrait tout aussi bien abandonner. Je pourrais tout aussi bien être morte.

Après de longues et pénibles minutes, j'essuie enfin mes joues d'un revers de main et me dirige vers le lavabo pour tenter de me rafraîchir la bouche avec l'eau tiède du robinet.

Me sentant comme une merde, et en ayant sûrement l'air, je retombe sur mon lit.

Mon corps tout entier tremble sous l'effet de la peur et du dégoût persistants que m'a inspiré ce cauchemar. Pourtant, mon estomac est vide et gronde de nouveau, me faisant regretter d'avoir jeté le reste des hamburgers hier.

Je jette un coup d'œil à mes poignets et suis étonnée de constater que cette fois-ci, ils ne sont pas rouges. Ils sont… presque normaux.

Je ne me suis même pas battue.

Cet enfoiré m'a planté deux aiguilles dans les tétons et je ne me suis pas débattue.

Qu'est-ce qui ne va pas chez moi ?

Je suis tellement perdue dans mes pensées qu'un cri d'effroi s'échappe de mes lèvres lorsque mes serrures se déverrouillent et que la porte s'ouvre à toute volée.

Reid se tient là, dans l'embrasure de la porte, l'air plus

grand que nature. Il n'est absolument pas perturbé par ce qui se passe dans ce sous-sol.

En le regardant, on ne se douterait jamais qu'il a presque battu un homme à mort ici même il y a quelques heures. Le sang, dont il était couvert, a été depuis longtemps évacué par les égouts.

— Allons-y, dit-il doucement. Tu as de la visite.

Mon cœur bondit dans ma gorge et l'espoir se met à couler dans mes veines.

Mav m'a-t-il retrouvée ? Mav est-il là pour me sauver ? C'est un vœu pieux, mais je ne peux m'empêcher de m'accrocher pleinement à cet espoir.

Je me lève et avance en chancelant, désespérée de voir les yeux sombres de mon mari.

La chaleur de la main de Reid irradie du bas de mon dos, où elle est posée, pour me stabiliser. C'est probablement la chose la plus gentille qu'il ait faite depuis que j'ai été jetée ici. Ça me fait tourner la tête.

— J'ai relooké mon nouvel animal de compagnie. Qu'en penses-tu ? demande-t-il alors que nous sortons de ma cellule.

Je lève les yeux, prête à me jeter dans les bras de Mav pour ne plus le lâcher.

Mon cœur se serre lorsque je découvre les yeux furieux mais intrigués de Kane Legend.

Putain.

— Ouais, je pense que j'ai peut-être raté ma vocation, déclare Reid en me poussant vers l'avant jusqu'à ce que je n'aie plus d'autre choix que de m'asseoir de nouveau sur cette foutue chaise.

Le regard de Kane ne me quitte pas et je ne peux m'empêcher de me demander ce qu'il voit dans mes yeux.

Ma douleur ? Mes fragments brisés ?

La vérité ?

— Non, non. Je pense que tu es exactement là où tu devrais être, répond Kane sur un ton amusé alors qu'il nous regarde tour à tour avant d'observer en détail la chambre de torture de Reid.

À mon grand choc, et pour me prouver à quel point j'ai l'air d'une loque, Reid verse et me tend un verre d'eau.

C'est glacé et c'est exactement ce dont j'ai besoin. Même si un bain de bouche conviendrait sans doute mieux à l'heure actuelle.

Kane m'observe pendant que je bois une gorgée, priant pour que ça ne fasse pas de mal à mon estomac vide et que je ne vomisse pas sur ses pieds.

Je pense que j'ai déjà suffisamment gâché sa vie récemment.

Mais finalement, le silence et l'attention de Kane sur moi deviennent trop forts pour Reid.

— Allez, Petit animal. Ne le fais pas attendre. Dis-lui exactement ce que tu m'as dit.

Je repense brièvement aux aveux que j'ai faits et regarde Kane droit dans les yeux, espérant qu'en plus de l'épuisement et de la douleur, il puisse y voir mes sincères excuses.

— Il... Il m'a demandé de faire ça, marmonné-je, le poids de ma confession pesant sur mes épaules.

— Il ? Qui ? grogne Kane d'une voix basse et menaçante.

Nombreux sont ceux qui ont peur de Kane à Creek. Bon sang, il m'est arrivé de marcher sur des œufs avec lui de temps à autre. Cet homme a un putain de tempérament. Mais pour l'instant, il est le dernier de mes soucis.

— Vi... Victor, bégayé-je en détestant buter sur son nom lorsque l'image de mon cauchemar me revient en mémoire.

L'eau dans mon estomac se transforme en acide, me brûlant de l'intérieur.

— Il t'a fait me dire que tu étais enceinte ?

Je hoche la tête. Qu'y a-t-il d'autre à ajouter ?

J'ai menti. Il m'a attrapée. Je suis maintenant coincée ici avec le diable et son meilleur ami, qui essaie de m'achever en me faisant crever de désir.

— Pourquoi ?

— Il veut te garder, expliqué-je comme si ce n'était pas évident.

Il y a quelques années, Kane a conclu un accord avec Victor Harris selon lequel il serait libre de partir et d'aller à l'université grâce à une bourse de football, si on lui en proposait une.

Victor a accepté et a ensuite fait tout ce qu'il pouvait pour aider Kane à réussir.

C'était bizarre. Plus que bizarre.

Personne ne s'éloigne de Victor Harris et des Hawks en s'en tirant à bon compte. Surtout quelqu'un d'aussi haut placé que Kane.

Mais il a donné l'impression que c'était possible, et qui sommes-nous pour remettre en question le puissant Victor Harris ?

Il ne réagit pas à mes paroles. Il n'y a pas la moindre émotion sur son visage.

Je suppose qu'il a appris cette astuce du diable qui se tient juste au-dessus de mon épaule. Sa présence est oppressante et implacable.

— Il voulait que tu tombes amoureux de moi, continué-je, alors que personne ne dit rien. Pour que tu reviennes dans cette vie et que tu oublies l'université.

Kane est debout et, l'instant d'après, il s'affale sur la

seule autre chaise de la pièce et laisse tomber sa tête entre ses mains.

Je ressens une profonde culpabilité en le voyant incapable de faire face aux problèmes qu'on lui a infligés et en pensant à ma part de responsabilité dans cette histoire.

De longues et douloureuses minutes s'écoulent alors qu'il lutte pour accepter les mots que j'ai prononcés.

Je ne voulais pas lui faire de mal.

Mais je n'avais pas le choix non plus.

C'était faire ce que Victor voulait ou blesser la seule personne qui s'est toujours souciée de moi.

Je sursaute à la seconde où il se lève, mais ce n'est rien comparé au cri qui me déchire la gorge quand Kane ramasse la chaise et la jette contre le mur avec un rugissement qui se répercute sur les murs de béton nus qui nous entourent.

— Pourquoi, Alana ? Pourquoi as-tu fait ça ? gronde-t-il en se mettant devant ma tête.

Il postillonne sur ma peau tandis que ses yeux s'enflamment de fureur.

— Parce que je n'avais pas le choix ! m'écrié-je, mon propre cœur battant contre mes côtes alors que nous nous regardons l'un l'autre.

— Ton mari n'avait-il pas son mot à dire à ce sujet ? Sur le fait d'être missionnée pour me baiser ? ricane-t-il, ce qui me fait reculer.

— Je te l'ai dit, nous ne...

— Pourquoi, Alana ? Pourquoi ton mari ne veut-il pas te baiser ?

Ses yeux se posent sur mon corps et je déglutis bruyamment.

Il sait exactement ce qui se cache sous le maillot des Panthers que je porte encore depuis samedi soir. Nous avons été ensemble suffisamment de fois au cours des dix-huit derniers mois pour qu'il connaisse chaque centimètre de mon corps.

Bien que vêtue, je suis presque sûre que je ne me suis jamais sentie aussi nue de toute ma vie.

Mais je refuse de me soumettre. Au contraire, je garde la tête haute et essaie de sembler forte et assurée.

Ça fonctionne, car ses yeux se lèvent pour se poser sur ceux de Reid, se plissant de suspicion, quelques secondes plus tard.

Mais le démon silencieux ne dit rien.

— Parce qu'il ne le fera pas, répliqué-je. Ça n'a pas d'importance. Moins tu en sais, mieux c'est.

— Qu'est-ce que ça veut dire, bordel ? me questionne Kane.

— Ça veut dire que je suis autant une putain de marionnette que toi, Kane. Je ne veux pas de ça, dis-je en tendant les mains.

Un geste que je regrette à la seconde où le tissu du maillot effleure mes tétons.

— Je n'ai jamais voulu ça ! m'écrié-je.

— Tu t'es mariée volontairement. Tu n'étais pas obligée de faire partie de tout ça.

— Ah bon ? raillé-je.

— Qu'est-ce qui nous échappe ? demande Kane avant de lever les yeux vers Reid, comme s'il allait commencer à remplir les blancs.

— Ça n'a pas d'importance. Ne pas savoir est plus sûr, plaidé-je.

Il recule d'un pas, ses yeux me brûlant de nouveau.

— Tes dossiers médicaux sont-ils vrais ? s'enquiert-il, ce qui me glace le sang.

— Oui. Je ne peux pas… Je ne peux pas avoir…

Ma voix se brise et, cette fois, je n'arrive pas à rester forte et je baisse les yeux.

Je déteste être faible. Je déteste qu'ils me battent. Mais je n'ai plus de force.

— J'ai besoin que tu le dises à Letty, déclare-il, sa voix s'adoucissant à la seconde où son prénom sort de sa bouche. Tu vas lui présenter tes excuses et tu vas lui dire la vérité.

— OK, accepté-je en pensant à sa copine.

Scarlett Hunter est... Eh bien, elle est belle, intelligente, drôle. Et en plus, elle a eu la chance de partir de Creek avant que ça ne ternisse complètement sa vie et celle de ses frères et sœurs comme ça a terni les nôtres.

La stupeur recouvre le visage de Kane lorsque je lève les yeux vers lui et je déteste ça. Pense-t-il vraiment que je suis un monstre au cœur froid qui ne se soucie pas des autres ?

Ne réponds pas à cette question.

— Crois-le ou non, Kane. Je n'ai jamais voulu faire de mal à quiconque, ni à toi, ni à elle.

— Je le croirai quand je le verrai, lance-t-il, avant de me tourner le dos et de s'éloigner à grands pas.

Juste avant de disparaître, il dit par-dessus son épaule :

— Nous devons parler.

— J'arrive tout de suite.

Le claquement de la porte en haut de l'escalier résonne dans le silence.

— Tu sais, tu aurais pu t'excuser, murmure Reid.

— Ouais, et tu pourrais être plus gentil. On n'a pas toujours ce qu'on veut, hein ? craché-je alors qu'il enroule sa main géante autour de mon bras et me tire de la chaise.

— Est-ce que ce que tu as dit est vrai ?

— Oui, admets-je honnêtement.

— Donc c'est Victor le responsable, et pas Mav et toi qui jouez à un quelconque jeu ?

Je ne peux m'empêcher de rire.

— Bon sang, es-tu vraiment si peu sûr de toi que tu penses que nous ferions une telle chose pour essayer de te faire tomber de ton piédestal ? Tu as vraiment une haute opinion de toi, hein ? Crois-le ou non, la vie de tout le monde ne tourne pas autour de toi.

Il hésite sur comment répondre et j'ai envie de brandir mon poing en l'air de satisfaction parce que j'ai réussi à le déstabiliser.

— Je découvrirai la vérité. Toute la vérité.

— J'ai hâte, ricané-je, alors qu'il me jette dans ma cellule et claque la porte avant que je ne m'affale sur le lit.

— Espèce de mec obsédé du contrôle ! crié-je, même si je sais qu'il ne peut pas m'entendre.

21

MAVERICK

Je suis allongé sur mon lit et je regarde la photo sur ma table de nuit d'Alana et moi le jour où nous avons prononcé nos vœux.

Ça fait trois ans.

Ce n'est rien en réalité. Mais quand je regarde en arrière, tout ce que je vois, c'est à quel point elle a l'air jeune.

Elle venait d'avoir dix-huit ans.

Je m'étais dit que j'allais la libérer le jour de son anniversaire, mais c'était cinq jours avant cette photo.

Je ne pouvais pas le faire. Et heureusement, elle ne m'a pas forcée.

— Alors, et maintenant ? demande Alana en me regardant par-dessus la bougie vacillante du gâteau d'anniversaire que je lui ai acheté pour fêter l'événement.

Elle est avec moi depuis presque deux ans. Elle occupe une place tellement importante dans ma vie. La meilleure partie de ma vie et je ne pense pas qu'elle en ait la moindre idée.

Elle pense que je l'ai sauvée cette nuit-là. Mais elle ne sait pas qu'en réalité, c'est elle qui m'a sauvé.

Elle m'a tant apporté pendant le temps que nous avons passé ensemble. Tant de rires et de lumière. Des choses dont j'avais désespérément besoin, mais que je ne pensais pas pouvoir retrouver un jour.

— Maintenant... commencé-je en essayant de parler malgré l'énorme boule coincée dans ma gorge. Je suppose que tu as une décision à prendre.

Elle m'étudie, ses yeux regardant les miens alternativement.

— Une décision ? répète-t-elle avec hésitation.

Je déglutis nerveusement et pose mes avant-bras sur la table.

— Je... euh... Je...

— Tu me fais peur. Tu me mets à la porte ? me questionne-t-elle, les yeux écarquillés de peur.

— Quoi ? Non, je ne ferais jamais ça. J'aime t'avoir ici, m'empressé-je de répondre.

Elle ne me croit pas. Même après tout ce temps, elle pense toujours que c'est difficile pour moi de l'avoir ici.

Oui, c'est douloureux. Ça me donne envie de choses que je ne devrais pas vouloir. Mais il n'y a personne d'autre avec qui je voudrais partager cette maison.

Bon sang, je l'ai achetée pour elle. Un endroit où elle peut trouver la paix et la tranquillité. Un endroit où elle peut guérir et tenter de reconstruire sa vie.

Elle ne m'a dit que l'essentiel sur la raison pour laquelle elle s'était enfuie cette nuit-là. Mais les grandes lignes sont plus que suffisantes.

— Alors, qu'est-ce que je dois décider ? m'interroge-t-elle innocemment.

— Souffle d'abord ta bougie. Je ne veux pas de gâteau avec de la cire dessus.

Je souris.

— Oh, je suis censée le partager avec toi ? me taquine-t-elle, son large sourire que j'adore s'étalant sur son visage.

— Oui, Poupée.

Nous nous regardons dans les yeux et quelque chose crépite entre nous. Quelque chose que j'essaie d'ignorer depuis deux ans.

Je ne cesse de me dire que je dois être meilleur.

Alana a passé sa vie entourée d'hommes qui ne la voulaient que pour une seule chose. Je suis déterminé à être le contraire. À lui prouver que ce n'est pas son corps qui m'intéresse, mais qui elle est. Mais elle me rend la tâche très difficile. Surtout quand elle rend plus qu'évident ce qu'elle attend de moi.

Elle a dix-huit ans maintenant.

Je pourrais être un connard égoïste et enfreindre la seule règle que je me suis fixée.

Ou je pourrais la faire passer en premier, une place qu'elle mérite, et la traiter comme il se doit.

Penchée en avant, elle tient ses cheveux en arrière, avance ses lèvres, ferme les yeux et souffle.

Putain, elle est si belle.

— Tu as fait un vœu ? demandé-je en forçant mon regard à quitter ses lèvres.

Je parie qu'elles sont très douces.

— Bien sûr, dit-elle avec un sourire timide aux lèvres, qui donnent envie de les embrasser.

Il lui faut une seconde, puis elle se souvient que nous avions une conversation sérieuse et son visage se décompose.

— Vas-y. Quelle est cette grande décision ?

— Je me suis fait une promesse le jour où je t'ai mise dans ma voiture et où je t'ai ramenée en ville, avoué-je.

— De me protéger ?

— Oui, ça en faisait partie. L'autre partie était de savoir quand te laisser partir, dis-je, incapable de la regarder dans les yeux en prononçant ces mots.

— Me... Me laisser partir, murmure-t-elle doucement.

Le silence s'installe entre nous tandis qu'elle réfléchit à ce que je veux dire.

— Non, souffle-t-elle en se levant si vite que sa chaise bascule derrière elle. Non, Mav. Non.

— Poupée, je ne peux pas te garder cachée ici pour le reste de ta vie.

— Alors ne le fais pas. Je suis une grande fille maintenant. Je peux me débrouiller toute seule.

— Ce n'est pas toi qui m'inquiètes.

Ses épaules s'affaissent à cause de mes paroles.

— S'ils veulent quelque chose, ils feront tout ce qu'il faut pour l'obtenir. Ton père veut se venger, et tu peux parier ton cul qu'il va le faire.

— Que suggères-tu ?

Je déglutis nerveusement.

— Que tu partes. Tu me donnes le nom de l'endroit et je m'assurerai que tu y arrives en toute sécurité, sans laisser de traces.

— Ou ? dit-elle en n'appréciant visiblement pas beaucoup cette suggestion.

— Ou... hésité-je, ne voulant pas vraiment prononcer les mots.

— Mav, s'impatiente-t-elle.

— Ou je te fais mienne d'une manière qui fera qu'ils ne te toucheront pas.

Tout l'air s'échappe de ses poumons.

— Me faire tienne ? souffle-t-elle. Comme…

— Épouse-moi, proposé-je comme un idiot en me levant et en contournant la table pour me rapprocher d'elle. Ce sont peut-être des malades, mais une femme n'est partagée qu'avec la permission de son mari. Et ils ne l'obtiendront pas.

Ses lèvres s'ouvrent et se ferment comme un poisson rouge hors de l'eau, mais aucun mot ne sort pendant un long moment.

— Que… Que je sois ta femme ?

Je hausse les épaules.

— C'est stupide, je sais, mais…

— Oui ! s'écrie-t-elle.

— Quoi ?

— Oui. Je vais t'épouser. Je serai ta femme.

— Alana. Poupée. Il va falloir que tu y réfléchisses. C'est un engagement énorme…

— Je m'en fiche, Mav. Oui, je veux partir. Je veux quitter cet enfer plus que je ne peux l'expliquer. Mais je ne partirai pas tant que nous n'aurons pas trouvé les réponses dont nous avons besoin. Et pour ça, tu as besoin de moi ici. Nous devons travailler ensemble. Et si le fait que nous soyons mariés nous aide à le faire, alors je suis partante. Foutrement partante, Mav.

Elle fait glisser ses mains sur ma poitrine, les enroule autour de mon cou et écrase son corps contre le mien.

Mes mains se posent sur sa taille, prêtes à la repousser doucement, mais avant que je ne le fasse, ses lèvres se pressent contre les miennes dans le baiser le plus doux que j'aie jamais reçu.

Mon sang bouillonne et mon corps me crie de faire quelque chose. De lui faire tout ce dont j'ai envie depuis presque deux foutues années.

Mes doigts serrent plus fort ses hanches, l'attirant contre moi, et je me perds dans la douceur de son corps.

Je suis sur le point de le faire quand une voix me crie dans la tête : elle va penser que tu te sers d'elle. Elle a besoin que tu sois meilleur que ça.

— Je suis désolé, murmuré-je en faisant ce que j'aurais dû faire plus tôt et la forçant à reculer d'un pas.

Son visage se décompose et elle me regarde avec incrédulité.

— Tu as quatre jours pour changer d'avis, lui dis-je avant de sortir de la chambre et, peu après, de la maison.

— Stupide enfoiré, grogné-je en me regardant sur la photo.

Aujourd'hui encore, je sais que j'ai fait la bonne chose.

Je voulais changer l'opinion qu'Alana avait des hommes. Je voulais lui prouver que ses expériences passées n'étaient pas le genre de choses que tous les hommes voulaient.

Elle m'a supplié et imploré d'aller plus loin. Mais j'ai tenu bon.

Je la voulais pour elle, pas pour son corps. OK, ouais, je le voulais aussi. Mais je l'ai regardée s'endormir le soir en pleurant et j'ai entendu ses cris alors qu'elle aurait dû dormir paisiblement quelques minutes plus tard. J'ai écouté les rares choses qu'elle osait avouer.

Elle était si jeune. Si innocente. Si parfaite.

Comment ont-ils pu lui faire ça ? Traiter si mal quelque chose de si précieux, de si beau.

Elle était tellement brisée. Surtout les premières années. Tout ce que je voulais, c'était la réparer. Lui montrer à quel point elle était belle et qu'elle pouvait être respectée au lieu d'être souillée.

Elle était tout pour moi.

Elle l'est encore aujourd'hui.

— Où es-tu ? murmuré-je dans notre maison vide.

Je ferme les yeux et fais une prière silencieuse, espérant que s'il y a quelque chose, quelqu'un, là-haut, il me réponde, pour une fois.

Dis-moi que tu ne t'es pas enfuie. Que tu ne m'as pas quitté. Donne-moi un signe de vie et je me battrai plus fort que jamais pour te récupérer. Je te donnerai tout ce que tu veux, tu n'as qu'à franchir cette porte et courir droit dans mes bras.

Mais rien ne se passe. Il n'y a pas de bruit, pas de porte qui claque, pas de pas.

— PUTAIN ! rugis-je en me retournant sur le dos pour fixer le plafond.

Je ne sais pas comment résoudre ce problème.

Je ne sais pas comment la sauver, la protéger.

Et si elle s'est enfuie et n'a plus besoin de toi ?

Ayant besoin d'ignorer mon subconscient, j'attrape mon téléphone et ouvre mon dossier photos, où je trouve des centaines et des centaines d'images de ma femme.

Elle sait que j'en ai pris beaucoup, mais il y en a tellement d'autres dont elle ignore l'existence.

J'ai failli les supprimer tant de fois, me détestant pour ma faiblesse.

Chaque fois que je les regarde, je commence à remettre en question ma morale.

Suis-je aussi mauvais qu'eux ?

J'arrête de faire défiler les photos quand une image d'elle prenant un bain de soleil en bikini attire mon attention.

C'était il y a trois ans. L'été où elle a obtenu son bac – bien qu'elle ne soit pas allée en cours. Nous avons eu un été incroyablement chaud et elle a passé tout son temps dans le jardin, ne portant pratiquement rien, alors qu'elle étudiait et terminait ses devoirs pour obtenir ses points.

Elle ne pensait pas pouvoir y parvenir. Elle n'avait pas passé une journée dans une salle de classe depuis des années, son père ayant décidé qu'elle n'irait plus à l'école.

Pourtant, j'avais confiance en elle. Elle a toujours été incroyablement intelligente et sage pour son âge. Elle avait juste besoin d'une chance de pouvoir exploiter ses capacités, de se concentrer.

Et elle a réussi.

J'ai essayé de la convaincre de suivre des cours universitaires en ligne, mais elle a refusé catégoriquement que je paye après tout ce que j'avais déjà fait.

Je soupçonnais également que c'était parce qu'elle avait la ferme intention de s'enfuir dès qu'elle le pourrait. Une autre raison pour laquelle je tenais à ce qu'elle le fasse. Plus j'avais de raisons de la garder ici, mieux c'était.

J'essayais de faire ce qui était le mieux pour elle, mais, au fond de moi, il y avait toujours ce connard égoïste qui me criait de faire tout ce que je pouvais pour la garder.

Tout sauf ce qu'elle voulait vraiment...

Plus mes yeux parcourent sa peau, plus je pense à elle et à son incroyable beauté, plus mon corps s'échauffe.

C'est mal. Tellement mal, mais c'est le seul moyen que j'ai trouvé pour survivre ces cinq dernières années.

Le jour où je l'ai serrée dans mes bras à l'ombre des bois, à la périphérie de la ville, ai-je pensé que j'allais officiellement dire adieu à ma vie sexuelle ?

Non, pas une seconde.

Ça en valait la peine. En grande partie.

La voir découvrir la personne incroyable qui se cachait sous son masque de peur a été un privilège que je veux toujours conserver en mémoire.

Et si le fait de ne pas répondre à mes besoins lui permet de guérir et de devenir la personne qu'elle a toujours été censée être, alors, je suis presque sûr que ça en vaut la peine.

J'ai toujours ma main droite et mon imagination, n'est-ce pas ?

Je gémis alors que ma bite durcit, mais je ne la touche pas. Au lieu de ça, je garde les yeux fixés sur ma femme.

C'est la seule femme qui m'intéresse. Même si je n'avais pas fait la promesse de lui être fidèle ce jour-là au palais de justice, je n'aurais pu être avec personne d'autre.

Personne ne m'intéresse.

Personne ne m'excite autant, ne me met en colère, ne me frustre ni ne me rend aussi heureux qu'elle.

Elle est unique en son genre. Et je ne peux qu'espérer qu'un jour, elle se verra comme je la vois.

Elle ne l'admet pas, mais je sais qu'elle pense que son passé la rend faible.

Mais en réalité, c'est le contraire.

Elle est si forte. Si incroyable.

C'est une battante.

Tout ce dont elle a besoin, c'est de réponses pour tourner la page une bonne fois pour toutes, ensuite elle pourra recommencer à zéro et embrasser pleinement la femme extraordinaire qu'elle est vraiment.

Et si j'ai de la chance, j'aurai l'occasion de le voir.

Je me déteste d'avoir eu envie d'elle aussi férocement qu'eux. J'ai beau me dire que c'est différent, la voix dans ma tête n'est pas d'accord.

Elle est trop jeune. Tu ne devrais pas la regarder.

Mais ce n'est plus une enfant. C'est une femme. Une femme étonnante.

Ma femme.

Je sais que je ne serai jamais l'homme qu'elle veut ni dont elle a besoin. Je suis juste l'homme qui est apparu malgré elle dans sa vie.

Ça ne veut pas dire que je ne l'aime pas de tout mon être.

Avec un soupir, je me lève et me dirige vers la salle de bain pour prendre une douche et passer une nouvelle journée à la recherche d'un signe de ma femme disparue.

Quelqu'un dans cette ville sait quelque chose. Et je ne vais pas m'arrêter tant que je n'aurai pas trouvé ce que c'est.

22

JD

— Qu'est-ce que c'est ? me demande Alana après que je me suis introduit dans sa cellule, un plateau en équilibre sur une main.

Ça fait deux jours que Reid a décidé de la piercer et je viens ici trois fois par jour pour m'assurer que la cicatrisation se passe bien.

C'est de la torture à son paroxysme. La voir nue et la toucher, mais ne rien recevoir en retour.

Elle me provoque, me taquine, me montre tout ce qu'elle sait que je veux, mais je suis un bon garçon et je fais ce qu'on me dit. La plupart du temps.

— Des cadeaux, réponds-je avec un large sourire.

— Oh, tu n'aurais pas dû, réplique-t-elle en se redressant et en ramenant ses genoux sur sa poitrine.

Ce n'est pas un geste innocent, elle est parfaitement consciente de ce qu'elle me montre. Et même si je ne mords pas à l'hameçon, j'apprécie quand même.

— Eh bien, tu me connais. J'aime te gâter.

— N'importe quoi, raille-t-elle.

— Allons, allons. Je t'ai laissé prendre une douche.

— Oh, ouais, comment pourrais-je oublier cette démonstration de gentillesse avant que tu ne me laisses en plan et frustrée ? Ou comment tu as joui sur mes seins avant de me laisser une fois de plus frustrée.

— Je veux juste que tu me supplies, Colombe. Ça me fait bander.

— Va te faire foutre. Je ne vous demanderai rien, ni à l'un ni à l'autre, rétorque-t-elle, les yeux plissés de colère.

— Alors tu ne veux pas de ces cookies faits maison ni du cahier que tu as demandé ?

Je recule d'un pas, prêt à garder l'assiette de cookies pour moi.

Elle essaie de paraître indifférente, mais je vois la lueur dans ses yeux lorsqu'elle me fixe.

— Très bien, je vais les garder pour moi, alors.

J'ai presque franchi la porte quand elle craque.

— JD, attends !

Je souris comme si je venais de gagner à la loterie.

Je me retourne et la fixe d'un regard amusé.

— C'est bon, tu n'as pas besoin de prendre cet air suffisant.

Je m'approche d'elle et dépose le plateau sur le sol.

Je m'attends à ce qu'elle s'empare d'un cookie. Dieu sait que je l'ai fait à la seconde où je suis entré dans la cuisine, j'en ai volé un alors qu'ils sortaient tout juste du four.

Le monde entier pourrait penser que Reid est un monstre effrayant, mais en réalité, il n'est rien d'autre qu'un gros ours en peluche tout doux qui fait les meilleurs cookies du monde.

Mais au lieu d'en saisir un, elle se contente de me regarder du coin de l'œil.

— Quoi ? demandé-je, ne comprenant pas le problème.

— Je sais que je pue. Je ne serai pas offensée si tu veux te tenir de l'autre côté de la pièce.

Je ne peux m'empêcher de rire.

— Ce n'est pas drôle. Je suis dégueulasse.

— Si tu le dis.

Elle marmonne quelque chose dans sa barbe avant d'attraper un cookie et de croquer dedans.

— Oh mon Dieu ! Qui a fait ça ? s'enquiert-elle, la bouche pleine.

— Reid.

— Bon sang, soupire-t-elle après avoir avalé.

— Je m'en vais et je les emporte avec moi, déclaré-je en attrapant l'assiette.

— NON ! crie-t-elle comme si je venais de lui annoncer que je kidnappais son premier-né.

Sa petite main s'enroule autour de mon avant-bras.

— Que dirais-tu de passer un marché ? proposé-je.

— Un marché ? répète-t-elle avec un air suspicieux et les sourcils froncés.

— Laisse-moi prendre une douche avec toi et je n'en mangerai que la moitié.

Son menton se baisse.

— Tu peux me regarder sous la douche et n'en manger qu'un seul.

Je plisse les yeux.

— On sait tous les deux que tu en as d'autres à l'étage, ajoute-t-elle.

Je me lève et lui tends la main.

Elle glisse sa paume dans la mienne, me permettant de la remettre sur ses pieds et de lui faire penser que j'ai accepté ses conditions.

Je tire brusquement sur son bras, l'attire contre moi et

appuie mon autre main sur le bas de son dos, la gardant coincée contre moi.

J'approche mes lèvres de son oreille et murmure :

— Laisse-moi prendre une douche avec toi et tu pourras avoir tous les cookies...

Elle halète de bonheur, avant que je n'ajoute :

— Tant que je peux te manger.

Son corps s'affaisse contre le mien, laissant entrevoir ce dont elle a vraiment envie.

— JD, souffle-t-elle.

— Je sais que tu t'es touchée en pensant à moi en train de faire exactement ça. Laisse-moi te prouver que ton imagination n'est pas à la hauteur de mes compétences.

Je fais glisser ma main sur ses fesses et les presse juste assez fort pour la faire gémir avant d'accrocher sa jambe autour de ma taille, l'ouvrant ainsi à moi.

— Je... Je suis presque sûre que c'est contre les règles, murmure-t-elle, le souffle coupé, alors que je frotte mes hanches contre elle.

— Quand le patron n'est pas là... la provoqué-je.

Elle recule et me regarde droit dans les yeux.

— Il t'a laissé en charge ? me questionne-t-elle avec méfiance.

— Tu sais que je suis l'homme de la situation, petite colombe.

Elle m'étudie pendant quelques secondes.

— J'ai des conditions.

Je ne peux m'empêcher de rire.

Bien sûr, des cookies, une douche et la promesse du meilleur cunni qu'elle ait jamais eu ne suffisent pas. Oh, sans oublier le cahier et le stylo que j'ai volés pour elle dans le bureau de Reid.

— Continue, l'encouragé-je, curieux de savoir ce qu'elle veut de plus.

— Si nous prenons une douche, je veux que ce soit fait correctement. Je veux de l'après-shampoing pour mes cheveux, un rasoir et une brosse à dents. Et des vêtements propres.

Je l'étudie, essayant de voir dans ses yeux si elle se joue de moi.

En plus de vouloir de la nourriture, une douche et, très clairement, du sexe d'après le nombre de fois où je l'ai vue se masturber ces derniers jours, elle semble trop heureuse d'être ici. Beaucoup plus heureuse que le reste de nos résidents.

Donc, qu'est-ce qui cloche ?

Elle ne peut certainement pas *vouloir* être ici.

Je lui souris, ayant déjà anticipé tout ça.

— Deal. Allons-y.

Sa main toujours dans la mienne, je l'entraîne hors de sa cellule. Bien qu'elle ne manifeste aucune réticence, elle me suit joyeusement, tout en grignotant son cookie.

Je ferme le verrou dès que nous sommes dans la salle de bain. Mais ça ne sert pas à grand-chose. Si Reid apparaît et veut entrer, une simple serrure ne l'arrêtera pas.

Mon estomac se noue d'excitation à l'idée d'être pris.

Il la veut, je le sais. C'est pour ça qu'il n'arrête pas de me mettre en garde.

Il veut aussi gagner. Mais qu'il aille se faire foutre.

Je sais que j'ai raison. Alana réagit mieux aux petites attentions qu'à la peur.

Sans perdre de temps, je passe la main derrière ma tête pour retirer mon débardeur avant de le plier et de le poser sur le lavabo. J'ai des projets pour ça plus tard. De très bons projets, putain.

— Je pensais que tu avais désespérément besoin d'une douche, Colombe, dis-je en m'arrêtant, les pouces enfoncés dans la ceinture de mon jogging, alors qu'elle ne fait rien d'autre que me fixer.

— C'est… C'est le cas, bégaie-t-elle.

— Alors tu dois te mettre à poil.

Elle me quitte des yeux, bien qu'à contrecœur, et se dirige vers le lavabo.

— Les dents d'abord.

— Dans le placard du bas.

Je la regarde se pencher pour prendre ce dont elle a besoin.

À la seconde où le dentifrice à la menthe fraîche inonde sa bouche, ses yeux se ferment.

— Bon sang, ça ne devrait pas être si sexy, marmonné-je, incapable de m'en empêcher.

— C'est si bon, gémit-elle avec la brosse à dents dans la bouche.

Je marche derrière elle, sans qu'elle me quitte des yeux, alors que je me penche dans la douche et la mets en marche.

— J'ai l'impression que tu ne me fais pas confiance, petite colombe, déclaré-je en faisant descendre mon pantalon le long de mes cuisses.

Elle baisse les yeux, mais je suis juste derrière elle et elle ne voit rien.

— Je ne sais pas, avoue-t-elle en retirant la brosse à dents de sa bouche et en la laissant tomber dans le lavabo. Tout ça. C'est trop facile. Tu m'en donnes trop.

Je tends le bras et mes doigts s'entortillent dans ses courtes mèches blondes, puis je la ramène vers moi et lui fais tourner la tête pour pouvoir la regarder dans les yeux.

— J'ai peut-être une arrière-pensée, Colombe.

— D'après ce que je peux sentir contre mes fesses, j'imagine que oui.

Elle se retourne contre moi.

— Putain. Tu n'as pas idée.

— Je pense que si, susurre-t-elle.

— Ah oui, j'oubliais que ma colombe est une petite pute en manque.

— JD ! crie-t-elle alors que je nous fais pivoter et l'entraîne dans la douche, avant de la presser contre le carrelage.

Sa respiration est irrégulière alors que l'eau imprègne ses vêtements.

— S'il te plaît, gémit-elle.

— Tu vas devoir me supplier, petite colombe. Comme tu viens de le souligner, je t'ai donné ça beaucoup trop facilement. Si tu veux ma bite, tu vas devoir travailler pour l'avoir.

Elle halète et je la presse plus fort contre le mur.

— Tu es déjà mouillée pour moi, n'est-ce pas ?

Elle ne répond pas.

— Ce n'est pas le moment d'être timide. Il est bien trop tard pour ça.

Je relâche ses cheveux, mais la maintiens en place avec mes hanches et fais glisser mes paumes le long de son corps.

Elle tremble violemment et halète lorsque mes mains passent sous son maillot et remontent le long de son ventre.

— Tu es une petite pute frustrée, n'est-ce pas, Colombe ?

— Oh mon Dieu, gémit-elle quand je caresse ses seins lourds, en faisant attention à ses nouveaux piercings.

— Tu t'es touchée en pensant à moi, n'est-ce pas ? Chaque fois que tu fais glisser tes doigts le long de ton ventre et que tu les enfonces dans ta chatte, tu imagines que c'est ma bite, n'est-ce pas ?

— Julian, ronronne-t-elle en faisant frémir ma queue.

Ça fait trop longtemps que je n'ai pas joui autrement qu'avec ma main. Bien sûr, j'aurais pu aller au club-house et mettre à genoux presque toutes les femmes qui s'y trouvaient en quelques secondes.

Mais je n'en voulais pas.

Ma bite est fermement obsédée par Alana depuis que je l'ai vue sur l'écran à l'étage, la nuit où Reid l'a jetée ici.

La taquiner a été amusant. Jouir sur ses seins, c'était magique. La voir se toucher et crier mon nom, c'était époustouflant – surtout parce que ça a conduit Reid au bord de la folie. Mais, ce n'est pas assez.

— Je pourrais soulever ta jupe et écarter tes cuisses maintenant et tu serais prête pour moi, n'est-ce pas ?

Je salive quand je pense à me glisser dans sa chatte lisse.

— Non, s'écrie-t-elle, sans répondre à ma question, mais en déplorant la perte de mes mains lorsque je lâche ses seins.

J'enroule mes doigts autour de l'ourlet de son maillot trempé, puis le fais remonter le long de son corps.

Elle siffle quand je passe sur ses tétons.

— Sensible ? m'enquiers-je, mes lèvres effleurant son oreille.

— Un peu, ment-elle.

— J'ai hâte de les sucer. De te rendre folle rien qu'avec ça.

Elle lève les bras, ce qui me permet de la débarrasser facilement de son haut.

Il atterrit sur le sol avec un bruit sourd.

— S'il te plaît, gémit-elle en se rapprochant de plus en plus de la pute désespérée que je veux.

Je presse de nouveau ses seins avant de faire glisser mes mains le long de son ventre tonique et de défaire sa jupe.

En quelques secondes, elle atterrit sur le sol au niveau de ses chevilles, la laissant nue devant moi.

— Enlève-la, exigé-je brutalement avant que mes lèvres ne se posent sur son cou.

— Oh mon Dieu, halète-t-elle alors que mes lèvres se promènent jusqu'à son épaule.

— Tu es si sexy, Colombe, murmuré-je alors que mes mains commencent à errer sur son corps.

Ça fait des jours que j'imagine la douceur de sa peau. Le massage de ses poignets et de ses chevilles m'a beaucoup frustré.

Je saisis ses hanches et entraîne ses fesses vers l'arrière pour me frotter contre elle.

— Julian, s'il te plaît.

— Putain, j'aime entendre ça.

Elle halète lorsque je la fais soudain tourner sur elle-même, la plaquant contre le carrelage, la maintenant en place avec ma main autour de sa gorge.

— Bon sang, petite Colombe. Regarde-toi.

Sa poitrine se soulève, faisant scintiller les diamants de ses nouveaux piercings sous la lumière. Sa taille marquée, ses hanches prononcées et cet endroit entre ses jambes m'attirent.

Putain. Je la veux.

Je la veux tellement.

La tentation de me mettre à genoux et de la dévorer est forte. Mais elle va devoir faire plus d'efforts.

J'ai envie qu'elle me désire tellement que ça en devienne insupportable pour elle.

Je lève de nouveau les yeux et trouve les siens. Mais elle

ne me regarde pas. Pas cette partie de moi en tout cas. Son regard est fermement fixé sur ma bite dure.

— Tu veux vraiment ma bite, n'est-ce pas, Colombe ?

À la seconde où sa langue sort pour lécher ses lèvres, je manque de perdre le peu d'emprise que j'ai sur ma retenue.

— Bientôt, lui promets-je. Je te laisserai t'étouffer avec ma bite très, très bientôt.

J'attrape l'une des nouvelles bouteilles que j'ai mises dans la douche et mets une généreuse quantité de gel douche à la cerise dans mes mains.

Le parfum sucré explose et suffit à faire lever les yeux d'Alana.

— Qu'est-ce que...

Ses paroles sont coupées lorsqu'elle regarde l'étagère.

— Tu me remercieras plus tard, lui dis-je avant de masser ses seins avec mes mains savonneuses.

J'observe son expression tandis que je passe mes doigts sur chaque centimètre de son corps, la savonnant pour la nettoyer des derniers jours passés dans cette cellule.

23

ALANA

Ma tête retombe en arrière tandis que je sens la chaleur de l'eau et les mains géantes de JD qui se promènent sur mon corps.

Je suis gelée depuis que Reid a claqué la porte de ma cellule samedi soir. Et même si je ne sais pas exactement combien de jours se sont écoulés, je sais qu'à part ma douche précédente sous le regard brûlant de JD, j'ai toujours eu froid depuis.

Ça doit faire quelques jours maintenant.

Personne n'en a dit plus sur Mav et ce qu'il fait, mais quelque chose me dit qu'il n'a pas abandonné.

Il est toujours à ma recherche, essayant de trouver le moindre indice sur l'endroit où je me trouve.

Mon cœur se serre chaque fois que je pense à lui en train de rentrer seul à la maison. Faire les choses que nous avions l'habitude de faire ensemble, sans moi.

Les margaritas du lundi. Les tacos du mardi. Je suis presque certaine que ces deux jours sont passés.

— Qu... Quel jour sommes-nous ? lâché-je.

Les mains de JD s'immobilisent quand il entend ma question.

Ses yeux rencontrent les miens, cherchant quelque chose que je sais déjà qu'il ne trouvera pas, avant de se pencher vers mon visage.

Mon souffle se coupe en attendant qu'il m'embrasse, mais il ne le fait pas. Au lieu de ça, ses lèvres effleurent ma mâchoire, me faisant frissonner avant que son souffle chaud ne passe dans mon cou, faisant se tendre mon corps tout entier de désir.

— Jeudi, murmure-t-il, la voix rauque de désir. Pourquoi ? Tu avais quelque chose de prévu ?

Je secoue lentement la tête.

À part le fait d'être obligée de travailler pour Victor, ma vie tournait autour de Mav avant d'être enfermée ici.

Il m'a encouragée à m'inscrire à l'université alors qu'il semblait probable que j'obtienne mon bac, mais j'ai refusé, consciente que la seule personne qui paierait pour ça, ce serait lui. Il en avait déjà assez fait, il avait assez dépensé. Je ne voulais accepter rien d'autre. Mais sans la fac, je n'avais rien. Je voulais faire quelque chose, mais les possibilités d'emploi à Creek étaient minces. Je voulais quelque chose pour moi, quelque chose qui m'appartienne, et travailler dans un magasin pour faire face aux vols à l'étalage et à la violence que cette ville engendre n'était pas ce qu'il me fallait.

Mav m'a assuré que je n'avais pas besoin de rapporter d'argent à la maison et, même si ça me faisait me sentir inutile, je lui en ai été reconnaissante. Je me suis promis que, d'une manière ou d'une autre, je lui rendrais tout ce qu'il m'avait donné. Je n'avais plus qu'à espérer que quelque chose de bien arriverait au bon moment. En attendant, j'ai veillé à ce que la maison soit parfaite à tous points de vue.

J'ai nettoyé, rangé, fait la lessive et toutes les corvées habituelles, mais j'ai aussi commencé à remettre à neuf des meubles et à réparer des objets. C'était amusant de redonner vie à des vieilles choses.

— Bien, parce que j'ai prévu quelque chose, annonce JD en me tirant de mes souvenirs. Et ça implique de t'entendre crier mon nom en personne.

— En pers... Oh mon Dieu, couiné-je lorsqu'il suce la partie sensible de la peau derrière mon oreille. Oui, s'il te plaît.

— C'est tellement sexy quand tu me supplies, Colombe.

Il embrasse mon cou et ma clavicule avant que ses lèvres ne se détachent de mon corps. Mes tétons durcissent et me font mal de la façon la plus délicieuse qui soit. Il le sait aussi, car ses yeux sont fixés sur eux lorsqu'il recule.

— Magnifiques, murmure-t-il. J'ai hâte de jouer avec.

Ses yeux se détachent de ma poitrine et se rivent sur les miens.

J'ai été avec plus d'hommes que je ne voudrais l'admettre dans ma vie. J'ai enduré beaucoup, beaucoup plus que la plupart des autres jeunes femmes, mais la façon dont il me regarde. Je n'ai connu ça qu'une seule fois et ça me serre le cœur, de la meilleure des manières.

— Fais-le, susurré-je, complètement submergée par l'instant et par tout ce que je peux lire dans ses yeux.

— Non, petite colombe, rétorque-t-il farouchement. Pas tant qu'ils ne seront pas parfaitement cicatrisés.

— Je parie que ça n'arrêterait pas Reid, raillé-je.

— Ah bon ? ricane-t-il. Pourquoi penses-tu que c'est moi qui suis ici en ce moment et pas lui ?

— Parce qu'il est sorti et que tu as le self-control d'une puce sur le dos d'un chien ? avancé-je.

Son sourire s'élargit encore plus.

— Parce que je suis capable d'admettre ce que je veux et l'assumer comme un homme.

Je laisse mes yeux descendre le long de son corps et m'attarde sur sa bite.

Je ne peux peut-être pas voir ses piercings sous cet angle, mais le fait de savoir qu'ils sont là me met l'eau à la bouche.

Avant que je n'aie le temps de faire autre chose, il bouge.

Ses genoux touchent le sol tandis que ses mains passent sur mes hanches et descendent le long de mes cuisses.

— Qu… Qu'est-ce que tu…

— Passe-moi le rasoir.

Je le regarde, clignant des paupières pour chasser l'eau qui coule dans mes yeux.

— Colombe. Le rasoir, répète-t-il quand je ne bouge pas.

Incapable de faire autre chose que d'obtempérer, je l'attrape et lui passe d'une main tremblante.

— Qu'est-ce que tu fais ? murmuré-je, complètement captivée quand il soulève un de mes pieds du sol et le pose sur sa cuisse.

Il applique une bonne dose de gel douche sur ma jambe. Son contact dégage de la chaleur et mon corps s'affaisse contre le mur, les yeux rivés sur ses mains. Une fois qu'il s'est assuré qu'il était bien étalé partout, il prend le rasoir, mais juste avant qu'il ne touche ma peau, il s'arrête et lève les yeux. Pendant de longues minutes angoissantes, il fixe ma chatte.

Mon clitoris palpite, attendant désespérément son contact, mais il ne vient pas. Au lieu de ça, ses yeux remontent le long de mon corps avant de se fixer sur les miens.

Les siens sont électriques et pleines d'idées

machiavéliques, pour lesquelles je suis totalement partante, dansent en eux.

Ces derniers jours ont été une vraie torture. Je m'attendais à souffrir ici, je m'attendais à avoir mal. Mais je n'aurais jamais pu imaginer ça – lui – la première fois que j'ai été enfermée dans ma cellule.

— J… JD ? demandé-je, les sourcils froncés.

Il cligne des yeux, sortant de son hébétude avant de regarder de nouveau vers le bas et de faire glisser lentement le rasoir le long de ma cuisse.

Je ressens des picotements et des frissons qui se précipitent vers mon clitoris, ce qui rend les choses encore plus excitantes.

— C'est dommage, songe-t-il, sa main s'arrêtant pour me jeter un coup d'œil rapide.

Alors que ses yeux redescendent sur mon corps, son regard s'attarde sur mon pubis épilé.

— Pas besoin. Je m'en suis déjà occupée, répliqué-je en lisant dans ses pensées.

— Mince. Peut-être la prochaine fois.

Il retourne à mes jambes, s'affairant méticuleusement pour s'assurer qu'il rase tous les poils.

— Tu le penses vraiment, n'est-ce pas ?

— Je ne plaisante jamais quand il s'agit de chattes, Colombe.

Lorsqu'il est satisfait, il replace mon pied sur le sol et tape sur mon autre pied.

Il recouvre ma peau de gel, jusqu'à la hanche, et se met au travail.

— Tu me touches beaucoup pour quelqu'un qui n'est pas autorisé à le faire.

— Tu gémis beaucoup pour quelqu'un qui n'est pas censé apprécier ça, rétorque-t-il.

— Qui a dit que je ne devais pas apprécier de te voir à genoux devant moi ?

— Tu es une prisonnière, petite colombe. Tout devrait être une torture.

— Dans ce cas, c'est ta gentillesse qui me tue en ce moment.

— Combien de fois as-tu imaginé Mav faire quelque chose comme ça ? m'interroge-t-il distraitement tout en continuant à s'affairer.

— Tu supposes que ce n'est pas un truc habituel entre nous.

Ses yeux se lèvent en signe d'avertissement.

— OK, soufflé-je avec irritation. Pas exactement ça.

— J'ai du mal à croire que tu n'aies pas réussi à lui faire perdre son sang-froid bien avant.

— Peut-être qu'il n'est pas aussi accro au cul que toi.

JD éclate de rire, pas le moins du monde offensé par mon commentaire.

— Ce n'est pas ce dont je me souviens. Mav était aussi pervers que le reste d'entre nous. Qu'est-ce qui a changé ?

Les larmes me montent aux yeux alors que je pense à toutes les fois où il m'a repoussée au fil des ans. Ce n'est jamais un non catégorique, au contraire, il est devenu le maître de la diversion. Il change de sujet, a soudain besoin de sortir ou de passer un coup de fil.

— Je ne peux te parler que de ce qui se passe sous notre toit. Je n'ai aucune idée de ce qu'il fait ailleurs, avoué-je, les joues brûlantes à la seconde où les mots sortent de ma bouche.

— Tu plaisantes ?

Je hausse les épaules.

— Pourquoi plaisanterais-je ? Il a des besoins et je ne les satisfais pas. Il doit prendre son pied ailleurs, non ?

— Comme toi ?

Je me crispe en entendant sa question et tente immédiatement de retirer ma jambe de sa main, mais ses doigts se referment sur ma cheville comme un étau.

— JD, grogné-je en essayant de libérer ma jambe.

— Colombe, répond-il, ses yeux quittant le rasoir pour se poser sur les miens.

À la seconde où nous regards se croisent, ma bouche parle sans réfléchir.

— Je n'ai pas couché avec quelqu'un d'autre par choix. Le seul homme que je voulais, c'était lui.

— Alors pourquoi l'avoir fait ?

Mes dents grincent.

— Tu n'as pas besoin que je te dise à quel point Victor est un salaud manipulateur, tu en es plus que conscient.

Il m'étudie un instant.

— Donc il a quelque chose sur toi, suppose-t-il.

Mais comme il n'obtient aucune réaction de ma part, il essaie de nouveau :

— Non, ce n'est pas vrai. Tu te fiches de protéger ta réputation. Il a quelque chose sur quelqu'un à qui tu tiens. Quelqu'un que tu aimes.

Je lutte pour garder une expression neutre, mais Mav est mon point faible. Victor le sait et JD est sur le point de le découvrir.

Merde. Merde.

— Victor a quelque chose sur Mav et tu fais tout ce qu'il faut pour que ça ne se sache pas.

— S'il te plaît, murmuré-je en secouant la tête pour tenter de démentir sa supposition alors que les larmes me brûlent les yeux.

— Si c'est vrai, Colombe, le fait que tu te taises et que tu prolonges ton séjour ici ne met pas ton mari dans une très bonne position, n'est-ce pas ?

La peur serpente le long de ma colonne vertébrale et mon sang se transforme en glace.

— Ils savent tous que tu as disparu. Combien de temps avant que Victor n'ait besoin de sa pute pour s'occuper d'un job ? Combien de temps jusqu'à ce qu'il sorte le grand jeu pour s'assurer que tu reviennes pour protéger ton mari ?

— Il ne le fera pas.

Je veux le dire avec assurance, mais c'est loin d'être le cas.

JD rit, mais c'est un rire amer qui contient seulement de la douleur. Une douleur que je connais bien.

— Ne sois pas naïve, petite colombe. Victor mettra tout en œuvre pour que le travail soit fait.

— Il ne prendra pas le risque de perdre l'un de ses meilleurs hommes, rétorqué-je, la voix un peu plus assurée cette fois. S'il ne peut pas m'avoir à sa merci, il ne sacrifiera pas Mav.

— Tu es sûre de ça, petite colombe ? Victor se soucie à peine de ses propres fils, il se fiche de celui de Razor.

Ma poitrine se soulève tandis que je réfléchis à ses mots.

— Alors libérez-moi et les choses pourront redevenir comme elles étaient.

Les yeux de JD s'enflamment de colère et… de possessivité ?

— Et laisser ces hommes toucher à ce qui nous appartient ?

— Non, je ne…

— Pas question, Colombe. Reid veut des réponses de ta part et, tant qu'il ne les aura pas, tu n'iras nulle part. Et si tu te soucies du bien-être de ton mari, ce n'est certainement pas le cas de Reid. Ta vie d'avant est terminée, Alana. Et tu es la seule à pouvoir choisir comment commencera la prochaine.

Après avoir prononcé ces mots sinistres, il déplace enfin ma jambe, mais ne la repose pas sur le sol. Au contraire, il la soulève et m'écarte les cuisses, les yeux rivés sur mon entrejambe.

— Tu as une si jolie chatte, petite colombe, susurre-t-il en se léchant les lèvres.

Le désir m'envahit, l'attrait de ses lèvres, de sa langue, de ses mains, devenant irrésistible, et je roule mes hanches en signe d'invitation.

— S'il te plaît, gémis-je.

— Je suppose que tu as besoin d'une récompense après ce que tu m'as dit.

Oh mon Dieu.

Mon corps vacille, en équilibre sur une jambe, sans rien pour me stabiliser.

Il se penche en avant, je ferme les yeux et prends une grande inspiration, mais… rien ne se passe.

Il laisse tomber ma jambe et quand je rouvre les yeux, il se tient devant moi, un sourire en coin aux lèvres.

— Connard, sifflé-je.

— Oh, petite colombe. Tu te sens frustrée ?

— Je te déteste, fulminé-je.

— Non, ce n'est pas vrai. Tu veux que je te le prouve ?

— Pas vraiment, marmonné-je alors qu'il attrape une autre bouteille sur l'étagère.

Je le regarde presser une généreuse quantité de shampoing violet sur la paume de sa main avant de les frotter l'une contre l'autre. Je suppose que ses connaissances en matière de coiffure ne se limitent pas à la coupe.

— Tourne-toi, exige-t-il.

Sa voix est si autoritaire que je n'ai d'autre choix que d'obéir aux ordres.

— Oh mon Dieu.

Je halète lorsque ses doigts se glissent dans mes mèches humides.

Son grognement profond remplit l'air avant qu'il ne dise :

— Tu vois, tu m'aimes, en fait.

Après avoir rassemblé mes cheveux, il s'assure que chaque centimètre est enduit et frotté avant d'augmenter la pression et de commencer à masser mon cuir chevelu comme un pro.

— Putain de merde, Julian, haleté-je.

Mes jambes tremblent, à peine capables de me soutenir pendant qu'il fait des merveilles. Mes tétons sont si durs qu'ils me font mal à cause de mes nouveaux piercings.

— Retourne-toi, ordonne-t-il en laissant peu de place à l'argumentation.

J'obéis et pivote pour lui faire face.

Mon souffle se coupe lorsque mes yeux rencontrent les siens. Ses pupilles sont tellement dilatées qu'elles ont pratiquement englouti le bleu.

— JD, murmuré-je.

— Mets la tête en arrière, dit-il en continuant son travail.

Une fois que la mousse a disparu et que l'eau est claire, il attrape l'après-shampoing et répète ses actions précédentes, mais cette fois-ci, nous sommes face à face.

Chaque fois qu'il bouge, ses doigts touchent les points sensibles de mon cuir chevelu, sa poitrine effleure mes tétons et sa bite dure frôle ma hanche.

Ce sont les meilleurs préliminaires. Le parfait aperçu de

ce qui pourrait suivre. Seulement, je sais déjà que ça n'arrivera pas, même si nous le voulons tous les deux.

Une fois qu'il est satisfait de m'avoir conduite au bord de la folie, il me rince les cheveux et éteint la douche.

— Non, me plains-je, loin d'être prête à perdre la chaleur de l'eau et sa proximité.

— Crois-moi, je pense que ce que j'ai en tête pour la suite va te plaire, me taquine-t-il.

Je le regarde partir, mon corps souhaitant qu'il revienne et continue ce qu'il a commencé.

Mais il ne le fait pas. Au lieu de ça, il traverse la pièce, nu, et attrape une serviette.

Profitant au maximum de mon attention, il se frotte les cheveux et me laisse quelques secondes de plus pour me rassasier de son incroyable corps couvert de tatouages avant de se tourner vers moi. Sa bite se dresse fièrement, large et dure.

J'en ai l'eau à la bouche lorsque j'imagine ce que ça pourrait être de tomber à genoux et de ramper jusqu'à lui. D'écarter mes lèvres et de le prendre dans ma bouche. J'ai déjà fait l'expérience des piercings. Kane plus récemment. Mais je n'ai jamais eu le plaisir de tester une *frenum ladder* et je meurs d'envie d'en faire l'expérience.

Mais avant que mon fantasme ne devienne réalité, il étend la serviette et l'enroule autour de sa taille. Cachant ainsi son meilleur atout.

Quel dommage.

— Viens ici, dit-il en tendant une énorme serviette moelleuse.

C'est tout le contraire de celle que j'ai été obligée d'utiliser la dernière fois que je suis venue ici et je me retrouve à bouger les jambes sans instruction de mon cerveau.

Il l'enroule autour de moi, puis en utilise une autre pour sécher mes cheveux.

Il me peigne avant d'attraper un flacon de crème hydratante. Mais au lieu de l'ouvrir et de m'en appliquer, il se contente de tenir le flacon et d'attraper ma main pour me tirer hors de la salle de bain.

— Qu'est-ce que tu fais ?

— Nous ferons ça dans ta chambre.

— Ma chambre ? répété-je avec sarcasme. Je ne suis pas à l'hôtel.

— Tu as un lit et tu es nourrie, rétorque-t-il.

— À peine, marmonné-je, la pensée de ces cookies qui m'attendent faisant gronder mon estomac.

— C'est noté. J'essaierai d'en prendre d'autres en douce.

— Pourquoi es-tu si gentil ?

— Parce que tu es sexy. Et j'aime passer du temps avec toi, avoue-t-il en faisant palpiter mon ventre de bonheur.

Pendant un bref instant, ses paroles me donnent de l'espoir. Mais ensuite, je me rappelle exactement où nous sommes. C'est une stratégie.

Et bon sang, ça marche, parce que j'ai déjà dit plus de choses que je ne le voulais.

24

ALANA

Je remarque la différence à la seconde où nous mettons les pieds dans ma cellule.

Il fait chaud.

Plus chaud que dans la chambre de torture de Reid, et plus chaud que pendant toute la période où j'ai été enfermée ici.

— Qu'est-ce que tu as fait ?

Il ricane.

— Qu'en penses-tu ? J'ai monté un peu la température.

— Est-ce que Reid est au courant ? l'interrogé-je alors qu'il me guide vers le lit.

— Contrairement à ce qu'on croit, je ne suis pas son petit chien. Il a peut-être plus de pouvoir que moi et peut revendiquer son statut, mais nous sommes une équipe.

— Bien sûr… Corrige-moi si je me trompe, mais tu as dit tout à l'heure qu'il fallait se dépêcher avant qu'il ne revienne. Il ne sait pas que tu fais tout ça et nous le savons tous les deux.

Il me fait tourner sur moi-même et m'attrape par la nuque.

— Vraiment ? demande-t-il sur un ton sombre. Pour que tu le saches, il est sûrement assis là-haut et regarde tout ce que nous faisons en ce moment.

Mon souffle se bloque dans ma gorge quand il se penche, sa lèvre frôlant mon oreille.

— Et si c'est le cas, tu peux parier qu'il est dur comme la pierre, ajoute-t-il.

Je sursaute lorsqu'il tire sur la serviette qui m'entoure avant de la jeter par terre, me laissant à nouveau nue devant lui.

— Il y a des caméras ici ? m'enquiers-je, la prise de conscience me frappant de plein fouet.

La honte me brûle et mes joues rougissent alors que certaines de leurs paroles me reviennent en mémoire.

Pourquoi n'ai-je pas compris ça plus tôt ?

« *T'entendre crier mon nom en personne.* »

— Oh mon Dieu. Vous m'avez observée. Vous m'avez écoutée.

Ce n'est pas une question. Ce n'est pas nécessaire.

C'est un fait.

— Tu crois ? me questionne-t-il, une lueur coquine dans les yeux alors qu'il remue les sourcils.

Détachant mon regard du sien, j'observe la cellule dans laquelle je suis enfermée depuis des jours. Mais comme chaque fois que je l'ai étudiée, je ne trouve aucune trace de caméra.

Mais elles sont là. Je sais qu'elles sont là.

Il fait glisser sa main sur l'avant de ma gorge et effleure de son pouce la ligne de ma mâchoire.

— Tu es envoûtante, petite colombe. Je ne peux pas en avoir assez de toi.

— Savoir que tu me regardes, c'est flippant, pas sexy, JD, répliqué-je sèchement.

— Oh, donc ta chatte n'est pas mouillée en pensant à nous en train de nous branler en te regardant ?

Ce qu'il voit dans mon expression lui donne la réponse qu'il cherchait.

— Exactement. Tu es trempée rien que d'y penser. Allonge-toi, petite colombe. Nous n'avons pas encore fini.

Je recule d'un pas hésitant.

— Est-ce qu'il nous observe en ce moment ?

Je regarde de nouveau autour de moi et déteste qu'ils me mettent sous tension.

Je me fiche qu'ils m'aient regardée prendre mon pied. Mais mes cauchemars. Je sais que je parle quand je dors. Mav m'a répété certaines des choses que j'ai dites. S'ils les ont entendues…

La honte menace de me consumer tout entière alors que je m'assieds sur le lit de camp et m'allonge.

Je suis tellement perdue dans mes pensées que je ne remarque pas que JD a quitté la pièce ni qu'il est revenu avec sa tasse de solution saline pour mes tétons.

— Putain ! m'exclamé-je quand l'eau fraîche touche ma peau et coule sur le côté de ma poitrine. Tu n'aurais pas pu la réchauffer ? l'interrogé-je en le regardant presser du coton sur mon téton douloureux.

— Je l'ai fait, m'assure-t-il. Ce n'est pas ma faute si ton corps est plus chaud. Je me demande pourquoi, petite colombe.

Je lui lance un regard noir, mais tout ce qu'il fait, c'est sourire.

— Non, c'est faux, l'accusé-je en voyant l'amusement danser dans ses yeux alors qu'il me taquine.

— Tu as raison. J'aime susciter des réactions de ta part.

— Je peux penser à de meilleurs moyens que du liquide froid sur mes tétons.

— Moi aussi, murmure-t-il, ses yeux ne quittant pas mes seins tandis que sa langue sort pour humecter sa lèvre inférieure.

Il prend son temps pour s'assurer que mes piercings cicatrisent bien. Comme s'il n'avait pas passé les trente dernières minutes à les inspecter de près avant d'abandonner la solution saline pour prendre la crème hydratante.

— Ta peau est sèche.

— Je me demande pourquoi. Je vis dans une boîte climatisée.

Il sourit mais ne répond pas et ouvre le bouchon avant de faire couler un peu de lotion dans sa paume.

Il frotte ses mains l'une contre l'autre pour la réchauffer, puis les place toutes les deux sur mon bras et commence à me masser.

Je me bats pour rester rigide et ne pas laisser son contact m'affecter, mais c'est vain.

Lorsqu'il arrive à mon épaule, il se lève et se met à cheval sur moi pour avoir un meilleur angle. Il touche un endroit sensible et un gémissement obscène s'échappe de ma gorge.

Il a peut-être encore la serviette enroulée autour de sa taille, mais il est nu en dessous et sa bite dure et chaude repose contre mon ventre, me tentant en pensant à ce qu'elle pourrait me faire.

— Mets tes bras au-dessus de ta tête, exige-t-il, après avoir hydraté mon autre bras.

J'hésite mais je fais ce qu'on me dit, tandis que mon cœur bat la chamade.

— Bonne fille, me félicite-t-il.

Mon entrejambe se contracte et le désir qui me parcourt devient encore plus puissant.

Il se penche sur moi, son visage proche du mien, mais je ne me laisse pas emporter cette fois. Je sais déjà qu'il ne va pas m'embrasser. S'il l'avait voulu, il l'aurait déjà fait.

Au lieu de ça, ses lèvres effleurent ma joue.

— Tu crois qu'il est là-haut en train de regarder et qu'il aimerait être à ma place en ce moment ? marmonne-t-il, son souffle chaud caressant ma peau.

— JD, le préviens-je.

— Je parie qu'il est dur comme la pierre.

J'entends un cliquetis de métal, mais je n'y pense pas. Je suis trop perdue dans son odeur, sa chaleur, ses mots.

— Tu penses qu'il a déjà cédé et qu'il a commencé à se branler ?

Autre cliquetis.

— Il te veut tellement, mais il ne se l'autorisera pas. Pas tant que tu lui mentiras.

— Se l'autorisera ? répété-je. À supposer que je l'autorise.

JD ricane d'un air sombre.

— Demander la permission n'est pas exactement la façon de procéder de Reid, Colombe. Quand il décide qu'il veut quelque chose, tu peux parier qu'il l'obtiendra, coûte que coûte.

— Il y a toujours une exception à la règle.

— Pourquoi fais-tu tout ça, petite colombe ? me questionne-t-il en changeant de tactique. Tu es mariée à un homme qui n'a pas envie de toi. Tu travailles pour un homme qui te prostitue. Pourquoi n'es-tu pas partie pour recommencer à zéro ? Pourquoi es-tu encore là ?

Pour me venger.

Pour elle.

Les mots sont sur le bout de ma langue, mais je refuse de les prononcer à voix haute.

Je ne peux pas leur parler de mes projets et de ceux de Mav concernant Victor. Je ne peux le dire à personne.

Reid est loyal envers son père et, s'il pense que nous sommes une menace, il nous éliminera tous les deux.

Au moins, vous seriez ensemble, dit une petite voix.

Je garde mes lèvres bien scellées.

— Tu as déjà avoué que tu protégeais Mav parce que Victor avait quelque chose sur lui. Mais qu'est-ce que tu as sur Mav, petite colombe ? Pourquoi t'est-il fidèle ?

Je secoue la tête.

Rien. Je n'ai rien sur lui.

Mais je ne le dis pas à JD. Il ne comprendrait jamais.

Bon sang, la plupart du temps, je ne comprends pas moi-même pourquoi Mav n'a pas pu me laisser partir comme il l'avait dit.

Peut-être que j'aurais dû partir. Le libérer et laisser mon passé derrière moi. Mais l'idée de m'éloigner de lui après tout ce qu'il avait fait pour moi me semblait mal. Des ombres remplissaient ses yeux chaque fois qu'il pensait à mon départ. Ça m'aurait tuée de me sentir responsable de sa souffrance. Alors, quand il m'a proposé une solution durable pour me garder en sécurité pendant que nous continuions à préparer notre vengeance, j'ai sauté sur l'occasion.

Je fais tourner mon alliance autour de mon doigt et me remémore le jour où nous avons prononcé nos vœux.

C'était égoïste. Je le savais à l'époque et je le sais encore aujourd'hui. Mais ça n'a jamais suffi à rompre nos liens.

— Allez, petite colombe. Je pourrais te rendre la vie tellement plus facile si tu me le disais.

Ses dents mordent mon oreille et je pousse un cri de stupeur, mais je ne parle pas. Je ravale mes mots.

— D'accord, tu l'as bien cherché, murmure-t-il d'un air

sinistre avant que quelque chose de dur et de froid n'entoure mes deux poignets.

Je les soulève et lève la tête pour essayer de voir ce qu'il a fait, mais elles ne bougent presque pas.

— JD, couiné-je quand il s'écarte de mon corps et se lève. Qu'est-ce que tu fais ?

Ses mains s'enroulent autour de mes chevilles et me tirent vers le bas du lit jusqu'à ce que mes bras soient tendus et que je ne puisse plus bouger.

— Où en étions-nous ? demande-t-il en attrapant le flacon de crème hydratante abandonné.

Il met de la crème dans sa main et commence par mon pied droit. Lorsqu'il enfonce ses pouces dans ma voûte plantaire, mon dos se cambre et mes yeux se révulsent.

— C'est bon, petite colombe ?

— Oh mon Dieu. Encore.

— Tout ce que tu veux. Nous avons tout notre temps. Tu n'iras certainement nulle part.

— Connard.

Je veux crier et le réprimander pour m'avoir attachée, mais ça se traduit par un gémissement.

Il s'occupe de mes deux jambes, et je me sens aussi détendue que tendue. Mes muscles sont comme de la gelée à cause de ses doigts magiques, mais mon sang est à son point d'ébullition.

Mon clitoris palpite si fort que j'ai du mal à le supporter et je suis tellement mouillée que je suis presque sûre de laisser une trace sur le lit.

— S'il te plaît, JD, gémis-je alors qu'il écarte mes jambes et pose mes pieds sur le sol froid.

Je suis totalement nue et exposée. Et le connard qui se trouve à l'autre bout de la caméra me mate aussi, j'en suis sûre. Mais je m'en tape.

— J'ai envie de jouir. S'il te plaît, JD.

— J'adore quand tu me supplies, petite colombe. Dis-moi quelque chose. Donne-moi quelque chose pour que je puisse te récompenser.

Lentement, si lentement, il promène ses doigts le long de mes cuisses tremblantes tout en soufflant sur ma chatte.

Mes hanches tremblent, désespérées d'en avoir plus, mais il n'y a rien de plus.

Je crie ma frustration.

— Ce n'est pas drôle, n'est-ce pas ? Quelqu'un qui t'empêche de jouir.

— Je l'aime, dis-je à brûle-pourpoint, frustrée à l'extrême.

En guise de récompense, il souffle de nouveau sur moi.

Mes hanches se soulèvent, désespérées d'en avoir plus.

— Je n'ai rien sur lui. Je l'aime, c'est tout.

— Il ne sait pas que tu es la pute de Victor, n'est-ce pas ?

— Non ! m'écrié-je. Ça le tuerait s'il savait la vérité.

— Pourquoi ?

Je secoue la tête, refusant d'en raconter plus sur nos vies.

— Je devrais probablement me sentir mal de faire ça à la femme d'un autre homme, mais pour l'instant, je n'en ai vraiment rien à foutre, explique-t-il avant de s'allonger entre mes cuisses, ma chatte juste devant son visage.

— Oh mon Dieu, oui ! crié-je, désespérée de sentir sa langue contre ma peau. JD. S'il te plaît, s'il te plaît.

Il se penche en avant, son souffle chaud léchant ma peau. Je suis à une milliseconde de me sentir soulagée lorsqu'une voix grave retentit dans la pièce.

— Arrête !

25

REID

Je me tiens dans le couloir à l'extérieur de sa cellule, l'écoutant gémir et le supplier.

Je suis dur comme de l'acier, et je sais pertinemment que JD l'est aussi.

J'ai regardé presque chaque seconde des moments qu'ils ont passés ici. Je les ai vus se doucher, lui à genoux devant elle, puis il l'a ramenée dans sa chambre et l'a étendue comme une offrande.

Cet enfoiré savait que je regardais. Et tandis qu'il l'excitait sans relâche pour obtenir des réponses, il me torturait en même temps qu'elle.

Je ne devrais pas la désirer. Elle est mariée à un homme que je ne supporte pas et travaille pour un autre que je déteste plus que tout au monde.

Mais je n'arrive pas à la sortir de ma foutue tête.

Et même si je n'en ai pas dit un seul mot à mon meilleur ami, il le sait.

Putain, il sait toujours tout.

Ce petit spectacle qu'il a organisé était autant pour lui que pour moi.

Je garde les yeux rivés sur l'écran de mon téléphone, les observant de l'autre côté du mur, attendant le moment où il ira trop loin, mais il s'avère que ses mots sont tout ce dont j'ai besoin pour réaliser que c'est le point de non-retour.

— Je devrais probablement me sentir mal de faire ça à la femme d'un autre homme, mais pour l'instant, je n'en ai vraiment rien à foutre, explique JD, la voix rauque de désir.

— Oh mon Dieu, oui ! crie-t-elle, comme la petite pute désespérée qu'elle est.

Putain, ça fait tressaillir ma bite.

— JD. S'il te plaît, s'il te plaît.

Je glisse mon portable dans ma poche, pose ma main sur la lourde porte, la pousse et pénètre à l'intérieur.

Je le trouve agenouillé devant elle, son visage juste devant sa chatte, prêt à la dévorer.

Quelque chose de chaud et d'inconfortable explose en moi et mes mains se mettent à trembler. Je lui ordonne d'arrêter sans même réfléchir.

Leurs regards se tournent vers moi, surpris. Mais honnêtement, aucun des deux ne peut être aussi choqué que moi.

Je n'agis jamais sans réfléchir. Jamais.

Tout ce que je fais est toujours bien pensé et minutieusement planifié.

— Tu te fous de ma gueule ! s'écrie Alana, ses yeux furieux braqués sur les miens.

— JD. Lève-toi, grondé-je, les poings serrés le long du corps.

Il s'accroupit et nous regarde tour à tour alors qu'Alana et moi nous fixons.

Putain, elle est incroyable, allongée là, avec sa poitrine qui se soulève et ses jambes écartées.

— Oh non, prévient-elle en détachant ses yeux des

miens pour se concentrer sur JD. Tu ne vas pas me laisser comme ça. Pas question.

— Dommage que ce ne soit pas toi qui décides, Petit animal, marmonné-je en croisant les bras sur ma poitrine, alors que je suis appuyé contre le chambranle de la porte, espérant avoir l'air plus décontracté que je ne le suis en réalité.

Heureusement, Alana est trop frustrée pour remarquer ma réaction à son égard. JD, en revanche, peut lire chacune de mes pensées comme si elles étaient écrites sur mon visage.

— Putain, ne la touche pas, aboyé-je quand sa main se lève pour me tester.

— Putain, je te déteste ! hurle Alana en se débattant contre ses liens.

— Je vais essayer de ne pas perdre le sommeil à cause de cette révélation, répliqué-je avec un sourire en coin.

— JD, s'il te plaît, le supplie-t-elle sans vergogne lorsqu'il se lève et réajuste sa serviette.

Non pas que ça ait une quelconque importance, vu que sa bite tend clairement le tissu.

— JULIAN ! s'époumone-t-elle quand il marche vers moi et se glisse hors de la cellule, comme si elle n'était pas étalée devant lui, s'offrant sur un plateau. Je vais vous tuer. Tous les deux !

— Qu'est-ce que tu fais ? lui demandé-je en le suivant dans le couloir.

Je le trouve debout devant mon armoire à outils, en train d'en étudier le contenu.

— Tu as écouté ? s'enquiert-il en tendant la main et en saisissant une dague. Question stupide. Bien sûr que tu as écouté. C'est pour ça que tu es si énervé.

Lorsqu'il se retourne, il arbore un énorme sourire.

— De toute façon, tu as entendu ses confessions. Je suis à deux doigts de tout lui soutirer, affirme-t-il comme un connard arrogant. Et de gagner notre petit pari. Tu veux me voir finir le travail ?

— Avec un couteau ? Je pensais que c'était moi qui essayais de lui faire peur pour qu'elle avoue la vérité.

Il ricane et secoue la tête comme si j'étais débile.

— Ne t'inquiète pas, frérot. Je vais suivre les ordres.

Il me fait un clin d'œil avant de repartir vers sa cellule.

Je le suis et j'aime la façon dont ses yeux s'écarquillent lorsqu'elle voit la dague qui pend à ses doigts.

— Qu'est-ce que tu fais ? demande-t-elle en levant les pieds du sol.

— Ne bouge pas, grogne-t-il férocement.

Elle s'arrête immédiatement, les yeux grand ouverts à cause de son ton.

Elle n'a peut-être pas vu le côté sombre de JD pendant sa captivité ici. Il a clairement joué le rôle du flic gentil pendant que j'étais le méchant, mais elle serait naïve de croire que cette facette de lui n'existe pas.

Il est aussi sombre et pervers que possible. Il a peut-être un sourire insolent et aime faire des mauvaises blagues, mais ça ne veut pas dire qu'il ne peut pas provoquer un bain de sang, puis se glisser dans son lit quelques minutes plus tard et dormir toute la nuit comme si rien ne s'était passé.

Certains pourraient même dire qu'il est pire que moi parce qu'il le cache bien.

Je sais que je suis un mec effrayant. Ma mine renfrognée et menaçante est clairement visible. Contrairement à JD. Vous ne remarqueriez même pas qu'il vous tranche la gorge parce qu'il est trop occupé à vous charmer.

Il est dangereux. Foutrement dangereux.

Elle le regarde s'agenouiller de nouveau au bout de son lit et fixer sa chatte.

— Tu as vu comme elle est mouillée, frérot ? me questionne JD.

Carrément, ouais. Et même si j'ai désespérément envie de la regarder, je reste les yeux rivés sur son visage, espérant comme pas possible réussir à garder une expression impassible, presque blasée.

— C'est une pute. Bien sûr qu'elle est mouillée.

Elle gémit.

— Avec combien d'hommes mon père t'a demandé de coucher exactement, Petit animal ?

Elle veut fermer les yeux et éluder la question, mais elle est trop têtue pour ça.

— Kane, évidemment. Mais combien d'autres ? Cinq ? Dix ? Vingt ? poursuis-je.

Ses lèvres restent scellées.

— Et pourquoi devais-tu les divertir ? S'ennuyaient-ils simplement avec leurs femmes ? Voulaient-ils se taper une femme plus jeune pour se remémorer leur jeunesse ?

Ses lèvres tressaillent comme si elle avait envie de répondre, mais elles ne se séparent pas.

Je jette un coup d'œil à JD et il bouge, faisant pivoter la dague et passant le manche sur ses plis humides.

Elle sursaute au contact et son regard se porte sur ce qu'il fait entre ses jambes.

— Oh mon Dieu.

— Tu en veux plus ? l'interrogé-je en aimant la façon dont ses hanches bougent alors qu'elle cherche à avoir de la friction. Alors, tu dois répondre à mes questions.

— S'il te plaît, supplie-t-elle.

— Combien d'hommes, Petit animal ? Quel genre de pute es-tu ?

— Je… Je n'ai pas compté.

Abandonnant l'idée de ne pas regarder, mes yeux se concentrent sur sa chatte au moment où JD enfonce l'extrémité du manche en elle.

— Putain, halète-t-elle.

— Regarde-toi, dit JD, ses doigts serrant la lame alors qu'il la taquine. Tu es une petite pute désespérée, n'est-ce pas, Colombe ?

— S'il te plaît, insiste-t-elle.

— Pourquoi les as-tu baisés, Alana ?

— P… Pour de nombreuses raisons.

— Par exemple ?

— Pour prendre leurs téléphones. Leurs portefeuilles. Mettre de la drogue sur eux. N'importe quoi.

— Pourquoi ?

— JD ! crie-t-elle lorsqu'il enfonce le manche plus profondément en elle.

— Alana, concentre-toi, exigé-je.

Elle ferme les yeux avant de les rouvrir et de se concentrer sur moi.

— Je… Je ne sais pas. Je n'ai jamais demandé.

— Mais tu savais pour Kane.

— Il était di… différent.

— As-tu des noms ?

Ses lèvres se referment.

— Tu veux qu'il te fasse jouir ? Alors, réponds à mes questions, lui ordonné-je avec fermeté.

Elle hoche la tête tandis que JD la pénètre lentement, enfonçant le manche entier en elle cette fois-ci, tandis qu'il tient la lame entre ses doigts.

— Quelques-uns. J'ai quelques noms.

— Et tu vas nous les donner ?

Elle acquiesce.

— Oui, oui. S'il te plaît, supplie-t-elle, des larmes coulant des coins de ses yeux alors que sa frustration prend le dessus. Oh mon Dieu.

— Pourquoi l'as-tu fait, Alana ? Pourquoi as-tu accepté ?

J'ai entendu ce qu'elle a dit à JD tout à l'heure, mais il y a plus que ça. C'est certain.

— Pour protéger Mav.

— Pourquoi ?

— Parce que c'est mon mari ! hurle-t-elle, son orgasme se rapprochant de plus en plus.

— Mais il ne veut pas te toucher. Pourquoi accepterais-tu d'être la pute de Victor pour un homme qui ne veut pas te toucher ?

— Il me protège, sanglote-t-elle en se débattant contre ses liens.

— Pourquoi ?

— Parce que je suis paumée.

Elle se tortille, à la limite de la jouissance, un geste de plus et JD la fera jouir.

Il me regarde. Un échange silencieux s'opère entre nous. C'est le genre de connexion qui ne se développe qu'au fil d'une vie d'amitié.

Personne sur cette Terre ne me connaît aussi bien que JD et j'en suis plus qu'heureux.

— Pourquoi t'a-t-il épousée ? la questionné-je après quelques secondes où elle n'a rien fait d'autre que de respirer lourdement et de gémir de désespoir.

— Pour... Pour me protéger, répète-t-elle.

— Tu avais dix-huit ans, de quoi avais-tu besoin d'être protégée ?

Tout son corps se tend. Au début, je pense que JD a merdé et l'a laissée jouir, mais je réalise rapidement que ce n'est pas le cas quand son expression se durcit et qu'elle prend son air renfrogné du genre : « Allez vous faire foutre ! ».

— Je te donne une dernière chance de nous le dire, Petit animal.

— Je ne vous dois rien, crache-t-elle.

Son corps est couvert de sueur, sa poitrine se soulève et ses orteils se recroquevillent sur le sol en béton.

— Tu verras, tu finiras par nous donner ce que nous voulons. JD, ajouté-je en me tournant vers lui.

— Non, je t'en prie. S'il te plaît, supplie-t-elle lorsqu'il retire le manche de son corps.

— Aïe, putain, siffle-t-il en se coupant la paume de la main avec la lame.

— Vraiment ? dis-je sur un ton pince-sans-rire.

— Eh bien, peut-être que si tu ne les avais pas aiguisés à mort, ça ne serait pas arrivé, aboie-t-il, comme si c'était ma putain de faute.

Il rampe sur elle et se met à califourchon sur sa taille, tenant sa paume ensanglantée devant son visage.

— Quoi ? siffle-t-elle.

— Donnant donnant, petite colombe.

Il porte le manche de la dague à ses lèvres et l'aspire dans sa bouche.

Tout l'air s'échappe de mes poumons tandis que je regarde ses yeux se révulser en savourant son goût.

Putain de connard.

— C'est si bon, putain, murmure-t-il une fois qu'il l'a retiré avec un bruit de succion. À toi de jouer.

Sans surprise, elle lève le menton en signe de défi, refusant catégoriquement de lui rendre la pareille.

JD ne se laisse pas faire et, à peine le couteau tombé sur le sol, il enroule sa main indemne autour de la gorge de la jeune femme, lui faisant écarter les lèvres sous l'effet du choc.

Elle tente de se débattre, mais à cause des menottes et de son poids, c'est vain. Quelques secondes plus tard, sa main est dans sa bouche, la forçant à goûter son sang.

Ça ne devrait pas être aussi torride.

— T'es un connard, crache-t-elle à la seconde où il retire sa main.

— Mais c'est excitant, non ? Rien de tel qu'un bon vieux rituel avec du sang pour te faire mouiller davantage.

— Lâche-moi, putain ! crie-t-elle en essayant de le repousser.

Il la maintient sur place avant de se diriger vers ses mains.

— JD, prévient-elle, prévoyant, comme moi, la tournure que vont prendre les événements.

En un clin d'œil, il a remis le couteau dans sa main et fait glisser la pointe sur la paume de sa main.

Elle hurle lorsque le sang se met à couler, mais JD ne veut pas le gaspiller. Au contraire, il se penche en avant et le lèche.

Elle crie de nouveau et se débat sur le lit.

— Je pense que mon petit animal a un côté maso, murmuré-je en me frottant les poils de la mâchoire alors que des images de tout le plaisir que nous pourrions prendre avec elle défilent dans mon esprit.

— Va te faire foutre. Je ne veux rien de vous deux.

— Tu veux essayer de nous convaincre de ça alors que ton jus coule du couteau de Reid ?

— Foutez le camp de ma cellule ! hurle-t-elle, sa voix résonnant sur les murs.

— Pourquoi t'a-t-il épousée, petite colombe ? Qu'est-ce qui nous échappe ? réessaie JD.

Mais contrairement à tout ce qu'il a réussi à avoir cet après-midi, il n'obtient qu'un regard cinglant.

— Allez, viens, dis-je. Quelques heures attachée au lit, allongée dans sa mouille pourraient la faire changer d'avis.

JD prend le bol de solution saline et la crème hydratante et, moins d'une minute plus tard, je ferme la porte et l'enferme à l'intérieur pendant qu'elle nous maudit de toutes les manières inventives qu'elle peut trouver.

— Putain, c'était chaud, hein ? demande JD en se tournant vers moi avec un sourire malicieux.

Je lève la main et pointe sa bouche du doigt.

— Tu as un peu de sang.

— Jaloux ?

— Va te faire foutre, mec, grondé-je avant de me tourner vers les escaliers. Retrouve-moi sur le ring dans cinq minutes.

— Oh non, raille-t-il alors que je m'éloigne. Pas du tout jaloux... Je peux te promettre, poursuit-il alors que je n'essaie pas de répondre, que me frapper n'arrangera pas les choses.

Je quitte le sous-sol en entendant son putain de rire suffisant.

La seule chose qui me remonte le moral, c'est de savoir qu'il ne peut pas se branler en seulement cinq minutes et qu'il sait que ça ne vaut pas la peine d'être en retard.

26

ALANA

Il n'a pas fallu longtemps pour que la température de ma cellule chute à nouveau. Apparemment, mon soulagement et mon traitement spécial étaient terminés depuis longtemps.

Je savais que ça ne durerait pas. Avec le recul, j'aurais juste aimé l'apprécier davantage pendant que je l'avais.

Des frissons parcourent mon corps nu alors que je suis allongée, les bras toujours au-dessus de la tête, attachée au lit.

Je frotte mes cuisses l'une contre l'autre, mais j'ai oublié depuis longtemps d'essayer de me faire jouir après que JD, une fois de plus, m'a laissée frustrée.

J'étais si proche de l'orgasme. Putain, si proche, et puis il a retiré ce couteau de mon corps, me laissant avec mon désir inassouvi.

Un jour, je lui rendrai la monnaie de sa pièce.

Je lui sucerai la bite avec ardeur, et juste avant qu'il n'éjacule, je lui donnerai un coup de poing dans les couilles pour voir s'il savoure sa dégringolade vertigineuse.

Il n'avait pas tort. C'était foutrement excitant.

Et le sang… à la seconde où j'ai léché sa paume et que le goût de cuivre a inondé ma bouche, j'ai presque joui. C'était si torride.

Je ne sais pas si ma coupure saigne encore. Il a tellement serré les menottes que mes deux mains sont engourdies. Si ça se trouve, je suis en train de me vider de mon sang sur le sol.

Cela dit, s'ils me regardent sur un écran quelque part, j'aime à penser qu'ils le remarqueront et ne me laisseront pas mourir.

Ce serait trop facile.

— J'espère que ça vous plaît ! crié-je en souhaitant faire quelque chose pour les énerver vraiment.

Malgré le froid, la faim, la colère et mes bras engourdis, je parviens à m'endormir.

J'ai perdu toute notion du temps ici. Je pourrais dormir vingt minutes ou vingt heures, je n'en aurais aucune idée.

Je me réveille en sursaut, la menace d'un de mes cauchemars habituels suffisant à me tirer de mon sommeil. Non pas que la réalité soit bien meilleure.

Je me tortille, espérant relâcher la pression sur mes bras, mais c'est inutile.

J'ouvre les yeux et entrouvre les lèvres, prête à crier pour appeler les deux trous du cul qui pensent que tout ça est vraiment drôle, mais je n'ai pas l'occasion de formuler le moindre mot car un cri aigu s'échappe de ma gorge lorsque je découvre une silhouette qui m'observe depuis l'embrasure de la porte.

JD se tient debout, les mains dans les poches, le visage tuméfié par une récente raclée et des ecchymoses sombres en train d'apparaître sur ses côtes.

— Tu ne peux pas dire que tu ne l'as pas mérité.

— Quoi ? Ça ? demande-t-il en faisant glisser sa paume

le long de ses abdominaux jusqu'à ses côtes. Ce n'est rien. Tu devrais voir la tronche de l'autre gars.

— Vraiment ? réponds-je sur un ton impassible.

— Je ne suis pas qu'un joli visage, petite colombe.

— J'aurais pu me tromper, marmonné-je. Tu es ici pour finir le travail que tu as commencé ou quoi ?

— Reid veut des réponses.

— Et je veux rentrer chez moi. Mais on ne peut pas tous avoir ce qu'on veut, semble-t-il, ricané-je.

— Colombe, m'avertit-il.

— C'est ma vie, JD. Mon mariage. Ça n'a rien à voir avec ce putain de Reid Harris. La raison pour laquelle Mav m'a épousée, pour laquelle il me protège, ne regarde personne.

Il ne dit rien. Au lieu de ça, il s'écarte de l'embrasure de la porte et se dirige vers moi.

Ses yeux remontent tranquillement le long de mon corps.

Je lutte pour ne pas réagir, mais ma température monte quand même en flèche.

— Tu ne m'as pas suffisamment matée ??

— Oh, Colombe. Tu n'as pas idée.

Lorsqu'il a terminé, il se met à genoux à la tête de mon lit et, heureusement, il attrape les menottes.

— Il ne veut pas que tes secrets soient connus de tous. Il veut savoir, quels qu'ils soient, qu'ils ne seront pas utilisés contre lui.

— Ils n'ont rien à voir avec lui, comment pourrais-je utiliser mes secrets contre lui ? Ce n'est pas comme s'il était l'un des hommes qui...

Je referme la bouche en soufflant. Et manifestement, JD le remarque.

Il relâche mes deux poignets et en retient un en otage pour masser mes membres engourdis.

Je veux l'éloigner, refuser son contact et son réconfort, mais je ne peux pas.

C'est trop bon. La chaleur de ses doigts est trop bonne.

— Il n'est pas l'un des hommes qui, quoi, petite colombe ? Que t'est-il arrivé ?

Je secoue la tête, refusant de lui en donner plus.

— J'ai besoin d'aller aux toilettes, murmuré-je en retirant finalement ma main de sa prise.

Chaque parcelle de mon corps me fait souffrir alors que je m'extirpe du lit de camp et me lève.

Ignorant sa présence, je me dirige vers les toilettes.

— Tiens, dit-il en se rapprochant, j'ai apporté ça pour que tu le portes.

L'étoffe couvre ma tête un instant avant de retomber autour de moi.

En regardant vers le bas, je réalise que je porte l'un des débardeurs larges de JD. Ce n'est pas vraiment la chose la plus chaude qu'il puisse m'offrir, vu qu'ils aiment garder cette cellule aussi froide qu'un frigo, mais peu importe. C'est mieux que rien. Et, je ne lui avouerai pas, mais il sent hyper bon.

— Merci, marmonné-je avant de me diriger vers les toilettes.

Son attention me brûle pendant que je fais pipi, mais je ne m'en soucie plus depuis longtemps. Il a vu pire. Et puis, qu'est-ce que ça peut faire qu'une prisonnière pisse devant son ravisseur ?

Je termine et me lave les mains avant de me diriger vers lui.

Je ne m'arrête pas avant d'être en face de lui. La chaleur

de sa peau me brûle, mais je l'ignore en fixant ses yeux bleu vif.

— Je te déteste, Julian Dempsey. Je te suggère de faire demi-tour et de repasser cette porte. Je ne veux pas ni n'ai besoin de toi ici. Va chercher un autre jouet avec lequel t'amuser.

Je m'éloigne avant qu'il n'ait le temps de répondre, j'attrape le stylo et le cahier qu'il m'a donnés, m'assieds en tailleur sur le lit et l'ouvre.

— Nous sommes toujours jeudi ? m'enquiers-je en détestant le fait d'avoir peut-être réellement besoin de lui.

— Non. Nous sommes vendredi.

— Super, murmuré-je en retirant le capuchon du stylo et en écrivant la date en haut de la page.

— Merde, je n'avais pas réalisé que c'était un jour d'école, me taquine-t-il.

Mon corps se crispe, mais je ne lui donne aucune autre réaction.

— OK, je vais y aller, alors.

Silence.

— D'accord, eh bien… Amuse-toi bien !

Il met du temps à partir, mais s'il pense obtenir quelque chose d'autre de moi, il se met le doigt dans l'œil. Je lui suis peut-être reconnaissante pour son débardeur, mais c'est à peu près tout.

Dès que la porte claque et que les serrures s'enclenchent, je commence à écrire.

Cher journal,

Cela fait une semaine que je n'ai pas pu exprimer mes pensées.

Une semaine durant laquelle j'ai eu besoin

de vider mon sac plus que je ne l'avais fait depuis très longtemps.

J'ai merdé.

Je le savais et je savais aussi que les choses allaient empirer pour moi à cause de ça. Mais je ne voyais pas d'autre solution.

J'ai été égoïste de rester ici.

Lorsqu'il m'a demandé de l'épouser le jour de mon dix-huitième anniversaire, j'aurais dû refuser et partir.

C'est ce dont j'ai toujours rêvé. Tourner le dos à Harrow Creek et à tous les monstres qui y vivaient.

Mais j'ai découvert que l'un d'entre eux était tout sauf un monstre.

Dès ce premier jour, malgré mes meilleures intentions, j'ai commencé à tomber amoureuse de lui.

J'étais brisée. Si incroyablement brisée que j'étais irréparable. Je le suis toujours. Mais il a vu quelque chose en moi, quelque chose qu'il pensait pouvoir sauver, et il a fait tout ce qu'il pouvait pour me réparer.

C'est dommage que ça ne soit jamais suffisant.

De violents tremblements parcourent mon corps, je serre mon sac contre ma poitrine et ferme les yeux. Le grondement du moteur vibre sous mes pieds tandis que je me bats pour me ressaisir.

J'étais si près du but. Si près, putain.

Mais comme tout le reste de ma vie, tout est gâché par un homme.

La situation pourrait être pire.

Ça aurait pu être l'un d'entre eux.

Même si je déteste l'admettre, Mav est différent. Il n'a été rien d'autre que gentil avec moi pendant les moments que nous avons passés ensemble durant notre enfance. Mais je ne sais plus qui il est. C'est un homme maintenant, plus un garçon. C'est un Hawk. Et pour autant que je sache, il a oublié le gentil petit garçon qu'il était et s'est transformé en monstre comme les autres.

— Je ne vais pas te faire de mal, Alana. C'est bon.

Je ne dis pas un mot. À quoi ça servirait ?

On m'a menti tellement de fois dans ma vie qu'à ce stade, il est plus facile de croire que tout ce qui sort de la bouche d'un homme est un mensonge.

Si ça se trouve, il me dit tout ce que je veux entendre, tout en me conduisant vers le diable.

Un sanglot terrifié s'échappe de mes lèvres alors que je pense à ce que mon père va me faire après ça.

Il ne me tuera pas. Mais j'aimerais qu'il le fasse.

— Je vais te protéger, Poupée. Je te le promets.

— Pou... Pourquoi ? bégayé-je.

— Pourquoi ? répète-t-il avec une voix beaucoup plus forte, plus puissante et plus déterminée que la mienne. Parce que tu le mérites.

Je secoue la tête, incapable de le croire.

— Si tu veux vraiment faire ça, conduis-moi hors de cette ville et laisse-moi à un arrêt de bus quelque part. Je disparaîtrai et tu ne me reverras plus jamais.

— Je ne peux pas, déclare-t-il avec fermeté.

— Pourquoi ? Personne ne veut de moi ici.

— C'est un mensonge et nous le savons tous les deux. Ils te veulent ici, et peu importe où tu vas, ils te trouveront.

Mon sang se glace. Il a raison. Je le sais, mais ça ne m'empêche pas de rêver.

— Où m'emmènes-tu ? gémis-je.

— À la maison.

Un frisson me parcourt l'échine et ma prise sur mon sac se resserre.

— À la m... maison. N... Non... tu... tu ne peux pas.

Tout l'air s'échappe de mes poumons lorsque la chaleur de sa grande main se pose sur la mienne.

Je suis habituée à ce que le contact d'un homme me répugne. Mais je ne ressens pas l'envie de vomir la bile qui brûle dans mon estomac et ma peau ne se hérisse pas d'inconfort.

Au lieu de ça, je me détends. Instantanément.

— Je te le promets, Alana. Je vais m'occuper de toi. Personne ne te touchera plus jamais.

— Me... Me toucher ? murmuré-je.

Il reste silencieux pendant quelques secondes et quand je lève les yeux, je vois qu'il déglutit difficilement.

— Je suis au courant, Alana. Et je déteste qu'il m'ait fallu autant de temps pour agir.

— Tu es au courant.

Les mots sont à peine un murmure alors que la honte me brûle.

— Je suis désolé, Poupée. Putain, je suis vraiment désolé.

Même si rien de tout ça n'est sa faute, pour la première fois de ma vie, je crois les mots qui sortent de la bouche d'un homme.

— Si j'avais pu faire quelque chose plus tôt, je l'aurais fait. J'ai besoin que tu le croies.

Je relâche mon sac et pose mon autre main sur la sienne, la prenant en sandwich entre les miennes.

— Je te crois.

— Tu as le droit de ne pas me faire confiance, je le comprendrais. Mais je vais te prouver que tu peux le faire. Je suis de ton côté.

Un sanglot s'échappe de ma gorge. Ce sont des mots que je n'aurais jamais cru entendre, mais dont je rêve depuis si longtemps.

Kristie a toujours rendu les choses plus faciles. Nous n'avons jamais parlé de ce que j'étais obligée d'endurer car elle était trop jeune et j'ai fait tout ce que j'ai pu pour la protéger. Mais sa présence, son sourire, son rire, son amitié m'ont aidée.

Sans elle, il n'y a rien. Pas de répit, pas de bonheur, pas de joie.

Nous roulons en silence pendant un long moment, alors que je ressasse ses mots encore et encore dans ma tête, essayant de me convaincre de ne pas les croire. Mais j'y crois. Bien que ma tête me dise de ne pas lui faire confiance, mon instinct et mon cœur disent le contraire.

Ce n'est que lorsque nous descendons la rue menant à sa maison que ma peur prend le dessus.

— Ton... Ton père ? l'interrogé-je en détestant qu'il puisse sentir mes mains trembler.

— ESPÈCE DE CONNARD !! *hurle-t-il en me faisant hurler d'effroi et me recroqueviller sur moi-même alors qu'il tape à plusieurs reprises sur le volant. Merde. Putain. Je suis désolé, je suis désolé, dit-il précipitamment lorsqu'il réalise qu'il me fait peur. Je le tuerai pour ça, Alana. Je les tuerai tous. Je te le promets.*

Son corps vibre de colère, mais contrairement à ce que j'éprouve habituellement, elle n'est pas dirigée contre moi.

— Personne ne te touchera plus jamais, d'accord ? affirme-t-il plus doucement en réussissant à peine à contenir sa fureur.

J'acquiesce, incapable de faire autrement que d'être d'accord.

— Mon père n'est jamais dans cette maison. Il vit avec Shelly et les enfants. Je m'assurerai qu'il ne vienne pas et qu'il ne te trouve pas ici.

Je détache mon regard du sien et fixe la maison.

Elle est vieille et délabrée, comme celle que j'ai fui il n'y a pas si longtemps, mais elle n'est pas aussi effrayante. Un monstre en est peut-être le propriétaire, mais si Mav a raison… j'y serai en sécurité.

— Viens, rentrons à l'intérieur.

Il coupe le moteur et ouvre sa portière, mais malgré mon envie de le suivre et le fait que je sois d'accord pour dire que je serai probablement plus en sécurité à l'intérieur si la moitié de la ville est à ma recherche, je ne peux pas bouger.

— Putain de merde, marmonne-t-il en ouvrant ma portière et en me fixant.

Je n'ai aucune idée de ce qu'il voit. Honnêtement, je suis contente de ne pas voir la même chose.

Je suis faible, pathétique et terrifiée. Tout ce que je ne veux pas être.

Mais c'est ce qu'ils m'ont fait. Ils m'ont brisée jusqu'à ce qu'il ne reste presque plus rien.

Je ne suis plus un être humain, seulement l'ombre de moi-même.

Il se penche vers moi, et avant que je ne comprenne ce qui se passe, son parfum addictif et viril emplit mon nez avant que sa chaleur ne m'entoure.

Il me soulève contre sa poitrine comme si je ne pesais rien.

— Tiens-toi bien, Poupée, susurre-t-il, avant de me porter dans la maison, en prenant soin de fermer chaque serrure et chaque verrou de la porte d'entrée.

Il m'emmène dans un salon. Il a connu des jours meilleurs, mais il est plus luxueux que tout ce que j'ai connu jusqu'à présent.

Il me relâche et m'étudie attentivement. Je n'ai aucune idée de ce qu'il peut lire dans mes yeux. Je n'ose pas y penser.

— De quoi as-tu besoin, Alana ? Dis-le et je vais m'en occuper.

27

MAVERICK

Elle secoue la tête tandis que les larmes continuent de couler sur ses joues.

Je déteste la voir si faible, si terrifiée.

Mais à part partir en mission suicide avec un fusil et autant de balles que possible, je n'ai aucune idée de la façon de résoudre ce problème.

— Tu veux manger ? proposé-je.

Je ne suis pas du tout à l'aise, mais je suis déterminé à lui prouver que je suis digne de confiance et que je peux la protéger.

— Tu as faim ? insisté-je. Je peux cuisiner ou commander quelque chose.

Elle secoue la tête, mais je ne suis pas sûr de la croire. Je viens de la porter depuis la voiture. Elle n'a rien sur les os. Elle doit être affamée.

— Tu veux boire quelque chose ? De l'eau ? Un soda ?

Mais au lieu de répondre, un sanglot s'échappe de sa gorge.

— Tu ne peux pas faire ça, murmure-t-elle, la voix brisée par l'émotion.

— Je peux. Je le fais.

— Ils vont te tuer. À cause de moi, ils te tueront.

Je secoue la tête.

— Non, ils ne le feront pas. Je ne les laisserai pas faire. Tout comme je ne les laisserai plus jamais s'approcher de toi.

Ses sanglots deviennent plus forts. J'aimerais savoir s'ils sont dus à la peur, au soulagement ou à autre chose.

J'hésite, ouvrant et desserrant les poings alors que je reste indécis.

Mon instinct me dit de la prendre dans mes bras, mais mon cerveau me crie de ne pas le faire.

La maison dans laquelle j'ai grandi se trouve du côté le plus agréable de Harrow Creek. Le côté le plus agréable... Quelle putain de blague ! La route dehors est calme, nos voisins sont assez loin pour ne rien voir, mais malgré tout, mon besoin de la protéger prend le dessus.

— Ne bouge pas, d'accord ? Je vais vérifier toutes les portes et fenêtres et fermer les rideaux.

Elle acquiesce avec une respiration tremblante tandis que je me dirige vers la porte coulissante menant au jardin arrière.

Je garde un œil sur elle pendant que je traverse la pièce, avant de m'éclipser et de vérifier méticuleusement toutes les entrées possibles dans la maison.

Lorsque je reviens, c'est avec une assiette de cookies et un verre de lait.

Je sais qu'elle a seize ans. Ce n'est pas une enfant, pas après tout ce qu'elle a enduré. Mais les cookies et le lait sont bons à tout âge. Pas vrai ?

Putain de merde.

Ses yeux suivent chacun de mes mouvements à mesure que je me rapproche. C'est comme si j'étais un lion et qu'elle était ma proie.

Je pose l'assiette sur le coussin du canapé à côté d'elle et lui passe le verre avant de m'asseoir sur la table basse.

Elle prend une gorgée et avale avec hésitation. Je n'ai aucune idée de ce qu'elle cherche à vérifier, mais mon estomac se noue quand même.

Satisfaite du goût, elle le boit entièrement comme si elle n'avait rien bu de la journée.

— Encore ? m'enquiers-je à la seconde où elle l'écarte de ses lèvres.

Ses yeux sombres et tourmentés rencontrent les miens et mon cœur se serre.

La petite fille heureuse dont je me souviens des années passées a disparu depuis longtemps.

— C'est bon. Tu peux en avoir autant que tu veux. Il n'y a pas de restrictions, expliqué-je en détestant devoir prononcer de tels mots.

Elle hoche la tête et je me précipite pour lui apporter un autre verre. Tout ce qui pourrait aider à repousser ce qui la hante.

Quand je reviens, elle fixe l'assiette de cookies comme s'ils allaient la mordre.

— Vas-y, l'encouragé-je. Il y en a d'autres dans la cuisine si tu en veux.

Elle se tourne pour me regarder et ses lèvres esquissent un léger sourire.

— Je peux les manger ? Tous ?

— Autant que tu veux, lui assuré-je.

Sa main tremble lorsqu'elle en saisit un, mais dès qu'elle y goûte, toutes ses hésitations s'envolent.

Je m'assieds et la regarde engloutir toute l'assiette de cookies avec plus de ferveur et d'excitation que je n'ai vu d'hommes dévorer une chatte.

— C'est bon ? l'interrogé avec un sourire en coin, aimant voir à quel point elle apprécie quelque chose d'aussi simple.

— Si bon, marmonne-t-elle en mâchant.

Mes épaules finissent par se détendre pour la première fois depuis que j'ai reçu le message m'annonçant qu'elle avait disparu.

Je n'ai aucune foutue idée de ce que je vais faire d'elle. Je lui ai fait des promesses au cours des trente dernières minutes et je ne sais pas si je vais pouvoir les tenir. Mais quoi qu'il arrive à partir de maintenant, je la garderai en sécurité et ne laisserai plus jamais aucun de ces enfoirés qui l'ont blessée par le passé s'approcher d'elle.

Je me fiche de ce que je dois sacrifier au passage. Elle mérite d'avoir quelqu'un de son côté, qui se bat pour elle, qui lui donne la vie qu'elle aurait dû avoir depuis seize ans.

Je ramènerai la lumière dans ses yeux, je la verrai sourire et rire. Je lui rendrai sa vie, même si je dois donner la mienne en échange.

— Veux-tu que je te fasse couler un bain ? Je n'ai pas de vêtements à ta taille, mais ils seront propres. Nous pouvons sortir les tiens et les brûler si tu le souhaites, lui proposé-je en supposant qu'elle voudra se débarrasser de tout ce qui lui rappelle le passé.

Elle acquiesce.

— Pendant que tu seras dans le bain, je vais te commander des affaires et planifier certaines choses.

— Maverick, murmure-t-elle.

Sa voix fait se serrer mon cœur d'une manière que je ne suis pas sûr d'avoir jamais ressentie auparavant.

— Tu n'as pas à faire ça, poursuit-elle.

— Si, Alana.

— Salut, mec. Comment ça va ? me demande Brody en se glissant dans le box où je suis assis à l'arrière du Nest, un bar clandestin au milieu de la ville.

C'est un putain de taudis, mais à part le club-house, c'est le meilleur endroit pour boire et faire des rencontres.

Dans quelques heures, il y aura des filles sur le bar, très peu vêtues et encourageant tous les vieux pervers à dépenser chaque centime qu'ils ont dans l'espoir de passer dix minutes dans les toilettes avec l'une d'entre elles. Il y aura un groupe de musique, généralement des lycéens qui n'ont pas encore réalisé que les gens de Harrow Creek ne deviennent pas des musiciens célèbres, ni des personnes destinées à réussir et à marquer le monde. Nous sommes le berceau des gangsters, des dealers, des drogués et des prostituées. C'est à peu près tout.

Il faut leur reconnaître le mérite d'essayer. Dommage que personne ne les écoute, même s'ils sont très bons.

Je fais un signe du menton au barman et commande silencieusement deux bières avant de tourner les yeux vers mon ancien camarade de classe.

Brody et moi étions très proches durant notre enfance, mais nous nous sommes éloignés ces dernières années. Nous avons pris des chemins différents après avoir été diplômés du lycée de Harrow Creek, mais nous avons fini par nous retrouver comme tout le monde dans cette ville.

Alors que j'étais le fils d'un Hawk de haut rang, promis à suivre ses traces, Brody avait des parents conservateurs qui avaient atterri ici par accident et qui pensaient que tout pouvait être réglé avec de meilleures lois et un meilleur maintien de l'ordre.

Ainsi, pendant que j'étais formé pour devenir comme mon père, ses parents lui lavaient le cerveau en lui faisant croire qu'il pourrait faire la différence s'il devenait flic.

Douce illusion.

Quelques années plus tard, Brody a beau porter l'insigne, il est aussi pourri que tous les autres flics de la ville.

Il n'y en a pas un seul qui ne soit pas à la solde de Victor. Soit vous obtempérez, soit vous vous retrouvez pendu aux arbres dans les bois où j'ai surpris Alana en train de s'enfuir il y a toutes ces années.

Je secoue la tête. C'est tout ce qu'il a besoin de voir pour savoir comment je vais.

— Merde, mec, dit-il en se frottant la nuque alors que le barman nous apporte nos bières. Sérieusement, aucun signe d'elle ?

— Rien. La seule chose qui manque est son sac à main. Je n'arrive pas à savoir ce qu'elle portait à part ses baskets.

— Et rien sur l'appli de géolocalisation ?

Je secoue la tête, avalant plusieurs gorgées de la bière de merde diluée qu'Otis pense pouvoir vendre. Enfin, je veux dire, il en vend. Nous sommes vendredi en milieu d'après-midi et l'endroit est déjà presque plein.

— J'ai effectué d'autres recherches. Rien.

— Putain. Elle ne peut pas avoir disparu comme ça.

Il me regarde avec des yeux compatissants. Je sais ce qu'il pense. C'est ce que tout le monde pense.

Ma petite femme au foyer s'ennuyait et s'est enfuie dans l'espoir d'une vie meilleure.

Je ne peux pas lui en vouloir si c'est le cas. Mais je sais qu'elle ne l'a pas fait.

Elle a trop de raisons de rester ici et d'obtenir la vengeance et les réponses dont elle a besoin.

— Ouais, eh bien. C'est ce qui s'est passé. Et je dois la retrouver.

— Son père a peut-être des informations, songe-t-il.

— Cet enfoiré ne s'est jamais soucié d'elle de sa vie. Il est peu probable qu'il commence maintenant.

— Où est sa mère ? A-t-elle été la trouver comme l'a fait sa sœur ?

Un rire amer s'échappe presque de mes lèvres quand j'entends sa question innocente.

Pour un endroit aussi corrompu et toxique, chaque connard semble croire à toutes les conneries qu'on lui raconte. Tout le monde devrait comprendre que les scénarios idylliques, tels qu'une fille retrouvant sa mère heureuse, sont trop beaux pour être vrais.

Kristie n'est pas partie commencer une nouvelle vie en Californie comme Kurt l'a dit à tout le monde. Mais personne n'a remis ça en question.

La colère me brûle en pensant à Alana, Kristie et à tous les autres enfants qui sont passés dans cette ville et dont les vies infernales ont été négligées et ignorées à cause de l'ignorance et de l'égoïsme des gens.

— Elle n'est pas avec sa mère.

— Je sais que tu ne veux pas l'entendre, frérot. Mais c'est Alana Murray. Il y a peut-être des mecs stupides dans cette ville, mais aucun n'est assez bête pour lui faire du mal.

— Manifestement, si, grogné-je, ma voix étant à peine audible à cause des bruits de conversation qui flottent dans l'air. Et, d'une manière ou d'une autre, je découvrirai qui c'est.

J'attrape mon verre et en vide le contenu avant de sortir du box.

Si Brody n'a rien d'utile pour moi, alors je perds mon temps à rester assis ici à bavarder.

Ma femme a besoin de moi, j'en suis sûr. J'ai juste besoin que quelqu'un, n'importe qui, m'indique la bonne direction.

Il y a une foule de jeunes autour de ma moto quand je franchis les portes du bar, mais dès qu'ils me voient avancer vers eux, ils se dispersent comme des petites mauviettes.

Le grondement profond de mon moteur ne fait rien pour me détendre et, à la seconde où je donne un coup de pied dans la béquille, je décolle avec l'idée de boire une bière correcte, de trouver une distraction et, si j'ai vraiment de la chance, un putain d'indice sur ce qu'il est advenu de ma femme.

Le niveau de bruit dans le club-house est presque insupportable lorsque j'y pénètre. C'est toujours la même chose le vendredi soir.

Toutes les chaises et les tables ont été écartées pour créer un ring de fortune et Ezra Harris et un autre membre junior sautillent l'un autour de l'autre au milieu.

Je n'arrive pas à reconnaître l'autre gars avec la quantité de sang qui recouvre son visage. On peut dire sans se tromper que les Harris sont sur le point de gagner un autre combat.

La foule rugit pour les encourager tandis que l'odeur de sueur, de sang et de bière emplit l'air.

Quand j'étais jeune, je vivais pour ça. Je pensais avoir le père le plus cool du monde et la promesse de toute cette gloire dans mon avenir.

Si seulement j'avais su à l'époque ce que je sais aujourd'hui.

Je serais probablement mort.

Je n'avais pas d'autre choix que de suivre les traces de Razor Murray.

Victor et lui nous voyaient, Reid et moi, reprendre leurs rênes et régner sur cette ville.

Ils voulaient que nous ayons tout le pouvoir. Mais il

s'avère que Reid veut tout et je veux m'éloigner le plus possible de la corruption et de toutes ces conneries.

Et quelque chose me dit que ça pourrait bien arriver, plus tôt que tard. À la seconde où je retrouverai ma femme, je lui proposerai qu'on se barre dans un endroit où on ne nous retrouvera jamais.

La vengeance n'a pas été la seule chose que j'ai planifiée au cours des cinq dernières années. Notre avenir a également figuré en bonne place sur ma liste de choses à faire.

— Fiston, je ne m'attendais pas à te voir ce soir, dit mon père depuis sa place de choix à côté de Victor, au bord du ring le plus proche du bar.

— Je veux entrer sur le ring, réponds-je en guise de bonsoir.

— OK, fiston, acquiesce Victor. Et j'ai l'homme qu'il faut pour t'affronter.

Il tourne le menton vers l'autre côté du ring et quelque chose explose en moi.

Je n'ai pas besoin de me retourner pour savoir qui c'est.

Je le sais déjà.

L'attente a été longue, mais ça ne pourrait pas être mieux.

28

REID

Je fais craquer mes articulations au moment où la foule rugit et où Ez envoie enfin son adversaire au sol.

Je n'ai aucune idée de l'endroit où Victor trouve ces putains de mauviettes, mais ils ont besoin d'un meilleur entraînement si nous voulons avoir une chance qu'ils nous défendent lorsque les choses iront mal. Et ça va mal tourner.

Les alliés de Victor sont peut-être puissants, mais ses ennemis sont tout aussi dangereux. Un jour prochain, tout va lui exploser à la figure, et tous ceux à qui il a fait confiance pour le protéger se rendront compte que l'homme qu'ils protègent, c'est moi, pas lui.

Un sourire satisfait se dessine sur mes lèvres tandis que cette scène se déroule joyeusement dans mon esprit, comme elle l'a fait une centaine de fois au cours des dernières années.

Ce plan n'est pas nouveau. Il est en préparation depuis longtemps. Depuis le moment où j'ai découvert que notre père n'est rien d'autre qu'un connard corrompu et égoïste, qui ne se préoccupe que de lui-même.

Il est censé être un leader, quelqu'un que les jeunes garçons admirent. Il a le pouvoir dans cette ville, tout le pouvoir, et il en abuse tous les jours en entubant presque tous les habitants de Harrow Creek de toutes les façons possibles.

Cet endroit est pourri et la situation ne fait qu'empirer. Mais tant que sa cupidité et sa richesse augmentent, il n'en a rien à foutre.

Les jeunes sont des toxicomanes qui fréquentent à peine le lycée. Nos entreprises se noient à cause de chaque nouveau voleur que la ville engendre. La seule personne qui prospère vraiment dans cette ville est celle qui la ruine.

Ce n'est pas comme ça que ça devrait être. En tout cas, ce n'est pas comme c'était avant.

Notre arrière-grand-père dirigeait cet endroit d'une main de fer. La ville se développait, ses habitants étaient heureux. La criminalité était faible car il tenait la ville d'une main de fer et les familles vivaient une vie normale et épanouie.

Puis notre grand-père a pris le relais, et ensuite Victor. Et tout est parti en vrille. Ils préfèrent se remplir les poches plutôt que de protéger leur ville.

Eh bien, ça s'arrête là.

Le cycle de la corruption et de la violence inutile, de la consommation incontrôlée de drogues et du mépris de la vie des gens sera oublié et une nouvelle ère va commencer.

Tout ce que nous avons à faire pour y parvenir, c'est tuer tous les salauds corrompus de cet endroit.

Un rire amer s'échappe de mes lèvres. Comme si c'était aussi simple que ça.

La foule se calme et, de l'autre côté du ring, une paire d'yeux sombres trouve les miens.

Mes lèvres se contractent tandis qu'une poussée d'adrénaline se propage dans mon système.

Oh, putain ouais.

Je vais commencer par cet enfoiré.

La tension qui règne dans cet immense espace change au fur et à mesure que les Hawks réalisent ce qui est sur le point de se passer.

— Tu ne devrais probablement pas faire ça, m'avertit JD à voix basse.

— Je fais beaucoup de choses que je ne devrais probablement pas faire.

Comme regarder mon meilleur ami baiser la femme de mon ennemi avec un couteau il n'y a pas si longtemps.

Je déteste l'admettre, mais c'est probablement l'une des choses les plus excitantes que j'aie jamais vues. Et quelque chose me dit que les prochaines minutes seront tout aussi agréables.

— Alors te laisser me tabasser n'a pas servi à grand-chose ?

J'ai envie de rire, mais je ne réagis pas.

Tu m'as *laissé* te tabasser ? répété-je en levant un sourcil après m'être retourné pour le regarder.

— J'y suis allé doucement avec toi. J'ai senti que tu en avais besoin.

— Bien sûr. Ça n'a rien à voir avec le fait que ta tête était toujours dans le sous-sol, souhaitant continuer ce que tu avais commencé.

— Je n'avais pas l'intention de le faire, affirme-t-il.

— Quel putain de menteur ! rétorqué-je en regardant Mav du coin de l'œil avant de lever le menton en signe de défi.

J'enlève mon sweat à capuche, donne à JD mon portable, mon portefeuille et mes clés, et je m'avance.

L'excitation augmente à la seconde où je monte sur le ring.

À l'époque, j'étais là tous les vendredis soir, tabassant tous ceux qui avaient le courage de m'affronter. Mais ces dernières années, j'ai de plus en plus gardé mes distances. Venir ici est déjà un sacré événement, mais monter sur le ring. Ouais, ça va faire du bruit. Encore plus quand mon adversaire fera de même.

— Frérot, dit Ez avec un large sourire malgré son visage ensanglanté. T'as vu ce truc de ouf ?

Il écarte les bras et lève le visage vers le plafond en jubilant.

Quel enfoiré arrogant.

— C'était pas mal. Je pense que je peux faire mieux.

— Oh, vraiment ?

— Arrête de me saouler, Ez, marmonné-je en le contournant alors qu'un groupe de jeunes Hawks traîne le corps inconscient du perdant dans la foule.

— Qui es… Oh merde. T'es sérieux ? demande-t-il lorsque mon adversaire retire son sweat à capuche et s'avance.

— Ouais, bien sûr. J'attends ça depuis longtemps. À plus, dis-je, avant de me diriger vers le centre du ring.

Les yeux de Mav se fixent sur les miens alors qu'il réduit l'espace entre nous.

Mon cœur bat à un rythme régulier et je me sens confiant tandis que je serre et relâche mes poings.

Mes articulations sont abîmées à cause de mon combat avec JD hier, les plaies menaçant de se rouvrir à chaque mouvement.

Ça m'a fait du bien. C'était nécessaire après cette heure passée à les regarder.

Mais ce n'était pas suffisant.

Mais ça. C'est parfait.

Aucun mot n'est échangé entre nous alors que nous nous tenons face à face.

La différence de taille entre nous est minime. Il a peut-être quelques centimètres de plus que moi, mais je le surpasse en musculature.

Enfant, il était toujours très fier d'être plus grand que moi. Il était loin de se douter que la taille ne signifiait rien. Pas face à la vitesse et à la force.

Quelqu'un siffle et le grondement de la foule s'éloigne, en même temps que leur présence.

Le seul autre homme ici en ce moment, c'est ce connard qui ne fait que me fixer avec une haine pure et non filtrée.

Si les choses avaient été différentes, nous aurions pu nous partager le pouvoir. Mais en l'état actuel des choses, je vais tout avoir et cet enfoiré n'aura rien.

Pas de pouvoir. Pas de femme. Pas de vie.

Un sourire sinistre se dessine sur mes lèvres alors que je pense de nouveau à détruire tout ce que nos pères ont construit ensemble.

Leur règne de terreur touche à sa fin, et cet enfoiré va tomber avec eux.

La tension est palpable alors que nous attendons le signal de départ, mais merde.

Je suis ce putain de Reid Harris. Je fais ce que je veux. Quand je veux. Et au diable les putains de conséquences.

Je lève le bras et, avant que quiconque ne réalise que j'ai bougé, mon poing vole vers son visage. Il touche sa joue, ce qui le fait grogner de stupeur et trébucher en arrière.

C'est la distraction dont j'ai besoin et, alors qu'il tente de se ressaisir, je bondis.

Mes poings volent, frappant son visage et ses côtes tandis que la foule crie pour nous encourager.

— Espèce d'enfoiré ! beugle-t-il avant de me prendre au dépourvu en me donnant un violent coup de pied sur le côté, qui fait vaciller mes mouvements.

Ça lui donne juste assez de temps pour se remettre debout.

— Tu ne vas pas gagner, Harris. Pas cette fois.

— Ah ouais ? raillé-je. Pour qui et pour quoi vas-tu te battre ? La seule personne décente dans ta vie a foutu le camp, te laissant seul comme le loser que tu es vraiment.

Il rugit de colère et se jette sur moi, mais je suis prêt.

Je suis toujours prêt, putain.

Je bloque la plupart de ses coups de poing, le laissant s'épuiser, mais il est plus qu'évident qu'il s'est entraîné depuis notre dernier affrontement. Il est bien meilleur que dans mes souvenirs et, en peu de temps, il me met en difficulté et prend le dessus.

Le sang et la sueur recouvrent nos deux corps, des postillons s'échappent de nos lèvres alors que nous essayons de reprendre notre souffle en sautillant l'un devant l'autre.

— Fous-le par terre ! rugit JD derrière moi.

C'est la seule voix que j'arrive à distinguer. La seule qui compte.

Avec un rugissement sauvage, je fonce sur Mav, plus que prêt à en finir une fois pour toutes.

Je sais que j'ai gagné. J'ai la fille qu'il cherche dans toute la ville. Il est temps qu'il découvre que peu importe ses efforts, il ne me battra jamais.

Alimenté par la haine et la colère, je passe à la vitesse

supérieure et, avant même que je sois prêt, il s'effondre devant la foule.

À ma grande déception, il est toujours conscient, et dès qu'il est de nouveau sur pied, il se jette sur moi. Mais il ne va pas très loin. Le bras de Razor s'élance, l'empêchant de se rapprocher de moi.

Il murmure quelque chose à l'oreille de son fils que personne d'autre ne peut entendre. Quoi que ce soit, il perd instantanément sa combativité. Et avec un léger signe du menton dans ma direction, il admet sa défaite et disparaît dans la foule.

Je reste là, la salle tourne autour de moi et mes oreilles bourdonnent à cause du nombre de coups que j'ai reçus. L'euphorie de la victoire se répand dans mes veines et, peu de temps après, mon petit fan club émerge de la foule et je suis entouré des meilleurs hommes que cette ville ait vu naître.

JD, Devin, Ezra et Ellis me conduisent tous au bar et prennent une bouteille de whisky sur l'étagère supérieure pour fêter l'événement.

— J'ai cru qu'il te dominait pendant un moment, dit Ellis avec un sourire entendu.

— Va te faire foutre, frérot, aboie Ezra. Reid était sûr de le battre avant même qu'ils ne montent sur le ring. N'est-ce pas, patron ?

J'acquiesce en portant la bouteille à mes lèvres avant d'avaler gorgée après gorgée. L'alcool brûle dans ma gorge avant de réchauffer mon ventre.

Putain, ouais.

— On dirait que tu vas avoir besoin de quelqu'un pour soigner ces blessures, déclare Devin, les yeux brillants d'excitation, avant de se tourner vers le choix de nanas qui s'offre à nous ce soir. Qu'est-ce que tu veux ? Blonde, évidemment. Grande et mince, petite avec des courbes ? Tu as envie d'une fellation ou d'une sodomie ? La nana là-bas suce diaboliquement bien. Tu adorerais.

Une blonde, pensé-je. Mais elle n'est pas ici.

— Ferme ta gueule, connard, grogné-je.

JD croise mon regard et me fait un clin d'œil. Cet enfoiré peut pratiquement lire dans mes pensées et je déteste ça.

— Oh, attention. Il semblerait que tu sois sur le point de te faire passer un savon par ton père avant que nous puissions te trouver une fille qui te fera les meilleurs bisous magiques du monde.

L'ombre de Victor s'abat sur nous, mais je ne lève pas les yeux. Contrairement à toutes les autres mauviettes de cet endroit, je n'ai pas peur de lui.

S'il veut m'affronter, qu'il le fasse, putain. Je le mettrai à terre sans transpirer. Il le sait aussi. Il m'a entraîné lui-même.

— Tu as grillé tes munitions trop rapidement ce soir, fiston.

La façon dont il grogne ce dernier mot, comme s'il signifiait vraiment quelque chose, me fait redresser la colonne vertébrale.

— Ça va te coûter cher, ajoute-t-il.

Enfreindre les règles sous sa surveillance coûte cher. Et alors ? Il nous a déjà assez pris à tous. Qu'est-ce qu'un truc de plus pourrait changer ?

— Peu importe, raillé-je, ça en valait la peine.

Mes gars expriment leur accord en marmonnant tandis que je bois une nouvelle gorgée de mon whisky avant de me lever. Mon corps me fait mal, mais je ne vais pas le montrer.

— Je m'en vais, annoncé-je en croisant enfin le regard de Victor.

Ses yeux se plissent avec méfiance, mais je ne reste pas assez longtemps pour comprendre ce que ça signifie. S'il veut savoir quelque chose, il n'a qu'à demander. Je déciderai alors de mon degré d'honnêteté.

— Vous venez, bande d'enfoirés ?

— Je ne me suis pas encore battu, proteste Dev comme un gamin.

— Tu n'as qu'à rester. Peu importe, marmonné-je avant de partir, sans me soucier de qui me suit.

Quelques regards se tournent vers moi lorsque je me dirige vers la porte, mais il y a un autre combat en cours, et la plupart sont trop concentrés sur celui-ci pour s'intéresser à ce que je fais.

L'air chaud caresse ma peau lorsque je sors dans la nuit, la sueur persistante qui recouvre mon corps séchant instantanément.

À la seconde où je monte dans ma voiture, mon adrénaline commence à baisser. Mes poings, mon visage et mes côtes commencent à me faire mal. Mais ce n'est toujours pas suffisant.

J'enfonce la clé tandis que les autres portières s'ouvrent et que des voix familières s'élèvent dans la voiture.

— Putain, qu'cst ce que tu attends ? On va fêter ça au Manoir.

— Tu peux aller te faire foutre. Si tu veux faire la fête, tu peux aller à l'une de tes petites soirées universitaires, grondé-je à Devin.

— Oh, ne t'inquiète pas, grand frère. Nous y sommes déjà allés et nous y retournerons plus tard. On laisse les sous-fifres bosser un peu pour changer.

— Putain de connard, grommelé-je en passant la marche arrière avant de sortir en trombe du parking pour rentrer à la maison.

29

ALANA

— Tiens-lui les bras au-dessus de la tête, dit une voix grave et rauque avant que l'homme à qui il s'adresse n'obéisse aux ordres.

Je ne reconnais aucun d'entre eux. Ça n'a pas d'importance. Les hommes que je connais sont tout aussi vicieux que les autres.

— Plus serré, exige-t-il, en étirant mon corps sur la table à manger, en faisant remonter ma jupe et en exposant ma culotte à la vue de tous.

Mes orteils ne touchent plus le sol. Je flotte et suis totalement à leur merci.

L'odeur du cuivre emplit ma bouche là où l'un d'entre eux m'a donné un coup de poing avant même qu'ils ne commencent.

Je savais qu'ils étaient dans la pièce, ils n'avaient pas caché leur arrivée, mais je n'avais aucune idée de ce qu'ils faisaient. On m'a dit de fermer les yeux et de baisser la tête, et c'est exactement ce que j'ai fait. J'ai appris que si je les défiais, ça ne ferait qu'empirer les choses à long terme.

— Mieux vaut être une gentille petite pute, raille une voix grave. Tu sais que ça fait encore plus mal si tu essaies de te battre contre nous.

J'avais tellement envie de me battre. Putain, j'en avais tellement envie. Mais je ne pouvais pas. J'étais trop petite, trop faible. Impuissante.

C'est du moins ce que je ressentais. Mon père veillait à me le rappeler tous les jours.

Je n'étais rien. Inutile. Ma seule utilité était d'être un jouet. Un jouet que les hommes utilisaient pour prendre leur pied.

J'étais moche et stupide. Je ne pouvais faire correctement aucune des tâches qu'il me demandait. La seule chose que je pouvais faire était de m'allonger et d'écarter les jambes dans l'espoir de compenser mes manquements.

Je pleure en faisant ce qu'on me dit, mes épaules sont douloureuses, le dessus de la table très dur me faisant mal aux hanches.

— Ton père avait raison, princesse. Tu es un jouet parfait, commente l'homme derrière moi avant que ses doigts n'effleurent le haut de mes cuisses, me rappelant à quel point je suis exposée.

Je ravale la bile qui remonte dans ma gorge. Je pourrais penser que c'est horrible, mais ce n'est que le début.

Le tissu qui recouvre encore une partie de mes fesses est relevé, laissant voir à tout le monde ma culotte blanche en coton.

— Oh, regarde-moi ça, s'amuse l'homme qui me tient les poignets. Kurt a parfaitement compris ce qu'il fallait faire avec celle-là.

Je mords l'intérieur de ma joue jusqu'à ce que le sang envahisse ma bouche.

J'ai envie de crier, de hurler, d'exiger qu'ils s'arrêtent. Mais c'est inutile. Ça ne fera que les encourager.

— Tu as été une mauvaise fille, n'est-ce pas, princesse ?

Mon corps tout entier tressaute lorsqu'une grosse main brûlante se pose sur ma fesse, la serrant jusqu'à ce que les larmes me brûlent les yeux.

— Tu sais ce que les mauvaises filles obtiennent ?

Silence.

— Je t'ai posé une question ! rugit-il, sa prise sur moi se resserrant.

— N... Non, gémis-je, bien que ce soit un mensonge.

Je sais exactement ce qu'ils vont faire et je sais à quel point ça va faire mal.

Le bruit d'une boucle qu'on défait me parvient aux oreilles avant qu'une ceinture en cuir ne soit retirée.

Ma bouche est sèche et mon corps se met à trembler violemment.

— Oh, elle a peur, commente celui qui est devant moi.

— Bien. Elle doit avoir peur, grogne l'autre avant que sa ceinture ne fouette mes fesses, la douleur fulgurante me faisant crier.

Je me réveille assise, mes cris résonnant dans mes oreilles et le corps tremblant.

Un sanglot déchire ma gorge et je m'entoure de mes bras avant de fermer les yeux dans l'espoir d'endiguer les larmes.

Même après toutes ces années, mes cauchemars sont toujours aussi vifs.

Leurs mains, leurs voix. Tout ça est si réel.

L'image de mon rêve revient à la seconde où je ferme les yeux, et la bile me monte à la gorge.

Je me précipite hors du lit, mes larmes rendant ma

vision floue, même si, de toute façon, il ne fait pas assez clair pour que je puisse voir quoi que ce soit.

Quelques secondes plus tard, je suis penchée sur la cuvette des toilettes et vomis ce qui reste des cookies que j'ai engloutis plus tôt.

Je les ai dévorés comme je l'avais fait le premier jour où Mav m'avait ramenée chez lui. Comme une bête affamée qui n'avait pas mangé depuis un mois. Pour être honnête, à l'époque, c'était presque le cas. Cette fois, au bout d'une semaine, j'ai eu droit à un McDo.

J'étouffe un rire en ressassant mes mots.

J'ai eu droit !

Quelle putain de blague !

Je retombe sur les fesses et m'appuie contre le mur, puis incline la tête vers le plafond.

Je prends une grande inspiration pour me calmer et faire disparaître l'image qui persiste dans ma tête.

Chaque fois que je faisais un cauchemar, peu importe le nombre de fois, Mav était toujours là.

Les premiers jours, il a même dormi dans le fauteuil dans le coin de ma chambre, espérant que sa simple présence m'aiderait.

Ça n'a jamais été le cas.

Rien ne m'a jamais aidée.

Nuit après nuit, ces monstres viennent me chercher. Ils me rappellent que je ne suis rien d'autre qu'un jouet dont ils peuvent abuser comme bon leur semble.

Peu importe le nombre de fois où Mav m'a dit – prouvé – que je valais plus que ce que ces hommes disaient, un seul cauchemar me ramène là-bas.

Je ne sais pas combien de temps je reste assise là, à essayer de me convaincre que cette fille est morte. Morte la nuit où Mav m'a ramenée chez lui et m'a offert une nouvelle vie. Parfois, cependant, elle semble un peu trop réelle.

J'ai soif, alors, je me lève et me dirige vers le lavabo, mais je ne fais qu'un pas lorsqu'un cri s'échappe de ma gorge et je recule d'un bond, effrayée, en heurtant le mur solide qui se trouve derrière moi.

— Qu'est-ce que tu fous ? crié-je, à bout de souffle, en jetant un coup d'œil à l'homme ensanglanté assis sur la chaise dans le coin de ma cellule, caché dans l'ombre.

Il m'étudie et, lorsqu'il n'obtient pas les réponses à ses questions dans mes yeux, il laisse descendre les siens le long de mon corps.

Je porte le débardeur que JD m'a apporté. Il n'est pas aussi long que je le souhaiterais, ses emmanchures sont énormes et le décolleté est très large, exposant presque complètement ma poitrine. C'est probablement la raison pour laquelle il l'a choisi.

Il se penche en avant, les coudes posés sur les genoux, et lève les yeux.

— Tu rêvais de quoi ? me questionne-t-il, sa voix grave résonnant dans la cellule.

— Il est peu probable que tu obtiennes une réponse alors que tu as si ouvertement ignoré ma question, raillé-je en croisant les bras sous mes seins, faisant tomber ses yeux sur mon décolleté.

Il n'est pas aussi transparent que JD. Je ne vois pas la même envie ni le même désir brûlant dans ses yeux. Mais il est intéressé, ça ne fait aucun doute.

Ça ne veut pas dire que je serai capable de flirter avec lui ni de le séduire pour m'en tirer. Cet homme est comme un roc.

L'ignorant, je lui tourne le dos et continue ce que j'allais faire. Je me fiche de sa présence.

Je me penche en avant, les fesses à l'air, consciente que le débardeur ne couvre rien.

Il retient son souffle, mais à part ça, il ne fait rien pendant que je bois au robinet.

Une fois que j'ai terminé, je me lève et me retourne, laissant un peu d'eau couler de mon menton avant de l'essuyer d'un revers de main.

— Alors, à quoi dois-je ce plaisir ? Tu t'es ennuyé à me regarder sur un écran à l'étage et tu veux une expérience en 3D ?

Il me fixe pendant que je me passe les doigts dans les cheveux pour les démêler et que je retourne m'asseoir sur mon lit.

— Qu'est-ce qui ne va pas ? Tu as perdu ta langue ? lui demandé-je en m'appuyant sur mes paumes et en le regardant dans les yeux.

Son regard intense me brûle, faisant picoter ma peau et se réchauffer mon sang. Ça me fait bizarre d'être assise ici et capable de bouger, au lieu d'être attachée à une chaise pendant qu'il me fixe.

Lorsque le silence et la tension augmentent au point que je ne peux plus rester assise, je fais glisser mes pieds vers l'avant, frottant subtilement mes cuisses l'une contre l'autre.

Comme je savais qu'ils regardaient certainement depuis qu'ils m'avaient laissée frustrée, je ne me suis pas masturbée. Mais j'en ai vraiment envie.

— JD t'a vraiment fait passer un sale quart d'heure, hein ? l'interrogé-je.

Une partie de moi veut lui proposer de trouver une trousse de premiers secours et de l'aider à se nettoyer, mais je refoule cette idée au plus profond de moi.

Les coupures et les ecchymoses ne sont manifestement

pas si récentes. Le sang sur son visage et ses articulations est sec, et les ecchymoses s'assombrissent déjà.

— Je n'aurais pas pensé qu'il puisse te maîtriser, mais je dois dire que tu es dans un état pire que la dernière fois que je l'ai vu.

Ses lèvres se retroussent en un rictus qui fait se rouvrir une de ses coupures. Du sang frais coule le long de son menton couvert de poils courts et mes doigts se crispent à cause de mon envie de l'essuyer et de le goûter. Pour voir s'il a un goût différent de celui de JD.

Je secoue la tête, irritée contre moi-même.

— Quoi ? me questionne-t-il en ne manquant pas mon geste.

— Rien, craché-je.

Il ricane mais n'en dit pas plus.

— Ce n'était pas JD, avoue-t-il après de longues secondes de silence.

— Mais il a dit...

— Quelques bleus viennent de lui, c'est sûr. Mais le reste. C'est quelqu'un d'autre.

— OK, et tu es ici pour me raconter tout ça, pourquoi ?

Il hausse les épaules et recule un peu sur son siège en écartant les jambes. Son short se resserre sur ses cuisses, me montrant à quel point elles sont larges et puissantes.

Je salive en me demandant à quoi il pourrait ressembler nu.

— J'ai pensé que tu serais intéressée de savoir l'état dans lequel j'ai laissé mon adversaire.

— Je n'ai vraiment rien à foutre du gangster que tu as battu ce soir. Il l'a probablement mérité.

— J'aime que tu penses que j'ai gagné.

— Je ne suis pas stupide, Reid. Ton ego est trop grand pour perdre.

— Tu as foutrement raison. Et il n'y a aucune chance que je laisse ton mari me battre.

Il me faut quelques secondes pour enregistrer ses paroles. Mais lorsque je réalise ce qu'il vient de dire, mon menton s'abaisse et tout l'air s'échappe de mes poumons.

Je suis sur pied et en face de lui en un clin d'œil.

— Tu t'es battu avec Mav ?

— Bingo, Petit animal.

— Non, réponds-je en secouant la tête. Il ne l'aurait pas fait.

— Parce qu'il savait qu'il perdrait ? propose Reid.

Mav n'a pas participé à des combats depuis des années. Il a eu une commotion cérébrale assez grave et il a abandonné les soirées de combat du vendredi soir au club-house. Une chose dont je me suis vraiment réjouie. J'avais vu un trop grand nombre de Hawks traînés hors de ce ring et ne jamais revenir.

— Tu mens, craché-je, convaincue qu'il essaie juste de m'appâter. Qui était-ce vraiment ?

Il plonge sa main abîmée dans sa poche et en sort son téléphone portable. Après l'avoir déverrouillé, il trouve une vidéo et lance la lecture, puis le tourne vers moi pour que je la voie.

Mes yeux s'écarquillent lorsqu'ils se posent sur une vidéo floue de l'homme devant moi et de mon mari au milieu d'une foule.

— Non, haleté-je, ma main couvrant ma bouche tandis que je les vois sautiller l'un devant l'autre.

La qualité de la vidéo est peut-être discutable, mais il est évident que ça dure depuis un certain temps au vu de la quantité de sang qui les recouvre tous les deux.

— Continue à regarder, Petit animal. Tu veux être témoin de ma victoire, n'est-ce pas ?

Je secoue la tête alors que mes yeux se remplissent de larmes. Mais même si je ne veux pas regarder, je ne peux pas détourner la tête lorsque Reid s'élance vers Mav, lui assène un puissant coup de poing dans l'estomac avant de lui lancer un uppercut dans la mâchoire.

Mon sanglot résonne dans la petite cellule alors que je continue à les observer se battre avant que Reid ne donne un dernier coup de poing mortel et que mon mari ne trébuche dans la foule. Heureusement, ils le rattrapent, mais il ne se relève pas.

— NOOON ! crié-je quand l'écran s'éteint et que Reid remet son téléphone dans sa poche. Non, s'il te plaît. Est-ce qu'il va bien ?

Reid me regarde pleurer pendant quelques secondes avant de se lever.

Sa poitrine frôle la mienne. Mes tétons durcissent, pas de façon désagréable, et je halète, incapable de m'en empêcher.

Il passe ses doigts dans mes cheveux et ramène ma tête en arrière pour pouvoir me dominer.

Je sais que je ne suis pas très grande, mais il me donne l'impression d'être une petite souris lorsqu'il me regarde. Comme s'il pouvait me briser en deux d'un seul geste.

— Reid, s'il te plaît, gémis-je alors que sa poigne se resserre.

Mes yeux se remplissent de nouveau de larmes et je le fixe, le suppliant silencieusement de me dire que Mav va bien.

— S'il te plaît, murmuré-je.

Il sourit de façon diabolique.

— Il ne peut pas supporter la douleur aussi bien que toi, Petit animal. Tu es plus un homme que lui.

— N'importe quoi. Mav est l'homme le plus fort que je connaisse.

— Alors il faut vraiment que tu en rencontres d'autres.

Il se rapproche, pressant nos corps l'un contre l'autre et laissant sa chaleur s'infiltrer dans le mien.

Mes tétons durcissent et mes cuisses se serrent.

— Pourquoi est-il monté sur le ring avec toi ? l'interrogé-je en me concentrant sur ma question, et non sur ma frustration.

30

ALANA

Ce connard se contente de me sourire.

Au moment où je pense qu'il ne va pas répondre, ses lèvres s'entrouvrent.

— Ce pauvre vieux Maverick est un peu stressé. Il semble que quelqu'un ait volé son jouet préféré et il n'arrive pas à trouver où on l'a caché.

— Enfoiré.

Il me regarde dans les yeux pendant un moment avant que la chaleur de ses mains ne s'enroule autour de mes poignets et que je sois forcée de reculer.

Je me heurte si violemment contre le mur que j'en perds le souffle.

Il lève mes bras au-dessus de ma tête, les coince contre le mur avec l'une de ses pattes géantes avant de me dominer, essayant de m'effrayer avec sa taille.

— Oh, Petit animal, dit-il, comme si tout ça n'était qu'une plaisanterie pour lui. N'as-tu pas entendu ? Je suis bien pire que ça.

— Tu aboies mais tu ne mords pas.

Sa main libre se lève et mon souffle de choc traverse la pièce lorsque son pouce effleure mon téton sensible.

— Tu crois ?

Je plisse les yeux, essayant désespérément de cacher ma vraie réaction à son contact, mais je crains que ce soit inutile.

— Je pense que nous savons tous les deux que j'ai assez de mordant.

— Tu n'es pas assez viril pour prendre ce que tu veux, raillé-je.

Mes yeux sont peut-être rivés sur les siens, mais il est si proche que je peux sentir tout ce qu'il ne veut pas que je sente contre ma hanche.

— Au moins, JD assume, ajouté-je.

— Tu veux que j'avoue que j'ai envie de te baiser, Petit animal ?

La chaleur inonde mes veines, me donnant envie de gémir de désir. Mais je me retiens.

Et si le puissant Reid Harris voulait me baiser ?

Ça ne voudrait pas dire que je serais sur le point de me mettre à quatre pattes et de m'offrir comme la sale pute qu'il pense que je suis.

Il secoue la tête, son sourire en coin toujours en place.

— Bien sûr. Tu es sexy. Je comprends pourquoi JD est si déterminé à enfreindre les règles et à voir si la pute numéro un de Victor est aussi bonne qu'il le pense. Mais contrairement à lui, je me soucie de savoir si les chattes sont saines. Et la tienne… je n'en ai aucune putain d'idée.

— *Fuck you*, fulminé-je.

— Je crois que je viens d'expliquer pourquoi ça n'arrivera pas.

D'instinct, mon pied se soulève et mon genou cherche désespérément à entrer en contact avec ses couilles pour l'envoyer par terre. Mais cet enfoiré le voit venir à un kilomètre et recule.

Ses yeux s'assombrissent et son expression devient encore plus froide, ce qui fait bondir mon cœur dans ma gorge.

— Et moi qui envisageais d'y aller mollo avec toi, murmure-t-il sombrement.

— S'il te plaît.

Les mots s'échappent de mes lèvres sans instruction de mon cerveau. Mais je ne sais pas vraiment ce que je demande.

Quelque chose me dit que c'est le contraire de ce que je devrais.

— Oh, Petit animal, réplique-t-il, ses yeux parcourant mon visage comme s'il voulait en mémoriser chaque centimètre carré. Tu es vraiment ma prisonnière préférée.

Avant que je n'aie eu le temps d'enregistrer ces mots, il m'attrape par la taille et me fait tourner sur moi-même, me plaquant contre le mur froid et impitoyable.

Je crie alors que mes bras sont tirés derrière mon dos, mes tétons se frottant contre le mur, envoyant des étincelles de désir directement sur mon clitoris.

Le cliquetis du métal me distrait avant que quelque chose de froid et de dur n'entoure mes poignets.

— Oh, putain de...

Je me force à arrêter de parler, détestant le fait d'en révéler trop.

— Ne te gêne pas pour moi, murmure-t-il en se penchant, son souffle passant sur mon oreille et descendant dans mon cou. Tu sais comment mettre fin à tout ça, Petit animal.

— Va te faire foutre, rétorqué-je sur un ton sec.

— Dis-moi la vérité et je te laisserai peut-être partir.

— Je ne te dois rien.

— Il ne s'agit pas de ce qui m'est dû, Alana. Il s'agit de mon avenir. Et si toi et ton mari voulez vous mettre en travers de mon chemin, alors je dois le savoir maintenant pour agir.

Il m'écarte du mur en tirant sur mes mains menottées et me jette sur le lit de camp.

Je crie alors que mon visage plonge vers la surface dure. Mais juste avant le contact, ses doigts attrapent mes cheveux et m'arrêtent.

— Je me fous de ton avenir, avoué-je. Le seul sur lequel je me concentre, c'est le mien.

— Pour l'instant, Petit animal, tu n'as pas d'avenir en dehors de ces quatre murs.

— Il finira par savoir où je suis. Il viendra me chercher.

Reid ricane en poussant ma joue sur le lit de camp, me laissant les fesses en l'air et totalement exposée à lui.

— Je pense que j'ai déjà prouvé ce soir que je gagnerai.

— Il n'abandonnera pas.

— Et pourquoi ça ?

— Parce qu'il ne permettra pas à un autre Harris de foutre ma vie en l'air.

Je halète et referme la bouche en réalisant ce que je viens de dire.

— Tu n'aimes pas travailler pour Papa, Petit animal ?

Je ne dis rien.

Ma poitrine se soulève au fur et à mesure que ma frustration envers moi-même s'accroît.

— J'ai pensé qu'une pute comme toi adorerait ça. Un travail qui te donne les orgasmes que tu n'as pas à la maison.

Reid s'agenouille derrière moi.

Je ne peux peut-être pas le voir, mais je sais exactement où sont ses yeux. Ma peau est brûlante.

— Parce que tu en as besoin, n'est-ce pas ? Tu n'es rien d'autre qu'une sale pute qui a besoin d'une bite. Peu importe de qui il s'agit. Tu ne peux pas avoir celle de ton mari, alors tu prends n'importe quelle autre pour satisfaire tes désirs.

— Ferme ta gueule ! crié-je avec les larmes aux yeux.

Ce n'est pas vrai. Je ne voulais aucun de ces hommes. Mais je ne peux pas non plus nier qu'ils m'ont donné quelque chose dont j'avais besoin.

— Même maintenant, alors que tu es enfermée ici. Tu devrais avoir peur. Être terrifiée. Je sais que les autres détenus le sont. Et pourtant, tu ne penses qu'à nos bites. Alors que tu devrais te soumettre, tu utilises ton corps pour nous manipuler et obtenir ce que tu veux à la place.

— Non ! m'écrié-je, même si c'est un mensonge.

Ce qu'il vient de dire est tout à fait vrai et je déteste ça.

— Ta chatte est trempée, Petit animal. C'est dire à quel point tu en as envie en ce moment.

Mon sanglot de honte fend l'air.

Je ne me rends pas compte que je bouge les hanches jusqu'à ce que son bras se déplace dans l'air et que sa paume s'écrase sur mes fesses.

— S'il te plaît ! crié-je en cambrant le dos alors que la douleur s'épanouit sur ma peau.

Plus. J'ai envie de plus.

Il recommence, me faisant crier.

— Dis-moi, Petit animal. Dis-moi tout et je pourrais te donner ce dont tu as envie.

Je secoue la tête alors que mes larmes trempent le tissu sous moi.

— En échange de quelques-uns de tes secrets, je remplirai ta chatte et te baiserai plus fort que jamais auparavant.

Mais si mon corps crie oui, ma tête, elle, sait à quoi s'en tenir.

Il se joue de moi. Il ne me donnera rien.

Peu importe à quel point il en a envie, il partira d'ici d'un moment à l'autre sans nous donner ce que nous voulons tous les deux.

Je le sais.

Mais ça ne m'arrête pas pour autant.

Je pousse mes fesses en arrière, essayant désespérément de le tenter alors que mes sanglots continuent.

Tu n'es rien d'autre qu'une pute inutile et sans vergogne, me murmure une voix sombre et très familière à l'oreille.

Soudain, bien que je sois réveillée, mon cauchemar revient en force.

— Non, s'il te plaît. NON ! hurlé-je.

Des rires sombres résonnent sur les murs autour de moi, tandis que mes épaules continuent de me faire mal et que tout mon corps souffre.

— S'il te plaît, ne me touche pas !

— *C'est un peu tard pour ça maintenant, tu ne trouves pas ?*

Je ferme les yeux, essayant d'entendre la voix de Reid et de la laisser me faire sortir de mes souvenirs. Mais ce n'est pas suffisant.

— *Tu adores ça. Je sais que tu adores ça.*

— Non, sangloté-je. S'il te plaît, laisse-moi partir.

— *Mais nous avons payé beaucoup d'argent pour ça. Sois reconnaissante, petite salope.*

La brûlure de la fessée de Reid me ramène un peu dans le présent.

Mais ce n'est pas suffisant. Mon passé, mes peurs, mes souvenirs sombres et obsédants m'envahissent.

Quelque chose se presse contre mon vagin et je crie.

— Non, non, non !

— Tu ne veux pas que je te donne ce que tu désires tant, Petit animal ? Je sais que ce n'est pas une bite, mais ce sera aussi bon.

J'essaie de ramper, d'échapper à ce qu'il est en train de faire, mais sa main se pose sur ma hanche et je suis clouée sur place, ce qui ne me laisse guère d'autre choix que de me laisser faire.

C'est l'histoire de ma vie.

Constamment sous le contrôle des hommes.

Mon corps a été utilisé pour les satisfaire.

Je peux essayer de prendre le dessus, mais en fin de compte, c'est toujours eux qui gagnent.

— S'il te plaît, gémis-je.

Les mots qu'il veut entendre sont sur le bout de ma langue. La raison de toutes ces conneries est juste là. Ils y mettraient fin.

Est-ce que...

Mais ça ne s'arrêtera jamais. Reid ne me laissera jamais sortir de cette cellule, de sa maison et ne me permettra jamais de continuer ma vie avec Mav comme si de rien n'était.

C'est une illusion.

Que je révèle mes secrets ou non n'a pas d'importance. Pas vraiment.

C'en est fini pour moi maintenant. Soit je vais passer le reste de ma vie comme sa prisonnière, soit il va me tuer. Il n'y a pas d'autre choix.

— Oh mon Dieu, crié-je quand quelque chose s'enfonce à l'intérieur de moi et m'étire.

Mais il a raison. Ce n'est pas sa bite et cette constatation me fait sangloter de déception.

Ça n'empêche pas mon corps de réagir.

— Regarde-moi ça. Une si bonne petite pute.

La plénitude en moi me fait soupirer de soulagement. Mais c'est loin d'être suffisant. Mes hanches continuent de bouger et je me bats pour obtenir ce dont j'ai besoin.

— S'il te plaît, soupiré-je.

— Tu en veux plus ? demande-t-il.

Sa voix est rauque de désir, me faisant comprendre qu'il n'est pas aussi insensible à tout ça qu'il veut me le faire penser.

— Oui, oui, le supplié-je comme la pute éhontée qu'il m'accuse d'être.

Je n'y peux rien. J'ai été entraînée dès mon plus jeune âge à désirer tout ce qu'un homme pouvait me donner. C'est instinctif, si profondément ancré, que je ne peux pas l'arrêter.

Je crie à plein poumon quand la chose qu'il vient d'enfoncer en moi commence à vibrer.

— Oh mon Dieu. Qu'est-ce que...

— C'est bon ? s'enquiert-il alors que je m'avance, désespérée d'en avoir plus.

Mais je n'entre jamais en contact avec lui et lorsque j'ouvre les yeux, je le trouve debout à côté de moi, me fixant avec une petite télécommande noire dans la main.

— Espèce de connard, sifflé-je alors que le plaisir commence à monter de plus en plus haut.

Mais je ne peux pas en profiter car je sais ce qui m'attend. Pour une fois, son expression n'est pas neutre et je peux voir toutes les pensées perverses qui se jouent dans sa tête.

Il lève la télécommande un peu plus haut, pour faire une démonstration de puissance, et appuie sur un bouton, ce qui arrête immédiatement les vibrations.

Je m'effondre sur le lit de camp, mes membres tremblant et ma poitrine se soulevant rapidement.

— Détache-moi, exigé-je en soutenant son regard.

Je suis dans un état lamentable. Mon débardeur est froissé, mes yeux sont rouges et gonflés à cause de mes larmes et j'ai sans doute l'empreinte rouge de sa main sur mes fesses.

— Bien essayé, Petit animal. Je reviendrai bientôt, déclare-t-il en empochant la télécommande et en réussissant à attirer mon regard sur son entrejambe.

Sa bite dure tend le tissu fin de son short, laissant très peu de place à l'imagination.

Je ne me rends pas compte que je me lèche les lèvres jusqu'à ce qu'il ricane.

— Continue de rêver, Petit animal. Dors bien.

Il me faut quelques secondes pour répondre, mais je parviens à prononcer les mots avant qu'il ne claque la porte de ma cellule.

— Profite de ta main droite, connard !

Son rire démoniaque est la dernière chose que j'entends.

31

JD

Je me dirige vers la chambre de Reid, le sang battant dans mes veines.

Dès mon réveil, j'ai fait ce que je fais tous les jours.

J'ai regardé ma petite colombe.

Mes yeux se sont écarquillés comme des soucoupes à la seconde où je l'ai trouvée avec les bras liés dans le dos et mon débardeur autour des côtes.

Mais même si j'appréciais foutrement la vue, je savais aussi qu'elle était restée des heures comme ça.

Avant même de savoir ce que je faisais, j'avais enfilé un boxer pour aller trouver l'enfoiré qui lui avait fait ça.

Je tourne la poignée et ouvre la porte, mais elle ne s'écrase pas contre le mur et ne réveille pas ce connard.

Il est dans son lit, en train de dormir comme un putain de bébé, se fichant totalement de ce qu'il a fait.

Je traverse la moitié de la pièce avant de remarquer que l'écran de soixante pouces au bout de son lit est allumé et qu'il affiche la même image que celle que je viens de voir.

Il n'a pas envie d'elle, mon cul !

Je ne quitte pas des yeux sa forme endormie avant d'être tout près de son lit et, à ce moment-là, la première chose que je trouve, c'est une petite télécommande qui lui a échappé des doigts.

Qu'est-ce que…

Je la prends et reconnais immédiatement le logo qui se trouve dessus.

— Espèce de sale con, marmonné-je.

Mais ça ne m'empêche pas d'appuyer sur le bouton « on » et de me retourner vers l'écran.

Au début, elle ne fait rien. Puis je monte encore d'un cran et elle commence à bouger, ses hanches remuant dans son sommeil à la recherche de plaisir.

Ce n'est que lorsque j'augmente de nouveau le niveau que son cri de choc se répand dans les haut-parleurs et remplit la pièce.

— Putain, je te déteste ! hurle-t-elle alors que le tremblement de ses cuisses la force à se retourner sur le dos et à écarter les jambes.

La vue est foutrement magnifique.

— Elle ne le pense pas. Elle m'aime vraiment, dit une voix rauque et ensommeillée à côté de moi.

— Tu l'as excitée avec ça toute la nuit ? lui demandé-je, sans prendre la peine de le regarder.

Pourquoi le ferais-je alors que cette beauté se donne en spectacle devant nous.

— Pas toute la nuit. Quelques heures. Elle criait dans son sommeil, alors je suis descendu pour voir si elle était prête à parler.

— Est-ce qu'elle a parlé ?

Vu qu'elle est toujours enfermée au sous-sol en train d'être torturée de cette façon, j'imagine que non.

— Presque, lorsqu'elle était sur le point de jouir.

— Je vois, murmuré-je, en réduisant la vitesse et en la faisant crier de frustration.

— Tu avais raison, avoue Reid.

Cette fois-ci, je me retourne pour le regarder.

— Pardon ? Qu'est-ce que tu as dit ?

— Va te faire foutre.

— Non, non. Je crois que mes oreilles ont mal entendu. Est-ce que tu viens de dire que j'avais raison ?

— Elle répond mieux au désir qu'à la peur.

— Eh ben, bon sang. Le tout-puissant Reid Harris peut admettre qu'il a tort.

— T'es un connard, raille-t-il en s'asseyant et en s'appuyant contre sa tête de lit en fer forgé.

Ça doit vraiment être inconfortable, mais peu importe.

— Alors, quel est le plan, patron ? Augmenter les vibrations pour lui soutirer la vérité ?

— Quelque chose comme ça. Il y a une cellule qui a besoin d'être nettoyée d'abord. Elle n'est pas la seule à avoir eu une visite nocturne.

— Qu'est-ce que tu as fait ?

— Fais-moi du café et je te laisserai peut-être venir voir, réplique-t-il en jetant ses couvertures et en se dirigeant vers la salle de bain en boxer.

— Attends un peu. Je veux d'abord profiter un peu du spectacle.

— Tu as cinq minutes. Et si tu jouis sur mes draps, tu m'achètes un nouveau lit.

— Putain, marmonné-je alors qu'il referme la porte derrière lui. Heureusement que tu ne sais pas que ce ne serait pas la première fois.

J'appuie deux fois sur le bouton de la télécommande pour augmenter la vitesse et souris quand elle saute pratiquement du lit.

— ARGH ! crie-t-elle. Tout le monde a raison à ton sujet, tu es un connard malade, pervers et vindicatif comme ton père.

— C'est vrai, acquiescé-je.

Je vois le moment où son orgasme approche et je coupe les vibrations.

— PUTAAAAAIN !

Sa poitrine se soulève, ses tétons durs et piercés se pressent contre le tissu fin de mon débardeur et sa chatte est exposée. Putain. Elle est tellement mouillée qu'elle luit sous les projecteurs qui l'éclairent. Qu'est-ce que je ne donnerais pas pour la goûter.

Sachant que je ne pourrai pas y aller en étant aussi excité, je resserre ma prise sur la télécommande et me dirige vers ma chambre.

Mon boxer est autour de mes chevilles lorsque je franchis le seuil et je l'envoie vers le panier à linge d'un coup de pied avant de m'affaler sur mon lit et d'attraper la télécommande de la télévision de ma main libre.

Je trouve la chaîne pour mettre le direct, puis abandonne la télécommande pour saisir ma bite.

— Oh putain, oui, petite colombe, gémis-je en serrant ma queue, tout en remettant son vibromasseur en marche.

— Pour l'amour de Dieu, espèce d'enfoiré sadique ! hurle-t-elle en se débattant sur le lit.

— Tu es tellement belle, Colombe. Écarte les jambes, laisse-moi voir ta chatte, murmuré-je en souhaitant qu'elle puisse m'entendre.

J'augmente la vitesse des vibrations et la réaction est exactement celle que j'espérais.

— Putain de merde, tu es parfaite.

Je gémis en continuant de me branler pour jouir le plus vite possible.

C'est peut-être nécessaire, mais je sais déjà que ce ne sera pas suffisant.

Elle continue de couiner et de maudire Reid alors que je me rapproche de la jouissance.

— Oui. Putain, oui, grogné-je en éjaculant sur la moquette, juste au moment où elle gémit comme si elle était sur le point de jouir aussi.

Je me dépêche d'éteindre le vibromasseur, lui faisant maudire Reid en lui criant d'aller en enfer.

Trop tard pour ça, petite colombe. Il a obtenu son aller simple pour l'enfer il y a longtemps.

Il y a du mouvement à ma porte avant que la tête de cet enfoiré suffisant ne passe à l'intérieur.

— Je vais me faire mon café moi-même, alors.

— Comme si tu n'étais pas branlé sous la douche, grondé-je quand il disparaît aussi vite qu'il est apparu.

— Nettoie la moquette. Personne n'a envie de marcher sur tes croûtes de sperme.

— Tu sais que tu n'es pas obligé de la regarder à chaque seconde, n'est-ce pas ? me taquine Reid alors que je suis assis à l'ilot de la cuisine avec la retransmission en direct sur mon portable.

— Dit celui qui s'est endormi en la regardant avec la télécommande dans une main et sa bi… Hé ! fais-je lorsqu'il me lance une cuillère à la tête. Tu ne peux même pas admettre que faire ça t'a tellement excité que tu as dû te branler une cinquantaine de fois par la suite, n'est-ce pas ?

— Je fais juste ce qui doit être fait.

— Ouais, c'est ça. Tu es pathétique.

— Ce n'est pas ce que dit Mav. Je parie que cet enfoiré

peut à peine marcher aujourd'hui, réplique-t-il avec un sourire diabolique.

— C'était génial, avoué-je.

— Il l'a mérité. J'espère que ça lui fait un mal de chien, ajoute-t-il avant de siroter sa tasse de café en fusion.

— Il est vraiment en piteux état sans elle, n'est-ce pas ?

— Pathétique.

— Il l'aime, dis-je distraitement.

Les yeux de Reid bondissent vers les miens.

— Quoi ? rétorqué-je. Tu as soudain une conscience ?

— Putain non. J'en ai rien à foutre de ce qu'il ressent pour Alana. Je suis juste très curieux. Ils sont mariés depuis des années et elle crève d'envie d'être baisée, dit-il en faisant un geste vers l'écran où elle bouge d'avant en arrière tandis que le vibromasseur continue de vibrer sur le réglage le plus bas. Comment se fait-il qu'il n'ait pas cédé et qu'il ne l'ait pas sautée ?

— De ton côté, tu arrives à peu près à te retenir. Il a manifestement ses raisons.

— Putain, rien de tout ça n'a de sens, se plaint-il en se frottant la mâchoire couverte de poils.

— Je la crois pourtant, admets-je avec un peu d'hésitation.

— Quoi ?

Je bois une gorgée de café pendant qu'il m'observe avec un regard qui terrifierait presque tout le monde dans cette ville. Putain, dans ce pays.

— Je ne pense pas que Mav et elle se jouent de nous.

— Putain de merde, J. Tu ne l'as même pas encore pénétrée et elle te mène déjà par le bout du nez.

Mes dents grincent et mes lèvres se pincent.

— Peut-être que j'ai tort, marmonné-je.

Pourtant, tout comme je savais quelle était la meilleure

façon de la faire craquer, je suis presque sûr d'avoir raison aussi sur ce coup-là.

Il reste silencieux un long moment pendant qu'il sirote son café et pense à mes paroles. Je reste concentré sur l'écran, le laissant réfléchir.

— À supposer que tu n'aies pas tort, dit-il. Pourquoi aurait-elle fait tout ça ?

Je hausse les épaules. *Si je connaissais la réponse à cette question, nous ne serions pas assis ici, n'est-ce pas ?*

— Elle déteste Victor, affirme-t-il.

— Qui ne le déteste pas ? rétorqué-je.

— Pourtant, elle travaille volontairement p...

— Peut-être pas volontairement, réponds-je rapidement.

— Eh bien, elle travaille apparemment pour lui parce qu'il a quelque chose sur Mav et qu'elle essaie de le protéger, explique-t-il, résumant tout ce que nous savons.

— Et donc ?

— Je ne sais pas, il y a quelque chose qui cloche. Nous avons tous fait beaucoup de mauvaises choses pour lesquelles nous pourrions être condamnés, Victor le sait. Pourquoi ne nous menace-t-il pas ? Qu'est-ce que Mav sait que nous ne savons pas ? Pourquoi est-il un risque ?

Je pose ma tasse sur le comptoir et éteins le vibromasseur.

— Et si nous descendions pour le découvrir ?

Il m'étudie un instant.

— N'oublie pas qui commande ici.

Je lève la main pour lui faire un salut militaire avant d'avaler ce qui reste de mon café et d'empocher mon portable.

— Attends ! crié-je quand il est à la porte. On lui fait du café ?

Il me regarde par-dessus son épaule.

— Tu penses que c'est une bonne idée ?

— Ouais. Elle appréciera.

— Très bien. Prépare-lui un foutu café. Elle ne l'aime pas trop chaud, cela dit.

— Évidemment, il n'y a personne d'aussi bizarre que toi pour aimer le café en fusion.

— On se retrouve en bas, dit-il, avant de partir et de me laisser seul avec la machine à café.

Ma dépendance à l'égard de cette fille au sous-sol m'oblige à ressortir mon téléphone. Je pensais qu'il allait entrer directement dans sa cellule, mais à ma grande surprise, sa porte reste fermée.

— Prépare-toi, petite colombe. Le temps où tu gardais tes secrets est révolu, affirmé-je avant de me diriger enfin dans la direction où Reid a disparu il y a quelques minutes, un café au lait à la main pour ma colombe.

L'odeur métallique familière du sang frappe mon nez, me rappelant ce que Reid a dit à propos de sa visite à quelqu'un d'autre la nuit dernière.

Je m'arrête devant la porte ouverte et mes yeux s'écarquillent de stupeur.

— Putain de merde. Tu avais vraiment besoin de te défouler.

Il hausse les épaules en jetant sans ménagement le prisonnier sur son lit de camp.

— Est-il...

— Pas encore, confirme-t-il. Mais il n'en a plus pour longtemps.

— Quand as-tu décidé d'en finir avec lui ? lui demandé-je par curiosité.

D'habitude, il me prévient quand il décide de libérer des places.

— Je ne l'ai pas fait. Et ce n'est pas nous qui allons prendre la décision. C'est elle.

Mon estomac se noue.

— Que vas-tu lui faire faire ?

Il lève les yeux avec son habituel sourire diabolique aux lèvres.

— J'ai peut-être dit que tu avais raison, mais ça ne veut pas dire que nous allons faire les choses uniquement à ta manière. Mais nous allons obtenir des réponses aujourd'hui.

Tournant le dos au type à moitié mort qui se vide lentement de son sang sur le lit de camp, il déverrouille la porte d'Alana et l'ouvre en grand.

— Bonjour, Petit animal, la salue-t-il bruyamment, comme un odieux connard. Tu as bien dormi ?

Je ne peux m'empêcher de rire lorsqu'elle grogne après lui comme un animal sauvage en cage.

Je le suis, m'avance dans l'embrasure de la porte et les trouve en train de se fixer l'un l'autre, la tension crépitant bruyamment entre eux.

Oh ouais, quand ces deux-là vont finir par baiser, ça va faire des étincelles.

Évidemment, ça sera uniquement après que j'aurai passé un moment avec elle. Cet enfoiré a peut-être envie de gagner, mais pas cette fois.

Elle est à moi.

32

ALANA

Ce putain d'enfoiré de Reid Harris entre dans ma cellule, avec un large sourire aux lèvres et un simple pantalon de jogging, comme s'il avait passé une bonne nuit de huit heures. Ses coupures et ses ecchymoses de la veille n'enlèvent rien à son côté sexy, au contraire, elles ne font qu'ajouter à son allure sombre et mystérieuse qui me fait saliver.

Et la situation ne fait qu'empirer lorsque JD arrive derrière lui, vêtu de la même façon – sauf que son jogging est noir –, avec une tasse de café fumant à la main.

— Oh, petite colombe, commence-t-il avec un sourire en coin. Cette cellule sent la chatte et la frustration.

Je l'ignore, ainsi que la tasse, supposant qu'elle n'est pas pour moi, et me concentre de nouveau sur le connard qui se tient au pied de mon lit.

— T'es un vrai connard, tu le sais, n'est-ce pas ?

Il rit et JD renifle.

— Ouais, Petit animal, je sais. Comment te sens-tu ? s'enquiert-il.

Il a presque l'air de s'en soucier, mais je sais à quoi m'en tenir.

— Va te faire foutre, répliqué-je en roulant sur le côté pour pouvoir m'asseoir.

J'ai mal aux épaules et mes mains sont engourdies, mais je sais que je ne dois pas me plaindre. Si mes supplications ne me mènent nulle part, se plaindre comme une petite mauviette ne marchera pas non plus.

— Oh, Colombe. J'adore quand tu es fougueuse.

— Ouais, eh bien, tu serais un peu énervé aussi si quelqu'un te gardait éveillé toute la nuit avec un vibro enfoncé dans le cul.

— Mec, je pensais que tu l'avais mis dans sa chatte. C'est…

— C'est le cas. Elle donnait juste une illustration pour faire valoir son point.

JD hoche la tête avant de glisser sa main libre dans sa poche. Une seconde plus tard, il la retire et révèle une petite télécommande noire.

— Tu veux parler de cette télécommande ? demande-t-il, ses lèvres frémissant d'amusement.

— Ne le fais pas, l'avertis-je.

Mon corps est dans un état pitoyable. Mes muscles tremblent. Ma chatte est endolorie et frustrée par l'orgasme que ce connard m'a empêché d'avoir toute la nuit. Même si maintenant que je vois JD avec la télécommande, je me demande s'il était dans le coup.

Son pouce bouge, survolant le bouton.

— JD, le préviens-je.

Mais ça ne sert à rien.

Je pousse un couinement lorsque le doux bourdonnement reprend.

J'ai espéré pendant un certain temps que je deviendrais

tellement excitée que même le réglage le plus bas finirait par me faire jouir. Mais avec les montées et descentes constantes, et les arrêts, je n'ai pas réussi.

J'en ai plus que besoin maintenant. Je suis presque sûre que ma tête va bientôt exploser si je ne jouis pas.

Je plisse les yeux en luttant contre l'envie de me tortiller dans l'espoir que les vibrations touchent le bon endroit.

Même si je le faisais, ils m'en empêcheraient.

— Éteins-le, ordonne Reid, comme s'il était une sorte de preux chevalier venu me sauver.

En bon petit garçon qu'il est, JD s'exécute immédiatement et je m'affaisse de soulagement lorsque le bourdonnement s'arrête.

— S'il te plaît, le supplié-je sans pouvoir m'arrêter, enlève-le.

— Mais tu as vraiment l'air d'aimer ça, raille Reid en me faisant grincer des dents.

— Nous t'avons apporté un café au lait, ajoute JD en empochant la télécommande et en s'approchant.

L'odeur du café emplit mes narines tandis qu'il s'avance vers moi. J'en ai l'eau à la bouche et mon estomac gargouille si fort qu'ils sourient tous les deux.

Mais je ne suis pas aussi stupide.

— C'est quoi le truc ? Tu as mis de la drogue dedans ? Du poison ?

— Ce n'est pas un piège, petite colombe. Juste un café au lait.

Mes yeux se tournent vers Reid lorsqu'il se décale légèrement quand JD utilise le surnom qu'il m'a attribué.

— Qu'est-ce qui ne va pas, Big Man ? Tu n'aimes pas le surnom qu'il m'a donné ?

Ses lèvres se pincent, mais il se retient de dire ce qu'il veut vraiment dire.

— Tu vas lui enlever ses menottes ou quoi ? gronde JD. Je serais content de le boire à sa place, mais ce n'était pas vraiment l'idée.

Avec un soupir irrité, Reid sort un trousseau de clés de sa poche et disparaît derrière moi.

Je pense que je n'ai pas besoin de demander qui a eu cette idée.

Sa chaleur caresse mon dos un instant avant qu'une légère pression ne soit exercée sur mes mains engourdies et mes poignets endoloris, puis les menottes sont retirées.

— Oh mon Dieu.

Mes épaules me font un mal de chien alors que je ramène mes bras devant moi.

Je ne sais pas depuis combien de temps je suis ligotée, mais ça fait trop longtemps. Surtout que j'avais désespérément besoin de dormir.

— Tiens, dit JD en se mettant à genoux devant moi et en me tendant la tasse comme s'il s'agissait d'une sorte de rituel bizarre.

— Lève-toi, espèce de crétin, s'emporte Reid, qui partage manifestement mes pensées.

J'ai beau vouloir refuser, la tentation de boire ma première gorgée de café depuis je ne sais combien de jours est trop forte et je presse mes lèvres sur le bord de la tasse.

Et si j'étais sur le point d'être empoisonnée ? Ce serait peut-être la meilleure option, finalement.

Le gémissement qui gronde dans ma poitrine lorsque le liquide riche et profond touche ma langue est obscène.

Les yeux de JD me brûlent, son intérêt est plus qu'évident, mais je refuse d'ouvrir les yeux et savoure cette onctueuse dose de caféine.

Le silence envahit la pièce, mais je sais que je n'ai pas perdu leur attention. Ma peau peut le sentir.

Ce n'est que lorsque la tasse est vide que je lève enfin la tête. Je retrouve immédiatement les yeux bleus enflammés de JD.

— Merci, murmuré-je, en ayant besoin qu'il sache à quel point j'apprécie, même si ça me tue.

Je pousse un cri lorsqu'une main géante s'enroule autour de mon bras et me tire du lit de camp.

— Allons-y, Petit animal, grogne Reid, son impatience à son comble.

Il va plus vite que mon corps ne peut le supporter et je finis par être traînée hors de ma cellule, mes pieds ne trouvant pas d'appui sur le sol froid en béton.

L'odeur qui emplit l'air ici me fait pincer les lèvres. Mais avant que je puisse demander ce que c'est, on me jette dans une autre cellule, d'où provient l'odeur nauséabonde, et j'atterris à genoux au milieu de ce qui ne peut être décrit que comme une scène de meurtre.

Je scrute le sang qui tache les murs et le sol, mais d'après l'odeur, je suis sûre qu'il y a d'autres fluides corporels ici aussi.

Le café tourbillonne dans mon estomac et je suis sur le point de le vomir.

— Qu'est-ce que c'est que ce bordel ? sifflé-je en gardant les yeux rivés sur le sol devant moi.

— Jonno ne va pas très bien, explique Reid, avant que le raclement du lit de camp contre le béton ne me fasse grimacer lorsqu'il donne un coup de pied dedans.

Je me risque à lever les yeux et découvre un homme ligoté et bâillonné sur son lit de camp.

Son visage est dans un état innommable, il est gonflé et ensanglanté au point d'être méconnaissable. Son corps est dans le même état que celui de Tommy il y a quelques jours, mais sous cet homme se trouve une mare de sang qui grandit rapidement. Je ne vois aucun signe évident de blessure, mais il est clair que quelque chose ne va pas, car son sang continue de couler dans le petit drain sous lui.

Je n'ai jamais été du genre sensible. La vue du sang ne m'a jamais vraiment dérangé. Mais là, c'est un tout autre niveau. Mon estomac se serre et j'ai des haut-le-cœur, car c'est trop pour moi.

— Et il déteste vraiment que sa cellule soit en désordre, poursuit Reid.

Il disparaît dans l'embrasure de la porte, JD et moi fixant avec confusion l'endroit qu'il vient de quitter.

Il revient avant qu'aucun de nous n'ait le temps de dire quoi que ce soit et dépose un seau d'eau et une éponge à côté de moi.

— Nettoie tout ça avant qu'il ne se vide de son sang et je te donnerai la chance de lui sauver la vie, dit Reid.

— Pourquoi est-il ici ? l'interrogé-je, les yeux fixés sur l'homme à moitié mort sur le lit.

— Ça ne te regarde pas pour l'instant, répond Reid. S'il est encore en vie lorsque tu auras terminé, je te dirai ce qu'il a fait et te laisserai décider de son sort.

— M... Moi ? bégayé-je.

— Toi, confirme-t-il.

— Pourquoi ?

— Pourquoi pas ?

— Frérot, c'est... commence JD avant d'être rapidement interrompu par son chef.

— L'autre option, c'est que tu t'en occupes, s'emporte Reid en dévisageant son meilleur ami, le défiant de le contrarier et de me libérer.

Ses yeux rencontrent les miens et je lis tout ce qu'il ne veut pas dire dans ses profondeurs bleues.

Acceptant mon sort, j'attrape l'éponge et la plonge dans l'eau. Au moins, elle est chaude.

Je me lève et me dirige vers les taches sur le sol, jusqu'au mur le plus éloigné et commence à frotter.

Mon corps me fait souffrir et mes muscles me brûlent. Mon manque de sommeil n'a jamais été aussi évident, tout comme mon manque de vêtements.

Le débardeur de JD frôle mes tétons à chaque mouvement, ce qui me rend plus consciente que jamais de mes nouveaux bijoux. Mais ce n'est rien comparé au moment où je me penche pour rincer l'éponge.

Je m'immobilise à la seconde où l'air frais passe sur ma chatte et où un halètement bruyant remplit l'air.

— Oh, maintenant je commence à comprendre, murmure JD, tandis que Reid reste muet.

Je devrais prédire ce qui va suivre, mais je suis trop préoccupée par leurs réactions alors qu'il m'observe pour vraiment réfléchir, mais à peine me suis-je relevée de toute ma hauteur que les vibrations recommencent. Et elles ne sont pas lentes.

— Putain de merde ! aboyé-je en frappant agressivement l'éponge humide contre le mur, m'aspergeant d'eau au passage.

Je refoule toutes mes émotions et mon dégoût et continue à frotter.

Je ne les laisserai pas gagner. Ils ne me battront pas.

Après quelques minutes, les vibrations ralentissent et mon corps se détend. Mais je ne me retourne pas pour les regarder.

Je ne devrais pas être reconnaissante d'avoir à nettoyer le sang et d'autres choses inavouables dans cette cellule, mais après des jours sans rien faire, avoir un travail me fait du bien. Ça me donne une sorte de centre d'intérêt. Autre chose que ressasser mes cauchemars ou m'inquiéter pour Mav.

L'image de Reid le dominant lors du combat d'hier soir me revient encore à l'esprit.

Un sanglot menace de s'échapper de ma gorge, mais je le refoule au plus profond de mon être.

Ils veulent me briser. Me battre, m'affaiblir et me regarder m'effondrer. Mais il faudra plus que ça.

Chaque fois que Mav se battait, j'étais toujours là pour m'occuper de lui après. Au cours des premières années de notre vie commune, nous avons passé de nombreuses heures dans la salle de bain, pendant que je le soignais. Je l'ai même recousu une fois ou deux.

Je détestais ça. Je détestais faire souffrir le seul homme qui se soit jamais soucié de moi, mais je savais que je devais le faire pour l'aider.

Le voir se battre me terrifiait. Je le suppliais de ne pas y aller, de ne pas se mettre en danger de cette façon.

L'idée de le perdre était plus effrayante que tout ce que j'avais vécu jusqu'alors. Il était mon héros, mon sauveur, mon tout.

Tout ce que je voulais, c'était être là pour lui en retour.

Je ne réalise pas que je pleure jusqu'à ce qu'une larme touche mon bras.

Je baisse la tête, totalement abattue. Épuisée et proche de perdre la raison.

Et c'est à ce moment-là que les vibrations reprennent.

Un sanglot s'échappe de ma gorge sans que mon cerveau me le demande.

Reste forte, Alana. Tu peux y arriver.

Tu es meilleure qu'eux.

33

MAV

Mon cœur se brise en deux lorsque je regarde Alana, assise à genoux devant moi dans ma salle de bain, des larmes silencieuses coulant sur ses joues.

— Je suis désolé, murmuré-je en me sentant comme l'humain le plus horrible de la planète.

Elle m'a supplié de ne pas me battre ce soir, mais j'ai fait le connard égoïste et têtu qui pensait que tout irait bien.

*Jusqu'à ce qu'*il *monte sur le ring.*

Ce putain de Reid Harris.

Si je ne devais plus jamais regarder ce connard dans les yeux, ce serait une bonne chose.

Heureusement, nos pères nous occupent tous les deux suffisamment et nous n'avons pas besoin de passer du temps ensemble.

Mais de temps en temps, nos mondes se rencontrent et ça se termine généralement de manière explosive.

Ce soir, ce n'était pas différent.

— Mav, renifle-t-elle en levant une main pour essuyer ses joues mouillées.

— J'aurais dû t'écouter.

— Tu ne pouvais pas savoir que ce serait lui.

— J'aurais dû rester à la maison avec toi.

Ses yeux larmoyants rencontrent les miens et un autre morceau de mon cœur semble se briser.

Nous savons tous les deux pourquoi je me bats. Pourquoi j'ai besoin de me défouler. C'est un tabou qu'aucun de nous n'a encore abordé.

Alana a dix-sept ans. Elle est mineure. Il est hors de question que je rompe la promesse que je lui ai faite, même si elle est très sexy.

L'observer évoluer au cours des dix-huit derniers mois a été un véritable honneur. Elle prend de l'assurance et découvre la jeune femme qu'elle a toujours été censée être.

Je refuse catégoriquement de faire quoi que ce soit qui puisse entraver ses progrès.

Chaque nuit, sans exception, je me réveille en entendant ses cris à glacer le sang. Elle les supplie d'arrêter, pleure et gémit. Et je ne peux rien y faire.

J'avais espéré au début que ça s'atténuerait avec le temps.

Mais ce n'est pas le cas.

Nuit après nuit, ces monstres continuent de la hanter.

— C'est bon, dit-elle doucement.

Après avoir trempé du coton dans de l'eau chaude, elle l'applique doucement sur le coin de ma bouche.

— Tu n'as pas besoin de faire ça, répliqué-je en évitant autant que possible de bouger les lèvres.

Chaque fois que je parle, la coupure se rouvre.

Ses yeux doux rencontrent les miens.

— Laisse-moi m'occuper de toi, murmure-t-elle.

Mon pouls s'accélère et mon sang se réchauffe.

Oh, comme j'aimerais que tu puisses le faire vraiment, Poupée.

Je reste silencieux, observant ses moindres gestes tandis qu'elle nettoie chaque coupure. Elle met du sparadrap sur les entailles les plus profondes, mais elle laisse les autres cicatriser à l'air libre.

— Laisse-moi vérifier tes côtes, dit-elle en tendant la main et en remontant mon débardeur le long de mon corps.

— Elles vont bien.

Elle me lance un regard noir et hausse un sourcil pour me faire taire.

J'obtempère. Je le fais toujours quand il s'agit d'elle.

Je l'aide à m'enlever mon débardeur et le laisse tomber sur le sol, trempé de sang.

— Bon sang, Mav, souffle-t-elle, horrifiée par ce qu'elle voit.

Je ne regarde pas. Je n'en ai pas besoin. Je me souviens trop bien des coups.

Mon corps tout entier tressaille lorsque ses doigts effleurent délicatement ma peau. Et bien que j'essaie de refouler toutes les choses lubriques que j'imagine, ma bite se met à bander à cause de son contact innocent.

— Il faudrait faire une radio.

— C'est bon. Je me suis déjà cassé des côtes. Elles ne font pas si mal que ça.

Elle appuie doucement dessus, me faisant prendre de grandes inspirations. Je ne sais pas si elle a trouvé ce qu'elle cherche, mais ça fait un mal de chien. Si elle essaie de prouver que mes propos précédents étaient faux, alors elle s'y prend de la bonne façon.

Elle descend le long de mes côtes, et plus sa main descend, plus ma queue grossit, jusqu'à ce qu'elle tende mon short.

— Poupée, soupiré-je en fermant les yeux et en inclinant mon visage vers le plafond dans l'espoir de trouver un peu de force, je te promets que je vais bien.

— Je ne suis pas sûre que tu réussisses à me convaincre en mettant du sang partout sur le sol de ta salle de bain.

Sa main quitte mes côtes pour se poser sur ma cuisse. Mais ce n'est pas seulement sur ma cuisse que ses doigts se posent.

Elle halète et je me lève immédiatement, la faisant retomber sur ses fesses et s'envoler tout le matériel médical dans toutes les directions.

— Putain. Je suis désolé. Merde, grondé-je en passant mes doigts couverts de sang dans mes cheveux et en tirant jusqu'à ce que mon cuir chevelu me fasse presque aussi mal que le reste de mon corps.

— C'est bon. C'est...

Ses yeux tombent sur mon entrejambe et elle déglutit alors qu'elle fixe la bosse plus qu'évidente sur mon short.

— Pars, grogné-je en détestant la froideur et la méchanceté de ma voix.

— M... Mav, murmure-t-elle en se levant et en venant se placer juste devant moi. C'est bon.

Sa main s'élance vers l'avant et, heureusement, je parviens à attraper son poignet avant qu'elle n'entre de nouveau en contact avec moi.

Le premier frôlement innocent de ses doigts a suffi. Je ne suis pas assez fort pour faire face à un geste plus délibéré.

— Alana, dis-je, mes yeux se plantant dans les siens, la suppliant de se calmer. Je ne peux pas...

Elle déglutit nerveusement et ses yeux s'inondent de larmes avant que sa lèvre inférieure ne se mette à trembler.

— Je suis désolée.

Elle me contourne et s'enfuit de la pièce, plus vite que je ne l'aurais cru possible, me laissant là, avec rien d'autre que mes regrets et une érection enragée.

Le claquement bruyant d'une porte plus loin dans la maison me fait sursauter et je baisse la tête de honte.

Mes yeux s'ouvrent. Ou du moins, ils veulent s'ouvrir, mais en réalité, ils ne bougent presque pas, car ils sont trop enflés.

Un gémissement sonore s'échappe de mes lèvres alors que je tombe sur le dos. Mes côtes, mon visage, tout me fait mal alors que les souvenirs de la nuit précédente me reviennent en mémoire.

Qu'est-ce qui m'a pris ?

Le bruit d'une porte et de pas me forcent à lever la tête de l'oreiller. Mon cœur fait un bond tandis que l'espoir fleurit en moi.

Alana.

Des choses s'entrechoquent sur le comptoir de la cuisine et mon pouls s'accélère.

— Alana, râlé-je.

Mais tout comme le reste de mon corps, ma voix ne veut pas fonctionner.

La machine à café se met en marche alors que je lutte pour me redresser et me lever du lit.

Mes côtes me font mal. Mais rien ne m'empêchera de la rejoindre.

Rien.

Mes pieds touchent à peine le sol que les pas se rapprochent.

S'il te plaît. *S'il te plaît.*

Une ombre se dessine sur le seuil de la porte et j'ai l'impression que j'arrête de respirer.

Mes mains tremblent tandis que je force mes yeux à s'ouvrir davantage. Si c'est elle, je veux la voir.

— Poupée ? demandé-je d'une voix un peu plus forte cette fois.

Ma visiteuse franchit enfin le seuil de la porte et le monde s'écroule sous mes pieds tandis que mon espoir se brise sous mes yeux.

— Sheila, marmonné-je.

J'étudie la femme plus âgée pendant un moment avant d'abandonner et de m'effondrer sur le lit, abattu.

— Maverick, dit-elle en s'avançant vers moi, les mains sur les hanches et le regard farouche. As-tu au moins pris la peine de nettoyer ces coupures ?

Je ne réponds pas. À quoi bon ? Elle connaît la réponse rien qu'en me regardant.

J'ai eu du mal à rentrer chez moi hier soir. Honnêtement, je ne sais pas comment je n'ai pas fini dans un fossé, contraint de passer la nuit dans ma voiture. La première fois que je me suis réveillé dans mon lit, j'ai été choqué par la douceur de mes draps.

Mais, même si je savais que je devais me nettoyer, je n'y arrivais pas. Physiquement, j'aurais probablement pu y arriver. Mais émotionnellement... non. Pas la moindre chance.

Lorsque j'ai arrêté de me battre régulièrement après avoir subi une commotion cérébrale si sérieuse qu'Alana a cru que j'étais mort, la seule chose qui m'a vraiment manqué, ce sont nos séances dans la salle de bain. C'était les seules fois où je lui permettais d'être aussi proche de moi. J'en avais besoin comme un drogué de sa prochaine dose. Mais je savais qu'il fallait que ça s'arrête.

Chaque fois, j'étais sur le point d'oublier mes promesses, de la prendre dans mes bras et de la plaquer contre le mur.

— Putain, gémis-je en posant mon bras sur ma tête alors que mes souvenirs me hantent de nouveau.

Je réalise instantanément mon erreur lorsque la douleur explose sur mon visage.

— J'ai cru que mes oreilles me jouaient des tours quand j'ai entendu les jeunes parler de Reid Harris sur le ring hier soir avec nul autre que Maverick Murray.

Je gémis, mais ce n'est pas suffisant pour l'arrêter.

— Qu'est-ce qui t'a pris ? Tu ne pensais pas réellement avoir une chance, n'est-ce pas ?

Mon bras se pose sur le lit et je lui lance un regard noir.

— Merci pour ta confiance, marmonné-je.

— Je suis réaliste. Tu le sais, mon garçon. Tu es allé là-bas en étant émotionnellement faible et blessé. Tu n'étais pas dans le bon état d'esprit pour l'affronter. Même si tu avais été en pleine possession de tes capacités physiques, tu aurais quand même perdu.

— Aïe, sifflé-je.

— La vérité fait mal. Maintenant, occupons-nous de ce visage hideux, déclare-t-elle avant de se retourner et de s'introduire dans ma salle de bain, à la recherche de ma trousse de premiers soins.

— Tu n'as pas besoin de faire ça, lui dis-je en me relevant et en m'adossant à la tête de lit.

— Il faut bien que quelqu'un le fasse. Et corrige-moi si je me trompe, mais je n'ai pas vu de femmes en train de faire la queue autour du pâté de maisons pour proposer leurs services.

— Dieu merci, putain, murmuré-je.

Je ne vois rien de pire que l'arrivée d'une femme, désireuse d'épouser un gangster, pour soigner mes blessures.

J'ai la seule femme que je veux, il faut juste que je la trouve.

Sheila revient avec du matériel médical et commence à me nettoyer en silence. Ce n'est pas parce qu'elle n'a pas beaucoup de choses à dire. Elle en a. Je peux sentir les commentaires et les questions qu'elle s'efforce de retenir. Elle ne pourra les contenir bien longtemps. Avant son départ, je sais que j'aurai été forcé d'écouter toutes ses opinions et tous ses conseils.

Sheila est dans ma vie depuis aussi longtemps que je me souvienne. Elle me connaît mieux que moi-même la plupart du temps.

En grandissant, elle a été la seule vraie figure maternelle que j'ai eue. Ma mère a foutu le camp avant que je ne sois en âge de me souvenir d'elle. Pour être honnête, je ne peux pas vraiment la blâmer. J'aurais juste aimé qu'elle soit assez raisonnable pour m'emmener avec elle.

Papa est passé d'une femme à l'autre, en a engrossé plus d'une pour que cette ville soit jonchée de mes demi-frères et sœurs, qui ont plus ou moins d'années d'écart avec moi.

Mais Sheila, aussi loin que je me souvienne, était là pour s'occuper de nous de toutes les façons possibles.

C'est la grand-mère d'Ivy. Bon sang, c'est la grand-mère de tous ceux qui ont besoin d'un peu d'amour et d'attention dans cet enfer. Mais comme Ivy et moi sommes devenus inséparables dès notre premier jour de maternelle, Sheila m'a pris sous son aile et m'a donné autant d'amour qu'elle en a donné à Ivy.

Elle a été un meilleur parent pour moi que les miens. Et même après avoir accueilli Daisy et perdu Ivy, elle est toujours là. Toujours à essayer de me soutenir et de me soigner comme si j'étais de sa famille.

— Tu aurais dû m'appeler hier soir, me réprimande-t-elle en essayant de nettoyer le sang séché qui recouvre mon visage.

J'ai envie de lui dire de ne pas s'embêter, mais ça ne me mènera nulle part.

Une fois qu'elle en a fini avec mon visage, marmonnant sa désapprobation pendant tout ce temps, elle commence à s'attaquer à mes articulations.

— Je sais que tu détestes ça, dit-elle enfin. Je sais à quel point elle te manque.

— Sheila, soupiré-je.

Il va sans dire qu'elle a été la première personne à qui Alana et moi avons parlé de notre mariage. Elle était sceptique au début, à juste titre. Tout le monde dans cette ville pensait qu'elle était partie chez sa mère et Kristie, et puis soudain, elle me tenait la main et portait mon alliance.

Nous savions que tout le monde allait parler. En plus, j'avais cinq ans de plus qu'elle et elle en avait à peine dix-huit. Non pas que ce genre de choses soit tout à fait inhabituel dans un endroit comme Harrow Creek. Mais Sheila a vu clair dans notre jeu. Elle savait qu'il y avait plus que ça.

Mais nous n'avons jamais avoué. Enfin, pas en termes simples. Le truc avec Sheila, c'est qu'elle sait. Elle est plus perspicace que tous les autres.

Le passé d'Alana était trop douloureux pour qu'elle en parle plus que nécessaire. Elle se battait contre ça tous les jours. Il était hors de question que je commence à révéler aux autres ses secrets ou les raisons qui m'avaient poussé à la protéger puis à la faire mienne.

C'était notre histoire, notre vérité.

Personne n'a à comprendre ni même à être d'accord.

Les cinq années que j'ai passées avec elle ont été les meilleures de ma vie. Oui, j'ai des regrets. Ivy est le plus douloureux d'entre eux. Mais en fin de compte, je n'aurais changé ça pour rien au monde.

Tout ce que je peux faire, c'est espérer que nous aurons l'occasion de passer plus de temps ensemble.

34

ALANA

— ARGH ! crié-je.

Mon dos se cambre et mes hanches se frottent l'une contre l'autre lorsque les vibrations atteignent leur apogée.

La cellule est presque propre. Il ne reste que des éclaboussures de sang sous le lit de camp sur lequel est allongé l'homme presque mort et j'espère vraiment ne pas avoir besoin de m'approcher aussi près.

Depuis la seconde où j'ai commencé à m'occuper du sol, la torture avec le vibromasseur n'a fait qu'empirer.

Je suis presque sûre que c'est en partie ma faute, vu que j'ai rampé à quatre pattes en exhibant mon cul et ma chatte pour qu'ils en profitent.

Je suis anéantie. Complètement détruite.

Mes muscles tremblent violemment, ma peau est couverte de sueur et je suis presque certaine que la puanteur de cette pièce ne me quittera jamais.

— S'il te plaît ! m'exclamé-je lorsque les vibrations s'arrêtent quelques secondes, juste assez longtemps pour me faire perdre l'emprise très fragile que j'avais sur un possible orgasme, avant de repartir de plus belle.

— Tu as fait du bon travail, petite colombe, me félicite JD, tandis que Reid reste planté là comme une statue.

— J'en ai assez, s'il te plaît. Je n'en peux plus.

Chaque mouvement est un sacré effort. Douloureux et épuisant. Mes muscles sont durs comme de la pierre.

— Qu'en dis-tu, patron ? Elle a accompli sa tâche ?

Les vibrations s'arrêtent de nouveau et je retombe sur les fesses, la secousse fait que le vibrateur effleure mon point G et je crie. Mais ce n'est pas suffisant.

Mes cheveux pendent mollement autour de mon visage tandis que mon corps tout entier tremble de désir et d'épuisement.

Le silence s'installe, me permettant pour la première fois d'entendre les respirations sifflantes de l'homme dans le lit de camp qui se trouve à quelques mètres de moi.

— Qu'est-ce qu'il a fait ? m'enquiers-je, incapable de me retenir.

Reid hoche la tête une fois et me regarde droit dans les yeux.

— Ce malade est un prédateur sexuel qui a abusé de sa nièce et de ses amies.

Ses mots me frappent comme un train de marchandises et mes bras lâchent, me faisant retomber sur le sol.

Je pousse un cri lorsque mon coude heurte le béton dur, mais je n'ai pas le temps de m'en préoccuper car mon besoin d'atteindre les toilettes est plus fort.

Je vomis de la bile, les muscles de mon estomac hurlant de douleur alors que rien ne se présente.

— Qu'est-ce que tu as dit ? gronde JD en se précipitant à mes côtés comme s'il tenait à moi.

Mais Reid ne lui répond pas.

Il sait.

Reid sait.

Je soupire de nouveau lorsque la chaleur de la paume de JD frotte mon dos.

— Alors, qu'en dis-tu, Petit animal ? Est-ce que ce malade doit vivre ou...

Je m'essuie la bouche du revers de la main, puis me lève et me dirige péniblement vers l'homme avec des jambes flageolantes.

Pour la première fois depuis que j'ai été jetée ici, je me concentre vraiment sur son visage.

Des sanglots secouent mon corps tandis que le souvenir de cet homme remonte des profondeurs de mon esprit.

J'ai essayé de tout oublier. De tout enfouir si profondément que je n'aurais plus jamais à y penser.

Mais ça ne disparaît jamais complètement. Pas vraiment. Certains visages, noms et voix sont plus clairs que d'autres.

Mais je connais celui-ci.

Et le fait de savoir qu'il continue à faire la même chose à des jeunes filles me rend malade.

— Colombe ? chuchote JD en sentant que quelque chose d'énorme est en train de se produire.

— Mourir, craché-je d'une voix ferme et assurée, à l'opposé de ce que je ressens en ce moment.

Reid fouille dans la poche de son jogging et en sort un couteau à cran d'arrêt.

Sans me poser de questions, je l'attrape, sors la lame et avec un rugissement qui ne me ressemble pas, je me jette sur l'homme et le poignarde dans la poitrine.

Je dois avoir touché une artère car du sang jaillit de la blessure, me recouvrant en un instant. Le liquide chaud s'infiltre dans le débardeur de JD et coule le long de mes bras et de ma poitrine.

Avec un autre cri, je recommence.

Je m'acharne, encore et encore, jusqu'à ce qu'il ne me reste plus rien. Je tombe en tas sur le sol, le couteau tombant à côté de moi.

Mon corps tremble violemment et un sanglot s'échappe de ma gorge.

Une douleur comme je n'en ai jamais ressentie auparavant me transperce. Mais c'est plus que de la douleur, car il y a aussi du soulagement. Beaucoup de soulagement.

Je l'ai fait.

J'ai sorti un monstre de la rue – en quelque sorte – et je l'ai empêché de faire du mal à quelqu'un d'autre.

Ce n'est peut-être que la première étape de tout ce que Mav et moi avions prévu. Mais je l'ai fait.

Je perds de vue la réalité de mes actes. Je suis engourdie. Totalement paralysée.

Je ne me rends même pas compte que je bouge jusqu'à ce qu'un torrent d'eau chaude s'abatte sur moi.

Je cligne des yeux lorsque la réalité me revient et secoue la tête en signe de confusion devant les yeux qui m'observent attentivement.

Je me tortille mais découvre exactement ce que je pensais.

Je suis dans les bras de Reid Harris.

— Qu'est-ce que tu fais ? chuchoté-je d'une voix à peine audible.

— Tu t'es très bien débrouillée, Petit animal.

Je lève la tête vers lui, essayant de me souvenir de ce qui vient de se passer.

Je baisse les yeux, regardant avec fascination l'eau laver le sang sur ma poitrine et sur mes bras.

La vision de l'homme ensanglanté dans cette cellule me revient et tout commence à s'effondrer autour de moi.

— Je l'ai tué ! m'écrié-je. Je l'ai tué !

J'enfonce mon visage dans la poitrine nue de Reid et sanglote alors que les larmes qui me brûlent les yeux se mettent à couler.

Je ne sais même pas pourquoi je pleure.

D'horreur. De soulagement. De joie.

Un mélange des trois ?

— Comment l'as-tu su ? murmuré-je, aussi avide d'entendre son explication que terrifiée.

Il déglutit brutalement mais ne dit rien, ce qui m'oblige à ramener ma tête en arrière et à lever les yeux vers lui.

— Reid ?

— Putain, marmonne-t-il. Je ne le savais pas.

Mes lèvres s'entrouvrent pour l'interroger, mais aucun mot ne sort.

Et puis tout change à nouveau.

Une seconde, je suis dans ses bras, et la suivante, je suis debout, sur des jambes instables, alors qu'il sort de la douche, et peu après, de la pièce.

— Qu'est-ce que tu...

Mes mots s'évanouissent tandis qu'il disparaît de mon champ de vision. Mes genoux se dérobent sans son soutien et je tombe en arrière, heurtant le mur comme si le monde venait d'être arraché sous mes pieds.

Je tombe, me rapprochant de plus en plus de ce qui sera inévitablement une chute douloureuse. Mais ça n'arrive pas.

— Je te tiens, petite colombe. C'est bon. Ça va aller.

Au son de sa voix, je me jette sur JD. J'enroule mes bras

autour de son cou, mes jambes entourent sa taille et j'écrase mes lèvres sur les siennes sans réfléchir.

J'ai besoin de ça. De lui. Comme je n'ai jamais eu besoin de rien d'autre dans ma vie. C'est ça ou je me noie. Je suis sur le point de le faire. Les souvenirs sont juste là, se frayant un chemin dans les ténèbres. Mais je refuse de me noyer. Pas quand j'ai quelqu'un pour me tenir la tête hors de l'eau.

Mais il ne me rend pas mon baiser.

— S'il te plaît, gémis-je.

Les années de rejet que j'ai ressenties de la part de mon mari me consument.

Mav m'aime. Je sais qu'il m'aime. Je le vois dans ses yeux chaque fois qu'il me regarde.

Mais il ne peut pas voir au-delà de mon passé.

Quand il me regarde, il peut voir une jeune femme. Il a peut-être même envie de moi. J'ai vu la preuve de ce désir plus d'une fois. Mais mon passé est toujours là, l'empêchant de faire ce qu'il veut. Et je déteste ça.

Je déteste être souillée. Brisée. Ternie. Ruinée par des hommes qui n'auraient jamais dû me regarder et encore moins me toucher.

— Colombe, dit-il, sa prise sur mes fesses se resserrant alors qu'il tente de garder le contrôle.

— J'ai envie de toi. S'il te plaît. Je... Je ne peux pas...

Je n'ai aucune idée de ce que j'étais sur le point de dire ou d'avouer et, heureusement, je ne vais pas le découvrir parce que ses lèvres bougent et seulement une seconde plus tard, sa langue se faufile dans ma bouche pour trouver la mienne.

Chaque muscle de mon corps se détend de soulagement alors qu'il me donne exactement ce dont j'ai besoin.

Mes doigts s'enfoncent dans ses cheveux mouillés alors

que j'essaie de me rapprocher, ayant besoin de tout ce qu'il peut me donner pour oublier. Pour oublier cette cellule et ce que j'y ai fait, mais surtout, la fille brisée et battue que Mav, et maintenant Reid, semble-t-il, sont incapables de regarder.

Une partie de moi les dégoûte et je comprends. Moi aussi, je me dégoûte. Mais je ne peux pas y faire grand-chose.

— Plus, le supplié-je en lui tirant les cheveux plus fort.

— Attends, gémit-il en me forçant à resserrer ma prise.

Il lâche mes fesses et fait remonter le débardeur le long de mon corps avant de me plaquer contre le mur froid et carrelé et de m'y coincer avec ses hanches.

Je lève les bras et l'aide à me débarrasser du tissu taché de sang.

À la seconde où il passe devant mon visage, je replonge sur lui.

— Il faut que je te nettoie, marmonne-t-il dans notre baiser.

Il continue à m'embrasser tandis que le parfum familier des cerises emplit l'air. Puis ses mains se posent de nouveau sur moi.

— Oh mon Dieu, soupiré-je en mettant brusquement fin à notre baiser alors que ma tête retombe contre le mur sous l'effet du plaisir. JD, s'il te plaît.

— Putain, gronde-t-il, son attention me brûlant la peau. Tu me rends accro, petite colombe.

Ses mains parcourent chaque centimètre carré de mon corps, s'assurant que le sang et la saleté disparaissent.

— S'il te plaît, le supplié-je comme une petite salope en manque, tandis que mes hanches se frottent contre les siennes.

Il est dur. Si dur, putain, et j'en ai plus besoin que de mon prochain souffle.

Ça fait des heures qu'ils m'excitent sans pitié, qu'ils m'amènent au bord de l'orgasme, mais qu'ils ne me laissent jamais jouir.

Je n'en peux plus, je ne peux pas...

Ses doigts glissent dans mes cheveux et massent mes mèches avec du shampoing.

— Je vais prendre soin de toi, Alana, susurre-t-il, ses yeux bleu électrique fixés sur les miens.

— S'il te plaît.

Le mot est à peine un murmure et il est rapidement englouti par le bruit de l'eau.

Mais j'en ai envie. J'en ai tellement envie. Je veux être serrée dans ses bras forts, entourée de son parfum, me faisant savoir que je suis en sécurité, qu'ils ne peuvent plus me faire de mal.

Il rince rapidement le shampoing avant d'appliquer l'après-shampoing. Dès que nous avons terminé, il m'écarte du mur et nous fait sortir de la salle de bain.

— Tiens, dit-il en me passant une brosse à dents et du dentifrice à la seconde où mes fesses touchent le comptoir.

Au moment où la menthe fraîche touche ma langue, je grimace en pensant à l'haleine dégoûtante que je devais avoir quand il m'a embrassée.

Mais ses mouvements n'ont jamais faibli. Pas une seconde je n'ai pensé qu'il était dégoûté par moi. D'une quelconque partie de moi.

C'est parce qu'il ne sait pas.

— Ouais, ça suffit, murmure-t-il en m'arrachant la brosse à dents de la bouche, qui s'écrase dans le lavabo alors que je suis tirée du comptoir.

Dès que je suis dans ses bras, mes lèvres se posent sur son cou.

Il n'est peut-être pas le seul à devenir accro.

Il referme la porte derrière nous d'un coup de pied et me ramène dans ma cellule. Je me rends à peine compte que c'est là que nous sommes. Je suis sûre que je serai déçue plus tard qu'il n'ait pas décidé d'enfreindre toutes les règles et de m'emmener dans la maison principale. Pour l'instant, je ne pense qu'à en avoir plus. Qu'il m'en donne plus et qu'il le fasse maintenant.

— Julian, gémis-je lorsqu'il me pose doucement sur le lit de camp.

Ses lèvres rencontrent les miennes et il m'embrasse à perdre haleine, avant de lécher et de mordiller ma mâchoire, puis ma gorge, en s'assurant de laisser plus que quelques marques derrière lui.

L'idée qu'il le fasse pour que Reid puisse les voir plus tard fait monter une nouvelle vague de chaleur entre mes cuisses.

Oh, putain. Est-ce qu'il est là-haut en train de nous observer ?

— Encore. S'il te plaît. Encore, l'imploré-je en faisant courir mes ongles sur son dos pour l'encourager.

Mais malgré le grondement profond de sa poitrine quand je le griffe, il ne fait pas ce que je veux.

Je crie lorsqu'il s'écarte de mon corps et se place à l'extrémité de mon lit.

— Regarde-toi, dit-il en frottant son pouce sur sa lèvre inférieure tandis que ses yeux se régalent de mon corps nu.

— Je préfère que tu me touches, pas que tu me regardes.

Un sourire en coin se dessine sur ses lèvres tandis qu'il enfonce sa main dans la poche de son jogging trempé. Le tissu mouillé ne cache pas grand-chose de ce qui se passe en dessous. Je salive et mes muscles me crient de me mettre à quatre pattes pour ramper jusqu'à sa bite.

Quand mes yeux remontent le long de son corps et trouvent les siens, ils sont emplis de désir, comme s'il pouvait lire chacune de mes pensées.

— Tu crois que ça marche encore ? demande-t-il.

Je fronce les sourcils.

— Qu'est-ce q… Oh !

La déception m'envahit lorsqu'il brandit la petite télécommande.

— Qu'est-ce qui ne va pas ? s'enquiert-il, l'inquiétude marquant son front.

Je secoue la tête.

— Je… Je ne peux pas, je… je ne veux pas, s'il te plaît.

Je sursaute lorsque la télécommande en plastique heurte le mur. Elle se fend en deux et tombe sur le sol tandis que JD fait descendre son pantalon le long de ses cuisses pour libérer sa bite.

Il galère avec le tissu mouillé tandis que mon impatience atteint ses limites.

J'écarte les jambes et ma main descend vers mon clitoris gonflé. Sentir quelque chose en moi est le rappel constant des dernières heures de torture et de tout ce qu'ils ne m'ont pas permis d'avoir.

— Non.

Sa voix grave résonne dans la pièce et ma main s'arrête instantanément.

— Les mains derrière la tête, exige-t-il.

J'hésite. La dernière fois qu'il m'a demandé ça, il m'a menottée au lit de camp.

— Tu me fais confiance ?

Mes yeux s'écarquillent de stupeur à l'idée qu'il m'ait posé cette question, ce qui le fait rire.

— Je comprends... Mais, pour info, tu devrais, ajoute-t-il.

Ses genoux heurtent l'extrémité de mon lit tandis que mes bras se plient à sa demande.

À la seconde où mes doigts s'enroulent autour de la barre métallique derrière ma tête, ses mains brûlantes se posent sur l'intérieur de mes cuisses.

— Je n'arrête pas de penser à ça, avoue-t-il distraitement, les yeux rivés sur ma chatte.

35

ALANA

Mes hanches se soulèvent dans l'espoir que, cette fois, je puisse l'attirer.

Mon souffle se coupe lorsque ses paumes commencent à glisser le long de mes cuisses tremblantes.

Oh mon Dieu.

Mon corps brûle, le désir contre lequel je lutte depuis que Reid a enfoncé ce vibromasseur en moi est encore plus dévorant.

La main de JD me quitte et je halète lorsqu'il tire sur ce qui doit être une ficelle reliée au jouet.

Il tire plus fort, ce qui me fait crier. C'est bien. Mais c'est loin d'être suffisant.

— Admets-le. Tu as adoré ça. Tu as adoré savoir que nous avions le contrôle. Que nous étions là-haut en train de te regarder.

Ma tête s'agite tandis qu'il continue à me taquiner.

— Ça te donne un sentiment de puissance, n'est-ce pas ? Savoir qu'on est tous les deux là-haut, en train de bander.

— Julian, crié-je lorsqu'il appuie son pouce sur mon clitoris.

Mais le contact disparaît une seconde plus tard, me laissant à bout de souffle.

— S'il te plaît, j'ai envie…

— Chut, petite colombe. Je sais exactement ce dont tu as envie.

Il tire encore plus fort et, cette fois, le jouet glisse, me laissant vide et frustrée.

— Je jure devant Dieu que si tu ne…

Ma menace est interrompue lorsque la chaleur de son souffle passe sur ma peau sensible.

Et puis il est là. Mes yeux se révulsent tandis que sa langue lèche les plis de ma chatte jusqu'à mon clitoris avant de se concentrer dessus comme s'il en avait besoin pour survivre.

Oubliant ses ordres, mes doigts s'enfoncent dans ses cheveux, essayant désespérément de le rapprocher.

— Les bras au-dessus de la tête, Colombe. Ou je m'arrête, m'avertit-il sombrement, sa voix profonde vibrant à travers moi.

J'obtempère et m'agrippe de nouveau la barre avant de cambrer le dos et de m'offrir à lui sans vergogne.

— Putain, tu es tellement sexy, gémit-il en écartant mes cuisses et en revenant vers ma chatte.

— Oui ! crié-je quand il me lèche.

La façon dont il me dévore n'a rien de tendre. Et ça m'excite à mort.

Il me mordille, me suce et m'aspire. C'est incroyable.

Foutrement incroyable.

Ça prouve que les rumeurs que j'ai entendues sont vraies.

Julian Dempsey sait vraiment comment faire un cunni.

Ma prise sur la barre derrière ma tête se resserre, mes doigts ont des crampes alors qu'il me procure de plus en plus de plaisir et que je me rapproche de l'orgasme que j'attends désespérément.

— OH MON DIEU ! hurlé-je lorsqu'il plonge deux doigts en moi, m'écartant et trouvant l'endroit que le vibromasseur n'a réussi à atteindre qu'à quelques reprises. Oui. Oui. Oui. Juste là. Juste là, putain... NOOOOOOON !

Je donne des coups de pied comme une gamine en colère lorsqu'il s'écarte et s'assied.

— Hé, c'est quoi ce bordel, Colombe ? grogne-t-il quand mon pied heurte le côté de sa tête.

— Ne t'arrête pas. Je t'en prie. Je vais mourir si tu ne me laisses pas jouir.

Son ricanement amusé ne fait pas grand-chose pour calmer mon irritation.

— Ce n'est pas drôle, putain, rétorqué-je, plus que prête à le taper encore s'il le faut.

— Comme si je pouvais m'arrêter maintenant, même si je le voulais, avoue-t-il, les yeux rivés sur les miens, pour que je puisse voir à quel point il est sérieux.

Sa bouche est luisante et ses lèvres sont gonflées à force de m'avoir embrassée. Il n'a jamais été aussi sexy.

— JD, soupiré-je quand il fouille dans sa poche et en sort quelque chose.

Mes yeux s'écarquillent lorsqu'il tient un petit sachet argenté entre nous.

— Oh, fais-je alors que mon entrejambe se contracte à l'idée de le sentir en moi. C'était prémédité ou simplement de l'espoir ? chuchoté-je tandis qu'il ouvre le sachet avec ses dents.

— Il faut toujours être prêt, Colombe. Toujours.

Je le regarde, captivée, faire rouler la capote le long de sa hampe, recouvrant tous ses piercings.

J'en ai l'eau à la bouche, souhaitant avoir l'occasion de les explorer avec ma langue.

— La prochaine fois, gémit-il comme s'il souffrait physiquement en lisant mes pensées lubriques.

— J'espère que c'est une promesse, susurré-je.

— Tu n'as pas idée, petite colombe, murmure-t-il en se glissant sur le lit entre mes cuisses, sa bite à la main.

Ma langue sort pour humecter mes lèvres tandis que je l'observe et que ses yeux s'assombrissent.

— Putain, tu seras si belle à genoux avec tes lèvres enroulées autour de ma bite.

Toute pensée rationnelle s'envole à la seconde où il presse son gland contre mon clitoris.

— Oui ! m'écrié-je. Fais-le !

Il descend plus bas, enfonçant juste le bout en moi pour continuer sans relâche de m'exciter.

— JD, le préviens-je avec une voix basse et rauque.

Il change de position et sa main géante s'enroule autour de ma gorge, me coupant le souffle, alors que ses doigts exercent une pression parfaite.

— J'aurais dû le faire il y a plusieurs jours, admet-il, avant de s'élancer vers l'avant et de me remplir d'un seul coup.

Nous gémissons tous les deux bruyamment, le son de notre plaisir résonnant sur les murs de la cellule. Je suis sûre qu'il y des haut-parleurs à l'étage et j'imagine que les caméras sont braquées sur nous en ce moment et que Reid peut nous voir et nous entendre.

— JULIAN, haleté-je pour en rajouter.

— Putain. C'est le paradis d'être en toi, Colombe. Le foutu paradis.

Il fait rouler ses hanches pour que ma chatte s'adapte à sa taille.

— Baise-moi, le supplié-je. Pas besoin de faire dans la dentelle. Étouffe-moi et martèle-moi jusqu'à ce que j'oublie tout sauf ton nom.

— Bon sang, Colombe. Tu es vraiment exigeante.

— Tu adores ça ! m'écrié-je lorsqu'il fait exactement ce que je dis et s'élance brutalement en avant.

— Putain, gémit-il avant d'accélérer le rythme.

Ses doigts se resserrent sur ma gorge, coupant juste assez ma respiration pour que mes yeux commencent à brûler et que des taches sombres dansent dans ma vision.

Ma peau se couvre de chair de poule lorsque sa main glisse soudain le long de ma cuisse et que je sens la rugosité de sa peau sur ma chair tendre, jusqu'à ce qu'il accroche ma jambe autour de sa taille.

Il se penche et place ses lèvres juste au-dessus des miennes, tout en se frottant à mon clitoris à chaque va-et-vient.

Mes muscles se contractent et je l'aspire profondément en moi, crevant d'envie de tout ce qu'il peut me donner.

Ou presque.

— Je te déteste, Julian Dempsey, crié-je lorsqu'il sent que mon orgasme approche et qu'il ralentit.

— Non, c'est faux, rétorque-t-il. Tu aimes trop ma bite en ce moment pour me détester.

— *Fuck you*, sifflé-je en prenant une grande inspiration maintenant qu'il a relâché la pression sur ma gorge.

— Ouais, c'est un peu l'idée.

Une lueur machiavélique brille dans ses yeux tandis que son sourire narquois habituel s'étale sur ses lèvres.

Il incline la tête et capture ma bouche pour me donner un baiser humide et obscène que je ressens jusqu'à mes orteils alors qu'il recommence lentement à augmenter la vitesse.

Très vite, je dois interrompre notre baiser pour respirer. Mais il ne me permet de le faire que quelques secondes avant que sa prise sur ma gorge ne se resserre de nouveau.

— Oh mon Dieu, hurlé-je alors qu'il serre assez fort pour me couper la respiration et qu'il se redresse, me donnant une vue parfaite sur ses abdos qui se contractent alors qu'il me martèle avec abandon.

— C'est si bon d'être en toi, Colombe. Tu me serres si fort. C'est foutrement parfait, déclare-t-il. Tu prends ma bite comme une bonne fille.

Ses mots devraient me décourager. Je les ai entendus tant de fois dans ma vie, mais ce n'est pas le cas.

En fait, c'est carrément le contraire. Ils déclenchent en moi une envie de ressentir la douleur, la noirceur, la lubricité dont je sais que JD est capable.

— Plus fort, le supplié-je, à peine capable de parler.

Mais il m'a entendue et obtempère volontiers.

Sa peau luit de sueur tandis qu'il s'enfonce en moi, incroyablement profondément, faisant tourner ma tête à chaque fois que ses doigts se resserrent autour de ma gorge.

Des points noirs dansent devant ma vision et mes yeux pleurent tandis que mon plaisir augmente.

— C'est ça, petite colombe. Continue.

Un son à mi-chemin entre un cri et un gémissement s'échappe de mes lèvres tandis que de nouvelles larmes coulent sur mes joues.

Mon corps tout entier tremble à l'approche d'un puissant orgasme.

— Putain, tu es si serrée. Je vais te remplir encore plus, Colombe. C'est ce que tu veux ?

Je ne sais pas si je hoche la tête ou si je réponds quelque chose parce que je suis trop loin. Tout ce que je sais, c'est qu'il ne s'arrête pas.

La sueur recouvre chaque parcelle de mon corps et je tremble violemment. J'ai la tête qui tourne, le plaisir qui approche me consume après l'avoir attendu si longtemps. J'ai bien eu quelques orgasmes ici, mais ils n'ont jamais été satisfaisants. Surtout en sachant que les deux hommes qui vivent dans cette maison sont capables de me donner bien mieux.

— C'est ça, petite colombe. Laisse-toi aller. Jouis pour moi.

La voix de JD semble être à des millions de kilomètres, même si je sais qu'il est là. Je le vois, je le sens, mais tout me semble lointain.

Tout comme dans cette autre cellule avant que Reid ne me soulève du sol. C'est une espèce d'expérience extracorporelle bizarre que je regarde au lieu de vivre.

Mais ensuite, JD appuie sur mon clitoris et accélère le rythme et… un orgasme m'envahit.

Un plaisir comme je n'en ai jamais connu auparavant me traverse de part en part, m'engloutissant toute entière et refusant de me libérer de son emprise.

Mon corps tremble violemment tandis qu'une vague après l'autre m'assaille.

Tout devient sombre, même si j'ai les yeux ouverts.

Le rugissement de JD me parvient aux oreilles avant que le noir ne s'installe.

Je me réveille en pleurant. Non, en sanglotant.

Des sanglots violents et déchirants s'échappent de ma gorge et des larmes coulent sur mes joues.

Mon corps continue de trembler, complètement épuisé, mais au lieu de brûler, je gèle.

— JD ?

— Je suis là, petite colombe, murmure-t-il avant de me faire rouler sur le côté et de me réchauffer contre lui.

Un bras fort et tatoué se faufile autour de ma taille, sa main entre mes omoplates, me tenant fermement.

Mes sanglots deviennent plus forts, mon corps tremble de façon incontrôlée, si fort que mes dents claquent.

Je n'ai aucune idée de ce qui m'arrive, mais je n'ai pas non plus la force d'essayer de demander. Tout ce que je peux faire, c'est me blottir contre le corps chaud de JD et m'y accrocher.

Lorsque mes sanglots s'atténuent, j'ai la gorge nouée et mes yeux gonflés me brûlent. Je suis encore faible, mes muscles sont en compote. Mais malgré tout, je ressens une délicieuse douleur entre mes cuisses, qui me rappelle à quel point c'était bon, à quel point c'était nécessaire.

JD attrape mes cheveux et ne me laisse pas d'autre choix que de lever les yeux vers lui.

Ses grands yeux bleu vif fixent les miens, me demandant silencieusement si je vais bien.

Le problème, c'est que je n'ai aucune idée de la réponse à cette question.

Ai-je obtenu ce que je voulais ?

Oui. Et même plus, semble-t-il.

Je n'ai jamais joui comme ça auparavant. Je n'ai certainement jamais perdu connaissance. Pas à cause du plaisir en tout cas. Il y a probablement eu une ou deux fois où…

Je ferme les yeux, rompant ma connexion avec lui car je crains qu'il puisse voir mes souvenirs se dérouler dans mes yeux bleu clair comme dans un film.

— Hé, murmure-t-il alors que sa main se pose sur ma

mâchoire et maintient mon visage incliné vers le sien. Je suis là. Tu n'as pas à avoir peur.

C'est vrai ?

Je déglutis nerveusement et laisse mes paupières se rouvrir.

– Te voilà, dit-il en tendant le pouce pour recueillir une larme perdue.

Mes lèvres s'entrouvrent mais aucun mot ne sort pendant un long moment. Et lorsqu'ils sortent, ils résonnent en moi et mes yeux se remplissent de nouveau de larmes.

– Je suis désolée.

36

JD

Mon cœur bat la chamade tandis que ses yeux s'inondent de larmes et que sa lèvre inférieure tremble.

Je sais qu'elle a joui très fort. Mais putain.

Je n'ai jamais vu une femme éclater en sanglots et s'effondrer à ce point après que je l'ai baisée. C'est... terrifiant. Mais aussi... agréable, bizarrement. Elle a envie de moi d'une manière que je n'ai jamais connue avec une femme auparavant. Et je veux qu'elle ait envie de moi. J'en ai foutrement envie.

Après la semaine écoulée, je ne peux pas mentir et dire qu'être allongé avec elle dans mes bras dans une plénitude post-sexe n'est pas tout ce que j'espérais. Les pleurs mis à part, bien sûr. Je ne suis pas du genre câlin. Je n'en ai jamais vu l'intérêt auparavant. Mais ça... Je pourrais facilement devenir accro.

— Colombe, soupiré-je en détestant qu'en plus de tout ce qu'elle traverse, elle ressente le besoin de s'excuser. Tu n'as pas à être désolée.

Je me baisse et frotte le bout de mon nez contre le sien

avant de pencher sa tête en arrière et de lui voler un doux baiser.

— Je... Je ne sais pas...

— Chut, l'apaisé-je en retrouvant ses lèvres et en chassant son inquiétude par un baiser.

Quelques minutes plus tard, je bande de nouveau et suis prêt pour un deuxième round. Non pas que je m'attende à ce que ça arrive après la brutalité avec laquelle je viens de la baiser. Mais c'est plus fort que moi. Elle est dans mes bras, nue, et se frotte contre moi. Je défie n'importe quel homme au sang chaud de ne pas être affecté par elle.

Nous nous embrassons comme des adolescents pendant un long moment, alors que j'essaie de me racheter.

À aucun moment, il n'y a de bruit ni de mouvement à l'extérieur de sa cellule, ce qui me surprend.

Reid était forcément à l'étage en train de se branler pendant qu'il regardait tout ça. Bon sang, il est probablement en train de regarder le replay en ce moment même, souhaitant être à ma place, que ce soit ses mains qui parcourent son corps, sa langue qui danse avec la sienne alors qu'elle gémit de plaisir.

La regarder avec ce vibromasseur qui la rendait folle, c'était sexy comme pas possible. J'admets que Reid a eu raison de la torturer de cette façon. Mais bon sang, c'était dur – dans tous les sens du terme – de la voir à quatre pattes pour nettoyer cette cellule. Et je jure devant Dieu que j'ai failli jouir dans mon jogging quand elle a planté ce couteau dans la poitrine de Jonno.

C'était foutrement majestueux.

Je me demandais pourquoi Reid l'avait gardé en vie aussi longtemps. De toute évidence, son subconscient savait que quelque chose d'énorme allait arriver. Que sa fin et sa condamnation ultime à aller en enfer allaient être une chose magnifique, tué des mains d'une blonde sexy qui est bien plus sauvage qu'elle n'en a l'air.

Je pense que Reid avait peut-être une idée en tête la première nuit où je l'ai trouvé en train de l'observer. Nous l'avons sous-estimée.

Mais je maintiens ce que je lui ai dit dans la cuisine tout à l'heure. Je crois que Mav et elle ne planifient pas une prise de pouvoir.

Quoi qu'elle ait – qu'ils aient – prévu, c'est plus personnel. Elle ne veut pas le pouvoir. Elle veut... s'échapper.

Finalement, ses baisers deviennent plus doux et son corps devient plus lourd dans mes bras.

— Dors, petite colombe. Je suis là, murmuré-je.

Je me mets doucement sur le dos et elle se blottit contre moi, entourant ma taille d'une jambe et d'un bras, et posant sa tête sur mon cœur.

— Promis ? chuchote-t-elle en retour.

— Oui. Promis.

Quelques secondes plus tard, sa respiration devient régulière et son corps se relâche.

Je trouve l'une des caméras, dont je connais l'emplacement caché, et la fixe, sachant que mon meilleur ami est de l'autre côté en train de me maudire.

Je retire ma main du bras d'Alana et lui fais un doigt d'honneur. Je souris comme un putain de psychopathe pour en rajouter.

Il va vouloir me tuer.

Mais je m'en fous. Ça en valait vraiment le coup.

J'imagine que c'était grâce à mon orgasme et à ces longs préliminaires qui l'ont précédé, mais d'une manière ou d'une autre, j'ai réussi à m'endormir avec elle enroulée autour de moi comme un singe-araignée, ses douces respirations caressant ma poitrine.

Je ne me souviens pas de la dernière fois que j'ai fait une sieste pendant la journée, mais j'aime vraiment ça. Ou c'est peut-être juste le fait de dormir avec une femme chaude et nue autour de moi.

Ou, du moins, j'aime ça jusqu'à ce que je me réveille en sursaut quand Alana halète et se redresse brusquement.

— Qu'est-ce qui ne va pas ? lui demandé-je précipitamment, mon inquiétude à cause de la façon dont elle s'est effondrée tout à l'heure revenant en force.

Elle s'immobilise, les bras autour du corps, et prend un moment pour réaliser où elle se trouve.

— Je...Je... bredouille-t-elle. Rien, soupire-t-elle finalement avant de se retourner pour regarder par-dessus son épaule.

— Hé, fais-je en mettant ma main derrière ma tête et en la regardant dans les yeux.

Ses joues rougissent. C'est la chose la plus mignonne que j'aie jamais vue. Bien que les lueurs sombres dans ses yeux à cause de son cauchemar ne partent pas.

La femme que j'ai étranglée pendant que je la baisais il n'y a pas si longtemps est en train de rougir.

Mon sourire s'agrandit et elle baisse la tête.

— Qu'est-ce qu'il y a ? m'enquiers-je en détestant qu'elle se cache de moi.

Elle se retourne et laisse tomber sa tête entre ses mains.

— On a baisé et j'ai pleuré, dit-elle dans ses paumes.

— Heureusement que je sais que je suis assez bon pour que ce ne soit pas dû à une mauvaise performance, hein ?

— Putain de merde, marmonne-t-elle.

— Qu'est-ce qu'il y a ? l'interrogé-je en me redressant du lit de camp inconfortable pour m'asseoir à côté d'elle. J'ai raison et tu le sais.

Elle baisse les mains et me lance un regard timide.

— C'était OK, avoue-t-elle.

— OK ? Tu racontes n'importe quoi, Colombe. Je suis meilleur que Kane et nous le savons tous les deux.

Un rire amer s'échappe de ses lèvres.

— Nan, pas moyen que Legend soit meilleur que moi, rétorqué-je.

— Plus de métal ne veut pas dire meilleur. Comme on dit, ce n'est pas la taille qui compte, c'est...

Je vois ses lèvres tressaillir d'amusement.

Elle hurle lorsque je plonge mes doigts dans ses côtes, la chatouillant jusqu'à ce qu'elle se mette à rire et à hurler pour obtenir un répit.

— Tu n'aurais pas dû me mentir, n'est-ce pas ? la taquiné-je en la soulevant et en la plaçant sur mes genoux.

Ses jambes s'enroulent autour de ma taille, nos poitrines pressées l'une contre l'autre.

— Qu'est-ce qu'on fait ? demande-t-elle à voix basse.

— Il est un peu tôt pour parler de l'avenir, tu ne crois pas ?

— Julian, murmure-t-elle. Il va te tuer.

— Non. Il sera foutrement jaloux. Et il pourrait bien me frapper. Mais il m'aime trop pour me tuer.

Détachant ses yeux des miens, elle fixe le mur au-dessus de mon épaule.

— Je ne fais rien... Nous ne faisons rien pour lui faire du tort. Nous n'avons pas de grand plan pour mettre à genoux le puissant Reid Harris. Mes secrets... ce que je cache. C'est... ce n'est pas du tout ça. Je n'ai jamais voulu faire de mal à Kane, ni à toi, ni à Reid. Je sais que Mav le déteste. Mais pas moi.

— Même après tout ça ? la questionné-je.

Elle hausse les épaules.

— Ça… répète-t-elle avant de se taire.

J'ai envie de la pousser à m'en dire plus.

— Ça n'a pas été si terrible, finit-elle par ajouter.

J'attends qu'elle se mette à rire, qu'elle me dise qu'elle plaisante. Mais elle ne le fait pas.

Mon menton se baisse de choc lorsque je pense à toutes les choses qu'il lui a fait subir. Les jolies pierres roses dans ses tétons étant la meilleure. À mon avis, en tout cas.

— Tu es sérieuse, n'est-ce pas ?

— Le lit pourrait être plus confortable et il pourrait être un peu plus chaud. Mais ouais, j'ai connu pire.

Elle refuse de croiser mon regard, mais j'ai besoin de la voir. J'attrape sa mâchoire et la tourne pour qu'elle me fasse face.

— Parle-moi, petite colombe. Peu importe ce que c'est, je suis là.

La noirceur des ombres qui hantent ses yeux me noue l'estomac et me serre le cœur.

Elle secoue la tête. C'est tellement subtil que je ne l'aurais probablement pas remarqué si je n'étais pas si proche.

Je fais glisser mon pouce sur sa mâchoire, saisis sa lèvre inférieure et la tire vers le bas.

— De toute façon, ça n'a pas d'importance, déclaré-je en relâchant sa lèvre. Quoi qu'il en soit, ça ne change pas qui tu es.

— Je suis brisée, Julian. C'est irréparable, avoue-t-elle. Ce que tu as vu tout à l'heure. Ça montre à peine à quel point je suis foutue.

— Colombe, dis-je, un peu plus durement que prévu.

Ses yeux s'écarquillent et elle recule un peu.

— Nous sommes tous paumés d'une manière ou d'une autre, poursuis-je. C'est ce qui nous rend tous si intéressants.

Elle ne dit rien, mais je sais que mes mots ont fait mouche.

— Cet homme dans la cellule, commencé-je.

Je ne prononce pas son nom car, je ne sais pas pourquoi, mais quelque chose me dit qu'elle ne voudra pas l'entendre.

— Tu le connaissais, continué-je.

Ce n'est pas une question. Ce n'est pas nécessaire. J'ai vu clairement qu'elle l'a reconnu quand Reid ne lui a pas laissé d'autre choix que de le regarder.

— Il connaissait mon père.

— OK.

— Est-il mort ? demande-t-elle fermement.

Il y a peut-être plein d'émotions qui nagent dans ses yeux, mais la culpabilité et les regrets n'en font pas partie.

— Je pense, oui. Je n'y suis pas retourné depuis que Reid t'a sortie de la cellule.

— Merde, siffle-t-elle en baissant à nouveau la tête. Pourquoi a-t-il fait ça ?

— Parce qu'il se soucie de toi.

Un rire amer s'échappe de ses lèvres.

— Si, lui assuré-je.

— Alors pourquoi m'a-t-il laissée tomber et s'est-il enfui à la première occasion ? crache-t-elle.

Mes lèvres s'entrouvrent, mais je n'ai pas de mots pour la rassurer. Certains jours, je connais mieux mon meilleur ami que moi-même. Il panique parce qu'il s'inquiète pour elle. Mais je ne vais pas lui dire ça.

— Ça n'a pas d'importance. C'est mieux ainsi.

— Quoi qu'il en soit, Colombe. Tu dois lui dire. Il ne te laissera pas sortir d'ici tant que tu ne l'auras pas fait. Tu le sais, n'est-ce pas ?

Elle me regarde à travers ses cils, ses jambes se resserrent autour de ma taille et sa chatte brûlante se frotte contre ma bite dure.

— Je suis sûre que tu pourrais le convaincre de me laisser partir.

Je ris, souhaitant que ce soit aussi simple que ça.

— Non, je ne pense pas, en fait, conclut-elle tristement malgré mon absence de réponse. Je suppose que nous devrions tirer le meilleur parti de ce que nous avons avant qu'il ne se lasse et ne me tue.

— Il ne veut pas...

Je n'arrive pas à prononcer d'autres mots car ses lèvres se posent sur les miennes et toutes mes pensées rationnelles s'envolent.

— Je promets de ne pas pleurer cette fois, murmure-t-elle dans notre baiser.

— Prends encore ma bite comme une bonne petite pute et tu pourras faire tout ce que tu veux, Colombe.

Je m'appuie sur mes paumes tandis qu'elle se glisse entre nous et enroule ses doigts délicats autour de ma queue.

— Putain. Je ne pense pas qu'une main de nana m'ait fait autant d'effet depuis mon année de quatrième.

— Quatrième ? répète-t-elle.

— Bien sûr, que crois-tu qu'ils nous ont appris à Harrow Creek ? répliqué-je en riant.

— Je ne sais pas. Je n'y suis jamais allée.

— Merde. Je suis désolé, je... Putain. C'est pour le mieux.

— Ah ouais ? demande-t-elle, les ombres se dissipant

enfin de ses yeux alors qu'elle manipule ma bite avec expertise, comme si elle avait passé sa vie à étudier mon mode d'emploi. Ouais, je parie que c'est mieux, déclare-t-elle avant de se décaler pour faire glisser mon gland dans sa chair humide.

— Bon sang, tu es tellement mouillée.

Je gémis lorsqu'elle nous excite tous les deux, me poussant un tout petit peu en elle.

— Tu m'as allumée pendant des jours et tu m'as laissée en plan à chaque fois. À quoi t'attendais-tu ?

— Putain. Je sais. Je suis désolé. C'est parce que l'attente augmente le plaisir, hein ? proposé-je avec un sourire en coin.

— C'est surtout parce que tu es dominé par Reid et que tu lui obéis comme un bon petit garçon.

Je ne peux m'empêcher de rire.

— Désolé de briser ton petit fantasme, Colombe. Mais il n'y a jamais eu et il n'y aura jamais de domination de ce genre sous ce toit.

— Mais peut-être à l'extérieur ?

— Tu es une vraie plaie.

Et pour me prouver que j'ai raison, elle s'élance en avant et s'enfonce sur ma bite.

— Capote, dis-je alors que la chaleur et la sensation de sa chatte m'engloutissant tout entier me font tourner la tête.

— Je suis clean, rétorque-t-elle en s'appuyant sur ses paumes pour me chevaucher lentement.

Putain, la vue d'elle en train de profiter de moi est la chose la plus torride que j'aie jamais vue.

— Tu peux me faire confiance. Je le jure, je ne suis pas une pute à ce point.

— Je te crois. C'est juste que... je ne...

Je m'interromps. Nous n'avons pas besoin d'aborder mes problèmes pour l'instant. Les siens sont plus que suffisants.

— Je sais ce que j'ai dit. À propos de Kane. Mais ce n'était pas... Je ne peux pas...

— Putain. C'est trop bon... Ce n'est pas le moment de discuter.

— Je n'ai jamais... Merde.

Elle fait bouger ses hanches. Je suis aussi profondément en elle que cette position le permet et je perds complètement la tête.

— Je suis partante pour n'importe quelle première fois avec toi.

— Putain, ouais. J'espère vraiment que les caméras tournent encore, parce que je vais avoir besoin de regarder ça plus tard.

— Espèce de chien.

— Et j'en suis fier, bébé.

Elle rit, mais à la seconde où je bouge mes hanches à mon tour et frôle son point G, sa tête tombe en arrière et son dos se cambre, mettant en avant sa magnifique poitrine.

Je prends appui sur une paume et fais glisser ma main libre le long de son ventre jusqu'à ce que j'attrape l'un de ses seins, le pressant assez fort pour la faire gémir comme la petite cochonne qu'elle est.

— Oh, ma petite colombe aime ça, n'est-ce pas ? l'interrogé-je lorsqu'elle serre ma bite très fort. Touche l'autre. Je veux te regarder te peloter.

Elle ne perd pas de temps pour obtempérer. J'ai envie de prendre son piercing entre mes doigts, de le tordre et de le tirer pour la faire crier de plaisir. Mais je sais que je ne peux pas. Pas encore, en tout cas.

Un jour prochain, je vais m'acharner sur sa poitrine et la

faire jouir rien qu'en les caressant. C'est une petite promesse que je me suis faite.

— Julian ! s'écrie-t-elle alors que je presse ses seins plus fort.

— Putain. Je suis presque sûr que ta chatte est faite pour moi.

Sa tête tombe de nouveau en arrière, et je déteste ça.

— Tes yeux, Colombe. Je veux voir tes yeux quand tu prends ton pied.

Lentement, elle relève la tête et ses yeux bleu clair, affamés, se fixent sur les miens.

Un sentiment étrange me traverse, une vague de possessivité que je pense n'avoir jamais ressentie auparavant.

— Tu es à moi, susurré-je sans pouvoir m'en empêcher.

Je sais que c'est impossible. Je sais qu'en réalité, elle appartient à quelqu'un d'autre.

Elle est mariée à un putain de Hawk, un frère, et je suis là, profondément enfoncé en elle jusqu'aux couilles, en train de commettre le péché ultime.

Je ne connais peut-être pas la vérité sur sa relation avec Mav, mais je sais une chose.

Il l'a épousée pour la protéger. Et quelque chose me dit que ça va le tuer quand il découvrira qu'il ne la possède pas autant qu'il le croyait.

37

JD

— Je dois vraiment y aller, dis-je en faisant rouler Alana sur le dos.

La chaleur de ses cuisses est trop invitante.

— Non, souffle-t-elle en m'attrapant.

— Je n'en ai pas envie. Crois-moi.

— Alors pourquoi pars-tu ?

C'est une bonne question.

— Je dois aller trouver Reid. Et contrairement à la croyance populaire, nous avons vraiment du travail.

— Ah ouais ? me taquine-t-elle. Je croyais que vous meniez la grande vie grâce à l'argent sale de Victor.

— Eh bien, il y a un peu de ça aussi, avoué-je. Je reviendrai, c'est promis.

— Pas si Reid te tue dès qu'il te voit, rétorque-t-elle avec une mine boudeuse.

— Il ne le fera pas.

Mais il pourrait bien me battre à mort.

Je détourne le regard de ses yeux tristes et parcours son corps.

Son cou et ses seins sont parsemés de suçons et de

morsures. Il y a une marque, nettement plus foncée, sur le dessous de son sein, à laquelle je ne peux résister.

— Julian, m'avertit-elle, ses tétons se dressant à cause de mon contact presque innocent.

— Je pense que tu as besoin d'un autre tatouage.

— Ah ouais ?

— Ouais. Ma marque de morsure juste ici. Ainsi, tous ceux qui auront le plaisir de voir tes seins sauront que tu es à moi.

Elle déglutit nerveusement, me faisant comprendre qu'elle est en train de penser à un autre homme.

L'homme qui la possède vraiment.

Quel enfoiré chanceux.

Si j'étais un homme meilleur, j'irais lui parler pour lui reprocher de ne pas satisfaire ses besoins et lui botterais les fesses.

Mais en l'état actuel des choses, je suis un connard égoïste qui veut garder Alana et son incroyable chatte pour moi.

Ses yeux se posent sur les miens, me suppliant de dire merde au monde extérieur et de rester ici avec elle. Mais son estomac gargouille, nous rappelant à tous les deux qu'elle n'a pas mangé de toute la journée, et la culpabilité m'envahit.

— Je reviendrai avec quelque chose à manger, promets-je en m'extirpant enfin d'entre ses jambes et en attrapant mon pantalon encore trempé.

Je décide de ne pas l'enfiler et le jette sur mon bras.

— Je t'apporterai aussi des vêtements.

Elle recule sur le lit, s'appuie contre le mur et enroule ses bras autour de ses jambes.

— Je vais avoir besoin de prendre une douche.

Mes yeux se dirigent vers sa chatte d'où mon sperme s'écoule encore.

— On verra. J'aime savoir que tu es ici, avec mon odeur et la preuve de ce que nous avons fait en train de couler le long de tes cuisses.

— Espèce d'homme des cavernes.

— On m'a qualifié de pire, Colombe. Sois sage, la mets-je en garde avant de me glisser par la porte ouverte.

Je la referme derrière moi et m'immobilise en fixant les serrures.

Je ne veux pas le faire. Je ne veux pas la forcer à rester ici. Mais je sais que je ne peux pas la laisser sortir et partir juste parce que sa chatte est incroyable.

— Putain, sifflé-je en cédant et en fermant un seul des verrous.

Il n'y a aucune chance qu'elle puisse l'ouvrir de l'intérieur, mais je me sens mieux en sachant que je laisse le reste désengagé.

Après avoir attrapé mon portable abandonné, je monte les escaliers en courant, les fesses nues, mon pantalon laissant une traînée d'eau derrière moi.

Je franchis la porte avec une énergie renouvelée après avoir baisé autant de fois au cours des dernières heures qu'au cours des dernières semaines... voire des derniers mois.

Merde, ma vie était ennuyeuse jusqu'à ce que ma petite colombe arrive.

La première chose que je remarque, c'est qu'il fait nuit dehors.

Je suppose qu'on a baisé genre... merde. Trois... non, quatre fois ?

Bon sang, ce n'est pas étonnant que je me sente aussi bien.

Je m'arrête à la seconde où je vois l'état du salon.

— Yo, mon frère. T'es là ? crié-je en passant la tête dans la pièce pour constater le chaos.

C'est mal. Tellement mal, mais je ne peux m'empêcher de sourire parce que je sais pourquoi il a fait ça. Je ne devrais pas me sentir satisfait, mais putain… c'est le cas.

— Reid ? T'es là, mec ? appelé-je plus fort.

Mais je suis accueilli par le silence.

Je traverse la cuisine, qui heureusement est intacte, ouvre le réfrigérateur et attrape deux bouteilles de bière avant de monter à l'étage.

Ignorant ma porte, je continue dans le couloir jusqu'à sa chambre.

— Frérot ? demandé-je avant de pousser la porte. Oh quelqu'un est énervé, marmonné-je quand je trouve sa chambre dans le même état qu'en bas. Il ne veut pas d'elle, mon cul !

Mais malgré le bordel, je ne trouve pas l'homme de la maison.

— Je vais devoir boire les deux moi-même alors, dis-je comme s'il se cachait dans le placard.

Ce qui n'est pas le cas. C'est Reid Harris. Et aucun putain de Harris ne fuit ses problèmes.

Ils se contentent de foutre la merde et de disparaître, apparemment.

Quand je réalise que mon portable n'a plus de batterie, je le branche sur le chargeur près de mon lit tout en jetant mon jogging dans le panier à linge avant de décapsuler ma première bière, que je bois presque entièrement d'un coup.

Je gémis de plaisir avant de m'essuyer la bouche du revers de la main.

Dès que mon portable s'allume, les messages commencent à affluer. Tous venant de Reid.

. . .

Reid : T'es un vrai connard.

J'étouffe un rire. Je me demande combien de temps il a regardé. Juste le premier round, jusqu'à ce qu'on s'endorme, ou a-t-il continué de visionner les rounds deux, trois et quatre ?

— Désolé, mec. J'ai de la peine pour toi et ta main droite, vraiment.

Reid : J'ai une réunion. Ne m'attends pas.

— Bien sûr, Papa.

Je fais un salut militaire à mon portable avant de me lever et de me diriger vers la salle de bain pour prendre une douche. Même si, en réalité, je n'en ai pas la moindre envie. Je resterais volontiers entouré de son odeur tous les jours de la semaine si je le pouvais.

J'éloigne mon téléphone de l'eau et ouvre l'appli de vidéosurveillance.

Après avoir trouvé le moment où je l'ai transportée dans sa cellule, je lance la lecture, sachant que ce sera le premier d'une longue série de visionnages.

— C'est l'heure de la douche, dis-je en poussant la porte d'Alana et en la trouvant assise nue sur son lit, en train d'écrire dans son carnet.

Pour la première fois depuis qu'elle est enfermée ici, lorsqu'elle lève les yeux, une véritable excitation brille dans ses yeux et un large sourire se dessine sur ses lèvres.

— Eh bien, on n'assiste pas à ça tous les jours, petite colombe.

Elle referme son cahier, pose son stylo dessus, déplie ses jambes et se lève.

Nous nous retrouvons à mi-chemin entre la porte et son lit, et à la seconde où elle est à portée de main, j'enroule mon bras autour de sa taille et l'entraîne contre moi.

— Hum, tu sens bon, murmure-t-elle en enfonçant son nez dans mon T-shirt et en me respirant.

— Toi aussi, Colombe, réponds-je en enfilant mes doigts dans ses cheveux et en tirant sa tête en arrière.

— Je sens le cul.

— Exactement.

Je lui souris, déjà accro à la légèreté qui flotte dans ses yeux.

Quelque chose a changé. J'aime à penser que c'est grâce à moi et ma bite magique. Mais il se peut aussi que ce soit le fait d'avoir tué Jonno. Elle ne veut peut-être pas parler de lui ni de la façon dont elle l'a vraiment connu, mais ça a eu un impact. Un bon impact.

Je ne vais pas mentir, j'étais inquiet quand Reid lui a lancé cet ultimatum. Mais je n'aurais pas dû l'être.

Je savais qu'elle était forte. Je l'ai constaté chaque jour depuis qu'elle est ici, mais je ne savais pas qu'elle avait ça en elle.

— La douche coule et tes vêtements t'attendent. Viens, dis-je en lui prenant la main et en la tirant hors de sa cellule.

— Tu veux dire tes vêtements, fait-elle remarquer à la seconde où elle aperçoit la petite pile sur le comptoir.

— Ouais, tu es très sexy dans mes vêtements. Pourquoi te donnerais-je autre chose ?

— Aucune idée.

— Allez.

Je lui donne une tape sur les fesses, assez fort pour la faire couiner.

Je la regarde marcher, ses hanches se balançant alors que j'imagine à quoi elle pourrait ressembler avec l'empreinte de ma main sur son cul.

— Je sais que tu me reluques.

— Je n'essaie pas de le cacher.

Je lève la tête de ses fesses et promène mon regard sur la courbe douce de son dos jusqu'à ses yeux, qui me fixent par-dessus son épaule.

— J'imagine que tu vas te contenter de regarder sans participer, me nargue-t-elle sur un ton aguicheur.

— Tu n'as pas idée de combien j'aimerais te rejoindre, avoué-je alors que l'eau coule sur son corps. Mais j'ai du travail.

— Ah, Big Man a encore fait claquer son fouet, réplique-t-elle en se passant les mains dans les cheveux avant de cambrer le dos et de pousser ses seins vers l'avant.

— Je sais ce que tu fais, l'avertis-je.

— Je prends une douche. Qu'est-ce qui m'a trahie ? L'eau ?

— Petite maligne.

— Alors, qu'est-ce qu'il a dit ? Tu l'as trouvé la bite à la main en train de regarder notre porno ?

— Nope, admets-je. Il était sorti.

— Oh, fait-elle avant de me tourner le dos et d'attraper le flacon de shampoing.

— Tu as l'air déçue, Colombe. Est-ce que l'idée qu'il soit là-haut à nous regarder t'a excitée ?

— Tu sais bien que oui.

— Tu es un peu exhibitionniste, hein ?

— Je suppose que tu le découvriras si je suis autorisée à sortir d'ici.

— Ça arrivera, lui promets-je.

Elle secoue la tête et recule sous le jet d'eau pour enlever la mousse de ses cheveux.

Elle ne me reproche pas de raconter des conneries, et je ne dis rien d'autre.

J'ai envie de croire que je la verrai monter ces marches et retrouver le monde, mais honnêtement, je n'ai aucune idée de l'état d'esprit dans lequel se trouve Reid en ce moment, ni de ce qu'il attend vraiment d'elle.

Quelque chose me dit qu'il aura beau la torturer, il n'obtiendra jamais les secrets qu'il pense qu'elle garde.

Ou est-ce que ce qu'il a découvert plus tôt est ce dont il avait besoin ?

Je n'ai aucune idée de ce qu'ils se sont dit tout à l'heure, mais ça les a affectés tous les deux. Et j'imagine que c'est en partie la raison de toute cette pagaille à l'étage et de son absence.

— Prends ton temps, d'accord ? Je serai à côté pour régler quelques problèmes.

Lentement, je sors de la pièce, regrettant ma décision de la quitter, mais sachant aussi que c'est la bonne chose à faire.

— Qu'est-ce que tu fais ? me demande une douce voix féminine, me faisant m'immobiliser.

Elle se rapproche, son doux parfum de cerise me met

l'eau à la bouche, et quand je la regarde, j'ai l'impression que mon cœur rate un battement.

Elle est vêtue du débardeur et du boxer que je lui ai laissés, mais c'est plus que ça. Elle a l'air… détendue. Heureuse même.

— À ton avis, à quoi ça ressemble ? la taquiné-je en revenant à la carotte que je suis en train de couper.

— Ouais… Hum… Pourquoi ?

— Il faut bien nourrir les cochons.

— Les cochons ?

— Tes compagnons de cellule.

— Ils ont droit à des légumes ? m'interroge-t-elle en regardant les piles de légumes multicolores que j'ai déjà préparées.

— Une fois par semaine, ouais. Je ne veux pas que tout le monde tombe malade et meure trop tôt.

— C'est bien connu, manger des légumes une fois par semaine prolonge la vie, plaisante-t-elle.

— Qui a dit qu'il fallait aller à l'école pour apprendre ?

Mais ma blague tombe à plat.

— Je peux ? me demande-t-elle en changeant de sujet et en faisant un signe de tête vers la nourriture que j'ai préparée.

— Mange autant que tu veux, petite colombe.

Elle se précipite et attrape deux bâtonnets de carotte, les fourre dans sa bouche et les mâche avec enthousiasme.

La culpabilité inonde mes veines. Je ne me suis pas occupé d'elle aussi bien que j'aurais dû.

OK, je lui ai apporté un McDo et j'ai volé des cookies de Reid, mais ce n'est pas suffisant. Je dois faire mieux.

Elle risque d'être coincée ici pendant un certain temps encore, mais je peux au moins essayer de rendre son séjour supportable.

— Viens ici, dis-je en abandonnant mon couteau et mes carottes pour passer mes mains autour de sa taille et la soulever sur le comptoir à côté de moi.

Je m'active en silence, tandis qu'elle grignote tout ce que j'ai préparé, et après avoir réparti tout ça pour nos détenus, je dépose le tout sur des plateaux avec des bouteilles d'eau fraîches et du pain.

— Je vais les apporter. Tu restes ici. C'est bon ?

— Ouais, marmonne-t-elle en mâchant un poivron vert.

Un à un, je distribue les plateaux et vais voir comment vont nos invités. Ils sont tous dans un état pitoyable, comme il se doit.

Aucun d'entre eux n'est comme Alana. Ils méritent tous leur place ici. Ce sont de sacrés connards.

— Ça va ? m'enquiers-je quand je reviens pour la trouver exactement là où je l'ai laissée, toujours en train de manger.

Je ne pense pas avoir été le seul à savoir qu'elle aurait pu s'enfuir à la seconde où j'ai tourné le dos. Mais pour une quelconque raison, j'étais persuadé qu'elle ne le ferait pas.

— Ouais. J'aurais bien aimé avoir plus de ces cookies. Ils étaient si bons.

— Je vais voir ce que je peux faire. Je dois te prévenir que si je dois essayer de les faire, je vais probablement faire brûler la maison.

— Tes compétences s'arrêtent à la coupe de légume, hein ? plaisante-t-elle.

— Quelque chose comme ça. Et toi, tu sais cuisiner ?

— Je suis la parfaite femme au foyer.

— Ouais, songé-je en laissant mes yeux descendre le long de son corps. Je parie que c'est le cas. Tu sais que Mav est le mec le plus frustré de la planète, n'est-ce pas ?

— Il n'était pas obligé. Il...

Je l'étudie comme si j'allais lire la suite de cette phrase dans ses yeux.

Mais j'ai beau vouloir demander, je ne le fais pas. Elle a déjà assez souffert aujourd'hui et, malgré notre sieste de tout à l'heure, je vois qu'elle est fatiguée.

— Veux-tu faire quelque chose pour moi ? me questionne-t-elle une fois que j'ai mis ce qui reste des légumes et du pain sur un plateau et que je l'ai suivie jusqu'à sa cellule.

— Si je peux, ouais.

Je m'attends à ce qu'elle demande une couverture, du chocolat ou autre chose.

Elle s'arrête à côté de son lit et attend que je pose le plateau.

Dès que je me tourne vers elle, je tends le bras et lui caresse la joue. Elle se penche immédiatement sur ma main et ça me donne envie de la prendre dans mes bras et de l'emmener dans mon lit.

Bientôt, me promets-je à moi-même.

Je vais bientôt la faire sortir d'ici.

— Tu peux aller voir si Mav va bien ? Ce combat... avait l'air... brutal, s'étrangle-t-elle, les yeux remplis de larmes. Je me suis toujours occupée de ses blessures après et...

— Et il ne s'est pas battu pendant des années. Vous n'êtes mariés que depuis trois ans.

Elle hoche la tête.

— Tu peux ? J'ai juste besoin de savoir qu'il va bien. Il n'a plus son infirmière et...

— Colombe, susurré-je lorsque sa voix se brise sous l'effet de l'émotion.

Mais elle se rapproche, passe ses bras autour de ma taille et pose sa joue contre mon torse.

Je la prends dans mes bras, la serre contre moi et mets mon nez dans ses cheveux pour la respirer.

— S'il te plaît, murmure-t-elle.

Mon cœur se brise avant qu'une question que je ne veux pas poser ne sorte de ma bouche.

— Tu l'aimes vraiment, n'est-ce pas ?

— Oui. Je lui dois tout. Plus que tu ne pourrais jamais le comprendre.

— Un jour, Colombe. Je veux au moins essayer.

— On verra, marmonne-t-elle. Alors, tu le feras ?

Je soupire. Je connaissais déjà ma réponse avant même qu'elle ne me dise ce qu'elle voulait.

— Oui.

Je suis presque sûr que je ferais tout ce que tu me demandes maintenant, petite colombe.

38

MAV

La pièce tourne autour de moi lorsque j'ouvre les yeux et mon estomac se retourne.

Oh mon Dieu.

Je jette un coup d'œil sur le côté et essaie de me concentrer sur la bouteille de whisky vide posée sur la table basse alors que mon envie de vomir se fait de plus en plus insistante.

Je prends une grande inspiration et ferme de nouveau les yeux pour essayer de me rendormir.

Mais maintenant que je suis réveillé, tout ce à quoi je peux penser – mis à part le martèlement dans ma tête –, ce sont à toutes les raisons pour lesquelles je ne devrais pas être éveillé.

Sheila est restée avec moi quelques heures hier. Elle m'a assuré qu'on s'occupait bien de Daisy et elle s'est mise au travail.

La maison était en désordre, je le savais. Mais je ne pense pas avoir vraiment réalisé l'état des lieux jusqu'à ce qu'elle commence à faire le ménage.

Ça prouve à quel point j'ai pris Alana pour acquise. Dès

le premier jour où je l'ai emmenée dans la maison de mon père, où nous sommes restés au commencement, elle a pris une place importante dans ma vie.

Au début, elle m'a dit que c'était parce qu'elle avait besoin d'une distraction. Mais au fil du temps, elle ne s'est jamais arrêtée. Chaque jour, la maison était parfaite, elle préparait des repas dignes d'un restaurant, et donnait l'impression qu'elle faisait tout ça sans effort.

Elle n'avait que seize ans lorsque je l'ai sauvée et cachée pour la première fois. J'ai été stupéfait de voir tout ce qu'elle savait et pouvait faire. Lorsque j'ai acheté cette maison et que nous avons commencé à la rénover, je n'ai pas été surpris de la voir se mettre facilement au bricolage. Comme tout ce qu'elle faisait, c'était naturel.

Elle m'étonnait tous les jours. Chaque petite chose qu'elle faisait m'a fait tomber amoureux d'elle.

Et maintenant qu'elle est partie, tout ce à quoi je pense, c'est que je ne lui ai pas assez dit, que je n'ai pas apprécié tout ce qu'elle m'a donné.

Elle est devenue tout pour moi. J'aurais dû mieux la traiter, lui dire ce que je ressentais, lui montrer à quel point elle comptait pour moi.

Tu es un Hawk, fiston. Ça passe avant tout le reste. Même les gonzesses.

— ARGH ! hurlé-je en attrapant un oreiller pour me couvrir le visage.

À la seconde même où je l'attrape, je réalise mon erreur et le lance à travers la pièce, mais c'est tout aussi con car la bouteille bascule et s'écrase sur le sol carrelé en éclatant.

— Putain de merde.

Un soupir douloureux, chargé de toutes mes erreurs et de tous mes regrets, franchit mes lèvres et remplit ma – notre – maison vide. Elle ne le sait peut-être pas, mais quand j'ai acheté cet endroit, j'ai mis son nom sur l'acte de propriété, à côté du mien.

Elle a pris soin de me dire qu'elle ne voulait rien de ma part. Mais ce qu'elle n'a pas compris, c'est que tout ce que je pourrais lui donner n'est rien en comparaison de tout ce qu'elle m'a apporté.

Quelques milliers de dollars, ce n'est rien quand je pense à son sourire, à son rire, à son regard quand elle est perdue dans ses pensées et qu'elle écrit dans son journal bien-aimé.

Je ne sais pas combien de temps je reste allongé, noyé dans le whisky qui circule encore dans mon organisme, tout en me remémorant le temps que nous avons passé ici ensemble.

Ce n'est pas fini. Je le sais.

Quelque part au fond de mes tripes, je le sais. Tout comme il y a toutes ces années, je savais qu'elle serait à moi.

Elle va me revenir. Elle le fera. Je dois juste trouver un moyen d'y parvenir.

À un moment donné, je parviens à me rendormir et, lorsque je reviens à moi, le soleil inonde la maison, me faisant pleurer alors que ma tête continue de battre.

Mais ce n'est rien comparé à la succession de coups bruyants et odieux frappés à ma porte d'entrée.

Mon pouls s'accélère tandis que j'essaie de deviner de qui il s'agit. Personne ne vient ici. J'ai fait en sorte que l'accès soit interdit à presque tout le monde lorsque nous avons déménagé, afin de préserver l'intimité d'Alana et de lui donner l'assurance qu'elle était en sécurité. Je suis presque sûr que la plupart des gens ne savent même pas que cet endroit existe.

La seule autre personne qui possède une clé et qui peut

venir à l'improviste est Sheila. C'est pour cette raison que je sais que ce n'est pas elle.

Elle aurait déjà fait irruption et commencé à me réprimander parce que j'ai bu.

Je peux clairement entendre ses mots, comme si elle se tenait à côté de moi en ce moment même.

Depuis quand l'alcool résout-il les problèmes de quelqu'un, jeune homme ? Lève-toi, prends une douche et va régler toi-même ce qui ne va pas.

Je souris en pensant à son air déterminé et à son expression d'indifférence absolue.

Lorsque je ne fais pas un geste pour répondre à la porte, les coups recommencent.

— C'est bon ! grondé-je en balançant mes jambes hors du lit avant de me lever. Aïe, putain, me plains-je en ressentant une douleur au niveau de la plante de mon pied. Putain, sifflé-je en me rappelant qu'il y a du verre brisé partout.

Comme si cette foutue personne ne savait pas que j'ai une gueule de bois et que je saigne du pied, on continue de frapper à ma porte.

— J'ARRIVE ! beuglé-je avant de sauter pour éviter les éclats de verre, laissant de petites gouttes de sang dans mon sillage.

Dès que j'arrive à la porte, je regarde par le judas.

— C'est quoi ce bordel ? marmonné-je dans ma barbe en fronçant les sourcils.

Impatient, il frappe de nouveau, ce qui me fait froid dans le dos et fait battre mon cœur à tout rompre.

Je saisis la poignée, ouvre la porte et lui fais face.

— Quoi ? aboyé-je en lui faisant comprendre qu'il n'est pas le bienvenu.

— Eh bien, bonjour à toi aussi, dit JD avec un grand sourire aux lèvres, comme s'il avait touché le gros lot.

— Qu'est-ce que tu fais ici, bordel ? grogné-je en me mettant dans l'embrasure de la porte pour lui montrer qu'il n'a pas le droit de regarder, et encore moins d'entrer dans notre maison.

— On m'a demandé de vérifier si tu allais bien, répond-il distraitement, ses yeux traînant partout pour observer ce qui l'entoure.

Comme s'il ne l'avait pas déjà fait en m'attendant.

— C'est un bel endroit que tu as là. Très isolé, commente-t-il.

— Ce qui m'amène à me demander comment tu l'as trouvé.

— J'ai dit qu'il était isolé, pas invisible.

Il lève les yeux au ciel, le faisant ressembler au connard irritant qu'il est.

— Pourquoi es-tu ici ?

Ma prise sur le cadre de la porte se resserre au fur et à mesure que ma patience s'amenuise. J'ai trop la gueule de bois pour ces conneries.

— Les ordres du patron. Tu sais ce que c'est.

— Victor t'a envoyé ? l'interrogé-je, confus.

Depuis quand ce putain d'enfoiré se soucie suffisamment de quelqu'un pour exiger une visite à domicile ?

— Je fais ce qu'on me dit, mec. Je peux ? demande-t-il en s'avançant directement dans mon espace personnel, comme si je donnais l'impression que je voulais l'accueillir pour faire la fête.

— Putain ! aboyé-je en le repoussant avec force.

— D'accord, réplique-t-il, ses yeux descendant

rapidement le long de mon corps. Pas besoin de te mettre dans tous tes états.

Je grogne.

— Tu as l'air d'avoir besoin d'un café. Et as-tu remarqué que tu saignais ?

— J'en suis pleinement conscient, merci !

— Et tu as l'air d'avoir perdu ton petit chiot.

Mes dents grincent.

— Je n'ai rien perdu, elle m'a été volée.

— Ta femme et un chiot. Mec, tu passes vraiment une mauvaise semaine. Je l'avais anticipé, tu sais, déclare-t-il.

Il recule enfin, ce qui me fait soupirer de soulagement.

— Et j'ai exactement ce qu'il te faut, ajoute-t-il.

Je devrais lui claquer la porte au nez et oublier qu'il a voulu m'honorer de sa présence agaçante, mais ma curiosité prend le dessus.

Je le regarde fouiller dans sa voiture pour trouver quelque chose avant de ressortir avec deux cafés à emporter, un sac de ce que je suppose être des viennoiseries, et un putain de sourire énervant.

— Les meilleures viennoiseries de la ville, tout juste sorties du four.

Il lève le sac, l'agite devant moi, laissant l'odeur envahir mes narines.

— Un parfait remède contre la gueule de bois, poursuit-il.

— Je n'ai pas la gueule de bois.

— Tu es un sale menteur, Maverick Murray. Maintenant pousse-toi, nous avons de délicieuses viennoiseries à déguster.

Je ne sais pas pourquoi je le fais. Je blâme le doux parfum des viennoiseries fraîches et le café riche et appétissant, mais dès qu'il s'avance, je recule, l'invitant à entrer.

Putain de merde.

— Tu as dix minutes, grogné-je.

Je referme la porte et le suis dans le couloir jusqu'à la salle de séjour.

— Mec, c'est une maison de malade ! s'exclame-t-il, les yeux rivés sur les baies vitrées qui donne sur notre jardin, notre piscine et la forêt au loin. Pas étonnant que tu ne veuilles pas partager.

L'ignorant, je prends un des cafés du plateau à emporter et lui vole le sac de viennoiseries.

— Hé, qui a dit que je partageais ? couine-t-il comme une petite gonzesse alors que je grimpe sur un tabouret de l'îlot de cuisine et bois une gorgée.

Putain, j'avais besoin de ça.

Je continue à boire, laissant la caféine se répandre dans mon organisme tandis que JD fait le tour de notre espace de vie.

Je me crispe lorsqu'il s'arrête pour regarder des photos d'Alana et moi au fil des ans, celles qu'elle a affichées comme un pêle-mêle sur le mur.

Mes dents grincent et ma prise sur le café fait que la tasse se tord alors qu'il continue à fixer les photos.

— JD, grondé-je en détestant qu'il ait les yeux rivés sur ma femme.

— Elle est vraiment très belle. C'est dommage de la garder enfermée ici.

— Ce n'est pas le cas, craché-je.

C'est vrai. Avant notre mariage, oui, elle était assignée à résidence, mais ce n'est pas moi qui insistais pour qu'elle se cache. Elle savait que si un autre Hawk la voyait, il le signalerait à son père et qu'elle serait ramenée directement en enfer. Mais depuis que nous avons prononcé nos vœux, elle est libre d'aller où bon lui semble. Elle choisit juste de ne pas le faire la plupart du temps. Et je ne peux pas lui en vouloir. C'est mieux d'être ici que dans ce trou à rat merdique.

— Elle est libre de faire ce qu'elle veut, ajouté-je.

— Je parie que tu le regrettes maintenant, hein ? me nargue-t-il en détournant enfin son regard des photos pour s'avancer vers moi.

Il boit une gorgée de son café avant de prendre une viennoiserie et de s'asseoir sur l'autre tabouret.

— Je dois être honnête, mec. Tu as déjà eu l'air mieux.

Une vague d'irritation me traverse. D'autant plus qu'il a aussi un œil au beurre noir et une lèvre fendue.

— Je pourrais te dire la même chose, marmonné-je.

— Parfois, il faut savoir s'en prendre dans la gueule pour aider son frère à se défouler.

S'il veut que je pose des questions sur Reid, il se fourre le doigt dans l'œil, car moins j'aurai à penser ou à parler de cet enfoiré, mieux ce sera.

— Donc, pas d'os cassés ni quoi que ce soit d'autre ? m'interroge-t-il quand je ne réponds pas.

— Désolé de te décevoir. Il devra faire plus d'efforts la prochaine fois.

— Tu sais, je ne pense pas que vous soyez si différents l'un de l'autre, en fait. Vous avez beaucoup de choses en commun. Les mêmes goûts.

— JD, rétorqué-je sur un ton sec. Pourquoi es-tu ici ?

Il répète ce qu'il a dit tout à l'heure :

— Je suis les ordres.

Je l'étudie en étant très méfiant.

— Eh bien, tu pourras faire passer le message que je vais bien.

— À part la gueule de bois, le corps meurtri et le pied qui saigne ?

— Qu'est-ce que ça peut te foutre ? Tu n'aurais pas préféré qu'il m'achève vendredi soir ?

Il hausse les épaules.

— Je ne sais pas. Ce n'est pas parce que Reid et moi sommes proches que je dois avoir la même opinion que lui.

— Qu'est-ce que tu insinues ? Que tu veux qu'on soit amis ou un truc du genre ?

Il boit une longue gorgée de café, les yeux rivés sur les miens.

— Je me préoccupe juste du bien-être d'un frère. C'est si grave ? Tu veux que je t'aide à arranger ça vu que ton infirmière n'est pas là ?

39

ALANA

Cher journal,

Il n'y a pas si longtemps, je refusais de penser au lendemain ou d'oser rêver d'un quelconque avenir.

La réalité était qu'un jour, les hommes allaient me tuer. Ils m'étrangleraient trop fort ou me feraient faire quelque chose que mon corps ne supporterait plus.

C'est arrivé une fois. J'ai littéralement cru que j'allais mourir à cause de la quantité de sang que j'ai perdue.

J'étais à l'agonie bien avant qu'ils ne me laissent recroquevillée dans un coin en train de sangloter. Je ne savais pas ce qu'ils avaient fait, je ne le sais toujours pas, mais c'était grave. Vraiment grave.

J'étais à peine consciente lorsque Papa est revenu à la maison et m'a trouvée. Il se fichait que je souffre, sa plus grande préoccupation était la tache que j'allais laisser sur le sol. Ce

qui était une putain de plaisanterie, car nous vivions dans la misère. J'ai fait ce que j'ai pu pour garder l'endroit propre et bien rangé, mais il était déjà en trop piteux état quand j'ai commencé. Je menais une bataille perdue d'avance.

Je me souviens l'avoir supplié de m'aider, de faire venir un médecin, de m'emmener à l'hôpital. N'importe quoi. Mais il a refusé. Il m'a dit d'aller me coucher et d'arrêter de faire le bébé.

Je l'ai fait. Que pouvais-je faire d'autre ? Essayer de m'échapper et d'obtenir de l'aide. Je serais morte si j'avais fait ça.

Le seul point positif était que Kristie et moi ne partagions pas la même chambre. L'idée qu'elle me voie dans cet état était horrible.

Toute la nuit, je suis restée là, recroquevillée en boule, priant pour que je meure de mon hémorragie.

Mon lit était trempé.

À un moment donné, j'ai heureusement perdu connaissance. Puis, l'instant où je suis revenue à moi, j'avais une perf dans le dos de la main, mais j'étais toujours seule dans mon lit taché de sang, même si, heureusement, je souffrais moins. Ce furent les jours les plus sombres de ma vie. Je n'avais aucune idée de ce qui s'était passé, de ce qu'on m'avait fait. Papa venait de temps en temps avec de la nourriture, de l'eau et des analgésiques, mais seulement quand ça lui chantait. Tout ce que je pouvais penser, c'était : *pourquoi ne m'as-tu*

pas laissé mourir ? Mais je connaissais la réponse. Et on m'a donné raison une fois que j'ai récupéré. Tout a recommencé comme avant, comme s'ils n'avaient pas failli me tuer.

Heureusement, cette expérience ne s'est jamais répétée, mais ses conséquences resteront à jamais gravées dans ma mémoire.

Je n'ai découvert les suites désastreuses de cette horrible expérience que lorsque j'étais avec Mav et qu'il m'a fait examiner par un médecin digne de ce nom. C'est alors que j'ai découvert la véritable ampleur de ce que mon corps avait subi cette nuit-là et les jours suivants.

Être avec Mav m'a donné de l'espoir. Ça m'a permis de penser que je pouvais avoir un avenir. Que ma vie pourrait se résumer à autre chose qu'être l'esclave de mon père et de ses amis malades et pervers.

Même lorsque j'étais enfermée dans la maison de Mav, je ne m'étais jamais sentie aussi libre. C'était incroyable.

C'est pour cette raison que je sais que je devrais détester cet endroit. Je suis enfermée dans une cellule individuelle avec seulement quelques produits de première nécessité que JD m'a fournis lors de sa dernière visite hier soir.

J'avais espéré qu'il passerait la nuit avec moi. J'étais naïve et stupide de penser que les choses avaient vraiment changé simplement parce que nous avions eu des relations sexuelles, qu'il m'avait laissé prendre une

douche et qu'il m'avait offert de la nourriture correcte.

Mais je n'ai pas pu m'en empêcher.

J'ai senti une connexion avec lui la première fois qu'il m'a rendu visite, et chaque fois depuis, elle n'a fait que croître. Notre alchimie crépite comme une traînée de poudre lorsque nous sommes proches. Du moins, c'est ce que je crois. Peut-être que c'est à sens unique et qu'il joue juste un très bon jeu. Après tout, ils ont l'air de penser que j'en joue un aussi, alors pourquoi pas, n'est-ce pas ?

Mais il a dit qu'il me croyait. Qu'il ferait n'importe quoi pour le prouver à Reid et me faire sortir d'ici.

Mais à quoi ressemblerait ma vie en dehors d'ici ? Je ne doute pas que Mav me prendra dans ses bras et me soutiendra comme il l'a toujours fait.

Je pourrais rentrer chez moi avec lui et continuer notre vie comme si rien ne s'était passé.

Mais est-cc que j'en ai envie ?

Je sais que c'est stupide, mais rien qu'à l'idée de m'éloigner de JD, de tout ça, je me sens mal.

Est-ce le syndrome de Stockholm ?

Le cliquetis de la serrure de ma porte qui se déverrouille me fait sursauter et je referme rapidement mon cahier en attendant de voir qui va apparaître.

Est-ce mal que mon cœur accélère quand je pense à voir Reid après avoir imaginé qu'il nous a observés durant nos ébats ?

— Salut, Colombe, dit JD en passant son visage en train de cicatriser dans ma cellule.

— Salut.

Je lui retourne son sourire, essayant d'ignorer la vague de déception qui m'envahit à l'idée que ce ne soit pas Reid.

— Comment va-t-il ? m'enquiers-je, tout à fait consciente qu'il répondrait à ma demande de ce matin d'aller voir comment allait Mav après le combat.

— Son éternel air morose, répond-il avec un sourire en coin.

— Il n'est pas morose, rétorqué-je en prenant immédiatement la défense de mon mari.

— Non, je sais. Je me fie à ton jugement, et si tu dis qu'il ne l'est pas, alors je dois te croire.

— Tu me donnerais raison, même quand tu connais cette rivalité historique entre Reid et lui ? l'interrogé-je, choquée.

Il hausse les épaules.

— Je suis prêt à lui accorder le bénéfice du doute et à juger par moi-même. Je n'ai jamais eu de raison de le faire auparavant.

— C'est juste.

— Tiens, dit-il en me tendant un sac que je n'avais pas vu. Je t'ai apporté quelques friandises.

Dès qu'il pose le sac sur le bout du lit de camp, je plonge pour l'attraper.

— Oh mon Dieu, des donuts ! m'écrié-je en ouvrant la boîte et en en mettant un dans ma bouche. Hé, qu'est-ce que tu fais ? marmonné-je la bouche pleine quand lui aussi en prend un et le porte à ses lèvres comme s'il allait le dévorer.

— Je les ai achetés pour nous. Mais c'est une bonne chose de connaître ta position sur le partage de nourriture, me taquine-t-il avant de faire mine d'en manger presque la moitié en une seule bouchée.

— Tu n'es pas enfermé dans une cellule, fais-je remarquer. Tu peux manger des donuts quand tu veux, boudé-je.

— Essayer de me culpabiliser ne marchera pas, me prévient-il, avant de jeter le reste du beignet dans sa bouche.

— Tu as un peu...

Je tends la main pour essuyer le glaçage sur sa lèvre, mais au dernier moment, il m'attrape par l'arrière de la tête et me rapproche pour que je puisse le lécher à la place.

— Tu m'as manqué, murmure-t-il.

Des papillons se mettent à virevolter dans mon ventre.

— Est-ce qu'il va vraiment bien ? m'enquiers-je, incapable de m'accrocher à ce commentaire.

J'ai tellement envie de le croire, mais je sais que ce serait trop dangereux.

— Ouais. Son visage n'est pas beau à voir, mais ce n'est pas nouveau. Hé, se plaint-il quand je lui tape sur l'épaule. Il avait une sacrée gueule de bois.

— Je parie que ta personnalité lumineuse a fait des merveilles, plaisanté-je, plus que consciente de comment est Mav quand il a la gueule de bois.

— Il a cassé une bouteille de whisky et a marché sur le verre.

— Oh, merde.

Mon cœur se serre en entendant qu'il est à nouveau blessé et que je ne suis pas là pour l'aider.

— Ce foutu prude ne m'a même pas laissé l'aider.

— Je ne suis pas sûre que ce soit la définition de prude, Julian.

— Peu importe. J'ai proposé d'être son infirmier et de le soigner, mais il n'a rien voulu savoir.

— Je ne peux pas dire que je sois surprise.

— Tu vois, morose.

— Tu es insupportable.

Je lève les yeux juste à temps pour voir son regard s'assombrir.

— Ce n'est pas la première fois que j'entends ça, Colombe.

J'entrouvre les lèvres pour le questionner, mais il le voit venir. Il jette le sac et son contenu par terre, enroule sa main autour de ma gorge et me force à reculer.

— Julian, haleté-je une seconde avant que ses lèvres ne descendent sur les miennes.

Il lèche profondément ma bouche, la douceur de sa langue caressant la mienne.

Un profond gémissement de désir résonne dans sa poitrine alors qu'il s'installe entre mes cuisses écartées, le baiser devenant de plus en plus humide et obscène à chaque seconde.

Je devrais être dérangée par le fait qu'il vient juste de voir mon mari. Bon sang, ça me dérange. Vraiment. Mais je ne peux pas m'arrêter.

Quand il me touche, qu'il m'embrasse, c'est comme si le monde basculait sur son axe.

Je n'en ai fait l'expérience qu'une seule fois auparavant. Mais cette fois-ci, ça ne s'arrête pas avant d'avoir commencé. Cette fois, je peux savourer le plaisir.

J'allume le briquet, j'approche la flamme de la bougie et regarde la petite quantité de cire se détacher de la mèche.

Mon souhait ne s'est pas réalisé le jour de mon anniversaire. On m'a peut-être demandée en mariage et, peu après, l'homme que j'aime a prononcé ses vœux et s'est promis à moi. Il s'est peut-être donné à moi, mais pas tout entier, et ça me tue.

Satisfaite de la flamme qui vacille, je regarde le petit bikini rouge feu que je porte. Et après m'être assurée que mes seins sont aussi bien mis en valeur que possible, je soulève le plat et le porte à l'extérieur.

— Joyeux anniversaire !

Je le trouve exactement là où je m'y attendais, à l'ombre et en train de se détendre sur notre canapé d'extérieur, portant un T-shirt moulant et un short.

Il se redresse et relève ses Ray-Ban et les met sur le sommet de sa tête pour pouvoir se concentrer sur moi.

L'espace d'un instant, ses yeux se posent sur mon corps.

Bien. Ils devraient. J'ai commandé ce bikini avec une seule intention en tête. Susciter son intérêt et briser sa détermination.

J'espérais qu'il aurait pu surmonter ce qui l'avait retenu le jour de notre mariage. Je savais qu'il allait devoir m'embrasser et j'avais prié pour que ce soit un baiser sauvage, digne d'un porno. Mais ça ne s'est pas produit. Il m'a embrassée, mais c'était le genre de baiser qu'un grand-parent donnerait à son petit-enfant. Je n'ai pas d'expérience en la matière, mais j'ai vu ce genre de choses à la télévision.

Mais aujourd'hui. Aujourd'hui, je vais le faire et lui offrir un cadeau d'anniversaire qu'il n'oubliera jamais.

— Je t'ai dit de ne rien faire de spécial.

— Et je ne t'ai pas écouté.

— Ça ne te ressemble pas, me taquine-t-il.

En tirant la langue, je me laisse tomber à côté de lui et tiens le gâteau entre nous pour qu'il puisse souffler la bougie.

Nos regards se soutiennent pendant quelques secondes avant qu'il ne se penche en avant et que ses lèvres ne frémissent. Je suis presque sûre que le temps et mon cœur se sont arrêtés pendant ces quelques instants.

— N'oublie pas de faire un vœu, me forcé-je à dire.

Il fixe la bougie, puis me regarde de nouveau.

Mon cœur bondit dans ma gorge et mes mains tremblent.

J'ai envie de lui. J'ai tellement envie de lui que je suis presque sûre que mon bas de bikini est trempé.

Il n'a été qu'un parfait gentleman depuis qu'il m'a sauvé la vie et a donné la sienne pour me protéger. Et même si j'ai apprécié ça au début. J'ai besoin de plus maintenant. Tellement plus.

La chaleur de son souffle passe sur mes seins et mes tétons durcissent, se pressant contre le mince tissu qui les contient à peine.

Il bouge, fait glisser l'assiette sur la table basse et je saute sur lui avant de pouvoir m'en dissuader.

Nos lèvres se touchent et je me jette sur ses genoux, à cheval sur sa taille et pressée contre lui tandis que ma langue se faufile pour approfondir notre baiser.

Je pousse presque un cri de soulagement lorsque ses mains glissent le long de mes cuisses, sa bite en train de grossir sous moi. Tous les muscles de mon corps frémissent d'excitation, mon entrejambe se contracte alors que je suis désespérée de le sentir en moi.

La chaleur de ses mains me brûle tandis que notre baiser se poursuit. Il donne autant qu'il reçoit. Ce moment va bien au-delà de tous mes rêves et de mes fantasmes des deux dernières années.

C'est tout. Tout et plus encore. Et je m'y noie complètement.

Jusqu'à ce que ça s'arrête.

Sa prise sur ma taille se resserre avant que mon dos ne touche le coussin du canapé.

— Mav, haleté-je en essayant de reprendre mon souffle.

— Je suis désolé, Poupée. Putain, je suis vraiment désolé.

Mes yeux brûlent de larmes, ce souvenir, ce rejet est encore si réel, si brut, malgré le fait que Julian m'embrasse, me touche comme si j'étais la femme la plus belle et la plus désirable de la planète.

JD le sent, son baiser faiblit, et il est prêt à s'éloigner.

Ma prise sur lui se resserre, désespérée de l'empêcher de rompre notre lien.

Mais une ombre s'abat sur nous avant que quelqu'un ne s'éclaircisse la gorge et que la réalité ne s'effondre.

40

REID

Mes dents grincent et ma poitrine se soulève tandis que je reste là, la colère vibrant en moi comme un courant électrique.

Ensemble, ils bougent de manière synchronisée. Elle roule ses hanches et cambre le dos tandis qu'il s'enfonce en elle et déplace sa main sous son débardeur.

Ses gémissements de plaisir m'ébranlent, menaçant ma détermination à ne pas être affecté par cette situation.

Je lui ai dit qu'elle était interdite, mais je ne m'attendais pas à ce qu'il me prenne au sérieux. JD ne le fait jamais. Il voit une femme qui lui plaît, il lui court après sans pouvoir s'en empêcher avant de se rendre compte qu'elle n'était pas si bien que ça, de s'ennuyer et de tourner son attention vers une autre.

Ça se produira cette fois-ci, aussi. Et ça arrivera une centaine de fois dans les années à venir, j'en suis sûr. Alana n'est pas spéciale. Il la veut juste parce que je lui ai dit qu'il ne pouvait pas l'avoir et parce qu'il a facilement accès à elle. Il n'a pas besoin de lui courir après. Elle n'a nulle part où s'enfuir.

Le sang bouillonnant dans mes veines, je m'approche d'un pas, laissant mon corps projeter mon ombre pour leur faire comprendre qu'ils ont de la compagnie. Non pas que je pense vraiment que ça les arrêtera.

À la seconde où je me racle la gorge, ils s'arrêtent tous les deux comme deux vilains petits écoliers pris en flagrant délit.

Ses ongles s'enfoncent dans ses épaules, y ajoutant des traces d'ongle supplémentaires.

— JD, grogné-je avec une voix basse et menaçante.

Finalement, il s'écarte de ses lèvres et baisse la tête avec un soupir douloureux.

— Tu ne vois pas que je suis occupé, frérot ? gémit-il.

— Je le vois parfaitement bien. Malheureusement, j'ai plus besoin de toi qu'elle.

— C'est peu probable. Elle est tellement mouillée. Tu as trempé mon boxer, n'est-ce pas, petite colombe ?

Il fait rouler ses hanches et elle gémit comme une pute quand il touche le bon endroit.

— Ramène ton cul excité à l'étage. Nous devons discuter de quelque chose.

— Si tu veux me crier dessus parce que je lui ai acheté des donuts, vas-y, me propose-t-il en se mettant à genoux et en tendant les bras le long de son corps. J'assumerai comme un homme.

— Je préférerais que tu sois un homme avec moi, intervient Alana, la voix rauque de désir.

Je ne veux pas tourner la tête vers elle, mais quand son regard commence à brûler le côté de mon visage, mon corps agit sans raisonner.

Mon souffle se coupe en voyant combien ses yeux sont sombres. Elle est excitée, c'est évident. Mais je suis presque sûr qu'il y a aussi quelque chose d'autre.

— Reste et regarde si tu veux. Je suis sûre que c'est mieux en live qu'à travers un écran, raille-t-elle.

Je soutiens son regard, refusant de réagir alors que je repasse les événements d'hier dans ma tête.

J'avais des soupçons concernant son passé. Elle avait fait allusion à certaines choses pendant son séjour ici, mais je ne voulais pas y croire. Ça ouvre la possibilité que des choses se soient produites autour de moi que j'aurais dû voir. Que j'aurais dû connaître. Pour lesquelles j'aurais dû faire quelque chose. Mais la voir mutiler Jonno hier. C'était tellement violent et obsédant à la fois.

Sous nos yeux, elle s'est transformée en une personne totalement différente. Chaque rugissement de colère qu'elle a poussé en plantant mon couteau dans son corps a confirmé ce que je soupçonnais.

Ça ne répond pas à toutes mes questions, ni à tous mes soupçons. Mais ça a permis de relier quelques points.

Mais ce n'était rien comparé au moment où elle l'a confirmé sous la douche. À ce moment-là, elle n'était plus une jeune femme sexy, mais une petite fille. Une petite fille brisée qui avait tout perdu à cause d'hommes qui n'auraient pas dû la toucher.

Et maintenant, je peux le voir à nouveau dans les ombres sombres qui dansent dans ses yeux.

Refusant de me concentrer sur les sentiments que m'inspire tout ce que j'ai appris sur elle au cours des dernières vingt-quatre heures, je reporte mon regard sur mon meilleur ami surexcité.

— Deux minutes, JD, grondé-je avant de me retourner pour partir.

— Deux minutes ? répète-t-il. Je suis bon, mec. Mais je ne suis pas si bon que ça. Donne-moi vingt minutes.

— Deux minutes, dis-je avant de sortir de la cellule.

— Ce putain de mec frustré a besoin de s'envoyer en l'air, murmure JD que j'entends en sortant.

Je monte les escaliers et m'arrête à la cuisine pour prendre une boisson énergisante avant de me diriger vers mon bureau.

Une partie de moi s'attend à ce qu'il défie les ordres et me fasse attendre. Mais à ma grande surprise, quelques secondes plus tard, j'entends ses pas avant que sa silhouette n'assombrisse le seuil de la porte.

— Ah bien, tu es capable de la lâcher, me moqué-je.

— Putain de merde, mec !

— Je t'ai dit de ne pas la toucher.

C'est au mieux un argument faible, mais je m'y accroche quand même.

Il se rapproche et son sourire suffisant s'accentue avant qu'il ne s'installe sur sa chaise de prédilection, de l'autre côté de mon bureau.

— Tu es juste énervé qu'elle me veuille moi et pas toi.

Je ne réagis pas.

— Bon sang, ne me fais pas le coup du mec impassible qui n'en a rien à foutre, dit-il en s'asseyant en avant et en posant ses coudes sur ses genoux. Je sais que ça te touche. Je peux le voir dans tes yeux tourmentés.

— Va te faire foutre.

— La jalousie ne te va pas, mec.

J'éclate de rire. Un rire amer et plein de haine, et il y voit tout de suite clair.

— J'espère sincèrement que tu as mis une capote. Je suis presque certain qu'elle s'est fait prendre par la moitié des bites infectées de MST de cette ville.

— Il faut vraiment que tu apprennes à mieux la connaître, rétorque-t-il en s'adossant à son siège.

— Et tu dois arrêter d'être aveuglé par ce joli petit bijou sur sa chatte.

— Oh, mec. Tu devrais entendre la façon dont elle crie quand je le mordille avec mes dents. C'est foutrement incroyable. Oh, attends... Tu le sais, n'est-ce pas ? Tu as regardé chaque seconde de nos ébats hier. Combien de fois t'es-tu branlé ? As-tu joui autant qu'elle ?

Je ne confirme ni n'infirme ses propos. Au lieu de ça, je commence à parler boulot.

— On m'a donné de nouveaux contacts, annoncé-je.

— Oh ? fait JD en s'avançant.

— Ouais. Et ce n'est pas tout. Apparemment, ils sont prêts à parler.

— Ohhh ! s'exclame-t-il, ses yeux s'illuminant d'excitation tandis qu'il se frotte les mains. Cet enfoiré va tomber.

Quelque chose crépite en moi. J'ai été tellement concentré sur la chute de mon père et de son règne de la terreur que je n'ai pas vraiment pris de recul pour apprécier le chemin parcouru.

Mais aujourd'hui, nous sommes plus proches que jamais.

— Tu sais que cette femme au sous-sol serait plus qu'heureuse de t'aider par tous les moyens possibles, affirme-t-il en faisant retomber mon enthousiasme.

— Est-ce que tout doit toujours tourner autour d'elle ? aboyé-je.

— Non. Mais je pense qu'elle pourrait être un atout. Elle déteste ce connard autant que nous. Les conneries qu'il lui a fait faire, mec.

JD se passe la main sur le visage, l'air plus préoccupé que jamais par son petit plan cul au sous-sol.

Mais ce qu'il ressent aujourd'hui va être anéanti si ce que je soupçonne est vrai.

Et je déteste l'admettre, mais je pense qu'il pourrait avoir raison. Alana pourrait être la pièce manquante dont nous avons besoin de notre côté pour enfin mettre en œuvre tout ce sur quoi j'ai travaillé.

Mais avant de pouvoir envisager ça, j'ai besoin de la vérité et rien que la vérité sur tout ça, directement de sa bouche.

Je ne peux pas risquer de me tromper et de lui donner, ainsi qu'à Mav, les munitions dont elle a besoin pour me faire tomber en même temps que Victor.

— Où es-tu allé tout à l'heure ? m'enquiers-je en changeant totalement de sujet.

— Dehors, répond-il avec son sourire stupide et suffisant.

— Qu'y avait-il dans le sac à part les donuts ?

— Alors, tu regardais, me provoque-t-il.

Je ne fais rien d'autre que lui lancer un regard noir.

— Juste quelques petites choses pour rendre son séjour un peu plus agréable, poursuit-il. Rien d'excitant.

— Ce n'est pas censé être agréable.

— Elle ne mérite pas d'être là.

— Elle ne m'a pas encore tout dit.

— Pourquoi devrait-elle le faire ? Elle a nous expliqué ce qui est important en nous disant qu'elle travaillait pour Victor et qu'elle avait été obligée de mentir à Kane.

— Nous ne savons toujours pas pourquoi. Et tant que je n'ai pas tout et que je ne suis pas sûr qu'elle ne va pas nous entuber, elle ne quittera pas cette cellule. Je me fiche de combien sa chatte est bonne, déclaré-je en me levant et en me redressant de toute ma hauteur. Fais ce que tu as à faire pour obtenir la vérité. D'une manière ou d'une autre, j'obtiendrai tous les secrets qu'elle garde dans sa jolie petite tête.

— Ah-ha, tu peux donc admettre qu'elle est jolie, me lance-t-il alors que je quitte mon bureau en trombe pour me rendre dans la cuisine.

Comme je m'y attendais, des pas me suivent.

— Si tu peux te donner la peine de vérifier ton portable, il y a les détails de l'approvisionnement pour les gars. Peux-tu parler à Dev et les préparer pour la semaine.

— Un « s'il te plaît » ne serait pas de trop, patron, me taquine-t-il.

— Je prépare le dîner. Va faire ton putain de boulot.

Avec un salut militaire, il disparaît de la pièce et monte l'escalier en trombe.

Penché en avant, je pose mes mains sur le bord du comptoir et baisse la tête.

Je ferme les yeux et essaie d'oublier tout ça pendant quelques secondes. Ça fait un moment que nous nous dirigeons vers la ligne d'arrivée, mais tout à coup, j'ai l'impression que nous avons pris le dernier virage et que nous fonçons sur la dernière ligne droite plus vite que je ne peux le contrôler.

La peur me tenaille l'estomac et ce n'est pas seulement à cause de ce que je m'apprête à découvrir. Je suis peut-être horrifié, mais honnêtement, je ne peux pas dire que je sois surpris. Victor Harris et son cercle proche sont des connards pervers qui n'ont aucune morale et encore moins d'éthique. Ils ne recherchent que deux choses : le pouvoir et l'argent. Et il semble qu'ils ne reculeront devant rien pour les obtenir. Au diable les vies qu'ils détruisent au passage. Les gens n'ont pas d'importance, pas quand on est la toute-puissante royauté des Hawks de Harrow Creek.

— PUTAIN ! hurlé-je, ma voix grave résonnant dans ma maison silencieuse.

La fin est peut-être en vue, mais quelque chose me dit qu'elle ne sera pas belle. Tout ça va nous exploser à la figure et nous devons être prêts.

— Tu en as fait beaucoup pour deux personnes, fait remarquer JD près d'une heure plus tard, après avoir rempli son assiette de mon chili maison.

Je hausse les épaules, refusant de mordre à l'hameçon.

— Tu n'as pas besoin de manger les restes demain si tu ne veux pas.

— Je ne refuse pas de manger. Je ne fais que constater un fait.

Il me regarde avec méfiance par-dessus la table.

— Peu importe, marmonné-je.

Il m'adresse un sourire en coin et ses yeux qui pétillent d'amusement.

— Tu te soucies d'elle.

— Putain, pour la millième fois : non. Je veux juste en finir avec toutes ces conneries.

— Tu es aussi un menteur.

Je pince les lèvres et enfonce ma fourchette dans mon plat.

— Peut-être devrais-tu y aller toi-même quand nous aurons terminé.

J'en ai envie. Putain, j'en ai foutrement envie. Mais même si je déteste l'admettre, même à moi-même, j'ai peur. Je suis terrifié par la noirceur et la vérité qu'elle cache.

Pour la première fois depuis que je l'ai enfermée, je commence à comprendre ce que JD a vu en elle. Elle ne cache pas un plan machiavélique pour me tuer. Ce qu'elle cache est bien pire que ça.

Quelque chose me dit que le fait de devoir parler la brisera encore plus qu'elle ne l'est déjà. Et pour la première fois de ma vie, ça me préoccupe. Je me préoccupe de savoir comment elle va gérer le fait de replonger dans son passé en mettant toutes les horreurs qu'elle a vécues sur la table.

— Je dois sortir. J'ai une autre réunion, puis j'irai à Maddison pour faire le point avec les gars. C'est toi qui t'en occupes.

Son sourire s'élargit.

— Bon sang, ouais. C'est la fête, bébé.

— Juste... ne la laisse pas sortir de ce putain de sous-sol. Peu importe à quel point elle te suce bien.

Il avale une bouchée de chili avant de lever les yeux vers moi.

— Ouais, on verra, me provoque-t-il.

41

ALANA

— Oh mon Dieu, quelle est cette odeur ? m'empressé-je de demander quand la porte s'ouvre et qu'une odeur alléchante me frappe.

Mon ventre gargouille instantanément lorsque JD arrive avec un plateau rempli de bonnes choses.

— C'est du vin ? Putain de merde, je crois que je t'aime.

Ses yeux se fixent sur les miens tandis que mes mots s'enregistrent dans mon cerveau.

Merde.

— Attention, petite colombe. Je ne suis pas sûr que ton mari apprécierait.

La culpabilité me noue l'estomac.

Je pense que nous avons déjà fait beaucoup de choses que mon mari n'apprécierait pas.

— Mais oui, c'est du vin. Chili, pain à l'ail, et quelque chose de spécial pour le dessert.

— Et une bougie.

Je ris quand il dépose le tout sur le lit de camp.

— Ah, c'est un rendez-vous galant dans une cellule de prison ? plaisanté-je.

— Bien sûr. Ça peut être tout ce que tu veux si ça te fait sourire de cette façon, répond-il en tendant la main pour attraper ma mâchoire.

Son pouce effleure ma lèvre inférieure et sa langue sort pour humecter la sienne, comme s'il nous imaginait en train de nous embrasser.

Malheureusement, mon estomac grogne bruyamment, ce qui l'empêche de faire quoi que ce soit.

— Mange, m'incite-t-il en prenant l'assiette du plateau pour me la passer.

Je la fixe, laissant le parfum des tomates et des riches épices envahir mes narines.

C'est la première fois que je vois un vrai repas depuis plus d'une semaine. Je ne suis pas sûre de savoir quoi en faire.

— Qu'est-ce qui ne va pas ? Je sais déjà que tu n'es pas végan.

— Rien. C'est juste que... après une semaine sans presque rien manger, ça fait beaucoup, avoué-je en me sentant idiote. Merci.

— De rien, petite colombe, dit-il en attrapant la fourchette pour la remplir un peu. Mais ce n'est probablement pas moi que tu dois remercier.

— Reid a fait ça ? Pour moi ? m'étonné-je avant que JD ne puisse mettre la fourchette dans ma bouche.

— Il ne l'avouerait probablement pas sur son lit de mort, mais il n'a pas l'habitude de faire de portions aussi grandes qu'aujourd'hui, et je peux confirmer que nous n'avons pas organisé de dîner à l'étage.

Je secoue la tête, essayant de comprendre ce qu'il dit.

— Il ne t'a pas fait de mal ?

— Non, Colombe.

— Mais…

— Pas de *mais*. Mange, c'est tout.

J'acquiesce tandis qu'il ramène la fourchette devant mes lèvres et je n'ai pas d'autre choix que de les ouvrir pour le laisser me nourrir.

C'est bizarre mais aussi… agréable. Je n'ai que très peu de souvenirs, et très flous, où j'ai été soignée de cette façon. Nous avons perdu Maman alors que j'étais encore trop jeune pour me souvenir d'elle et, jusqu'à ce que Mav s'occupe de moi, c'était chacun pour soi dans cette maison de l'enfer.

Je lève la main pour prendre la fourchette, mais JD ne veut pas.

— Laisse-moi faire, Colombe. J'aime bien m'occuper de toi.

— Tu es trop bon pour ce genre de vie, Julian, murmuré-je.

Il secoue la tête.

— Si seulement c'était vrai. Tu n'as vu qu'une facette de moi. Mais crois-moi quand je dis qu'il y en a une autre qui ne te plairait probablement pas beaucoup.

— J'en doute. Tu ne peux pas être un plus gros connard que Reid.

Il ricane en me tendant le pain à l'ail pour que j'en prenne une bouchée.

— Oh mon Dieu, gémis-je de plaisir.

— J'espère vraiment que tu feras ce genre de bruits quand tu me remercieras plus tard, me taquine-t-il.

— Je suppose que tout dépend de ce que tu as en tête.

— Plein de choses, Colombe. Plein.

— Alors, qu'a dit Reid ? J'ai du mal à croire qu'il ait

ignoré ce que nous avons fait et qu'il nous ait préparé un dîner.

— Il veut toujours connaître tes secrets. Il m'a dit que je n'avais pas le droit de te laisser sortir d'ici, même si j'en avais envie. Mais…

— Mais quoi ?

— Je ne sais pas. Quelque chose était différent. Il était différent.

Je me concentre sur le mur devant moi et soupire.

— C'est à cause de ce que tu as dit dans la douche, n'est-ce pas ?

— Ouais, probablement, avoué-je.

Son regard curieux brûle le côté de mon visage, mais je refuse de lui donner les réponses qu'il attend désespérément.

Comment le pourrais-je ? Ça changerait tout entre nous. Il ne me regarderait plus avec cette chaleur dans les yeux.

— Je crois que j'ai fini, déclaré-je en repoussant la fourchette.

— Merde, Colombe. Je suis désolé, je n'aurais pas dû dire ça. Tu devrais manger. Tu en as besoin.

— Je suis rassasiée. Honnêtement. Peut-être que j'en reprendrai plus tard.

Heureusement, il me croit et soulève l'assiette de mes genoux.

— Quelque chose me dit que tu ne vas pas refuser ça, dit-il en me tendant le verre de vin.

— Absolument pas.

Je bois une gorgée et gémis à la seconde où le liquide touche mes papilles.

C'est sans doute le hasard, mais je suis presque sûre que c'est mon préféré.

Mes yeux se dirigent vers les siens et je découvre rapidement que ce n'est pas le cas.

— Comment l'as-tu su ?

— Colombe, un homme ne révèle jamais ses secrets.

— J'espère que tu sais que ça va me monter à la tête.

— Oh, je sais, réplique-t-il avec un sourire malicieux. J'y compte bien.

— Qu'est-ce qu'il fait maintenant ? Il nous observe ? m'enquiers-je, curieuse de savoir ce que fait cet enfoiré pendant son temps libre, quand il ne torture pas les gens.

— Il est sorti. Ça ne veut pas dire qu'il ne nous regarde pas pour autant.

— C'est vraiment flippant, tu le sais, n'est-ce pas ?

— En général, quand nous observons nos prisonniers, c'est plutôt pour voir s'ils sont encore en vie.

— Je vois.

— Tu rends les choses plus divertissantes pour nous.

— J'aurais envie de répondre que c'est un plaisir, mais je ne suis pas sûre de le penser.

— Qu'est-ce que tu racontes ? Tu as l'air plus qu'heureuse ici.

Je hausse les épaules.

— J'apprécie ma propre compagnie.

— C'est ta façon de me dire de partir maintenant que je t'ai nourrie ?

— Pas du tout. J'espère que tu pourras me divertir un peu.

Il tend la main et me vole mon verre de vin pour en boire une gorgée.

— Mmm, fait-il avant de se lécher la lèvre inférieure. Tu as bon goût.

— Mav m'a fait découvrir quelques-unes des meilleures choses de la vie.

— Bien, murmure-t-il en posant le verre sur le plateau et me faisant reculer lorsqu'il me domine. Laisse-moi te permettre d'en découvrir d'autres.

Il écarte mes jambes et s'installe entre mes cuisses, reprenant là où nous avons été brutalement interrompus tout à l'heure.

Son nez effleure doucement le mien, me faisant gémir de désir tandis que mes lèvres cherchent les siennes.

— Julian, soupiré-je lorsqu'il embrasse le coin de ma bouche, refusant de me donner ce dont j'ai envie.

— J'aime voir le désir en toi, Colombe. Ça me fait bander.

J'attrape son entrejambe à pleine main pour en avoir la preuve.

— Oh putain, grogne-t-il quand je le serre.

J'ai l'eau à la bouche et mon entrejambe se contracte.

— Embrasse-moi, exigé-je.

— Putain. Tu me rends fou, susurre-t-il avant de me donner enfin ce dont j'ai envie et de plonger sa langue dans ma bouche.

Il avale mon gémissement quand je glisse mes doigts sous la ceinture de son jogging et découvre qu'il est nu en dessous.

Sa hampe est comme du velours lorsque j'enroule mes doigts autour pour commencer à le branler lentement, mon pouce sentant chaque piercing.

— Bon sang, murmure-t-il dans notre baiser, ses hanches bougeant pour chercher plus de sensations.

Sa main libre se glisse sous mon débardeur et presse mon sein, me faisant me cambrer.

Ses baisers et ses caresses excitants me font tourner la tête.

— Plus. J'ai envie de plus, dis-je.

Je halète avant de bouger brusquement lorsqu'il nous fait basculer, forçant ma main à sortir de son pantalon.

— Hé, me plains-je, j'étais en train de m'amuser avec.

— Je pensais que tu voulais me remercier pour la nourriture.

Je me redresse et le fixe.

— Je pensais que c'était Reid que je devais remercier, répliqué-je en frottant l'impressionnant bourrelet de son pantalon.

Sa mâchoire tressaute.

— Le problème, Colombe, c'est qu'il n'est pas là, mais moi oui. Ça craint, mais quelqu'un doit accepter ta gratitude, et je suppose que ce sera moi.

— Je suis sûre que c'est une épreuve, blagué-je en glissant mes mains sous son débardeur pour toucher ses abdos. Enlève-le.

Il s'exécute joyeusement, se lève du lit et le retire.

Je prends une seconde pour apprécier l'œuvre d'art devant moi. Des muscles, des tatouages, une bite qui me fait voir des étoiles. JD est vraiment tout ce qu'il y a de plus magnifique. Et je suis plus qu'heureuse de le dénuder et de me régaler les yeux.

Je n'ai aucune idée du temps que je vais passer ici. Je ne vais pas donner à Reid tout ce qu'il veut volontairement. Je ne veux pas penser aux jours les plus sombres de mon passé, encore moins en parler.

Je descends plus bas, lèche et mordille un de ses tétons pendant que mes mains explorent son corps, aimant la façon dont ses muscles se contractent sous mes paumes.

— Colombe…

Il passe ses doigts dans mes cheveux. Je m'attends à ce qu'il me pousse plus bas, à ce qu'il prenne le contrôle, mais il ne le fait pas.

Au lieu de ça, les yeux rivés sur les miens, il me regarde prendre mon temps, lécher chaque crête et chaque creux de son torse et de son ventre avant d'arriver à son pantalon.

— Tu as opté pour un accès facile, hein ? le taquiné-je en glissant mes doigts sous sa ceinture, prête à les faire descendre le long de ses cuisses et à exposer la partie de lui que je veux vraiment.

— Que puis-je dire ? J'étais d'humeur optimiste.

— Quel connard arrogant, marmonné-je alors qu'il soulève ses hanches pour m'aider.

Je descends son jogging plus bas et libère sa bite dure et piercée.

Mon regard se fixe sur elle tandis que je me lèche les lèvres.

Sa queue tressaille, me prouvant qu'il a autant envie de moi que moi de lui.

— Colombe, tu aurais dû me prévenir que tu voulais juste regarder.

Je me lève, retire son jogging et l'abandonne sur le sol pour admirer cet homme divin.

— Mets-toi à poil. Tout de suite, putain, grogne-t-il en faisant durcir mes tétons et palpiter ma chatte.

J'obtempère pendant que ses yeux me dévorent. L'attention qu'il porte à mon corps fait monter ma température. Je me glisse de nouveau sur le lit de camp entre ses cuisses dès que je suis nue.

Je penche la tête et lèche toute la longueur de sa bite, ma langue sentant chaque piercing.

— Oh putain, gémit-il alors que sa bite convulse d'excitation, c'est si bon.

Les mains posées de part et d'autre de ses hanches, je continue à l'exciter en tournant autour de chaque boule jusqu'à ce que j'arrive à son gland.

Ses doigts s'enfoncent dans mes cheveux et, cette fois, il n'est pas aussi patient et me pousse la tête vers le bas. Comprenant le message, j'enroule mes doigts autour de sa queue et l'aspire dans ma bouche.

— Putain de merde, oui ! hurle-t-il alors que je m'enfonce plus bas, le prenant aussi profondément que je le peux dans cette position. Tu es tellement sexy, Colombe. Où étais-tu pendant toute ma vie ?

Je souris et bouge ma bouche de haut en bas en faisant de mon mieux pour lui faire ressentir un maximum de plaisir. Il m'a procuré les meilleurs orgasmes de ma vie et j'ai bien l'intention de lui rendre la pareille.

Plus vite que je ne m'y attendais, il grossit davantage et je dois ouvrir la bouche plus grand tandis que sa prise sur mes cheveux se resserre jusqu'à la douleur.

— Putain. Colombe. Putain. Je vais... Putaaaaain !

Sa bite se met à convulser violemment et son sperme chaud et salé se déverse dans ma gorge. Le gémissement qu'il émet lorsqu'il jouit augmente mon désir et mon excitation à un niveau presque insupportable.

— Lève-toi et assieds-toi sur mon visage. J'ai envie de goûter ta chatte.

Sans me faire prier, je rampe le long de son corps et me place à cheval sur sa tête.

— La meilleure vue du monde, susurre-t-il, avant d'enrouler ses mains autour de mes cuisses et de m'entraîner vers le bas.

Mon cri de plaisir résonne dans la cellule insonorisée tandis qu'il dévore ma chatte comme un homme affamé.

— Julian ! crié-je lorsqu'il enfonce sa langue en moi.

Ses doigts serrent mes hanches d'une poigne meurtrière. Ma peau est déjà sensible depuis notre première fois ensemble, mais l'idée d'avoir des marques en plus augmente mon plaisir.

— Oh mon Dieu.

Il suce mon clitoris jusqu'à ce que ça commence à faire mal. Je ne devrais pas aimer ça, mais j'ai envie de souffrir.

Ses mains glissent sur ma taille avant de saisir mes seins et de les serrer, ses pouces effleurant mes tétons.

— Oui. Oui. Oui !

Il grogne et je sens les vibrations de sa voix grave me traverser. Mon orgasme me saisit et je jouis sur son visage. Il me fixe, la satisfaction brillant dans ses yeux.

Lorsque je commence à redescendre de mon état d'euphorie, il me pousse le long de son corps et m'installe sur sa taille.

Il est dur et prêt pour un deuxième round et, malgré le fait que mes membres tremblent encore à cause de mon premier orgasme, je suis plus qu'impatiente de continuer.

— Je veux te regarder me chevaucher. Utilise-moi, Colombe. Prends tout ce dont tu as besoin.

Heureusement, je n'ai pas fini en sanglots après les orgasmes que JD m'a donnés pendant notre petite partie de jambes en l'air. Au lieu de ça, nous avons titubé sur des jambes instables jusqu'à la douche et nous avons profité au maximum de notre intimité.

Je ne pensais pas pouvoir recommencer, mais JD m'a prouvé que j'avais tort lorsqu'il a enroulé mes jambes autour de sa taille et m'a baisée contre le mur.

Sans conteste, c'est l'une des meilleures soirées que j'ai passées depuis longtemps.

Je m'attendais à ce qu'il me ramène dans ma cellule et

qu'il disparaisse à l'étage pour vaquer à ses occupations habituelles avec Reid là-haut.

Mais il ne l'a pas fait, au lieu de ça, il a pris la couverture qu'il avait apportée pour moi hier et s'est allongé sur mon lit, nu, avant de se glisser sous la couverture et d'attendre que je le rejoigne.

— Je ne pense pas avoir jamais fait ça auparavant, déclare-t-il d'un air songeur après de longues minutes de silence.

Je suis dos à lui, son bras est passé autour de ma taille et nos jambes sont entrelacées. Je suis si détendue, si à l'aise avec lui. Je n'ai pas le sentiment que cette chose entre nous soit nouvelle. C'est comme si ça avait toujours été comme ça. C'est aussi étonnant que troublant.

J'ai toujours souhaité que Mav fasse ce genre de choses plus souvent. Il est venu dans mon lit quelques fois au fil des ans lorsque je passais une très mauvaise nuit, mes cauchemars me rendant inconsolable.

Tous les soirs, j'ai prié pour qu'il se glisse derrière moi et me serre à nouveau contre lui. Mais il ne l'a jamais fait. Si j'avais de la chance, il s'installait sur la chaise et veillait sur moi.

— Être dans un lit avec une femme ? Étonnamment, je ne te crois pas.

— Pas enlacé de cette façon, avoue-t-il. C'est agréable.

Je remue les fesses, ce qui le fait gémir.

— C'est agréable. Je suis d'accord. Mais pourquoi ai-je l'impression qu'une bête sauvage va débouler par la porte ?

— Il peut s'il veut. Je n'irai nulle part ce soir.

— Tu ne veux pas aller te coucher dans ton grand lit confortable ? le questionné-je en retenant à peine le sourire que ses mots provoquent.

— Nope. Pas si je ne peux pas t'emmener avec moi.

— Ah, quel beau parleur, le taquiné-je.

— Je suis sincère, Colombe. Je te veux dans mon lit, exactement comme maintenant.

Même si j'aime cette idée, mes yeux se remplissent de larmes et mon cœur se fissure. J'ai beau le vouloir, dès qu'on m'autorisera à sortir d'ici, je franchirai la porte d'entrée et m'éloignerai de cet endroit aussi vite que possible. Même si ça signifie laisser une partie de moi derrière moi.

42

MAV

Mon téléphone portable vibre sur le comptoir pendant que je bois mon café, priant pour que cette semaine soit plus fructueuse que la précédente et que je retrouve ma femme.

Ça ne peut pas être pire, c'est sûr.

Je fixe le nom de l'homme qui éclaire l'écran.

J'ai envie de l'ignorer. Tout ignorer. Mais je sais que je ne peux pas.

Depuis que j'ai appris la vérité, la dernière chose que je veux faire, c'est filer droit et faire ce qu'on me dit.

Mais quelle est l'alternative ?

Nous n'avons pas tout ce qu'il faut pour les faire tomber pour leurs crimes. Et jusqu'à ce que ce soit le cas, je ne peux rien faire.

Mais ça arrivera. J'ai fait à Alana la promesse d'effacer de la surface de la terre tous les connards pervers qui l'avaient touchée. Et quoi qu'il arrive, je réussirai.

Je vais lui montrer que tous les hommes, tous les Hawks ne sont pas des salauds corrompus qui prennent tout ce qu'ils veulent sans se soucier des conséquences ni de ceux qu'ils blessent.

Je mettrai ses démons au repos et lui permettrai de vivre le reste de sa vie sans avoir peur qu'ils soient tapis dans l'ombre. Même si je ne le vis pas avec elle. Même si la venger est la dernière chose que je fais. Au moins, je mourrai en sachant que je n'ai pas manqué à ma promesse.

— Razor, grondé-je une seconde après avoir répondu à l'appel, le téléphone pressé contre mon oreille.

— Club-house, dit-il lapidairement avant de raccrocher.

— Bonjour, Papa. Comment vas-tu ? Ouais, j'adorerais venir traîner avec toi et tes salauds d'amis, pendant qu'ils détruisent cette ville un mètre carré à la fois, raillé-je avant de boire ce qui reste de mon café et de me lever. Aïe, siffle-je en m'appuyant sur mon pied blessé.

L'état de mon visage semble peut-être s'améliorer, mes coupures cicatrisent et le gonflement diminue, mais ça fait toujours aussi mal. Je suis presque sûr d'avoir retiré tous les éclats de verre, mais je n'en suis pas sûr à cent pour cent.

Comme un connard pathétique, je boitille jusqu'à ma chambre et m'habille.

En seulement trente minutes, j'ai l'air un peu plus présentable, vêtu d'un pantalon noir et d'une chemise gris foncé. Je grimace en enfonçant mon pied dans ma chaussure, mais je n'ai pas d'autre choix que de serrer les dents.

— Arrête de faire ta chochotte pour une putain de coupure au pied, marmonné-je en montant dans mon pick-up et en sortant de l'allée.

La peur me tenaille l'estomac alors que je me rapproche du club-house. Il y a un petit d'espoir que je roule vers ma femme. Mais mon côté rationnel est plus fort. Si mon père et Victor l'avaient trouvée, je doute fort qu'ils m'auraient appelé pour que je vienne immédiatement la chercher.

Il est plus probable qu'ils la détiennent et qu'ils aient réussi à lui faire avouer la vérité sur ce que nous prévoyons de faire.

La crainte s'intensifie et mon pied appuie un peu plus fort sur l'accélérateur pour arriver plus vite à destination.

Dès que je me gare, j'ouvre la portière et entre dans le bâtiment.

Il y a beaucoup de monde pour un lundi après-midi. Des gars sont éparpillés dans l'espace principal, buvant, jouant au billard et essayant de draguer les filles qui se promènent dans l'espoir de se taper un Hawk.

Beaucoup me regardent pendant que je marche dans la pièce, mais je ne leur retourne pas leur attention. Je n'ai rien à foutre d'eux.

Je ne me donne pas la peine de frapper à la porte du bureau de Victor, mais je l'ouvre avec la même arrogance que Reid.

— Ah, tiens, dit Papa depuis sa place à côté de son patron, tu as pris ton temps.

— Tu m'as appelé il y a moins d'une heure.

— Exactement.

— Qu'est-ce qui se passe ?

— Nous avons ramassé une petite balance ce matin.

Je plisse les yeux de suspicion.

— J'ai pensé que tu voudrais lui rendre une petite visite.

— Qui est-ce ? m'enquiers-je, méfiant comme pas possible.

— Kane Legend.

— Pourquoi aurais-je envie de lui rendre visite ?

Kane est l'un des gars de Reid. Et tout comme Reid, j'essaie de rester aussi loin d'eux que possible.

— Et puis, je pensais qu'il en avait fini avec cette vie et qu'il allait à MKU.

— Ouais, eh bien, commence Victor. Les choses ne sont pas toujours aussi simples.

— Et en quoi ça me concerne exactement ? Je n'ai rien à lui dire.

— Oh, il ne parle pas. Il n'en est pas capable pour l'instant.

Je me passe la main sur le visage et essaie de lire entre les lignes.

— Pourquoi est-il là ? demandé-je malgré le fait que je m'en fiche complètement.

Je dois me rappeler que ce rôle, qu'on m'a attribué à la naissance, est censé être tout ce dont j'ai toujours rêvé. Si je laisse tomber la façade, il y a de fortes chances que je me retrouve inconscient dans l'une de leurs cellules de détention.

— Il m'a causé des ennuis et a besoin d'une leçon.

— Et donc ?

— Tu n'as pas été toi-même ces derniers temps, fiston, déclare mon père, semblant presque s'inquiéter de mon bien-être. J'ai pensé que tu apprécierais d'avoir un moyen de soulager ton stress.

— Au moins, il ne peut pas se défendre, intervient Victor, la même fierté que son fils aîné brillant dans ses yeux.

Je fais craquer mes articulations.

— Dans quelle cellule se trouve-t-il ?

Papa se frotte les mains.

— Voilà une question qui me plaît mieux.

— Va t'amuser, m'ordonne Victor. Nous te rejoindrons bientôt et prendrons une décision sur ce qu'il faut faire de cet enfoiré.

Je me lève et me dirige vers la porte, mais mes pas s'arrêtent lorsque la voix de mon père se fait entendre.

— C'est toujours la même chose. Ils pensent qu'une pute vaut la peine de tout abandonner et tout part en vrille. Aucune chatte n'est aussi bonne que ça. Je le sais, j'ai suffisamment testé.

Mes poings se serrent sur mes flancs.

— Tu n'es pas d'accord, Mav ?

J'ouvre la porte et la franchis, la laissant claquer dans mon sillage.

Je ne me dirige pas directement vers les cellules de détention, mais je fais un détour par le bar. Je n'ai aucune idée de ce qui m'attend, mais je sais que ça va être pénible. La peur qui tenaille mon estomac commence à s'infiltrer dans mes veines.

Je fais un signe de tête au Hawk qui tient le bar et lui montre un whisky parmi ceux alignés le long du mur du fond.

Il m'en verse une grande quantité que j'avale d'un coup.

— Surpris de te revoir ici si tôt, dit-il, ayant manifestement assisté au combat de vendredi soir.

— Il faut bien perdre de temps à autre, marmonné-je, avant de frapper mes articulations sur le dessus du bar et de partir en sentant l'alcool qui me réchauffe le ventre.

Dès que les deux Hawks qui gardent la cellule dans laquelle Victor a jeté Kane m'aperçoivent, ils devinent où je me rends et s'écartent.

— Bonjour, Mav, me salue l'un d'eux.

Je lui accorde à peine un regard en retour.

Je ne suis pas connu ici pour mon attitude amicale. Ou du moins, je ne le suis plus.

Quand j'étais jeune et naïf concernant ce qui arrivait aux filles malchanceuses de cette ville, j'étais celui qui animait les soirées. J'ai passé tout mon temps ici à souhaiter grandir plus vite pour devenir un Hawk. À l'époque, tout ce que je voulais, c'était être initié, revendiquer mon titre et baiser autant de nanas que possible.

Oh, comme les temps ont changé !

Aucun mot n'est échangé lorsque je pénètre dans la pièce et que je trouve Kane affalé dans un coin.

Son visage est encore plus abîmé que le mien, du sang coule de la racine de ses cheveux et son T-shirt en est trempé.

La seule autre chose dans la pièce est un projecteur lumineux qui l'éclaire comme s'il était sur la scène d'un one-man-show.

— On dirait que tu t'es mis à dos la mauvaise personne, murmuré-je en faisant les cent pas devant son corps inconscient.

Je suis resté à l'écart de l'accord que Kane a conclu avec Victor pour sortir de cette vie. Je pense que tous ceux d'entre nous qui étaient au courant pensaient que Kane jouait avec le feu.

On ne quitte pas les Hawks et on ne tourne pas le dos à Victor. Ce n'est pas comme ça que cette vie de merde fonctionne.

J'imagine que Kane a un as dans sa manche pour que ça se concrétise.

Honnêtement, j'espère vraiment qu'il le fera. Ce sera bien de voir qu'il y a une vie en dehors de tout ça. Ça m'aidera à retrouver la foi qu'il y a plus pour Alana et moi. Plus que de souffrir des horreurs de son passé et de m'empêcher d'avoir ce que je veux vraiment.

Un homme peut rêver, n'est-ce pas ?

Kane gémit, mais il ne reprend pas ses esprits. Quoi qu'ils lui aient donné, c'était manifestement une bonne dose, car ce n'est pas un mec faible. C'est un receveur écarté des Maddison Kings Panthers, bon sang. Un autre objectif qu'un Hawk normal n'a pas l'occasion d'atteindre.

— Qu'est-ce qu'il y a chez toi, hein ? Pourquoi défies-tu toutes les probabilités ?

La porte derrière moi s'ouvre avant que les voix profondes et grondantes de mon père et de Victor ne me fassent dresser les poils sur la nuque.

Je n'ai jamais détesté personne comme je les hais, et j'espère vraiment qu'après les avoir enterrés tous les deux, je n'aurai plus jamais à ressentir ça pour qui que ce soit.

Ils viennent se placer devant moi au moment où Kane remue de nouveau. Quelques secondes plus tard, il ouvre les yeux. La confusion l'envahit alors qu'il tente de comprendre où il se trouve.

— Ah, tu nous rejoins enfin, raille Victor.

— Qu'est-ce que tu m'as fait prendre, connard ? grommelle Kane, prouvant que j'avais raison à propos de la dose qu'ils lui ont administrée.

— Juste un petit quelque chose pour te rendre un peu plus... agréable.

— Il va falloir plus que ce que tu m'as donné, alors, rétorque-t-il, refusant de se soumettre, même dans sa position.

— Oh, je ne sais pas, déclare Victor en s'avançant dans l'espace de Kane, j'ai trouvé ça plutôt facile de t'amener ici.

— Qu'est-ce que tu veux ? crache Kane.

Victor ricane, mais il devient vite évident qu'aucun homme dans cette cellule n'a peur de lui.

— Qu'est-ce que je veux ? Tu es vraiment plus stupide que tu n'en as l'air, mon garçon.

— On en a fini, Victor. Je te l'ai dit, tu peux tout me

retirer. Je ne veux plus rien avoir à faire avec toi ou cette vie de merde. J'en ai fini.

Mes yeux s'écarquillent en entendant ses mots.

Il a reçu la promesse d'un avenir incroyable et pourtant il balance tout par amour.

C'est la première fois que je me dis que nous avons peut-être quelque chose en commun, car je ferais exactement la même chose pour Alana.

— Tu es un putain d'idiot. Tu ne peux pas abandonner ça à cause d'une fille. Une putain de Hunter en plus. Ces filles ont-elles des chattes incrustées de diamants ou quelque chose comme ça ?

— Le seul connard ici, c'est toi, Victor. Laisse-moi partir et je m'éloignerai sans me retourner.

— C'est presque mignon que tu penses que je vais laisser ça se produire, se moque Victor en lissant sa cravate ignoble avant de se tourner vers mon père, puis vers moi, s'attendant à ce que nous le soutenions.

Je le fais parce que je dois le faire. Mais honnêtement, je suis d'accord avec Kane.

— Je pense que c'est exactement ce que tu feras, Victor, déclare Kane avec assurance.

— Oh ouais, et pourquoi donc ? Pourquoi laisserais-je quelqu'un qui en sait tellement sur moi et mon business s'en aller sans encombre ?

— Parce que je sais des choses que tu ne sais pas.

— Oh ? fait Victor, bien qu'il semble à peine intéressé.

Kane reste assis en silence pendant quelques instants avant de repousser des mèches de cheveux de son front. Ils sont couverts de sang, mais ça ne semble pas le déranger.

Mais il détourne ensuite son regard de Victor pour le porter sur mon père, puis il tourne les yeux vers moi.

Il me fixe comme s'il lisait à travers moi. Comme s'il connaissait mes secrets.

Mes sourcils se froncent de confusion. Qu'est-ce qu'il peut bien avoir à me dire ?

— Il te manque quelque chose qui t'appartient, Mav ?

Ma mâchoire tressaute, mais je me souviens rapidement de l'endroit où je me trouve et du rôle que je dois jouer.

Il s'en aperçoit et sourit.

— Ouais, c'est vrai, n'est-ce pas ?

— Tu mens, grogné-je.

Victor se tourne vers moi et me jette un regard noir.

— Tu crois, rétorque Kane en secouant la tête. Je pense qu'il te manque peut-être des informations concernant ta jolie petite *femme*.

— Ah ouais ?

Les efforts qu'il me faut pour paraître nonchalant sont plus difficiles que je ne l'aurais cru.

— Victor, pourquoi tu ne lui dis pas ?

Immédiatement, mes yeux se portent sur Victor. Si cet enfoiré me cache des trucs, alors je vais...

— Il dit des conneries pour essayer de s'en sortir, réplique Victor en essayant de dénigrer les paroles de Kane.

— Si tu veux la revoir, je te suggère fortement de l'ignorer, Mav.

Mes lèvres s'entrouvrent pour répondre, mais aucun mot ne sort. Au lieu de ça, mon cœur se met à battre la chamade et mes mains commencent à trembler.

Il sait quelque chose.

Victor sait quelque chose et il est assis en face de moi à jouer les innocents.

La fureur brûle dans mes veines.

— Tu délires, putain, si tu penses que je vais te laisser

partir à cause de cette pute, s'emporte Victor, ce qui ne m'aide pas à contenir ma colère.

— Savais-tu que c'était une pute, Mav ? Que Victor la prostitue pour obliger les hommes à faire ce qu'il désire ?

Non.

Non, ma femme n'est pas une pute.

Elle est… elle est à moi et parfaite et tout ce que je…

— Oh, tu ne le savais pas ? Alors tu ne savais pas non plus qu'il me faisait baiser avec elle depuis plus d'un an dans l'espoir que je tombe amoureux d'elle ?

J'ai l'impression que le monde entier s'écroule sous mes pieds avec ces quelques mots.

— Putain de connard ! hurlé-je avant que mon corps ne prenne vie de lui-même et ne vole vers Kane.

Mon poing touche sa pommette et sa tête se cogne contre le mur derrière lui. Mais ça ne m'aide pas. Pas même un tout petit peu.

— Je vais prendre ça pour un non, marmonne-t-il, comme le connard suffisant qu'il est, en se frottant le visage.

Des mains saisissent le haut de mes bras et mon père me ramène en arrière.

Le silence se répand dans la pièce tandis que je lance un regard mauvais à Kane, plus que prêt à continuer ce que je viens de commencer. Pendant ce temps, Victor se tient entre nous avec un putain de sourire narquois.

— Je me fous de cette salope, alors tu peux la menacer autant que tu veux. Ça ne va pas aider ta cause, crache-t-il, me faisant grogner comme une bête sauvage.

Comment peut-il dire ça de ma femme ?

C'est ma putain de femme. Alana Murray. Elle est censée être intouchable.

Les femmes n'ont pas le droit d'être partagées sans le

consentement explicite de leur mari et je n'ai absolument pas donné mon accord.

— Tu t'en fous peut-être, mais lui, non, dit Kane en inclinant son menton dans ma direction. Et je sais que tu as très peu d'alliés dans ce monde, mais Razor et Maverick sont deux d'entre eux.

C'est peu probable. Je préfère me ranger du côté de Reid que de celui de son connard de père.

— Il y en a un autre cependant, n'est-ce pas, Victor ? Le monde extérieur pourrait penser que tous tes fils sont aussi importants les uns que les autres pour toi, mais ce n'est pas le cas, n'est-ce pas ?

Il fait un pas en avant, mais Kane ne bronche pas.

— J'imagine que les gens pourraient supposer que Reid est ton préféré. Il est ton sous-chef. Celui qui perpétuera cet héritage parce que c'est son droit d'aînesse. Mais ce n'est pas celui que tu as préparé pour être ton petit chien obéissant, n'est-ce pas ? Il n'est pas celui qui a accompli pour toi les tâches les plus sales et les plus véreuses, n'est-ce pas ?

Victor pâlit, mais je m'en fous.

Grayson Harris peut brûler en enfer pour ce que j'en ai à faire. Il a été formé pour être aussi corrompu que Victor. En ce qui me concerne, nous sommes tous mieux sans lui ici.

— Tu as fait tant d'efforts pour avoir l'air de t'en foutre, mais nous savons la vérité, n'est-ce pas, Victor ?

— Tu ne sais rien du tout.

— Ah bon ? raille Kane.

— Donc, je ne suis pas censé savoir que tu as envoyé des hommes infiltrer la famille Cirillo parce que tu penses qu'ils ont ton plus jeune fils ?

Kane hausse un sourcil alors que le visage de Victor commence à devenir rouge. Kane est très fier d'être au courant de tout ça sans que Victor le sache. Si je n'étais pas aussi livide après ce qu'il vient de raconter à propos d'Alana, je serais peut-être en train de rire avec lui.

Il est grand temps que quelqu'un remette ce connard à sa place.

Ils continuent à se disputer tandis que ma tête continue à tourner.

Kane ment. C'est sûr.

Je l'aurais su si Victor prostituait Alana. N'est-ce pas ?

Je baisse la tête lorsque la prise de conscience me frappe. C'est ma faute.

Si je lui avais donné ce dont elle a besoin à la maison, alors peut-être...

Putain.

PUTAIN.

Je ne reviens à la réalité que lorsque la sécurité d'une arme à feu est retirée, ce qui rend ma vision plus claire.

— Vas-y, tire-moi dessus, le provoque Kane alors que Victor vise directement sa tête. Mais je peux t'assurer que tu ne le retrouveras jamais si tu le fais.

— Vic, le supplié-je.

— Je me fous de toi et de ton business, Victor. Je veux être aussi loin que possible de toi et de tout ce que tu représentes. Je garderai pour moi tes putains de secrets, et combien tu es malade et cinglé. Ce sera comme si je n'avais jamais été ici.

— Et Alana et Gray ? demande Victor, comme s'il réfléchissait à son offre.

— En temps voulu, je m'assurerai qu'ils te soient rendus sains et saufs.

— En temps voulu ? répète-t-il comme si c'était la chose la plus absurde qu'il ait jamais entendue.

— Ouais. Pardonne-moi, Victor, mais tu es un connard

qui n'est pas digne de confiance donc je ne vais pas te les remettre à la seconde où tu me laisseras sortir de cette pièce. Tu auras Alana en premier, parce que je me sens un peu désolé pour Maverick. Il est clairement amoureux d'une femme dont il ne devrait pas être amoureux pour une raison à la con. Ensuite, Gray. Si, et seulement si, tu respectes ta part du marché et me laisses continuer ma vie librement.

Ils te seront rendus sains et saufs.

Je savais qu'elle ne s'était pas enfuie. Je savais au plus profond de mes tripes qu'elle ne serait pas partie en nous abandonnant, moi et tous les projets que nous avions.

Tu auras Alana en premier…

Pas si je la trouve avant.

Il est hors de question que je reste assis à attendre qu'on me la rende alors que je sais qu'elle est retenue contre son gré quelque part.

Ce n'est pas ce qui va se passer.

43

REID

Ma poitrine se soulève tandis que je fixe les deux personnes au sous-sol sur le petit écran de mon téléphone.

Ils ne font rien d'autre que discuter sur le lit d'Alana, mais ça n'a pas d'importance. Ma réaction serait la même s'ils baisaient.

Elle n'en a aucune idée, mais elle a déclenché quelque chose. Quelque chose de potentiellement énorme qui pourrait nous aider à avancer.

Mais d'une manière ou d'une autre, j'ai toujours besoin d'entendre les mots. J'ai besoin de savoir que j'ai raison, même si la vérité est horrible à entendre.

Je sursaute lorsque ma porte d'entrée s'ouvre et se referme peu après. Je mets mon portable en veille et l'empoche avant d'être pris en flagrant délit de voyeurisme.

JD est en bas et il n'y a que quelques personnes qui peuvent entrer dans cette maison sans y être invitées. Cinq pour être exact.

— Yo, frérot. Où es-tu ? retentit une voix dans le couloir, me faisant comprendre de qui il s'agit.

— Dans la cuisine ! réponds-je avant de prendre une seconde pour reprendre une expression impassible et mettre le masque qu'il s'attend à me voir porter.

Des pas se dirigent vers moi, mais ce ne sont pas que les bottes de Devin, il y en a d'autres. Et ils sont plus légers.

Moins de dix secondes plus tard, j'ai ma réponse quand mon petit frère apparaît avec nulle autre que Scarlett Hunter, qui le suit nerveusement.

Mes yeux s'écarquillent sous le choc. Ce n'est un secret pour personne que Devin ne l'aime pas beaucoup.

La jalousie dans toute sa splendeur. Devin et Kane sont proches depuis des années, et Scarlett se trouve au milieu, semant la zizanie entre eux.

— Letty, quelle surprise ! dis-je en l'étudiant alors qu'elle se rapproche de moi.

— Tu sais où il est ? demande-t-elle sur un ton désespéré.

Elle ne dit pas son nom, mais elle n'en a pas besoin.

— N… Non. Pourquoi ?

Qu'est-ce qui s'est passé ici sans que je le sache ?

Putain.

J'ai aidé Kane ces derniers mois, pour qu'il puisse enfin couper les ponts avec les Hawks et entamer la vie qu'il devrait avoir à MKU avec sa copine. Mais les choses ne sont pas si faciles.

Ce n'est jamais simple avec Victor.

Elle me raconte ce qui s'est passé, tandis que Devin s'énerve à côté d'elle.

— Je sais que tu sais quelque chose, alors tu peux cracher le morceau, putain ? crache Devin.

Ce n'est pas un secret que je me mêle de trucs dont il ne veut pas que je me mêle. Mais c'est pour notre bien à tous. Je dois le croire.

— Non, je ne peux pas. Tu dois juste me faire confiance.

— Tu sais, c'est de plus en plus difficile en ce moment. Je sais que tu es celui qui est responsable de notre problème d'approvisionnement. Ça t'ennuierait de m'expliquer ?

— Non. Le problème est plus grave que ton putain de problème d'approvisionnement.

— Eh bien, tu voudrais bien dire ça à Victor parce qu'il nous fait chier ? Si nous ne faisons pas ce qu'il veut, alors il ne nous initiera pas.

— Bien sûr que si. Vous êtes son putain de sang.

— Tu es sûr de ça ? Il n'a pas l'air de se soucier de Gray.

Je grince des dents en le fixant. Je comprends. Cet enfoiré est notre petit frère. Mais il est mieux là où il est maintenant. Aussi loin de Victor que possible.

— Ça suffit, OK. J'ai juste besoin que tu aies confiance en l'idée que votre avenir, y compris celui de Kane, est ma priorité là, tout de suite. Alors vas-tu faire ce que je dis et fermer ta gueule ?

— Jésus, qui t'a foutu de mauvais poil ? Tu as besoin de baiser ou un truc du genre, frérot.

Letty sursaute quand un grognement sauvage s'échappe de mes lèvres.

— Allons-y, putain, aboyé-je en ne voulant pas rester là à écouter ça plus longtemps alors que Kane a des ennuis.

Je m'écarte du comptoir et pousse Devin en direction de la porte d'entrée.

— Où allons-nous ? demande doucement Letty.

— Au club-house. Si Victor l'a enlevé, c'est là qu'il sera.

Elle se fige à la seconde où le nom du lieu sort de ma bouche. Je sais pourquoi. Elle y est déjà allée. Elle connaît le genre de choses qui s'y passent.

Elle sait aussi que Kane n'est pas là pour prendre un verre avec son ancien patron.

Putain de merde. C'est un vrai bordel.

Je la contourne et me baisse pour pouvoir la regarder dans les yeux.

Si elle vient avec nous, il est grand temps qu'elle comprenne comment les choses fonctionnent. Si elle ne peut pas, elle peut rester ici et attendre.

— Letty, Letty. Scarlett, répété-je pour la ramener à la réalité. Tout ira bien. Je vous ai sortis tous les deux de là, presque indemnes, dis-je en faisant référence au jour où son père et elle ont fini attachés à des chaises dans l'une des cellules de Victor. Je ferai la même chose pour Kane. Victor veut juste faire une démonstration de force, mais il ne gagnera pas. Pas contre moi.

— À quoi joues-tu ? murmure-t-elle en fouillant dans mes yeux comme si elle allait y trouver la réponse.

— Ça me regarde, Princesse.

Un sanglot lui déchire la gorge lorsque j'utilise le surnom que Kane lui a donné.

— S'il ne va pas bien, Reid. Je... Je ne s... sais pas...

— Il ira bien. Nous avons une longueur d'avance sur ce connard. Tu n'as rien à craindre.

— Tu es un peu effrayant, tu sais ? m'interroge-t-elle alors que j'enroule mon bras autour de ses épaules pour la guider vers la porte par laquelle Devin a déjà disparu.

— On me l'a dit une fois ou deux, ouais, ricané-je.

Devin est déjà assis sur mon siège passager et nous attend. On ne peut pas dire que ce soit un gentleman. Letty s'en fiche, elle saute à l'arrière.

— Quoi ? aboie-t-il quand je lui lance un regard noir.

— Tu es un putain d'enfoiré, frérot.

— Moi ? demande-t-il en se désignant du doigt.

— Ouais, toi.

— Contente-toi de conduire, connard, boude-t-il en se retournant pour regarder par le pare-brise.

Letty a grandi à Creek, et rien de ce que nous croisons sur le chemin du club-house n'est nouveau pour elle. Mais ça ne l'empêche pas de regarder par la fenêtre avec de grands yeux.

— Ne me dis pas que cet endroit te manque, la taquiné-je.

— Pas du tout, marmonne-t-elle avant de se taire à nouveau.

Dès que nous arrivons au club-house et que nous trouvons les voitures de tout le monde, nous sautons et nous nous dirigeons vers la porte.

Les regards se tournent vers moi avant qu'un de nos membres les plus seniors ne s'approche.

Je pense que je pourrais le qualifier d'ami. Nous sommes allés à l'école ensemble et avons été initiés pour devenir des Hawks à part entière ensemble. Mais ce n'est pas le cas. En dehors de JD, de mes frères et de Kane, je ne fais confiance à personne. C'est un allié cependant, et quand les choses tourneront mal, je suis sûr qu'il sera derrière moi. Contrairement à Victor.

— Ils sont dans les cellules, m'informe-t-il à voix basse, s'assurant que personne d'autre que moi ne l'entende. Ils ont mis Kane dans la numéro trois il y a quelques heures.

Je lui donne une tape sur l'épaule et fais un signe du menton dans cette direction, indiquant silencieusement à Devin de bouger.

— Merci, mec. J'apprécie.

— Appelle-moi si tu as besoin de quoi que ce soit.

Avec un hochement de tête, je me remets à marcher à côté de Letty, pour qu'elle soit protégée entre nous deux.

Je suis presque sûr que sa précédente visite ici était la première et j'imagine qu'elle espérait que ce serait aussi la dernière.

Nous venons d'entrer dans le long couloir sombre qui mène à nos cellules lorsque le bruit d'un coup de feu retentit dans l'air.

Mon cœur bondit dans ma gorge lorsque Letty gémit à côté de moi.

J'enroule mon bras autour d'elle pour la soutenir et nous approchons de la porte derrière laquelle Cash m'a dit qu'ils se cachaient. Je l'ouvre avant de demander à Letty de rester où elle est et d'entrer pour évaluer la situation.

Mon estomac se noue lorsque mes yeux se posent sur Kane gisant sur le sol, du sang coulant d'une blessure par balle à l'épaule.

Sans surprise, Letty ne respecte pas mon ordre et arrive en trombe dans la cellule, tombant immédiatement à genoux à côté de lui.

Je détourne les yeux pour regarder ce qui m'entoure et trouve exactement ce à quoi je m'attendais : Victor Harris regardant la scène se dérouler devant lui avec un sourire accompli aux lèvres. Et juste à côté de lui, Razor Murray. Lui aussi avec un air de connard suffisant. Mais ce à quoi je ne m'attendais pas, c'est à croiser le regard de Mav.

Il est dans un état pitoyable, mais je ne m'attendais pas à autre chose après lui avoir éclaté la gueule vendredi soir. Mais c'est la noirceur dans ses yeux qui me fait douter de ce qui s'est réellement passé ici.

— Qu'est-ce qui se passe ici ? grondé-je en m'adressant directement à mon père.

Ce n'est un secret pour personne que je suis loyal envers Kane.

— C'est entre Legend et moi.

— Pas quand il se vide de son sang à cause de la balle que tu as tirée, craché-je en jetant un coup d'œil à son arme qui pend mollement à son côté.

— C'est mon soldat, pas le tien, raille-t-il en faisant valoir son autorité.

— Laisse-le partir. Tu as passé un accord avec lui, honore-le !

Son sourire s'élargit avant qu'il ne commence à secouer lentement la tête d'un air condescendant.

Il lève son regard désappointé lorsque la voix rauque et emplie d'émotions de Letty se fait entendre.

— Nous allons te sortir d'ici. Tout ira bien.

— Pourquoi as-tu amené cette pute ici ?

Le ton vicieux de Victor fend l'air et, avant que je ne comprenne ce qui se passe, Letty est debout et se dirige vers lui.

— Comment est-ce que tu viens de m'appeler ? aboie-t-elle en prouvant que malgré son départ d'ici, elle reste une fille de Creek dans l'âme.

— Letty, l'avertis-je.

Affronter Victor est une putain de mauvaise idée.

— Une pute. Tout comme ta mère. Tss-tss... raille-t-il en la regardant comme si elle n'était rien d'autre qu'une merde sur sa chaussure.

Ce n'est pas nouveau, c'est comme ça que Victor traite toutes les femmes. Espèce de connard de macho.

— .... Entrer ici et essayer de sauver ce connard. Il est tout aussi inutile que toi, poursuit-il.

— Laisse-le partir, putain ! hurle-t-elle en volant vers lui.

Je bouge, mais Kane est plus rapide. Putain, Dieu sait comment. Il la tire en arrière avant qu'elle ne fasse quelque chose de vraiment stupide.

— Assez, Princesse, grogne Kane à son oreille, la forçant à reculer.

Elle tourne dans ses bras, essayant désespérément de le maintenir debout alors qu'il vacille.

— Je pars, annonce Kane à Victor. Je suppose que tu acceptes mes conditions et que tu vas me laisser tranquille. Tu as laissé ta marque, continue-t-il en lui montrant son épaule. Si tu respectes le reste, tu obtiendras ce que j'ai promis.

Mes sourcils se froncent alors que je fais semblant de ne pas connaître ses conditions. Bien sûr, la réalité est que c'est moi qui lui ai donné les conditions, au cas où cette situation se produirait.

Kane sait beaucoup de choses qu'il ne devrait pas savoir. Mais en ce moment, il n'y a que deux ou trois trucs qui pourraient faire plier Victor – ou Mav – à ses désirs.

Ma poitrine se serre à l'idée qu'il ait utilisé Alana comme monnaie d'échange. Ça ne devrait pas avoir d'importance. Elle s'est mise toute seule au milieu de ces conneries.

Mais c'est important pour moi. Et pas seulement à cause de ce que je soupçonne qu'elle sait. Mais à cause de la façon dont JD sourit depuis qu'elle est dans sa vie. Cet enfoiré est peut-être un blagueur et un fêtard, mais ce n'est qu'une facette de lui. L'autre... j'aimerais ne jamais la revoir. Et depuis Alana, ces ombres dans ses yeux semblent se dissiper.

La libérer et la renvoyer à une vie contrôlée par Victor... à son mari qui l'aime manifestement mais qui ne la traite pas correctement, en détruisant mon pote par la même occasion.

Non... Ce n'est pas près d'arriver.

J'aide Letty en enroulant mon bras autour de la taille de

Kane pour supporter la majeure partie de son poids tandis que nous nous dirigeons vers la porte.

Mais sans surprise, la voix froide de Victor résonne dans la pièce parce qu'il veut avoir le dernier mot.

— Tu reviens là-dessus et vous êtes tous morts. Tous autant que vous êtes.

Je sais qu'il ne parle pas de moi. Il menace Kane et Letty, mais mon sang se glace.

Il faudra me passer sur le corps, mon vieux.

44

JD

Je prends les escaliers du sous-sol quatre à quatre. Je suis dans un tel état d'euphorie et de plénitude après mon moment passé avec Alana que rien ne pourrait me faire redescendre.

Du moins, c'est ce que je crois jusqu'à ce que je franchisse la porte cachée et que je me retrouve face à face avec Doc, sa chemise blanche couverte de sang.

— JD, me salue-t-il, alors que je reste là, sous le choc.

Un mouvement derrière lui m'oblige à regarder par-dessus son épaule et, heureusement, je trouve Reid debout. Il est lui aussi couvert de sang. Mais au moins, il est vivant.

— Merci, dit Reid lorsqu'ils arrivent à la porte.

— Il n'y a pas de quoi, répond Doc avant de disparaître par la porte d'entrée.

Reid la referme derrière lui avant d'appuyer son avant-bras sur le bois sombre et d'y laisser tomber sa tête.

— Qu'est-ce qui s'est passé ? le questionné-je, mon impatience prenant le dessus. D'où vient ce sang ?

— C'est celui de Kane, m'informe-t-il après quelques

secondes, avant de pousser la porte et de se tourner vers moi. Il a dit à Victor qu'il en avait fini pour de bon. Qu'il abandonnait tout. Victor l'a capturé et lui a tiré dessus.

— Victor lui a tiré dessus ? haleté-je.

Je sais que c'est un malade, mais Kane a été l'un de ses soldats les plus loyaux au fil des ans.

Merde.

— Sur l'épaule, dit simplement Reid. Il va s'en sortir. Il est à l'étage avec Letty et Devin.

— Tu les as laissés tous les deux dans la même pièce ? l'interrogé-je, conscient qu'ils ne sont pas les meilleurs amis du monde.

Reid secoue la tête.

— Mav était avec eux, déclare-t-il. Je crois que Kane a parlé d'Alana. Il avait l'air anéanti.

— Merde. Tu crois qu'il sait ?

— Non. Kane n'aurait jamais fait ça. Mais je lui ai dit qu'il pourrait se servir d'elle comme levier si quelque chose tournait mal dans cette histoire avec Victor.

— QUOI ? rugis-je. Pourquoi aurais-tu fait ça, putain ?

— Parce que Kane a besoin de tout ce qu'il peut avoir en ce moment. Et vraiment, on ne sait pas à quel point Alana est importante pour Victor. Elle pourrait n'être qu'une autre de ses putes ou...

J'agis avant de réfléchir et lui envoie mon poing dans l'estomac.

Tout l'air sort de ses poumons et il se penche en posant ses mains sur ses genoux.

Je déglutis nerveusement en attendant qu'il me rende le coup. Mais lorsqu'il relève la tête et que ses yeux rencontrent les miens, tout ce que je vois, c'est mon meilleur ami qui me fixe avec patience et compassion.

Il est le seul au monde à me comprendre vraiment et c'est dans des moments comme celui-ci que je m'en souviens.

— Je ne laisserai rien lui arriver, affirme-t-il en me choquant au plus haut point.

— Comment peux-tu prom...

— Parce que je le peux. Fais-moi confiance, d'accord ?

Il me fixe, me suppliant de le faire.

Je n'ai aucune raison de ne pas lui faire confiance. Toute ma vie, Reid a été fiable et a tenu toutes les promesses qu'il m'a faites. Il a été là dans mes moments les plus sombres et a fait tout ce qu'il pouvait pour me ramener vers la lumière.

— Ouais. D'accord, concédé-je.

— J'ai besoin de... commence-t-il en faisant un signe du pouce derrière son épaule. Nous parlerons, ouais. J'ai juste besoin de...

— Vas-y. Va t'assurer que tout le monde va bien. Le plus important pour l'instant, c'est Kane.

Il acquiesce avant de disparaître dans les escaliers.

— Putain, soupiré-je en passant mes doigts dans mes cheveux et en les tirant jusqu'à ce que ça fasse mal.

Je suppose qu'il est inévitable qu'ils finissent par découvrir où elle se trouve, mais nous n'avons vraiment pas besoin que ça se produise maintenant.

Si Victor découvre que Reid agit contre lui, nous serons tous royalement foutus.

Des voix grondent à l'étage tandis que je me dirige vers la cuisine pour faire du café. Quelque chose me dit que tout le monde va en avoir besoin.

Je prépare le mien et celui de Reid avant que des bruits de pas ne se rapprochent.

En jetant un coup d'œil par-dessus mon épaule, je

découvre Devin, visiblement sur le point d'exploser, s'avancer rapidement vers moi.

— Ça va, mec ?

— Putain, je lui ai dit qu'elle le ferait tuer, fulmine-t-il. Il gâche tout à cause d'elle.

— Il l'aime, Dev. Il l'a toujours aimée.

— Ce sont des conneries, voilà ce que c'est. La plupart de ce que raconte Victor est de la merde, mais les trucs concernant les gonzesses qui foutent ta vie en l'air, c'est foutrement vrai. On en est littéralement témoins.

— Tu as tort, rétorqué-je en appuyant mes fesses contre le comptoir. Kane commence une nouvelle vie. Il a le monde à ses pieds. Il n'y a rien de mal à vouloir sa copine à ses côtés.

— Il vient de se faire tirer dessus, JD. À cause d'elle.

— Non, dis-je en refusant de penser que c'est la faute de Letty. Il s'est embarqué dans tout ça bien avant qu'ils ne soient ensemble. Il ne pouvait pas savoir.

— N'empêche que ça a toujours été elle. Elle a toujours été en arrière-plan, l'empoisonnant lentement.

— Tu as vraiment une mauvaise opinion des femmes, hein ? Heureusement que je n'ai pas de sœurs.

— Les femmes sont foutrement formidables. J'aime les femmes. C'est juste que je n'apprécie pas qu'elles essaient de foutre en l'air la vie de mes frères.

Je me tais. Qu'y a-t-il d'autre à dire ? Il n'y a pas si longtemps, j'aurais sans doute été d'accord avec lui. Mais même si je n'ai passé que peu de temps avec Alana en bas, je commence à comprendre un autre aspect des choses.

Trouver quelqu'un à qui on ne peut s'empêcher de penser et lui faire accepter de rester à vos côtés, quelles que soient les difficultés de la vie ? Ouais… Cette perspective n'est plus aussi effrayante qu'elle l'était auparavant.

— Letty veut un café, déclare-t-il en volant celui que j'ai préparé pour Reid. Avec du lait et un sucre.

— Ah, regarde-toi essayer de te faire des amis, plaisanté-je.

Tout ce que j'obtiens en réponse, c'est un regard noir.

— Comment va la nouvelle détenue ? s'enquiert-il en changeant de sujet pendant que la machine fait son travail.

— Elle...

— Tu as couché avec elle ! s'exclame-t-il.

— Putain, Dev ?

— Eh bien, ça explique beaucoup de choses.

— De quoi tu parles ?

Il fait des cercles avec son doigt autour de mon visage.

— Ton visage est détendu comme celui d'un mec qui vient de baiser. En plus, tu as des suçons. Ils te trahissent. Tout ça pendant que mon grand frère est d'une humeur massacrante à cause de ses couilles endolories. Alors tu te l'es tapée en premier et il est furieux, hein ?

Mes lèvres s'ouvrent et se ferment comme un poisson hors de l'eau. Comment a-t-il pu comprendre tout ça en dix minutes de discussion ?

— Ça te va bien, mec. Dommage que ce soit grâce à une salope vindicative et toxique comme elle.

Avant que je ne puisse argumenter, il abandonne sa tasse vide pour prendre celle que j'ai préparée pour Letty.

Avec le poids de tout ce qui se passe autour de nous en ce moment, j'ouvre le réfrigérateur et cherche quelque chose à préparer pour Alana.

J'ai promis de revenir avec de la nourriture, mais je ne mentais pas quand je lui ai dit que je ne savais pas cuisiner, donc mes options sont limitées.

Je suis toujours en train de fixer le frigo lorsque des pas

se rapprochent à nouveau, mais cette fois, c'est quelqu'un qui peut m'aider.

— Éloigne-toi du frigo, J, m'ordonne Reid. Je n'ai pas l'énergie nécessaire pour gérer un incendie en ce moment.

— Hé, je ne suis pas si mauvais que ça.

Il me lance un regard du genre : « Pire, encore », mais il ne prononce pas les mots.

— Ailes de poulet sauce barbecue ? demande-t-il.

— Euh… Ouais, marmonné-je, soudain conscient que je n'ai aucune idée de ce qu'elle aime ou n'aime pas.

Mais je me dis qu'après une semaine passée en bas avec des petites rations, elle ne doit pas être très difficile.

— J'ai dit à Letty qu'elle pouvait parler à Alana.

Je m'immobilise, mes fesses planant au-dessus du tabouret sur lequel je m'apprêtais à m'asseoir.

— Sérieusement ?

— Ouais. Je pense que Letty se sentira mieux si elle entend la vérité sortir de la bouche d'Alana. Et ce n'est pas comme si elle avait autre chose à faire.

— J'ai quelques idées en tête…

Il secoue la tête en posant sur le comptoir tout ce dont il aura besoin pour préparer le dîner.

— T'es un connard.

— Et tu es…

— Vraiment ? crache-t-il.

Je lève les yeux au ciel et le regarde se lancer dans la préparation de sa propre sauce barbecue pour le poulet.

— Qu'est-ce qu'on va faire quand Victor va comprendre ce qui se passe ?

Les épaules de Reid se tendent, mais il ne répond pas tout de suite.

— Nous devons préparer notre armée, finit-il par dire.

— Tu es prêt pour ça ?

— Il faudrait quelques semaines de plus.

— Ça ne me remplit pas d'espoir...

— Il ne gagnera pas, J. Je vais m'en assurer.

— Que puis-je faire ?

— Fais-la parler. Tout ce qu'elle peut nous donner pour nous aider. Alliés, ennemis, tout.

— Rien de trop dur alors, murmuré-je.

— Parle-lui de Kane. Sois honnête. Si elle se soucie de lui. De toi, ajoute-il en faisant se contracter ma poitrine, alors elle sera peut-être plus disposée à aider.

— Tu ne penses pas que tu devrais peut-être faire preuve d'un peu d'honnêteté à son égard, toi aussi ? lui suggéré-je.

— En temps voulu. Je ne donne d'informations à personne tant que je n'ai pas confiance à cent pour cent.

— Bien. Mais promets-moi quelque chose.

Il me lance un regard.

— Ne lui fais pas de mal, lui demandé-je.

Ses yeux se posent sur les miens pendant de longues secondes silencieuses avant de retomber sur le sol.

— Je ne peux pas le promettre.

— Qu'y a-t-il au menu ce soir ? demande Alana à la seconde où je pénètre dans sa cellule, une fois de plus, un plateau à la main.

— Les ailes de poulet barbecue spéciales de Reid, des frites de patates douces et du coleslaw, annoncé-je joyeusement en déposant l'assiette sur ses genoux.

— Ouah. Il est vraiment plein de surprises, hein ?

— Tu n'as pas idée, murmuré-je en lui volant une de ses frites même si j'ai déjà mangé.

— Hé, se plaint-elle en me donnant une tape.

Elle mange en silence, savourant chaque bouchée, et je ne peux que la regarder. Elle est fascinante. Complètement et totalement captivante.

Sentant mon attention, elle me jette un coup d'œil. Je n'ai aucune idée de ce qu'elle peut voir sur mon visage, mais c'est suffisant pour lui faire comprendre que tout ne marche pas comme sur des roulettes au-dessus de nos têtes.

— Qu'est-ce qui se passe ? m'interroge-t-elle avec curiosité.

Je m'immobilise et ça ne fait rien pour apaiser ses soupçons.

— Victor a tiré sur Kane.

— Quoi ? halète-t-elle en se levant du lit si vite que je rattrape de justesse l'assiette avant qu'elle ne s'écrase sur le sol.

Elle commence à faire les cent pas. Chaque fois qu'elle bouge, j'ai une belle vue de son corps à travers les emmanchures larges de mon débardeur.

Putain. Elle est délicieuse.

— Est-ce qu'il... Est-il...

— Il va bien. Il est à l'étage. Doc s'est occupé de lui. La balle n'est pas restée dans son épaule. Quelques semaines de repos et il ira mieux.

— Putain. Je sais qu'il veut partir, mais il a été l'un des meilleurs hommes de Victor et il lui tire dessus.

— Il est parti pendant le week-end. Il a dit à Victor de lui retirer tous ses soutiens, tout.

— Merde. Pourquoi aurait-il fait ça ? L'université ? Le football ? demande-t-elle avec une réelle inquiétude.

— Plus rien. Tout ce qui lui reste, c'est Letty.

À la seconde où je prononce son prénom, Alana s'immobilise et me fixe.

— Tout va bien entre eux ?

— Apparemment, ouais. Elle est là-haut en ce moment, elle est son infirmière.

— Putain, Julian.

Elle soupire, enfonce ses doigts dans ses cheveux et regarde le plafond.

— Je n'ai jamais rien voulu de tout ça, avoue-t-elle. Je voulais juste une vie simple et heureuse. Toutes ces conneries de gangs, c'est...

— Je sais, dis-je en me levant et en me rapprochant d'elle.

— Il aurait dû me laisser m'enfuir. Il aurait dû me laisser partir et rien de tout ça ne serait arrivé.

Les larmes se mettent à couler sur ses joues.

— Quoi ? Qui aurait dû te laisser aller où ? la questionné-je, confus.

— Ma... Mav, il aurait dû me laisser m'enfuir.

J'attrape ses joues et essuie le dessous de ses yeux avec mes pouces.

— Où t'enfuyais-tu, petite colombe ? chuchoté-je, terrifié à l'idée qu'elle ait peur de parler.

— N'importe où. J'aurais été n'importe où pour être sûre qu'ils ne pouvaient pas me trouver. J'en avais fini. J'en avais fini avec toute cette douleur et ces conneries. Ils m'ont tout pris. Tout, putain.

— Qui ? Qui t'a fait du mal, bébé ?

Je pose mon front contre le sien et la fixe dans les yeux, la suppliant de me confier ses secrets.

Ses lèvres s'entrouvrent, prêtes à en dire plus, mais ses yeux s'écarquillent d'horreur lorsqu'elle réalise ce qu'elle vient de dire et elle se referme d'un coup.

— Il faut que tu partes, déclare-t-elle en reculant et en

mettant un peu d'espace entre nous. Ils ont probablement plus besoin de toi que moi en ce moment.

— Non, Colombe, répliqué-je en la regardant ramper sur son lit et se rouler en boule. Je suis exactement là où je dois être. Parle-moi, s'il te plaît. Laisse-moi t'aider.

— Tu ne peux pas. Personne ne peut. C'est trop tard. Trop tard pour moi et trop tard pour toutes les autres vies qu'ils ont détruites.

45

ALANA

Je ne pensais pas qu'il allait partir, mais j'étais déterminée à tenir bon.

Je savais que si je le regardais de nouveau dans les yeux, je craquerais.

Entendre que Victor a tiré sur Kane m'a ébranlée. S'il a pu faire ça à Kane, alors je ne doute pas qu'il ferait la même chose à n'importe lequel de ses hommes. Peu importe leur proximité ou leur loyauté.

JD a essayé de me faire parler. Il m'a supplié de m'ouvrir à lui. Mais je ne pouvais pas.

Tout ce qui s'est passé ces derniers jours a été si bon. Passer du temps avec lui, apprendre à le connaître, c'est tout pour moi.

Pendant que nous nous amusons, il est facile d'ignorer le sujet tabou. Mais c'est plus difficile quand on le regarde droit dans les yeux.

Je n'aurais pas dû dire ce que j'ai dit. Mais les mots sont sortis de ma bouche. Je les ai regrettés avant même de les avoir entendus, mais il était trop tard.

À la seconde où il a renoncé à me convaincre et m'a de

nouveau enfermée seule dans ma cellule, j'ai poussé un soupir de soulagement avant que les sanglots que je retenais n'éclatent. Le pire, c'est que la moitié de ces larmes étaient dues au fait que j'avais gâché mon dîner.

J'avais tellement hâte de le déguster. J'aurais dû en profiter, et non pas me noyer une fois de plus dans mon passé au point de ne même pas penser à manger.

Une grande partie de moi s'attendait à ce qu'il revienne. Qu'il essaie à nouveau de me faire parler et qu'il me laisse passer la nuit dans ses bras forts et protecteurs.

Mais il n'est jamais revenu.

Je suis sûre qu'il y avait une raison.

L'un de ses amis les plus proches venait de se faire tirer dessus, bon sang. Mais malgré tout, j'étais une petite salope égoïste qui avait besoin de son attention. Je deviens rapidement accro à JD.

Ce n'est que des heures après son départ que je suis enfin retournée à mon dîner. Les frites étaient froides et molles, mais le poulet était encore appétissant et j'ai décidé de prendre le risque d'une intoxication alimentaire et j'ai tout englouti, suivi du brownie au chocolat et de l'énorme verre de vin.

J'ai passé le reste de la nuit avec le seul compagnon qui ne m'a jamais déçu au fil des ans. Mon journal.

Pendant que je griffonnais mes pensées, il m'est venu à l'esprit que la meilleure façon pour Reid de connaître la vérité sur tout ce que j'ai vécu serait de lui remettre mes journaux.

Lorsque je me suis enfuie de la maison ce jour-là, je n'ai pris avec moi que le dernier. Mais j'avais prévu le coup et j'avais caché les autres dans la vieille remise abandonnée au fond de la cour où Papa avait l'habitude de m'enfermer quand je me conduisais mal.

Je ne savais pas si j'aurais un jour l'occasion de les retrouver, mais j'avais besoin de savoir que je pourrais y accéder si c'était le cas.

J'avais l'intention de m'éloigner le plus possible et de ne jamais regarder en arrière, mais je savais que c'était une douce illusion.

Quelques semaines après avoir emménagé avec Mav, il m'a demandé si j'avais besoin de quelque chose avant d'aller travailler et, sans réfléchir, je lui ai parlé de mes journaux intimes.

C'était un risque. Un énorme risque, mais je me suis dit que Mav n'était pas stupide. Et grâce à sa position de Hawk haut placé, il avait de bonnes informations sur l'heure à laquelle Papa serait parti et sur le moment le plus sûr pour accéder à mes journaux bien-aimés.

J'ai passé toute la journée à attendre son retour avec anxiété et impatience.

Je savais que s'il se faisait prendre, je ne le reverrais probablement jamais et que la prochaine personne à venir ici serait mon père pour me ramener à la maison.

Mais hors de question d'y retourner de mon plein gré. Je me serais battue bec et ongles pour l'en empêcher. Je me l'étais promis.

Heureusement, ça n'a pas été nécessaire et lorsque la porte d'entrée s'est ouverte quelques heures plus tard, c'est Mav qui m'a appelée. J'ai couru à toute vitesse jusqu'à lui et l'ai trouvé dans le couloir en train d'enlever ses chaussures avec une pile de carnets dans les bras.

J'ai pleuré à chaudes larmes en les voyant. Ils contenaient tout ce qui concerne ma vie et je savais qu'un jour, ils seraient la preuve dont nous aurions besoin pour faire tomber mon père et ses fidèles. Je devais croire que c'était possible. À quoi servirait ma vie si ce n'était pas pour mettre un terme à leurs agissements ?

Je referme mon cahier à la seconde où la serrure de ma cellule se déverrouille. Je n'ai pas oublié qu'il n'y a qu'une seule serrure qui semble être fermée à clé ces jours-ci. Je ne sais pas trop quoi en penser.

Je suis en sécurité quand je suis enfermée ici. Victor, mon père et les autres ne peuvent pas m'atteindre. Mais en même temps, la pensée d'un bon lit doux et confortable me donne envie de pleurer. Un bon bain chaud et moussant…

Je m'attends à ce que JD, l'air penaud, passe la tête dans l'embrasure de la porte, alors, quand je lève les yeux pour voir le visage d'un homme qui semble m'éviter depuis l'incident dans la douche, je reste bouche bée.

— Alors tu es toujours en vie, plaisanté-je.

— Tu crois que n'importe qui pourrait me faire tomber ? Tu me déçois, Petit animal.

Il suffit d'une phrase pour me montrer que quelque chose a changé.

Est-ce ce qu'il a découvert quand j'ai mutilé Jonno et me suis acharnée sur lui ? Ou ce qui s'est passé avec Kane ?

Honnêtement, ça pourrait être l'un ou l'autre. Ou même les deux. Mais il y a incontestablement du changement dans l'air.

— Je t'ai apporté du café, dit-il en me tendant la tasse qu'il tient à la main.

— Euh…

— Il n'est pas trop chaud, ni empoisonné.

— Merci, réponds-je en le prenant, tandis qu'il pose ses fesses à l'autre bout de mon lit, en gardant le plus d'espace possible entre nous.

Toujours dégoûté, donc. Bon à savoir.

J'essaie de déglutir pour faire passer la boule coincée

dans ma gorge et refouler la douleur qui m'entoure comme un fil de fer barbelé, avant de boire une gorgée de café.

Son goût riche inonde ma bouche et je ferme les yeux un instant pour le savourer.

— Ça me fait mal de l'admettre, mais tu as très bon goût en matière de nourriture et de boisson, avoué-je sans le regarder.

— Content que tu apprécies.

— Qui t'a appris à cuisiner ? l'interrogé-je, au risque de poser une question personnelle.

Si c'était JD qui était assis avec moi, il n'aurait aucun problème à se dévoiler. Mais je ne sais pas du tout comment prendre cet homme habituellement terrifiant dont je découvre de nouvelles facettes au fil du temps.

— Personne.

— Tu as appris tout seul ?

— C'est à peu près ça. C'était ça ou nous nous serions nourris tous les cinq de pizzas surgelées. Ou nous serions morts de faim.

— Hannah ne cuisinait pas ?

Je sais que la situation était compliquée entre les enfants Harris et leur belle-mère, mais je ne savais pas qu'elle les négligeait.

— Elle faisait brûler tout ce qu'elle touchait. Enfin, quand elle était à la maison ou assez sobre pour faire quoi que ce soit.

— Oh.

— La vie en tant que femme de Victor Harris n'est pas très amusante. Je ne peux même pas la blâmer pour ça, vraiment.

— Combien de femmes restent dans cette ville parce qu'elles n'ont pas le choix ?

— Bien plus que ce que nous imaginions, répond-il

tristement. Quoi qu'il en soit, dit-il en se levant et en mettant un peu plus d'enthousiasme dans sa voix. Je suis venu ici pour t'annoncer que tu allais avoir de la visite d'ici un quart d'heure, alors j'ai pensé te donner l'occasion de te rafraîchir un peu.

— Pardon, quoi ?

Il hausse les épaules.

— J'ai pensé que tu voudrais peut-être te brosser les dents ou prendre une douche.

Ma tasse toujours dans les mains, je me lève du lit.

— Qui es-tu et où est passé Reid Harris ?

— Petite maligne. Je peux retirer mon offre si tu préfères.

— Non, non. Ça me va très bien.

Avant qu'il ne puisse changer d'avis, je passe la porte et me dirige vers la salle de bain.

Je n'ai pas besoin de me retourner pour savoir qu'il est sur mes traces. Son regard me brûle le dos et fait se réchauffer mon sang.

Il se tient dans l'embrasure de la porte, appuyant son épaule contre le cadre pendant que je me brosse les dents.

— Vous avez toujours été voyeurs tous les deux ou c'est un nouveau hobby dont je suis l'objet ? l'interrogé-je en me penchant dans la douche pour l'allumer.

Il ricane mais ne dit rien. Il ne montre pas non plus de signe qu'il est sur le point de bouger.

Sans me laisser impressionner par son attention, je lui tourne le dos et retire le débardeur de JD avant de faire glisser son boxer le long de mes jambes.

Je n'ai pas manqué l'inspiration bruyante de l'homme derrière moi et je suis sûre qu'il sourit quand j'entre dans la douche, sachant qu'il ne peut pas regarder autre chose que mon cul.

— Alors, vous regardez du porno ensemble ou...

— Petit animal, grogne-t-il alors que j'attrape le gel douche.

— Quoi ? C'est une question sérieuse.

Je jette un coup d'œil par-dessus mon épaule à temps pour le voir se recoiffer, ses yeux se promenant sur mon corps.

— Tu pourrais te joindre à moi, tu sais. Je parie que JD en profiterait à ta place.

— C'est bon. Merci, marmonne-t-il.

Mais la rudesse de sa voix me fait dire qu'il ne le pense pas vraiment.

— Tu sais, il m'a aidée en me rasant les jambes il y a quelques jours. Tu pourrais...

— Je suis certain que tu peux te débrouiller, Petit animal. Fais ce que tu as à faire. Tu n'as pas deux heures.

— Ah, oui. Il doit s'agir d'une visite importante si tu veux que je sente bon.

— Je me fous de ton odeur, Petit animal.

— J'avais oublié que c'était totalement désintéressé. Je suis bête d'avoir cru que tu en tirerais quelque chose.

Des bulles de savon descendent le long de mon corps et je me retourne.

Il faut rendre à César ce qui appartient à César : ses yeux se posent sur les miens.

— Tu as cinq minutes. Si tu n'es pas douchée et habillée, je te traînerai dehors, mouillée et nue.

— Oh, tu adorerais ça, n'est-ce pas ?

— Cinq minutes, répète-t-il avant de disparaître de ma vue, mais pas avant que ses yeux ne se posent sur mon corps.

Je termine de me laver avec un sourire aux lèvres.

Les hommes sont tellement faciles. Même ceux qui se croient insaisissables.

Dès que je prends le débardeur propre qu'il m'a laissé, je remarque la différence.

Ce n'est pas celui de JD.

Je le porte à mon nez pour le sentir, laissant mes sens être inondés par rien d'autre que l'odeur brute de Reid.

Avant de me faire prendre, j'enfile rapidement mes vêtements et, après avoir brossé mes cheveux mouillés, je sors miraculeusement de la salle de bain dans le temps qui m'a été imparti.

Il m'attend, une tasse à la main, les fesses appuyées contre le comptoir.

— Je suis impressionné, dit-il.

— Je suppose que ce n'est pas quelque chose que tu dis à beaucoup de gens, réponds-je.

Il hausse les sourcils.

— Tu as raison. Assieds-toi.

Suivant les ordres, je m'assieds un peu avant que la porte en haut des escaliers ne s'ouvre et que des pas ne descendent jusqu'à nous.

Reid n'a donné aucun nom et, malgré mes craintes irrationnelles qu'il ait pu inviter n'importe lequel des monstres avec lesquels il passe du temps ici, en réalité, je sais qu'il ne l'a pas fait. Cet endroit est sacré. Il veut qu'il reste secret. Donc, quiconque se dirige dans cette direction fait partie de son cercle intime. Et j'ai une petite idée de qui il peut s'agir.

Moins de trente secondes plus tard, un visage familier, quoique pâle, apparaît dans l'embrasure de la porte.

— Comment te sens-tu ? m'enquiers-je précipitamment.

— Comme si le diable m'avait tiré dessus, marmonne

Kane alors que quelqu'un d'autre le suit dans la pièce et se blottit contre lui.

— Scarlett, la salué-je.

— Euh... Salut, grince-t-elle, trop occupée à regarder le sous-sol de Reid avec de grands yeux horrifiés pour me prêter attention.

— Vous pouvez nous laisser une minute ? demandé-je sans être sûre que Reid le permette.

Les yeux choqués de Letty trouvent enfin les miens.

— Euh... hésite Kane.

— Tiens-toi bien, m'avertit Reid avant de se diriger vers Kane et Letty. Viens, dit-il en faisant signe à Kane de le suivre.

— Est-ce une bonne idée ? l'interroge Kane.

Reid marmonne quelque chose, mais c'est trop bas pour que je l'entende.

46

MAV

— Putain, dis-moi qu'il a menti ! rugis-je dès que la porte se referme et que Kane et sa petite bande ont disparu de notre champ de vision.

Mon corps tout entier tremble d'une colère que j'ai du mal à contenir tandis que je lance un regard noir Victor.

— Dis-moi qu'il a menti. Dis-moi que tu n'as pas prostitué ma femme, répété-je en postillonnant à chaque mot que je prononce.

Mais ça n'a pas d'importance. Rien de tout ça n'a d'importance.

Ce putain de Victor Harris n'en a rien à foutre.

Son sourire arrogant du genre « je suis intouchable » est fermement en place alors qu'il me fixe, ne se souciant pas le moins du monde d'avoir enfreint la seule règle sacrée que nous avons.

On ne touche pas les femmes de ses frères sans leur consentement explicite.

Je secoue la tête et un rire amer s'échappe de mes lèvres.

Bien sûr, Victor Harris ne suit pas ses propres règles.

Il est le plus indigne de confiance et le plus corrompu des salauds que j'aie jamais rencontrés.

Pourquoi ai-je pensé que l'épouser serait suffisant ?

Nous aurions dû fuir. Nous aurions dû laisser tomber cette vengeance et laisser les habitants de cette ville s'autodétruire.

Ça se produira d'une manière ou d'une autre.

Tout ce qui intéresse Victor, c'est le pouvoir et l'argent. Il n'en a rien à faire des gens. Des vies qu'il est censé protéger, nourrir et soutenir.

Je fais un pas en avant, mes poings serrés sur mes flancs, désespéré d'attraper l'arme qui est rangée à l'arrière de mon pantalon et de faire enfin ce dont j'ai rêvé pendant presque dix ans.

— Fiston, m'avertit mon père, me rappelant qu'il est aussi dans la pièce.

Putain. J'aurais pu les éliminer tous les deux en même temps. Il ne serait resté que le foutu père d'Alana et j'aurais éliminé les trois principaux coupables.

— J'en ai fini, fulminé-je avec une voix à peine audible. J'en ai foutrement fini. Je vais retrouver ma femme et nous quitterons cette ville de merde pour ne jamais plus revenir.

Victor sourit. Putain, il sourit ! Ce n'est rien d'autre que malicieux et pervers.

— Tu peux essayer, raille-t-il. Mais je peux t'assurer que tu n'iras pas très loin. Et même si tu y arrives, tu ne la satisferas jamais. Une pute comme Alana a besoin de plus que ce que tu pourrais lui offrir. Mais tu le sais déjà, n'est-ce pas ? C'est pour ça que tu n'as jamais essayé.

Le rugissement bestial qui sort de ma gorge ne me ressemble pas.

Je fonce sur lui, mais Victor et mon père le voient venir. Je suis à deux doigts de le mettre à terre et l'instant d'après, mon corps entre en collision avec le mur et la douleur me transperce l'épaule tandis qu'ils rient tous les deux comme des hyènes.

— Essaie de nous affronter, mon garçon. Je te mets au défi.

Ce sont les derniers mots de Victor avant que la porte ne claque, me laissant seul à me noyer dans ma souffrance dans une cellule conçue pour nos ennemis.

« *Tu veux que je t'aide à arranger ça vu que ton infirmière n'est pas là ?* »

Les mots prononcés par JD le matin où il est venu me rendre visite tournent en boucle dans ma tête.

Je n'y ai pas prêté attention à ce moment-là.

Alana avait disparu et j'étais seul avec mes blessures.

Mais ce n'est que lorsque j'étais allongé dans mon lit hier soir, ressassant les événements de la journée encore et encore dans mon esprit, essayant désespérément de donner un sens à tout ça, que ces mots me sont revenus à l'esprit.

Elle s'appelait toujours mon infirmière. Elle a même plaisanté sur le fait de se déguiser une fois ou deux, en espérant que ça atténue ma douleur.

Évidemment, j'ai toujours rapidement détourné la conversation. La dernière chose dont j'avais besoin, alors qu'elle avait les mains sur moi pour me soigner, c'était qu'elle porte une minuscule tenue d'infirmière qui laissait très peu de place à l'imagination.

Comment JD aurait-il pu le savoir ?

Parce que c'est Reid et lui qui l'ont. Voilà comment.

Dès que l'idée me vient à l'esprit, je me lève rapidement.

C'est pour cette raison que JD est venu ce jour-là.

Il m'a dit qu'il suivait les ordres et m'a laissé croire que Victor l'avait envoyé.

Mais c'était des conneries.

J'avais raison. Victor se foutait totalement de mon état après ce combat.

Alana, elle, s'en préoccupait.

JD suivait les ordres d'Alana.

Mais pourquoi ?

« Savais-tu que c'était une pute, Mav ? Que Victor la prostitue pour obliger les hommes à faire ce qu'il désire ? »

Non.

Je refuse de croire que c'est la raison pour laquelle elle est avec eux.

Reid et JD n'ont pas de problème pour trouver des femmes.

Il y a autre chose.

Quelque chose de plus important.

Et s'ils savaient ?

Et s'ils avaient découvert la raison pour laquelle je l'ai cachée toutes ces années, la raison pour laquelle je l'ai épousée ?

Non, ce n'est pas possible non plus.

S'ils le savaient, ils me voudraient aussi.

— PUTAIN ! beuglé-je en claquant mes paumes sur le guidon de ma moto alors que j'attends dans les sous-bois de l'autre côté de la route, en face des portes cachées qui mènent au manoir de Reid.

Ce n'est un secret pour personne qu'il est le propriétaire des lieux. Le mystère est de savoir comment entrer. Si on ne sait pas à quoi s'en tenir, on se dirige jusqu'aux portes principales à l'avant. Mais celles-ci sont fermées comme Fort Knox.

Mais ici. C'est le bon endroit. C'est là que j'ai suivi Ezra et Ellis tout à l'heure.

Je savais qu'il leur demanderait une faveur. Tout ce qu'il fallait, c'était un peu de patience devant leur maison dans le comté de Maddison et c'était bon.

Ils sont venus avec deux voitures et sont repartis dans une seule. Et seulement quelques heures plus tard, mes suppositions se sont avérées exactes lorsque l'autre voiture est apparue avec Letty au volant et Kane sur le siège passager.

Ça aurait dû être le moment d'entrer, mais j'ai été trop lent.

Maintenant, je suis coincé ici à attendre que quelqu'un d'autre vienne rendre visite à ce connard qui nous regarde de haut comme s'il était le putain de roi du monde pour que je puisse entrer.

Les barrières sont trop hautes. Et même si ce n'était pas le cas, je sais qu'il a mis en place un système de sécurité. À la seconde où j'essaierais de l'escalader, je déclencherais une alarme qui me ferait repérer illico.

La nuit tombe, me laissant dans l'obscurité. Le seul point positif, c'est que je verrai les phares et que je pourrai me mettre en position bien avant qu'une voiture n'approche.

En supposant qu'il y en ait une qui arrive.

Elle est là-dedans. J'en suis certain.

Je me fiche du temps que ça prendra. J'entrerai à l'intérieur et découvrirai la vérité.

En voyant Alana souffrir de ses cauchemars et de ses peurs au cours des cinq dernières années, je me suis senti totalement impuissant.

Je ne pensais pas que ça pouvait être pire.

Mais cette semaine… putain. C'était un tout nouveau genre d'enfer.

Je savais que, où qu'elle soit, elle souffrirait seule de ses cauchemars. Mais savoir qu'elle a été là avec lui.

Putain.

Il m'a fallu trop de temps pour comprendre.

J'ai couru dans la ville comme un putain de poulet sans tête, en essayant de trouver des indices et, pendant tout ce temps, elle était ici, sur cette colline. Juste sous mon nez.

Gardez vos amis proches de vous et vos ennemis plus près…

Ça n'a jamais été aussi vrai.

J'aurais dû m'en douter.

Putain, j'aurais dû le savoir.

Il y a longtemps que j'ai cessé de regarder l'heure lorsque des phares éclairent enfin la piste déserte devant moi.

Mon cœur bondit dans ma gorge et je saute de ma cachette pour me mettre juste à côté du portail.

Je ne suis plus aussi bien caché. Je dois juste espérer que cette personne n'est pas sur le qui-vive.

Mes paumes sont moites lorsque la voiture s'arrête devant le portail.

Je le reconnais instantanément et mon inquiétude concernant ce qui se passe à l'intérieur de cette maison ne fait que quadrupler.

Kane est parti, donc Doc n'est pas là pour s'occuper de lui. Ce qui signifie qu'il est là pour quelqu'un d'autre.

Et mon instinct me dit exactement de qui il s'agit.

À peine a-t-il franchi les portes que je me glisse derrière lui, priant pour que l'obscurité me masque.

Le cœur battant, je fixe le vieux manoir sombre et sinistre qui se trouve devant moi et me rapproche.

D'une manière ou d'une autre, je retrouverai ma femme ce soir.

Je me fiche de ce qu'il faut faire.

Je sors mon arme de mon pantalon et retire la sécurité.

Ce soir, je reprendrai ce qui m'appartient, et ensemble, nous disparaîtront. Je me fiche du carnage que je laisserai dans notre sillage.

Ces conneries sont terminées.

C'est la fin.

47

JD

— Eh bien, ça s'est bien passé, déclaré-je après le départ de Kane et de Letty.

Heureusement, elle ne s'est pas jetée sur Alana à la seconde où Reid et Kane ont quitté la pièce.

Une partie de moi s'attendait à ce que Letty essaie d'arracher les yeux d'Alana à cause de ce qu'elle avait fait.

Mais au lieu de ça, elles ont eu une conversation honnête, et ce que Letty pensait probablement être une conversation privée.

En réalité, nous étions tous les trois assis et avons regardé les images sur la télé 60 pouces du salon que Reid avait heureusement remise en place après sa petite crise de colère de l'autre soir.

Aucun d'entre nous ne l'a mentionné. À quoi bon ? Le problème est plus qu'évident. Il la veut et je l'ai eue en premier.

Ce doit être un véritable choc pour Reid Harris de ne pas être le premier, mais je refuse de me sentir mal pour lui.

Oui, il y a peut-être beaucoup de merde dans sa vie, mais il n'y a pas si longtemps, tout ce que je voyais, c'est qu'il avait tout et que je n'avais rien. J'ai peut-être appris la vérité depuis, mais je m'accrocherai quand même à n'importe quelle victoire que je peux obtenir.

— Je ne suis pas sûr qu'elles seront un jour les meilleures amies du monde, mais ouais. Ça aurait pu être pire, reconnaît Reid pendant qu'il prépare une de ses spécialités culinaires.

Je le jure, dans une autre vie, cet homme aurait pu être un chef cuisinier célèbre. Il est vraiment doué.

Les riches épices de son curry emplissent l'air et font grogner mon estomac.

— Je ne pense pas que l'une ou l'autre soit à la recherche d'une nouvelle BFF de toute façon. Letty n'a jamais eu sa place ici, et Alana… Je ne sais pas. Je ne la vois pas comme le genre de femme à avoir beaucoup d'amies.

— A-t-elle des amies ? demande-t-il sérieusement.

Mes lèvres s'entrouvrent pour répondre, mais je m'aperçois rapidement que je n'ai pas de réponse.

— Non, je ne pense pas, répond-il lui-même. La seule personne qu'elle a dans la vie est Mav, n'est-ce pas ?

Mon cœur se serre pour elle. Quelle était sa vie avant de se retrouver ici si elle n'avait qu'une seule personne à ses côtés ?

— Ouais, je pense que oui. Tu te souviens quand ils se sont mariés ? le questionné-je en essayant de m'en souvenir.

— Pas vraiment.

— Un jour, elle n'existait pas et le lendemain, elle était sa femme.

— Ouais, acquiesce-t-il.

— Mais n'était-elle pas partie pour vivre avec sa mère et sa sœur ?

— C'était apparemment l'histoire, murmure-t-il.

— L'histoire ? Tu veux dire que tu n'y crois pas ?

— À l'époque, j'y croyais. Je n'avais pas de raison de me poser des questions. Mais maintenant ? Non, pas un putain de mot.

Non, moi non plus.

Mon estomac grogne bruyamment lorsque Reid ajoute quelque chose d'autre à son curry et prend quelques assiettes. Heureusement, il en a encore assez après que Letty a cassé plus d'une assiette hier soir à cause de sa maladresse.

— Va la chercher, m'ordonne-t-il soudainement.

Je reste bouche bée.

— Qu... Quoi ? bégayé-je en ayant du mal à croire ce que j'entends.

— Amène-la ici, faisons-la sortir de sa zone de confort et voyons ce que nous pouvons découvrir.

— Tu veux qu'elle mange avec nous ?

— Ouais.

J'hésite, ne le croyant pas.

C'est stupide. Reid ne dit jamais rien qu'il ne pense pas. S'il dit qu'il la veut ici, alors c'est le cas.

— O... OK. Je vais aller la chercher alors.

Il acquiesce, trop concentré sur son curry pour répondre.

Alors que je descends les escaliers menant au sous-sol, un étrange mélange d'excitation, d'impatience et d'effroi tourbillonne dans mon estomac.

Ça pourrait être une bonne chose. Il pourrait lui donner le début de la liberté qu'elle mérite.

Ou... ou ça pourrait être de la manigance.

Reid déteste peut-être son père à cause de son côté manipulateur. Mais la pomme n'est pas tombée si loin de l'arbre. Quand il veut quelque chose, il l'obtient généralement. D'une façon ou d'une autre. Bien souvent, ça implique que quelqu'un soit blessé ou meure.

Il suffit de regarder Jonno. Reid avait clairement une stratégie en tête. Non pas que Jonno ne méritait pas de mourir. Il le méritait clairement. C'était la lie de l'humanité. Mais quand même.

Je déverrouille la serrure de la porte d'Alana et pousse la porte.

— C'est ton anniversaire, petite colombe ? lui demandé-je en entrant dans la pièce.

Je la trouve comme d'habitude, avec son carnet de notes bien-aimé devant elle, un stylo à la main.

Je n'ai aucune idée de ce qu'elle écrit dedans. Elle pourrait être une compositrice de talent pour ce que j'en sais. Ou écrire des poèmes peut-être, où il serait question d'un ravisseur brutal et de son meilleur ami sexy.

Je souris intérieurement. Oh ouais. Elle a sûrement écrit des trucs sur moi là-dedans.

— Non, pourquoi ?

— Reid aimerait t'inviter à te joindre à nous pour le dîner.

Elle me fixe d'un regard vide.

— Colombe ? dis-je doucement quand elle ne réagit pas.

Je me rapproche et m'accroupis à côté de son lit.

— Il... Il veut que je monte ? murmure-t-elle, l'air peu sûre d'elle.

— Ouais. Il a fait du poulet au curry.

— Pourquoi ? s'enquiert-elle en se tournant enfin vers moi comme si elle allait lire les réponses sur mon visage.

— Il s'adoucit, Colombe. Profites-en.

Je ne peux pas lui dire qu'il veut qu'elle sorte de sa zone de confort dans l'espoir de connaître ses secrets.

— Ce sont des conneries ! s'emporte-t-elle en retrouvant soudain sa flamme. Reid Harris ne s'adoucit jamais.

— Tout le monde a une corde sensible.

— Si tu essaies de me dire que la corde sensible de Reid, c'est moi, alors je sais que tu mens. Je suis celle de mon mari, bien sûr. Mais pas de Reid.

— Comme tu voudras.

Je me remets debout et lui tends la main.

— Veux-tu te joindre à nous ?

Il lui faut une seconde, mais finalement, sa main se glisse dans la mienne, ce qui me permet de l'aider à se lever.

— Mais que vais-je porter ? plaisante-t-elle.

Je jette un coup d'œil à son corps, mes dents grincent lorsque je vois le débardeur de Reid tomber sur ses épaules.

Espèce d'enfoiré possessif.

— À part le fait que tu ne portes pas le mien... commencé-je en posant mon doigt sur son cou.

Lentement, je le fais glisser vers le bas jusqu'à ce que je touche son téton et la fasse gémir.

— .... je pense que tu es vraiment parfaite, terminé-je.

— Je suppose que je vais devoir te croire sur parole.

— Oui. Tu as faim ?

— Je suis affamée.

Incapable de m'arrêter, j'attrape sa joue et pose mes lèvres des siennes, lui volant un baiser rapide.

Mon portable vibre dans ma poche et je ris, la forçant à reculer.

— Qu'y a-t-il de si drôle ? boude-t-elle.

Je sors mon portable, l'allume et le tiens entre nous, prédisant déjà ce que je vais trouver.

— Si tu avais besoin d'une preuve supplémentaire qu'il est toujours en train de regarder, la voilà.

. . .

Reid : J'ai dit de l'amener pour le dîner, pas de la manger pour le dîner.

— En voilà une idée. Je devrais peut-être t'allonger sur la table et te dévorer, tu serais mon plat principal. Qu'en penses-tu, patron ? demandé-je en regardant la caméra. Tu veux la partager avec moi ?

Alana gémit, me faisant comprendre qu'elle serait tout à fait partante.

— Petite colombe perverse, la taquiné-je avant que mon portable ne vibre de nouveau.

Reid : Fais ce que je te dis, espèce d'enfoiré.

— Oh, tu vas avoir des ennuis.

— Comme d'hab. Il s'ennuierait si je filais droit tout le temps. Allez, viens.

Sa main dans la mienne, je la guide hors de sa cellule et la dirige vers les escaliers.

Ce n'est qu'à mi-chemin que je me rends compte qu'elle tremble.

— Colombe, dis-je en me retournant. Tu as peur ?

Ses grands yeux bleus rencontrent les miens et c'est toute la réponse dont j'ai besoin.

— Il n'y a que nous et un plat de curry. Ce n'est pas si effrayant, n'est-ce pas ?

Quelles que soient les pensées qui tournent dans sa tête, elles ne sortent pas de sa bouche. J'ai envie de la pousser un peu, mais je sais aussi que ce n'est probablement pas la meilleure idée.

Mais je sais quoi faire.

Nous avançons plus vite et sortons par la porte cachée, et à peine l'ai-je refermée derrière nous que je la plaque contre elle.

— Julian, qu'est-ce que tu...

Je l'embrasse férocement en accrochant sa cuisse autour de ma taille.

Elle fond presque instantanément. Son corps se détend et ses muscles se relâchent alors qu'elle m'embrasse aussi passionnément que moi.

Je fais glisser ma main le long de sa cuisse et touche ses fesses. Je les serre jusqu'à ce qu'elle crie de douleur.

— Es-tu mouillée pour moi, petite colombe ? susurré-je dans notre baiser.

Elle ne me répond pas. Elle n'en a pas besoin. La façon dont ses hanches se frottent désespérément contre moi, à la recherche de friction, me suffit.

Je retire ma main du mur à côté de sa tête et la glisse entre nos corps, directement entre ses jambes.

— Oh merde, grogné-je quand je la trouve toute mouillée.

Putain. Cette fille est incroyable.

Elle est terrifiée et, pourtant, elle est très excitée.

— S'il te plaît, gémit-elle lorsque je taquine sa chatte, en poussant juste le bout de mes doigts à l'intérieur.

— Espèce de petite pute perverse, soupiré-je en arrachant mes lèvres des siennes pour embrasser sa mâchoire.

Je suce la peau sensible sous son oreille en même temps que j'enfonce deux doigts en elle.

Elle crie, faisant en sorte que l'homme de la maison soit bien conscient de ce qui se passe.

J'entends des pas approcher et souris contre la peau douce de sa gorge.

À la seconde où ses yeux se posent sur nous, je suis presque sûr que son halètement aspire tout l'air de la pièce.

— Julian ! hurle Alana quand je frotte son point G, mon pouce trouvant son clitoris pour la rendre encore plus folle.

— Putain, qu'est-ce que tu fous ? rugit Reid, faisant s'immobiliser Alana dans mes bras.

Mais je remarque qu'elle n'essaie même pas de me repousser.

— Je la soulage de son stress, patron, le provoqué-je. Alana avait un peu d'appréhension concernant ce dîner. Tu veux m'aider ?

— Le dîner est prêt, boude-t-il.

— Nous arrivons dans une minute. N'est-ce pas, Colombe ?

— Oh mon Dieu, gémit-elle.

— Regarde-le, exigé-je en me déplaçant légèrement pour qu'elle puisse voir par-dessus mon épaule. Ouvre ces jolis yeux bleus et laisse Reid voir à quel point tu es belle quand tu jouis.

— JD, grogne-t-il, sans bouger.

Il est vraiment stupide. Comme s'il n'était pas aussi empli de désir qu'elle. Si seulement il était un peu moins têtu, il obtiendrait peut-être ce qu'il veut.

— Jouis pour moi, Colombe. Je veux que tu serres mes doigts pendant que tu le regardes dans les yeux. Montre-lui exactement ce qu'il rate.

Son corps commence à trembler alors que son plaisir augmente.

— Elle est tellement mouillée, mec, dis-je à Reid. Elle a tellement envie d'une bite.

— S'il te plaît, s'il te plaît, me supplie-t-elle.

— Plus tard, Colombe, quand nous aurons mangé, je ferai ce que tu veux. Je mangerai cette chatte toute la nuit si tu me le demandes. Je te baiserai encore et encore jusqu'à ce que tu implores ma pitié.

— S'il te plaît, s'il te plaît, répète-t-elle alors que son jus coule sur ma main.

— Tu aimes être observée, n'est-ce pas ? Tu aimes savoir que Reid te regarde, qu'il voit quelle sale petite pute tu es.

— Oh mon Dieu. JULIAN ! crie-t-elle en jouissant.

— Les yeux sur Reid, grondé-je lorsque ses paupières commencent à se fermer.

— C'est ça, Colombe, la félicité-je alors que son corps tremble, sa chatte essayant d'aspirer mes doigts plus profondément. Bonne fille.

Je continue à la toucher jusqu'à la dernière goutte de son orgasme.

Il regarde toujours, je sens sa présence derrière moi.

— Je parie qu'il est tellement dur pour toi en ce moment, murmuré-je à son oreille.

Elle gémit.

— Tu as envie de lui, n'est-ce pas ? Si je te le demandais, tu te mettrais à quatre pattes tout de suite et tu ramperais jusqu'à lui pour qu'il te donne sa bite.

Elle déglutit, mais ne me donne pas de réponse verbale.

Je n'en ai pas besoin. Son jus qui coule sur ma main suffit.

— Un jour, ça arrivera, affirmé-je.

Sa respiration est irrégulière, ses tétons sont durs et visibles à travers le tissu de son débardeur et ses pupilles sont dilatées de désir.

Elle crie lorsque je retire enfin mes doigts de son corps et les lève entre nous.

— Regarde-moi, exigé-je.

Elle obtempère.

— Bonne fille, dis-je, avant d'ouvrir la bouche et de sucer mes doigts, laissant son goût sucré inonder ma bouche.

— Tu rates quelque chose, mec. Elle a très bon goût.

Un moment de silence passe. Ma bite me fait mal, j'ai désespérément envie de m'enfoncer en elle, mais je suis presque sûr que ça pourrait le pousser à bout.

Ce sera pour une autre fois. Tout comme la regarder supplier d'avoir sa bite.

Merde. Pourquoi l'idée de la voir avec lui m'excite-t-elle autant ?

Le temps que je lâche Alana et que je me retourne, il est parti.

Putain de mauviette.

J'enfonce ma main dans mon jogging et serre ma bite tout en reportant mes yeux sur Alana.

— Putain, tu es magnifique, Colombe, le symbole du péché.

Ses lèvres sont gonflées par mes baisers, son cou est couvert de suçons, sa poitrine continue à se soulever et je sais que, si j'arrachais ce boxer de son corps, ses cuisses seraient humides.

— Viens, dis-je en lui prenant la main et en l'entraînant vers la salle de bain. Faisons ce qu'on nous dit pour une fois.

Ses yeux se promènent partout lorsque nous nous déplaçons dans la maison.

— Tu ne t'attendais pas à ça ? la questionné-je.

La couleur préférée de Reid ne fait aucun doute lorsqu'on visite sa maison, mais celle-ci est bien plus chaleureuse que ce à quoi la plupart des gens s'attendent.

— Je ne sais pas à quoi je m'attendais, avoue-t-elle alors que j'ouvre la porte de la salle de bain et lui fais signe d'entrer.

— Oh ouah ! souffle-t-elle en découvrant la salle de bain noire.

— Dans une vie antérieure, Reid était chef cuisinier et architecte d'intérieur.

— Il est plein de surprises, hein ?

— Tu n'as pas idée, petite colombe, réponds-je en me dirigeant vers le lavabo pour me laver les mains pendant qu'elle fait pipi.

Elle se fiche de ma présence dans la pièce. Et j'aime qu'elle soit aussi à l'aise avec moi, plus que je ne le devrais.

— Ça sent super bon, murmure-t-elle lorsque nous entrons enfin dans la grande cuisine et que nous trouvons Reid assis à la table, avec notre dîner qui nous attend.

D'une manière ou d'une autre, j'ai réussi à me retenir d'exiger qu'elle me suce pendant que nous étions seuls. C'était dur – dans tous les sens du terme –, mais j'y suis parvenu.

— Et cette pièce est incroyable, ajoute-t-elle.

Ignorant la table, elle se dirige directement vers les baies vitrées, qui offrent une vue sur la vallée au loin.

— C'est plus beau vu d'ici, songe-t-elle.

Personne ne répond, mais ce n'est pas parce que nous ne sommes pas d'accord.

— Viens t'asseoir, Petit animal, c'est déjà froid.

— Mec, arrête de bouder. Ça ne te va pas.

Il me fait un doigt d'honneur, il pique un morceau de poulet avec sa fourchette et l'enfourne dans sa bouche.

Alana tire la chaise à côté de la mienne et s'y installe, tandis que Reid est assis en bout de table comme le roi qu'il veut être.

— Pourquoi suis-je là ? s'enquiert-elle avant même de prendre sa fourchette.

— J'ai pensé que ça pourrait être sympa, rétorque Reid avant d'attraper son vin et d'en boire une gorgée.

— Vraiment ? murmure-t-elle en n'en croyant pas un mot.

— Je peux te renvoyer en bas manger ça sur tes genoux si tu préfères.

— Non. C'est bon. C'est juste... surprenant.

— Eh bien, profites-en, dit-il avant de lui lancer un sourire inquiétant. Qui sait quand ça pourrait se reproduire.

Alana ne réagit pas, elle attrape son couteau et sa fourchette et prend un peu de riz couvert de sauce, qu'elle porte à ses lèvres.

— Oh mon Dieu, gémit-elle en me faisant de nouveau bander. C'est si bon.

Reid ne dit rien, mais la façon dont sa poitrine se gonfle de fierté ne m'échappe pas. Ce connard arrogant sait qu'il est bon cuisinier, mais il adore l'entendre.

Elle n'hésite pas à prendre sa prochaine bouchée. Elle mange avec l'ardeur de quelqu'un qui a été enfermé loin du monde pendant plus d'une semaine.

Les mains de Reid tombent sur la table, son dîner oublié, et il l'observe avec une lueur de curiosité qui danse dans ses yeux.

Je comprends. Je l'ai sûrement regardée de la même façon chaque fois que je lui ai apporté à manger.

Avec un sourire en coin, je le laisse faire. Je dévore mon dîner comme si je n'avais pas mangé depuis une semaine, au lieu de quelques heures seulement.

48

REID

J'oublie la nourriture et mon regard se pose sur Alana.

J'aime regarder les gens apprécier mes plats.

Et par personnes, j'entends JD, mes frères et Kane, qui sont à peu près les seules personnes que je peux supporter.

Mais voir Alana dévorer mon curry comme si c'était la meilleure chose qu'elle ait jamais mangée, c'est carrément autre chose.

JD est lui aussi occupé à manger, mais je sais qu'il m'a remarqué.

Même si c'est une stratégie pour faire sortir Alana de sa zone de confort pour la faire parler, je ne peux m'empêcher de penser que JD a son propre plan.

En commençant par le petit spectacle dans le couloir.

J'aurais dû savoir que l'envoyer en bas pour aller la chercher n'aurait pas été aussi simple que ça.

Je pose ma fourchette sur le côté de mon assiette et tente de réorganiser discrètement mon pantalon sous la table.

Je suis dur comme de l'acier depuis la seconde où je l'ai entendue crier. Et puis quand ses yeux se sont fixés sur les miens pendant que JD la doigtait jusqu'à l'abandon. Putain. C'est incroyable.

Même si ce n'était pas suffisant pour que j'accepte de l'aider en participant.

De mon point de vue, il n'en avait certainement pas besoin.

Une partie de moi voulait sortir mon arme et lui dégommer la tête. Mais une autre partie, plus insistante, me suppliait de regarder.

L'observer la rendre folle était foutrement captivant.

Et le moment où il l'a fait jouir.

Putain.

Je n'ai pas été aussi proche de jouir dans mon pantalon depuis mon adolescence.

C'était pathétique.

Je devais juste me rappeler que c'est ce qu'elle est capable de faire. C'est pour ça que Victor en a fait sa pute.

Elle détient ce pouvoir magique de séduire les hommes grâce à sa sensualité et de leur faire faire ce qu'elle veut.

Ou bien elle est tellement brisée qu'elle ne connaît plus rien d'autre, s'élève une petite voix.

— Quand as-tu emménagé pour la première fois avec Maverick ? la questionné-je en ayant besoin d'une distraction pour ne pas revivre dans ma tête le moment où elle a joui, les yeux rivés sur les miens.

Elle lève les yeux, sa fourchette en l'air alors qu'elle essaie de comprendre pourquoi je lui pose cette question.

— Tu as disparu à seize ans, si je me souviens bien. Puis tu t'es soudainement retrouvée mariée à Mav à dix-huit ans. Comment est-ce arrivé exactement ?

— Frérot, laisse-la profiter de son dîner, intervient JD.

Alana déglutit nerveusement en attrapant son vin.

Je ne suis pas vraiment un amateur de vin rouge. JD non plus. Alors imaginez mon choc lorsque j'ai trouvé plusieurs bouteilles de ce vin dans mon placard après sa petite virée shopping de l'autre jour.

J'imagine qu'elle lui a dit quel était son préféré. Mais je n'ai trouvé aucune preuve de ça sur les images de vidéosurveillance.

— Nous avons toujours été amis. Nous avons repris contact.

— Ce sont des conneries, craché-je.

— Reid, gronde JD, tandis qu'Alana avale son verre d'un trait, son visage devenant rouge.

— Tu n'es jamais partie, n'est-ce pas ?

Ses yeux se posent sur les miens, et je n'y vois rien d'autre que de la peur pure. Sa poitrine se soulève comme si elle n'arrivait pas à respirer.

En général, je me nourris de cette peur, je l'utilise pour avoir les informations que je veux vraiment.

Alors pourquoi son regard me serre-t-il le cœur ?

Soudain, le verre qu'elle tenait tombe et se brise sur le sol carrelé à ses pieds, faisant éclabousser du vin rouge partout.

— Colombe, qu'est-ce qui ne va pas ? halète JD lorsqu'Alana tend la main pour serrer son cou, son visage devenant rouge écarlate.

— Qu'est... Qu'est-ce qu'il y avait là... là-dedans... ? s'écrie-t-elle en fixant le curry.

— Du poulet et...

Mes mots sont coupés quand ses yeux se révulsent et qu'elle s'effondre, faisant voler son assiette et tout ce qui se trouve devant elle.

— ALANA ! crie JD.

Mais je suis plus rapide et, en quelques secondes, elle est dans mes bras.

Sa peau rougit de plus en plus alors qu'elle a du mal à respirer, son corps tremblant violemment.

— Des crevettes, dis-je en me dirigeant déjà vers le canapé derrière moi. Appelle Doc ! Appelle-le tout de suite ! C'est bon, Petit animal. Ça va aller, dis-je aussi doucement que possible, tout en essayant de ne pas paniquer.

Je suis presque sur le canapé quand elle vomit sur nous.

— Nous allons t'aider, d'accord ? Doc arrive. Il saura quoi faire.

— Epipen, dit-elle d'une voix sifflante.

La voix paniquée de JD résonne derrière moi quand il parle à Doc et essaie de lui expliquer ce qui se passe.

— Elle a besoin d'épinéphrine. Dis-lui qu'elle a besoin...

— Il en a, répond JD en se précipitant vers nous avant de s'arrêter juste à côté de nous.

— Va lui chercher un T-shirt propre, lui ordonné-je quand il ne fait rien d'autre que de la regarder, blanc comme un linge.

— Il a dit de l'allonger sur le dos, de la garder au chaud. Et si... si elle arrête de respirer...

— Elle ne le fera pas, affirmé-je. Tout va bien se passer.

Il le faut.

Nous avons besoin d'elle.

J'ai besoin d'elle.

Et pas seulement pour m'aider à faire tomber Victor.

Les pas de JD résonnent dans la maison silencieuse alors qu'il court chercher un T-shirt propre tandis qu'Alana continue de lutter pour respirer.

— Putain, sifflé-je.

Je la fais asseoir sur le bord du canapé et lui retire son

débardeur couvert de vomi. Je le laisse tomber sur le sol à côté de moi tandis que JD revient et lui en enfile un propre.

— Tu es toujours avec nous, petite colombe ? demande-t-il en s'agenouillant à côté d'elle et en lui tapotant doucement la mâchoire.

Je retire mon T-shirt sale et le laisse tomber sur le sien.

Elle ne bouge pas et ne dit rien.

— Elle respire ? chuchoté-je.

Il passe sa main sur son nez et ses lèvres, et je jure devant Dieu que mon cœur s'arrête pendant que j'attends qu'il me dise qu'il sent quelque chose.

— De façon superficielle. Elle a besoin de Doc maintenant.

— Il va arriver. Pourquoi ne nous l'a-t-elle pas dit ?

C'est inutile, mais j'ai besoin de me concentrer sur autre chose que ce qui se passe en ce moment.

— Pourquoi diable aurait-elle dû le dire ? Peut-être devrais-tu préparer des questionnaires médicaux pour les futurs détenus ! s'emporte-t-il.

Alana prend soudain une forte inspiration sifflante qui nous fige tous les deux.

— Je suis là. Tout va bien se passer. Nous sommes là, Colombe. Nous sommes là, d'accord ?

Comme elle ne bouge pas, il lève les yeux vers moi. Je déteste ce regard tourmenté et paniqué.

Putain, ça me tue.

JD ne laisse jamais personne l'atteindre.

Mais pour une raison quelconque, Alana s'est glissée à travers quelques petites fissures dans son armure.

Il ne peut pas la perdre. Il ne peut pas !

Je ne peux pas.

— Je vais ouvrir à Doc. Continue à lui parler. Continue...

— Vas-y ! dit-il précipitamment en ne me laissant pas d'autre choix que de sortir en courant de la pièce pour rejoindre le couloir.

Dès que j'ai la porte d'entrée en vue, je me précipite vers elle et l'ouvre.

Je n'ai aucune idée de l'endroit où se trouvait Doc avant que JD ne l'appelle, mais il ne devait pas être loin car, par miracle, il s'arrête devant ma maison.

Il sort rapidement et arrive vers moi, sa fidèle sacoche à la main.

Il est comme une version masculine de Mary Poppins, ou quelque chose comme ça, avec la panoplie de choses que je l'ai vu sortir de cette sacoche au fil des ans.

Quelle que soit l'urgence médicale, il est toujours prêt.

— Elle est dans la cuisine, expliqué-je à la seconde où il est assez près pour m'entendre.

Il se précipite devant moi et je referme la porte, avant de le suivre.

Ce n'est que lorsque j'arrive à la porte de la cuisine que je me dis que j'aurais dû l'avertir de qui il s'agissait.

Il regarde avec étonnement la femme pâle et fantomatique sur le canapé avant de poser sa sacoche sur le sol et de l'ouvrir.

— Elle respire à peine, Doc, dit JD.

— J'ai ce qu'il faut. Laisse-nous un peu d'espace, s'il te plaît.

À contrecœur, JD se lève et vient se placer à côté de moi pendant que Doc lui injecte l'épinéphrine.

— Elle va s'en sortir, murmuré-je en observant les moindres gestes de Doc.

J'ai l'impression que le temps s'est arrêté, mais finalement, sa respiration commence à devenir plus régulière et, heureusement, un peu de couleur revient sur ses joues.

— Merci, putain, marmonne JD.

Aucun de nous deux ne parle tandis que Doc continue à l'examiner. Mon portable vibre dans ma poche, mais je me fous de ceux qui ont besoin de moi en ce moment.

Personne n'est aussi important que cette femme sur mon canapé.

Une fois que Doc est satisfait de son état, il se tourne vers nous.

— Alana Murray ? demande-t-il, les sourcils froncés.

Sa disparition n'est un secret pour personne. Maverick a parcouru toute la ville à sa recherche et tout le monde sait qu'elle s'est volatilisée.

— Je ne sais pas de quoi tu parles, Doc, répliqué-je innocemment.

Il secoue la tête.

Je ne suis pas inquiet qu'il soit au courant. Je suis presque sûr qu'il n'y a pas d'homme plus digne de confiance que Doc dans cette ville. Il est peut-être à la solde de Victor, comme tout le monde dans cette ville, mais ils ne s'apprécient pas.

— Ça fait un moment que je ne l'ai pas soignée, déclare-t-il sur un ton énigmatique. Le contexte mis à part, c'est un soulagement de la voir saine et sauve. Je me suis toujours inquiété pour elle.

49

ALANA

Des voix flottent autour de moi, mais je n'arrive pas à comprendre qui parle ni ce qui se passe.

Je flotte. Je vole très haut dans les airs.

Je ne sais pas du tout comment je suis arrivée ici. Mais c'est agréable.

Et je ne suis pas seule. C'est ce qu'il y a de mieux.

Ou le suis-je ?

Et si c'était eux ?

Mon cœur commence à s'emballer et ma respiration s'accélère au fur et à mesure que je les imagine.

Sont-ils venus me chercher ?

Est-ce pour ça que tout est sombre ?

Je pensais être en sécurité dans le sous-sol de Reid.

Mais ce n'était qu'un piège. Il ne faisait que me retenir. Il attendait son heure avant de me remettre entre les mains de ces monstres malades.

Je n'y survivrai pas cette fois-ci. J'ai à peine survécu la dernière fois.

Les larmes me brûlent les yeux alors que je lutte pour garder le contrôle.

Ma respiration est irrégulière, l'air ne rentre pas dans mes poumons.

Si je ne peux même pas respirer, comment vais-je pouvoir les combattre ?

Tu ne le feras pas.

Cette fois, ils vont te tuer.

— Non ! crié-je.

Tout empire quelques secondes plus tard quand des mains chaudes se posent sur mon bras.

— Lâchez-moi. Non. S'il vous plaît. Ne me touchez pas !

— Petite colombe, ce n'est que moi. Tout va bien. Tu vas bien.

Cette voix. Je connais cette voix.

Une main chaude et ferme tient la mienne.

— Reid et moi ne laisserons rien t'arriver, d'accord ? Tu es en sécurité.

— JD ? soupiré-je en ressentant quelque chose de familier.

— Je suis là. Es-tu allergique aux fruits de mer, bébé ?

Fruits de mer.

Suis-je…

— Il y avait des crevettes dans le curry, dit une autre voix grave avant que la chaleur d'un deuxième corps ne me brûle le côté. Je ne le savais pas, Petit animal. Si je l'avais su, alors…

— Putain, qu'est-ce qui se passe ? gronde JD.

Je dois faire beaucoup d'efforts, mais je parviens à ouvrir les yeux, juste assez pour le voir sortir son portable de sa poche.

Je n'ai aucune idée de l'endroit où je me trouve. Rien de ce qui m'entoure ne m'est familier. Mais il est là. Reid aussi.

Je suis en sécurité. Je suis…

— Une intrusion, déclare-t-il, un peu plus calmement qu'il ne le devrait.

— Merde, siffle Reid.

À peine ont-ils prononcé ces mots qu'on entend un bruit quelque part au loin.

La chaleur du corps de Reid disparaît en un éclair et je le vois sortir son arme de l'arrière de son pantalon. Il vise la porte.

Je rêve encore, n'est-ce pas ?

Ce n'est pas réel.

Rien de tout ça n'est...

— Mav ! m'écrié-je en le découvrant comme une vision dans l'embrasure de la porte.

Ses yeux croisent les miens pendant une brève seconde et tout dans mon monde se remet en place.

Il est là. Il est venu me chercher. Il m'a trouvée.

Seulement, ce n'est pas un rêve parce qu'il tient aussi un pistolet et le pointe sur Reid.

— Non, je t'en prie. Ne fais pas ça. Ne...

Bang.

— NOOOOOON ! hurlé-je.

Mais avant que je ne puisse découvrir ce qui vient de se passer, les ténèbres s'emparent de moi et je tombe de plus en plus bas dans les fosses obscures, où seuls les pires monstres vivent.

« S'il vous plaît, non. Que quelqu'un me vienne en aide. »

Découvrez ce qui se passe avec Reid, JD, Mav & Alana dans Sans Pitié.

PRÉ COMMANDEZ MAINTENANT